선과 하이데거

선과 하이데거

초판발행일 | 2011년 4월 30일
2쇄 발행일 | 2011년 10월 10일

지은이 | 이승훈
펴낸곳 | 도서출판 황금알
펴낸이 | 金永馥

주간 | 김영탁
디자인실장 | 조경숙
편집 | 칼라박스
인쇄제작 | 칼라박스
주 소 | 110-510 서울시 종로구 동승동 201-14 청기와빌라2차 104호
물류센타(직송 · 반품) | 100-272 서울시 중구 필동2가 124-6 1F
전 화 | 02) 2275-9171
팩 스 | 02) 2275-9172
이메일 | tibet21@hanmail.net
홈페이지 | http://goldegg21.com
출판등록 | 2003년 03월 26일 (제300-2003-230호)

값 20,000원

ISBN 978-89-91601-99-4-03810

선과 하이데거

이승훈 평론집

황금알

머리말

　내가 하이데거의 사유에 매혹된 것은 그의 사유가 언어를 초월하고 이성의 논리를 벗어나기 때문이다. 그가 노리는 것은 전통적 서구 형이상학 비판이고 그것은 서구 형이상학이 눈에 보이는 현상의 세계인 이른바 존재자에 집중하고 그 근거에 해당하는 존재를 다루지 않았기 때문이다. 그러므로 서구 형이상학은 존재 망각의 밤이다. 그가 말하는 존재는 존재자의 근거로서 2항 대립 체계를 벗어나는 비은폐성 개념으로 요약된다.

　그러나 존재에 접근하는 방식은 전기 사유와 후기 사유가 다르다. 전기 사유가 강조하는 것은 현존재가 은폐한 존재를 개시하는 것이고, 후기 사유가 강조하는 것은 현-존재, 곧 존재가 개시되면서 동시에 은폐되는 양상이고, 따라서 현존재 혹은 존재자와 존재의 공속共屬이다.

　나는 이 책에서 선시를 중심으로 하이데거의 사유를 해석하면서 그의 전기 사유를 현(존재)로 표현하고, 후기 사유를 현-존재로 표현한다. 현(존재)는 세계-내-존재로서의 인간을 뜻하는 현존재가 속에 은폐한 존재를 개시한다는 뜻이고, 이것은 '열반경'에 나오는 일체중생실유불성一切衆生悉有佛性, 곧 모든 중생은 불성을 가지고 있고, 따라서 마음을 닦아 깨달으면 누구나 부처님의 진리를 실현한다는 말과 통한다. 그러니까 현(존재)는 중생(불성)과 구조적 유사성을 띤다. 그러나 후기 사유를 대표하는 현-존재는 이미 존재가 드러나 있음, 현존재 혹은 존재자가 존재와 함께 있음을 발견한다는 뜻이고, 하이데거에 의하면 존재는 비은폐성, 터-있음, 현-존재로 정의된다. 존재는 한 마디로 비은폐성의 드러남/ 드러냄이다. 나는 비은폐성의 드러남을 은현동시隱現同時의 현현現現으로 표현하고 이것을 현-존재에 대입하면 현현-은현隱現 혹은 은현隱現

－현現이 된다.

　은현동시성 개념은 화엄 사상에 속하지만 선종禪宗이 화엄 사상을 흡수하고 발전시킨다는 점에서 선종에 포섭할 수 있고, 한편 반야 사상을 강조하면 은현동시는 색즉시공 공즉시색과 유사한 개념이다. 그러나 비은폐성의 드러남, 곧 현－존재는 이미 존재가 있음을 발견한다는 점에서 조사선이 강조하는 즉심즉불卽心卽佛과도 통한다. 그러나 하이데거는 이런 세계를 지향할 뿐 이른바 깨달음과는 거리가 있다. 이것이 하이데거 사유의 한계이고 이 책을 쓰면서 계속 문제가 된다.

　그러므로 선의 시각에서 하이데거의 사유를 해석하는 건 하나의 시도이고 모험이다. 아직도 순혈주의만 고집하는 우리 학계나 문단에선 이런 시도가 고독한 시도로 머물지 모른다. 그러나 난 지적 순혈주의, 폐쇄성, 경직된 사유가 싫고 지적 이종교배, 개방성, 유연한 사유가 좋다. 그동안 쓴 시도 그렇고 이번에 쓴 책도 그렇고 나는 무슨 고정된 형식, 틀, 법칙이 싫고 그런 형식, 틀, 법칙을 깨는 게 사유이고 예술이고 시 쓰기라는 입장이고 이런 입장이 선禪의 정신, 특히 조사선의 정신과 통한다.

　오늘도 나는 온 곳도 모르고 갈 곳도 모르는 떠돌이 시인, 자폐증에 시달리는 늙은 교수, 3류 선객禪客일 뿐이다. 책을 내주시는 김영탁 시인에게 감사드린다.

2011. 2

서초동에서　이 승 훈

차례

01
현존재

1. 왜 하이데거인가?

나는 철학을 전공한 것도 아니고 선禪불교에 대해서도 아는 게 별로 없다. 특히 철학 가운데서도 하이데거의 철학은 난해하기로 유명하고 이런 난해성은 그의 사유와 관계된다. 요컨대 그의 사유는 내가 읽은 바로는 사유할 수 없는 것에 대한 사유이고 사유하지 못한 것에 대한 사유이고 따라서 사유의 모험이고 모험의 사유이다. 이런 사유는 전통적 언어나 논리를 거부하고 초월한다는 점에서 난해할 수밖에 없다. 그러나 내가 하이데거에 매혹되는 것은 이런 사유의 새로움, 모험, 신비 때문이고 특히 그가 평생을 두고 질문한 존재의 문제는 평생을 두고 시를 써오면서 내가 싸운 자아의 문제와 통하기 때문이다.

나는 지금 여기 있다. 있다는 것은 무엇인가? 산다는 것은 무엇이고 존재한다는 것은 무엇인가? 이렇게 존재하는 나는 과연 무엇인가? 최근엔 많이 달라졌지만 그동안 시를 쓰면서 나를 사로잡은 화두 역시 존재에 대한 질문이다. 다음은 필자의 「우리들의 밤」 전문.

꿈이란 무엇이며/ 어둠이란 무엇이며/ 혁명이란 무엇인가/ 비 내리는 밤/ 비 내리는 밤이란 무엇인가/ 쓸쓸한 사람 곁에 누워 있는/ 비쩍 마른 나는 무엇이며/ 흘러간다는 것은 무엇이며/ 비 내리는 밤/ 문득 들리는 가슴의 / 시냇물 소리란 무엇이며/ 치욕이란 무엇이며/ 추위란 무엇이며/ 생활이란 무엇인가/–중략–/ 어둠 속에 잠시 타오르는/ 불빛 불빛 같은 것/ 그런 게/ 모두 무엇인가?

존재에 대한 물음은 나에 대한 물음이고 나에 대한 물음은 꿈, 어둠, 혁명, 비와 관련되고 흐름에 대한 물음을 낳는다. 흐름은 시간이므로 나에 대한 물음은 시간에 대한 물음이고 시간 속에서 내가 읽는 건 다시 감정, 치욕, 추위, 생활이고 모두 잠시 타오르는 불빛이다. 이 불빛은 무엇인가? 존재에 대한 물음은 '나는 있다'에서 '있다', '있음', '존재'에 대한 물음, 곧 나를 있게 한, 존재케 한 근거에 대한 물음이지만 나는 이 세상에 존재하기 때문에 존재에 대한 물음은 세상에 대한 물음이고 인간만이 이 세상에 대해 묻고 존재에 대해 묻는다.

어떻게 묻는가? 많은 철학자들은 존재에 대해 묻지 않고 존재하는 것, 이른바 존재자에 대해 묻고 그때 그들이 강조하는 것은 존재자들의 기원, 본질, 토대이다. 예컨대 플라톤에 의하면 존재자의 세계, 곧 현상을 지배하는 것은 순수 관념에 해당하는 이데아이다. 그러나 이런 이데아의 세계는 존재 자체가 아니라 존재자를 전제로 하는 본질 찾기이기 때문에 하이데거에 의하면 플라톤 이래의 전통적인 서양 철학은 존재 망각의 철학이고 참된 존재론이 아니라 존재적 지식에 지나지 않는다.

존재적ontic 사유는 존재하는 것들, 곧 존재자를 존재라는 원초적 사태와 무관하게 고찰하고 존재론적ontological 사유는 존재자가 아니라 존재 자체에 초점을 둔다. 존재적 사유는 나와 존재자, 주체와 대상 사이에 거리를 둔다는 점에서 주체/ 대상 사이에 틈이 생기고 따라서 대상에 대한 완전한 인식, 통일적 인식에 실패한다. 서양 철학은 존재자를 지향하는 사유, 존재자의 근거, 원리 찾기이고 따라서 주체와 대상 사이에 틈이 생기고 하이데거와 선禪은 이 틈을 지향한다. 그런 점에서 하이데거의 존재론적 사유와 선적 인식은 이성, 사유, 지식을 매개로 하지 않는 무매개적 사유, 곧 직관을 강조한다. 요컨대 존재적 사유는 주체가 세계와 거리를 두고 세계를 바라보는 사유이고 하이데거가 비판하는 것이 바로 이런 사유이다. 그는 세계와 거리를 두는 게 아니라 세계 속에서 세계를 보는 이른바 세계-내-존재를 강조한다. 이때 나는 주체가 아니고 세계는 대상이 아니다. 나는 세계의 부분이다. 불교 식으로 말하면 나는 오온五蘊이다. 내가 있는 게 아니라 색色(땅, 물, 불, 바람) 수受(감각) 상想(표상) 행行(의지) 식識(마음)이 있다. 요컨대 나는 물질이든 정신이든 세계와 독립된 주체, 자아, 나가 아니다.

나는 세계를 바라보는 게 아니라 세계 속에 존재하며 세계를 본다. 하이데거가 『존재와 시간』(1927)에서 탐구한 것은 존재자가 아니라 존재이고 이런 탐구는 세계-내-존재의 시각에서 진행된다. 물론 이 책은 미완성으로 출판된다. 내가 이 책에 관심을 두는 것은 존재 찾기, 곧 '존재가 나를 통해 드러나는 방식'을 살피기 위해서이고 이런 방식이 선불교와 통하기 때문이다. 선禪이 강조하는 것도 진정한 나, 불성 찾기이고 하이데거가 강조하는 것도 진정한 나, 존재 찾기이다. 이 세계엔 나도 있고, 나무도 있고, 책상도 있고, 너도 있다. 이 세계엔 이런 존재자들이 있지만 있음, 존재는 존재자가 아니다. '나는 있다'에서 '나'는 존재자이고 '있다'는 존재이지만 우리 눈에 보이는 건 존재자이다. 그렇다면 존재는 어디 있는가? 물론 하이데거는 이렇게 존재하는 인간은 존재자가 아니라 현존재라고 부른다. 그러나 나는 지금 인간도 존재자에 포함시키고 이 글을 쓰고 있다.

있는 건 '나'이지 '있음'이 아니다. 그러므로 있음, 존재는 없다. 왜냐하면 여기 있는 건 존재하는 나, '존재자'이지 '존재'가 아니기 때문이다. 그러나 존재가 없다면 우리는 존재를 알 수 없다. 다시 생각하자. 여기 나무가 있다. 있는 건 '나무'이지 '있음'이 아니다. 그러므로 '있음', '존재'는 없다. 그러나 존재가 없다면 존재하는 것, 존재자도 없고 존재자를 존재자로 서게 하는 존재도 알 수 없게 된다. 그런 점에서 존재에 대한 질문은 대답이 불가능하고 이 불가능과 하나가 될 때, 그러니까 질문 자체가 대답이 될 때 우리는 존재와 만나고 선禪에서 말하는 진정한 나, 불성과 만난다. 그러나 불성은 마음이고 마음은 있는 것도 아니고 없는 것도 아니다. 그런 점에서 나는 하이데거가 강조하는 존재와 선불교에서 말하는 마음, 불성, 진아眞我를 비슷한 문맥에서 읽는다. 하이데거나 선이나 강조하는 것은 존재한다는 사실 자체에 대한 순수한 경탄이고 이 경탄이 공空과 통한다.

2. 현존재와 중생

존재적 사유는 존재자Seiende를 대상으로 하고 존재론적 사유는 존재 Sein을 대상으로 한다. 다시 생각하자. 과연 존재자는 무엇이고 존재는 무엇인가？하이데거는 다음처럼 말한다.

> 존재는 --존재자를 존재자로 규정하고 있는 바로 그것, 존재자가 각각 이미 그렇게 이해되는 바로 그것이다. 존재자의 존재는 그 자체가 또 하나의 존재자가 아니다. --존재는--존재자의 발견과는 본질적으로 구별되는 나름의 고유한 제시의 양식을 요구한다.--존재는 있다는 사실과 그리 있음, 실재, 눈 앞에 있음, 존립, 타당함, 지금 여기 있음, '주어져 있음'에 놓여 있다.(마르틴 하이데거, 『존재와 시간』, 이기상 옮김, 까치, 1998, 20-21)

존재는 존재자를 규정한다. 그러니까 존재는 존재자를 존재자로 규정하는 것. 예컨대 '하늘은 푸르다는 문장은 푸른 하늘(존재자)에 대해 말한다. 이때 '하늘이 푸르다는 것'(존재자)은 주어와 서술어의 형식으로 드러나고 '푸르다'라는 서술어는 주어를 서술하고 규정한다. '푸르다'라는 서술어는 '하얗다', '붉다', '흐리다', '맑다' 등 다양한 규정을 가능케 하는, 그러니까 다양한 존재자가 존재할 수 있는 지평에 해당한다. 요컨대 이상의 여러 서술어는 하늘을 이해할 수 있는 지평, 이른바 이해 지평에 속하고 따라서 열린 공간이 된다. '푸르다'라는 서술어에 의해 '하늘'은 '푸른 하늘'(존재자)로 규정된다. 그렇다면 서술어가 존재인가?

다시 생각하자. 존재는 존재자를 존재자로 규정하는 바로 그것이다. 바로 그것이라? 바로 그것은 어디 있는 무엇인가? 하이데거는 '존재자가 각각 이미 그렇게 이해되는 바로 그것'이라고 말한다. 이런 정의에 의하면 서술어 '푸르다'는 '푸른 하늘'(존재자)이 이미 푸른 하늘로 이해되는 이해 지평이고 이 지평에서 존재자는 존재자로 존재한다. 앞에서 나는 존재자는 눈에 보이지만 존재는 보이지 않는다고 말했다. 좀더 심하게 말하면 존재자는 있고 존재는 없다. 그러나 존재가 없다면 존재자도 없게 된다. 그러므로 존재자를 존재자로 규정하는 바로 그것, 존재는 있는 것이 아니라 하이데거의 후기 철학에서는 '그것이 존재를 준다'는 말로 변한다. 그러나 나는 지금 그의 전기 철학, 특히 '존재와 시간'을 대상으로 존재에 대해 살피는 중이다. 그가 말하는 바로 '그것'은 무엇인가?

그에 의하면 존재는 눈 앞에 있음, 지금 여기 있음, 주어져 있음에 놓인다. 무슨 말인가? 예컨대 '나는 있다'는 문장을 살펴보자. 이 문장은 '하늘이 푸르다'처럼 주어와 서술어의 형식으로 되어 있다. 그러나 서술어가 존재자를 규정하는 방식엔 미세한 차이가 있다. 후자는 '푸른 하늘'(존재자)를 규정하고 전자는 '있는 나'(존재자)를 규정한다. 물론 푸른 하늘도 있고 있는 나도 있다. 푸른 하늘은 서술어 '푸르다'가 규정하고 '있는 나'는 서술어 '있다'가 규정한다. 그러나 '있다', '있음', '존재'는 어디 있는가? 나는 있지만 나는 있음을 보는 게 아니라 '있는 나'를 보고(?) 있다. 존재는 이미 주어져 있다. 그러므로 존재는 눈에 보이지 않는 지평이고 열린 공간이고 주어져 있음이다.

하이데거에 의하면 존재자는 크게 두 가지로 나누어진다. 하나는 인간이고 다른 하나는 인간 이외의 존재자이다. 그는 특히 인간이라는 존재자를 현존재 Dasein라고 부르고 다시 도구사물과 관찰사물로 구분한다. 소광희 교수는 도구 대상을 용재자用材者, 관찰 대상을 전재자前在者로 번역하고 이 두 가지 존재자는 현존재의 태도와 관련된다. 예컨대 같은 '망치'라도 내가 도구로 사용하면 도구사물이 되고 단순한 관찰의 대상일 때는 관찰사물이 되기 때문이다. 문제는 현존재다. 다음은 현존재에 대한 하이데거의 말.

> 이러한 존재자, 즉 우리들 자신이 각기 그것이며 여러 다른 것들 중 물음이라는 존재 가능성을 자지고 있는 그런 존재자를 우리는 현존재라는 용어로 파악하기로 하자.(하이데거, 위의 책, 22)

인간은 현존재이고 현존재는 지금 여기Da 있는 존재Sein로 인간만이 지금 여기 있다는 것을 알고 다른 존재자들은 그것을 모른다. 한편 현존재의 現에는 나타난다는 뜻도 있다. 다자인도 그렇고 현존재도 그렇고 결국 현존재는 지금 여기 있는 존재이고 존재가 나타나야 할 존재, 혹은 존재를 나타내야 할 존재이다. 그러므로 Da(sein)이고 현(존재)이다. 자인은 다를 지향하고 존재는 현을 지향한다. 다자인 속엔 자인이 은폐되고 현존재 속엔 존재가 은폐된 구조이다. 따라서 현존재가 할 일은 이렇게 숨어 있는 존재에 대해 질문하고 존재를 개시하는 일이다. 하이데거에 의하면 현존재는 물음이라는 존재 가능성을 가진 존재자이다. 이때 그가 말하는 물음은 존재에 대한 물음이고 현존재로서 인간에게 고유한 것은 '자신의 존재와 더불어 자신의 존재에 의해서 자신에게 그의 존재가 열어 밝혀져 있다는 것'. 그러므로 그는 다시 다음처럼 말한다.

> 그의 본질은 그 존재자가 각기 자신의 존재를 자기의 것으로 존재해야 하

는 거기에 있기에 현존재라는 칭호는 순전히 이 존재자를 칭하기 위한 순수한 존재 표현으로 선택된 것이다. 현존재는 언제나 자기 자신을 그의 실존에서부터, 즉 그 자신으로 존재하거나 그 자신이 아닌 것으로 존재하거나 할 수 있는 그 자신의 한 가능성에서부터 이해한다. --이때의 주도적인 자기 자신에 대한 이해를 우리는 실존적 이해라고 이름한다.(하이데거, 같은 책, 28-29)

현존재의 본질은 자신의 존재를 이해하는 것이고 이런 이해는 자신의 존재를 자신의 것으로 만들기와 통하고 요컨대 본래적(자신으로 존재함)이거나 비본래적(자신이 아닌 것으로 존재함)이거나 그 자신의 가능성을 이해하는 것이고 이런 이해가 이른바 실존적 이해와 통한다. 그런 점에서 자신에 대한 이해는 존재 가능성을 이해하는 것이고 이해는 가능성이다.

요컨대 현존재는 존재하면서 존재 자체를 문제로 삼는 존재자이다. 나는 누구인가? 나는 어떻게 있는가? 나는 존재하는가? 이런 물음들은 모두 존재, 있음에 대한 물음이지만 실존의 수준에선 '나는 무엇인가'(본질)가 아니라 '나는 어떻게 사는가/ 살 것인가'(실존)가 핵심이다. 그리고 이때 우리는 묻는 존재자이며 동시에 물어지는 존재자이다. 말하자면 나는 물음의 주체이고 동시에 물음의 대상이다. 문제는 현존재가 실존성, 개별성을 강조한다는 것.

선불교가 강조하는 것 역시 이런 실존 의식이다. 내가 있음으로 세계가 있고 삶이 있고 삶이 있음으로 존재가 있고 깨달음이 있고 부처님이 있다. 그러므로 현존재가 존재와 만나는 것도 고독하고 중생이 부처와 만나는 것도 고독하다. 누가 대신해 줄 수 있는 게 아니다. 나 대신 누가 밥을 먹어줄 수 없고 잠을 대신 자 줄 수 없고 나 대신 변을 보아주는 사람도 없고 대신 죽어주는 사람도 없다. 천상천하 유아독존이 실존이고 현존재의 운명이다. 다음 공안은 성불成佛의 비대리성, 곧 실존성을 암시한다.

한 스님이 조주 선사에게 묻는다
"가장 절박한 것이 무엇입니까?"
선사가 대답한다.
"오줌 좀 눠야겠다. 소변은 하찮은 것이나 나 스스로가 하지 않으면 안된
단 말이야."

이른바 요시소사尿是小事 공안. 소변은 하찮은 일이다. 그러나 이렇게 하
찮은 일도 누가 대신 해줄 수 없다. 물론 스님이 묻는 '가장 절박한 것'은
소변이 아니라 해탈에 이르고자 하는 자아, 자기의 절박함을 해결할 방법
이다. 그러니까 그는 '자아는 무엇입니까?'라고 묻고 조주 선사는 소변 이
야기를 한다. 이 공안이 암시하는 것은 성불이나 해탈은 누구에게 의존해
서는 안 된다는 것. 철저한 고독 속에서 스스로 노력해서 깨닫는다는 것.
깨달음은 자신의 마음 공부에 달리고 모든 인간에겐 마음이 있다.

그러므로 『열반경』에는 일체중생실유불성一切衆生悉有佛性이라는 말이
나온다. 모든 중생에게는 성불할 수 있는 성품이 있다는 말. 현존재는
현(존재)이고 따라서 현존재가 자신 속에 숨어 있는 존재를 이해하고 이
존재를 자신의 것으로 만드는 자라면 중생은 중생(불성)이고 따라서 중
생은 자신 속에 숨어 있는 불성을 이해하고 깨닫는 자이다. 그러나 불성
이 따로 존재하는 게 아니라 불성이 마음이고 마음은 존재처럼 어디에
도 없으며 동시에 어디나 있다. 현존재가 강조하는 것은 자신의 존재를
자신의 것으로 만드는 것이고 선불교가 강조하는 것은 자신의 마음을
자신의 것으로 만드는 것. 일체유심조를 이해하고 실천하는 것. 그러므
로 현존재와 중생은 목표는 같고 방법만 다르다.

3. 세계-내-존재

앞에서도 말했듯이 존재하는 것, 존재자는 이 세계에 존재하고 그것

은 크게 두 가지로 나타난다. 하나는 인간이고 다른 하나는 사물들이고 이 사물들은 다시 도구사물과 관찰사물로 양분된다. 인간을 특히 현존 재라고 부르는 것은 존재자로서 인간만이 자신의 존재에 대해 질문하기 때문이다. 그런 점에서 인간과 사물은 함께 세계에 존재하지만 그 존재 양상이 다르다. 말하자면 세계-내-존재로서의 현존재와 사물들은 그 존재 양상이 다르고 따라서 세계-내-존재에 대한 새로운 이해가 요구 된다. 하이데거는 다음처럼 말한다.

> 현존재의 이러한 존재규정들이 이제는 선험적으로 우리가 세계-내-존 재라고 이름하고 있는 존재구성틀에 근거하여 고찰되고 이해되어야 한다. 현존재 분석의 올바른 단초는 이 구성틀의 해석에 달렸다. 세계-내-존 재라는 합성된 표현이 이미 그 형태에서 일종의 통일적 현상을 의미하고 있다. --우리가 전체 현상을 선행적으로 확고히 견지하면서 그 현상적 실 상을 추적한다면 다음의 세 가지를 끄집어낼 수 있을 것이다.(하이데거, 앞 의 책, 80)

세계-내-존재는 현존재를 구성하는 틀이고 이 틀을 제대로 분석할 때 현존재의 의미가 밝혀진다. 물론 현존재의 의미는 자신의 존재와 관 계를 맺는 존재자, 실존성, 각기 자신이 바로 그것인 그런 존재자로 요 약된다. 이런 현존재는 세계-내-존재라는 구성틀에 의해 분석되어야 하고 그것은 세 방향을 취한다. 첫째는 세계의 개념. 여기서는 세계의 존재론적 구조를 탐색하고 세계성의 이념을 규정한다. 둘째는 세계- 내-존재의 개념. 곧 세계-내-존재로 존재하는 존재자. 곧 우리는 누구 인가? 라는 질문과 대답. 셋째는 내-존재의 개념이다.

간단히 요약하면 다음과 같다. 첫째로 세계는 존재론적 실존론적 개 념으로 하이데거는 환경세계, 곧 우리가 그 안에서 살고 있는 생활세계 를 강조하고 이런 세계는 도구사물로 현시된다. 둘째로 현존재는 세계- 내-존재로서 남들과 함께 사는 공동 존재이다. 이때 현존재는 두 가지로 나타난다. 하나는 나의 현존재와 같은 구조를 가진 타인이고, 다른 하나는 일상 세계에 살고 있는 '나와 타인', 곧 세인世人das Man이다. 영역본에서는 세인을 그들they로 번역하는 바 이는 평균적 일상성 속에 안주하는 혹은 퇴락하는 '나와 타인'을 '나'와 관계없는 사물로 간주하는 입장을 보여준다.(M. Heidegger, Being And Time, trans. by J. Macquarrie & E. Robinson, Harper & Row, New York, 1962, 114)

셋째로 내-존재에 대한 고찰은 현존재의 현, Dasein의 Da, 곧 현존재가 자신의 존재와 만나고 발견하고 그것을 드러내는 양상에 대한 탐구로 요약된다. 현존재의 존재 개시, 열어 보임, 비은폐, 밝힘은 동시에 세계의 밝힘이기도 하다. 왜냐하면 현존재는 세계-내-존재이기 때문이다. 말하자면 현존재가 세계 속에 있고 세계가 현존재이기 때문에 현존재가 밝히는 존재는 세계의 빛이 된다. 그런 점에서 다자인이라는 단어의 언어적 구조는 우리, 현존재의 다양한 존재 방식을 반영한다.

첫째로 다자인은 Da(거기)와 sein(있다)으로 구성된다. 따라서 현존재는 '거기에 있음'을 뜻한다. 하이데거가 이 단어를 선택한 것은 우리가 다른 존재자들과 달리 자신의 존재를 이해할 수 있는 능력을 지니고 거기, 곧 세계 속에 거주한다는 사실을 나타내기 위해서다. 둘째로 현존재는 존재 이해 능력을 지닌다는 점에서 존재를 선험적으로 이해하고 자신의 존재를 노정하기 위해 노력한다. 셋째로 현존재의 이런 의미는 그의 후기 철학에 오면 달라진다. 후기 철학에서 그는 '거기 있음'에서 '거기Da'가 '우리'를 지시하고 우리가 있는 것은 존재를 위해서라고 주장한다. 따라서 우리는 '존재의 관리자', '존재의 목자'이고 우리는 존재가 자신을 드러낼 수 있는 '투명한 것', 혹은 '열린 공간'이 된다. 그러므로 현존재는 현과 존재의 관계, 곧 다와 자인의 관계를 어떻게 읽느냐에 따라 다양한 해석이 가능하다.

그런가하면 신상희는 터-있음과 현존재 혹은 현존을 구분하면서 다음처럼 말한다. 하이데거의 경우 Dasein이라는 용어는 '존재가 개방되어 있는 열린 영역에, 즉 존재 개방성의 터전에 있음'을 가리킨다. 따라서 앞으로 Dasein이라는 용어가 하이데거의 고유한 의미에서 사용될 경우에는 '터-있음'이라고 번역하고 이런 의미와는 무관하게 전통적인 서양철학의 맥락에서 사용될 경우에는 '현존재' 혹은 '현존'이라고 번역한다.(하이데거, '형이상학이란 무엇인가―들어가는 말', 이정표 1, 신상희 옮김, 한길사, 135 각주)

　　이런 번역은 Dasein의 구조를 Da-sein으로 표현하는 하이데거 후기 사유를 반영하고 이때는 다와 자인은 종속 관계가 아니라 이른바 공속의 관계이고 우리 식으로 쉽게 표현하면 병치 관계, 등가 관계이고 병치는 병치 은유가 그렇듯이 두 항목이 의미론적으로 유사성을 띤다. 그러니까 다(현)와 자인(존재)는 개별성, 고유성을 유지하면서 공통점을 띤다. 그러므로 현존재가 다르고 현-존재가 다르다. 그러나 나는 현존재와 현-존재를 모두 크게는 현존재에 포함시키고 그후 다와 자인의 관계, 그러니까 언어적 구조 읽기에 의해 다양한 해석이 가능하다는 입장이다. 터-있음 역시 존재 개방성의 터에 있다는 뜻이지만 트인 상태로 있음, 막지 않고 터 있음을 뜻할 수도 있고 공간이 아니라 예정(――할 터)을 강조하면 개방가능성으로 있음을 뜻할 수도 있다. 그러니까 터-있음이라는 번역은 존재가 개방되어 있는 영역에 있음, 존재 개방성의 터전에 있음을 뜻하지만 그런 개방성, 그러니까 현존재가 존재를 개방하는 양식은 좀더 세분될 수 있다는 입장이다.

4. 현존재와 은현동시

　　요컨대 이런 다양한 읽기에서 내가 강조하는 것은 현존재는 거기, 세계, 우리 속에 있지만 한편 다Da, 곧 현 속에 있다는 것. 그러므로 다(자인)과 현(존재)의 구조를 강조하자. 이런 표현은 다자인 속에 자인이 있고, 현존재 속에 존재가 있다는 것. 말하자면 나는 세계, 우리 속에 있지만 이런 있음의 의미는 자인의 실현이고 존재의 실현이라는 것. 그러나 일상 세계에선 이런 존재가 은폐되고 따라서 진정한 나, 곧 존재와의 만남은 쉽지 않다. 한편 이런 읽기는 중생 속에 불성이 있다는 선불교적 관점과 유사하다. 따라서 현(존재)는 중생(불성)과 유사한 구조이고 앞으로 나는 현(존재)가 암시하는 존재 숨김과 드러냄, 중생(불성)이 암시하는 불성 은닉과 드러냄, 요컨대 숨김/ 드러냄, 은폐/ 비은폐, 현존재/ 존재의 관계를 은현동시隱現同時 여시묘각如是妙覺이라는 대정 스님의 게송을 중심으로 해명할 수 있다는 입장이다. 스님이 서른 일곱 살에 지은 게송은 다음과 같다.

> 道在何處 見聞是道　도는 어디 있는가 보고 듣는 것이 그대로 도이더라
> 了然卽成 何處更求　알고 보니 그대로 이미 갖추어져 있더라 어디서 다시
> 　　　　　　　　　　도를 구하랴
> 隱現同時 如是妙覺　숨음과 나타남이 때가 같아 이것이 바로 묘한 깨달음
> 誰人我聞 吾答一笑　누가 나에게 도를 묻는다면 한번 웃음으로 답하리

　숨음과 나타남이 때가 같다는 말은 숨으며 동시에 나타나고 나타나며 동시에 숨는 현상. 이런 현상은 언어를 초월하고 우리들의 표상 작용을 초월하는 이른바 깨달음의 세계이다. 현존재와 존재의 관계가 그렇다. 그러니까 현(존재)의 구조에서 처음 존재는 현존재 속에 숨고 현존재는 이렇게 자신 속에 숨어 있는 존재를 찾고 만나고 드러내고 존재와 하나가 된다.
　그러나 이렇게 존재하는 존재는 터-있음이 암시하듯이 존재가 개방되어 있는 영역에 있고 이런 열린 영역은 하이데거가 강조하듯이 존재가 뒤로 물러나며 스스로를 나타내는 영역, 곧 존재는 나타나며 동시에 숨고 숨으며 동시에 나타나는 영역이고 나는 이런 영역이 은현동시隱現同時의 세계, 그러니까 묘각妙覺의 세계를 지향한다는 입장이다. 하이데

거는 존재 개방성의 터전에 있음, 열려 있음을 환히 트인 터Lichtung, 환한 밝힘으로 부르며 언어사적으로는 프랑스어 clairiere(숲 속의 빈터)을 차용한 번역어라고 말한다. 그렇다면 숲 속의 빈터는 무슨 의미인가? 다음은 하이데거의 말.

숲 속의 트인 곳(Waldlichtung)은 옛 언어로는 밀림이라고 하던 우거진 숲 (der dichte Wald)과의 구별 속에서 경험된다. 형용사 licht(환한)은 leicht(홀가분한, 가벼운)와 같은 낱말이다. Etwas lichten(어떤 것을 환히 밝히고 환히 트이게 하다)은 '어떤 곳을 홀가분하게 하다', '어떤 것을 자유롭게 하다, 비워두다, 열어놓다'를 의미한다. 예컨대 '나무를 베어내어 숲속의 어떤 곳을 탁 트이게 하다'를 의미한다. 이렇게 해서 생기는 환히 트인 곳이 환히 트인 터이다. 빛은 환히 트인 터의 열린 장 안으로 들어갈 수 있고 그 환히 트인 터에서 밝음을 어둠과 놀이하게 할 수 있다. 그러나 빛이 환히 트인 터를 창조하는 일은 아예 없으며, 오히려 전자인 빛이 후자인 터를 전제하고 있다. 그래서 환히 트인 터, 즉 열린 장은 밝음과 어둠에 대해 자유로울 뿐만 아니라 울림과 울림의 사라짐에 대해서도, 그리고 소리의 울려 퍼짐과 소리의 사라짐에 대해서도 자유롭다. 환히 트인 터는 현존하는 모든 것과 부재하는 모든 것을 위한 열린 장이다.(하이데거, 「철학의 종말과 사유의 과제」, 『사유의 사태로』, 문동규 신상희 옮김, 길, 2008, 158-159)

숲 속의 빈터는 터-있음, 곧 환히 열린 장의 알레고리다. 현존재가 도달한 다, 현의 영역은 그냥 빈터가 아니라 숲 속의 빈터다. 이 터가 강조하는 것은 빛이 터를 창조하지 않고 이 터가 빛을 만들고 이 터에는 밝음과 어둠의 놀이가 있고 밝음과 어둠에서 자유롭고 소리와 소리의 사라짐에서도 자유롭다는 것. 어렵게 생각하지 말고 먼저 숲 속의 빈터를 있는 그대로 바라보자. 이런 터는 있는가? 없는가? 있다면 있고 없다면 없다. 그런 점에서 유/ 무의 대립을 초월하는 공空의 세계이다. 그리고 이 공의 세계 속에서 소리(유)는 소리의 소멸(무)로 이동한다. 요컨대 숲 속의 빈터는 유/ 무를 초월하는 공의 세계이고 그런 점에서 색즉시공 공즉시색의 세계이고 이런 공 속에 다시 유/ 무가 있고 공은 이런 대립을 초월한다.

　종이에 그린 동그라미, 원상圓相, 공空을 생각하자. 이런 공의 세계는 유와 무의 경계를 초월하고 원이 뒤로 물러가며 앞으로 나오고 거꾸로 앞으로 나오며 뒤로 물러가고 안과 밖의 경계가 모호하다. 숲 속의 빈 터 역시 그렇다. 이런 터는 있으며(색) 동시에 없고(공) 없으며 동시에 있다. 이른바 색즉시공이고 공즉시색의 세계이고 한편 터가 빛을 만들지만 터와 빛의 관계는 상호의존적이다. 그런 점에서 터(유)가 빛(무)를 만들고 터 자체는 이런 유/무의 대립을 초월한다. 그러므로 이 터, 공의 세계는 유/무를 초월하는 공이고 결국 현존/ 부재를 초월하는 공 혹은 현존/ 부재를 위한 열린 장이다.

　이런 터, 공의 세계에선 숨음과 나타남이 동시에 존재(?)한다. 숲에 빈터가 생기는 것은 숲의 일부가 소멸하는 것, 숨는 것, 따라서 은隱의 세계이고 이렇게 숲의 일부가 사라지며 동시에 빈 터가 나타난다.(現) 따라서 은과 현은 동시에 있고 이런 현에 의해 빛이 생기고 밝음이 어둠과 논다. 그러니까 은현동시 속에 은은 소멸하며 현이 되고 이 현 속엔 다시 밝음/ 어둠, 소리/ 소리 소멸 같은 은현동시의 세계가 있다. 요약하면 이 터는 숨음-나타남의 동시적 구조이고 다시 현(은현)의 구조, 곧 나타남 속에 나타남-숨음이 있는 구조이다.

5. 선시와 은현동시

　요컨대 숲 속의 빈터는 은현동시의 구조로서 숲의 일부가 은폐되고 숨고 뒤로 물러가면서(은) 빈터가 나타난다.(현) 그러나 은과 현의 경계는 모호하고 그런 점에서 은현동시이고 은이 현을 뱉고 현이 은을 삼킨다. 숲의 일부(현)가 사라지면서(은) 빈터가 나타나고(현) 이런 나타남 속엔 은현이 동시에 있다. 요컨대 은현동시의 영역은 숨음(은)과 나타남(현)의 경계가 해체되는 영역이다. 선시禪詩가 보여주는 세계가 그렇다. 다음은 고려 말 스님 태고太古 보우普愚의 선시.

> 소가 늙어 어떻게 먹일지 알 수 없기에　　　牛老不知東西牧
> 고삐 놓아두고 무생가 한 가락 한가히 부르다가　放下繩頭閑唱無生歌一曲
> 머리 돌리면 먼 산에는 저녁해 붉은데　　　回首遠山夕陽紅
> 늦봄 산중에는 가는 곳마다 바람에 꽃이 지네　春盡山中處處落花風

　태고 선사의 「식목수息牧叟」 2절이다.(김달진 역) 식목수는 소 먹이기를 그만 둔 노인이라는 뜻. 불교에서 소는 흔히 마음을 상징하고 수행과정을 소를 찾는 과정에 비유한 「십우도十牛圖」가 있다.

　이 시의 1절에서 노래하는 것은 지난 해엔 소를 먹이며 언덕에 앉아 있었고 올해엔 소를 놓아두고 언덕에 누워 있다는 것. 십우도에 의하면 이 단계는 소를 기르는 6단계(牧牛)와 소를 잊는 7단계(到家忘牛). 소를 기를 때는 언덕에 앉아 있고 소를 놓아버릴 때, 그러니까 소를 잊을 때는 언덕에 누워 있다. 앉아 있는 것은 살펴보는 것, 누워 있는 것은 자아 해방이다. 소를 잊을 때, 그러니까 마음을 잊을 때가 해방이다. 언덕에 앉았을 때는 보슬비가 내리고 누워 있을 때는 푸른 버들 밑이 서늘하다. 그러니까 소, 곧 마음을 잊은 세계는 푸르고 서늘한 세계이다.

　그리고 인용한 2절에서 스님은 소가 늙어 기를 방법을 모르게 되고 따라서 고삐를 놓아두고 무생가, 곧 불생불멸의 세계를 노래한다. 소가 늙었다는 것은 마음도 소멸하는 단계. 소를 잊는 것과 소가 늙은 것은 의미가 다르다. 전자는 마음을 버린다는 뜻이고 후자는 버리는 행위도 없는 경지. 전자는 마음을 버리지만 후자는 마음을 버린다는 마음도 없는 경지를 뜻한다. 왜냐하면 이 때는 마음(소)이 저절로 늙어 소멸하기 때문이다.

한편 이런 경지는 십우도에 나오는 8단계, 곧 인우구망人牛俱忘의 단계를 암시할 수도 있다. 이 단계는 사람, 곧 자아도 잊고 소(마음)도 잊는 단계. 따라서 채찍과 고삐도 비고 사람도 소도 비어 있는 경지를 이른다. 1절에서는 소를 놓아두고 언덕에 누워 있다. 그러나 2절에서는 소가 늙어 어떻게 먹일지 알 수 없어 고삐를 놓아두고 무생가를 부른다. 소를 놓아두고 언덕에 누워 있는 것은 집으로 돌아와 소를 잊는 7단계, 곧 도가망우到家忘牛의 단계이고 망우존인忘牛存人, 소는 잊고 사람만 존재하는 단계로 부르기도 한다.

7단계에서 소를 잊는 것은 소와 사람이 완전히 하나로 합일했기 때문에 더 이상 소로서 보이지 않기 때문이다. 그러나 8단계는 소뿐만 아니라 사람도 완전히 잊어버린 경지이다. 그림에는 아무 것도 없는 텅 빈 원상圓相만 나타난다. 이 단계는 버린다/ 버리지 않는다의 2항 대립 체계를 초월하는 절대무의 경지로 1단계부터 7단계에 이르는 모든 과정을 부정한다. 따라서 8 단계로 가는 것은 크나큰 죽음이고 결정적인 비연속적 연속이 존재한다. 말하자면 7단계에서 성취한 참된 자신은 다시 무화되어 절대가 되어야 한다. 도달한 경지마저 무화하는 단계.(우에다 시즈데루,「자기의 현상학」,『십우도』, 장순용 엮음, 세계사, 1991, 302-305)

문제는 2절 후반에 나오는 두 행이다. 스님은 절대무의 세계에서 무생가, 곧 불생불멸의 세계를 노래하다가 머리를 돌려 먼 산을 바라본다.

> 머리 돌리면 먼 산에는 저녁해 붉은데
> 늦봄 산중에는 가는 곳마다 바람에 꽃이 지네

원래 내가 이 선시를 인용한 것은 하이데거의 현존재, 곧 터-있음, 존재가 개방되어 있는 영역에 있다는 말이 대정 스님의 선어禪語 은현동시의 세계, 따라서 묘각의 세계를 지향한다는 사유 때문이다. 그러나 이제까지 나는 은현동시의 구조가 아니라 십우도를 전제로 태고 보우의 선시를 해석했고 이런 해석 역시 은현동시의 세계와 무관한 것은 아니다. 결론부터 말하면 선불교가 지향하는 세계는 십우도의 8단계, 소도 잊고 사람도 잊는 단계, 공의 세계이고 이 세계가 깨달음, 곧 텅 빈 경지이다. 9단계는 다시 산은 산이고 물은 물인 세계이고 10단계는 이타행利他行의 세계이다.

그러나 절대 공의 세계는 아무 것도 없는 세계가 아니다. 공은 색즉시공이고 공즉시색의 세계이고 따라서 공─불공의 세계이고 공과 유 역시 불이不二의 관계로 존재(?)한다. 공空과 상相의 관계 역시 그렇다. 상은 헛것이고 마음의 산물이기 때문에 공이고 공이 또한 상이다. 요컨대 텅 빈 원상으로 제시되는 공을 다시 생각하자. 이 공은 공이며 유이고 텅 비었으며 동시에 가득차고 안과 밖의 경계가 모호하고 시작과 끝의 관계도 모호하다. 대정 스님 어법에 따르면 은현이 동시에 있다. 공의 안과 밖은 은과 현의 관계에 있지만 은은 현하며 밖으로 나가지만 안에 그대로 머물고, 따라서 머물며 나가고 나가며 머문다. 그런 점에서 은은 뒤로 물러서며 앞으로 나가고 이렇게 생성하는 현 역시 밖에 머물며 안으로 사라진다. 위의 시에서 읽을 수 있는 것이 그렇다. 한 마디로 이 두 행의 시가 암시하는 것은 은현동시의 세계다.

첫째로 스님은 산 속에 있으며 머리 돌려 먼 산을 바라본다. 먼 산과 나 사이엔 거리가 있고 내가 있는 산과 나 사이엔 거리가 없다. 그러니까 이 시에서 산과 자아 사이엔 거리가 있고 동시에 없다. 거리가 있는 먼 산은 물러가는 세계, 숨는 세계, 은隱의 세계이고 그가 걸어가는 산 속의 세계는 드러나는 세계, 나타나는 세계, 현現의 세계이다. 그러므로 산은 물러가며 나타나는 은현동시의 영역에 있다.

둘째로 스님은 은의 세계(먼 산) 밖에 있고 현의 세계(산중) 안에 있다. 스님은 과연 어디 있는가? 물러가는 세계 밖은 어디고 나타나는 세계 안은 어딘가? 물러가는 세계 밖엔 나타나는 세계가 있고 나타나는 세계 안엔 숨는 세계가 있다. 그러므로 은과 현은 불이不二의 관계에 있고 은현은 동시에 있다.

 셋째로 물러가는 은의 세계(먼 산)에는 저녁 해가 붉고 나타나는 현의 세계(산중)에는 꽃이 진다. 저녁 해이긴 하지만 붉은 해는 생명을 상징하고 지는 꽃은 죽음을 상징한다. 따라서 물러감(은)은 생명을 내포하고 드러남(현)은 죽음을 내포한다. 그런 점에서 은은 죽어가며 살고 현은 살며 죽어간다. 공즉시색이고 색즉시공이다.

 넷째로 물러가는 먼 산(은)에 있는 붉은 저녁 해는 꽃이 피는 이미지이고 나타나는 산 속(현)엔 바람에 꽃이 진다. 따라서 은 속에 꽃이 피고 현 속에 꽃이 지고 나의 있음(산중)은 낙화, 죽음과 관계되고 나의 없음(먼산)은 개화(해), 생명과 관계된다. 요컨대 무는 생명과 관계되고 유는 죽음과 관계된다. 그리고 이런 유/ 무를 안에 거느리며 동시에 초월하는 세계가 공이고 이것이 십우도의 8단계에 나오는 원상의 의미이고 대정 스님의 은현동시 묘각의 세계이고 의식한 건 아니지만 하이데거가 은연 중에 목표로 한 것이 그렇다.

 물론 『존재와 시간』에서 하이데거가 강조하는 것은 은현동시의 세계, 존재 자체, 존재의 빛, 존재 개방성의 터, 환히 열린 장이 아니라 현존재가 실존의 양식을 통해 존재로 나가는 과정이다. 그런 점에서 '존재와 시간'을 중심으로 하는 전기 사유는 존재자에서 존재로 가는 길을 강조하고 후기 사유는 존재 자체에서 존재자로 가는 길 위에 있다. 이 글에서 나는 다자인과 다, 현존재와 현의 관계를 선의 시각, 특히 은현동시 개념을 중심으로 살폈다.

02

불안

1. 현존재의 개시성

현존재Dasein는 존재 자체를 문제삼는 존재자이다. 현존재로서의 인간이 다른 존재자, 예컨대 동물과 다른 점은 이렇게 자신의 존재, 있음에 대해 질문하고 스스로 대답을 찾는 존재자라는 점에 있다. 내가 있다는 것은 무엇이고 어떻게 있어야 하는가? 하이데거는 인간이라는 용어 대신 현존재라는 용어를 사용하는 바 이는 현존재가 존재sein를 은폐한다는 것을 의미한다. 말하자면 현존재는 존재를 은폐하는 존재자, 혹은 속에 존재를 내포하는 존재자이고 나는 이런 특성을 현(존재)로 표현한 바 있다. 그러므로 현존재는 자신이 은폐한 존재를 드러내고 개시하고 현現da하는 이른바 비은폐를 지향하고 이때 현존재의 진리가 드러난다.

나는 앞의 글 「현존재」에서 현존재가 존재를 개시하는 양식, 곧 숨김/ 드러냄, 은폐/ 비은폐, 현존재/ 존재의 관계를 대정 스님의 게송에 나오는 은현隱現동시의 구조로 해명했다. 물론 '존재와 시간'에서 하이데거가 강조한 것은 이런 의미로서의 존재 개시성, 곧 존재를 열어 보이고 밝히는 것이 아니라 현존재가 실존의 양식을 통해 존재를 드러내는 과정이다. 그런 점에서 '존재와 시간'을 중심으로 하는 전기 사유는 존재자에서 존재로 가는 길을 강조한다. 그러나 후기 사유는 존재 자체에서 존재자로 가는 길을 강조한다.

그러나 다시 생각하면 존재자에서 존재로 가는 것이나 존재에서 존재자로 가는 것이나 목표는 같고 따라서 현존재가 존재를 개시하는 것이나 존재가 현존재를 개시하는 것이나 목표는 같다. 왜냐하면 전자는 현(존재)의 구조, 후자는 (현)존재의 구조로 표현할 수 있지만 두 경우 모두 추구하는 것은 현—존재의 구조, 곧 존재의 드러남을 매개로 하는 현존재와 존재의 동일시, 혹은 존재자와 존재의 동일시이기 때문이다. 물론 이런 동일시는 차이를 내포하는 동일시, 불교 식으로 말하면 불이不二, 중도와 비슷한 개념이다.

현(존재)의 구조는 현존재가 존재를 숨기면서 드러냄을 암시하고 (현)존재의 구조는 존재가 현존재를 숨기며 드러냄을 암시한다. 그리고 현—존재의 구조는 현존재가 존재이고 존재가 현존재라는 것을 암시한다. 은현동시의 시각에서 해석하면 전자는 은(현)의 구조이고 후자는 (은)현의 구조이고 현—존재는 은—현의 구조이다. 은(현)이 현존재자가 존재를 숨기며 드러낸다면 (은)현은 존재가 현존재를 숨기며 드러낸다. 한편 은—현은 존재와 현존재의 동일시, 이른바 물아일체物我一切, 여여如如, 평상심平常心의 경지이다.

내가 대정 스님의 게송을 모델로 하이데거의 존재 개시성을 읽는 것은 이른바 현(존재)가 '열반경'에서 말하는 실유중생개유불성悉有衆生皆有佛性, 곧 모든 중생에겐 불성이 있다는 부처님 말씀과 통하기 때문이다. 모든 현존재가 존재를 은폐하고 따라서 존재 개시의 가능성이 있다는 말은 모든 중생이 불성을 지니고 따라서 부처가 될 수 있다는 말과 비슷하기 때문이다. 요컨대 현(존재)의 구조는 중생(불성)의 구조와 통한다.

한편 현존재는 지금 여기 있는 존재이고 세계—내—존재이다. 세계 안에 있다는 것은 성냥갑 속에 성냥이 있는 것과는 다르다. 성냥은 도구로 사용되기 위해 있지만 현존재가 세계 안에 있다는 것은 자신의 실존을 이해하는 현존재로서 그가 은폐한 존재를 개시한다는 의미이다. 그런 점에서 실존은 스스로를 초월하는 이른바 탈존脫存이 된다. 실존적 이해란 무엇인가? 다음은 하이데거의 말.

> 현존재는 언제나 자기 자신을 자신의 실존으로부터, 곧 자신으로 존재하거나 자신이 아닌 것으로 존재할 수 있는 자신의 가능성으로부터 이해한다. 현존재는 이런 가능성들을 스스로 선택했든가, 아니면 그 가능성 안으로 빠져들게 되었든가, 아니면 각기 이미 그 안에서 성장해왔다. 실존은 오직 그때마다의 현존재에 의해서 장악하거나 놓지는 방식으로 결정된다. 실존의 문제는 오직 실존함 자체에 의해서만 처리될 수 있다. 이때의 주도적인 자기 자신에 대한 이해를 우리는 실존적 이해라고 부른다.(마르틴 하이데거, 『존재와 시간』, 이기상 옮김, 2007, 까치글방, 28-29)

이 글을 다시 옮기면서 부분적으로 손을 댄 것은 읽기의 편의를 위해서이다. 이 글에서 현존재라는 용어는 현존재의 본질이 실존과 관계되는 존재자라는 것을 암시하기 위해 사용된다. 그러니까 현존재는 실존을 이해하는 존재자이고 이런 존재자는 실존, 곧 자신으로 존재하거나 자신이 아닌 것으로 존재할 수 있는 가능성을 이해한다. 자신으로 존재한다는 것은 실존을 매개로 존재를 개시하고 이런 개시에 의해 실존을 초월하는 삶의 양식을 뜻하고 따라서 실존은 탈존이 된다. 실존은 나의 존재 방식에서 출발하고, 존재(진리)가 나를 통해 드러나는 삶의 방식이다. 실존으로서의 현존재는 이 세계에 내던져 있지만 이런 피투성被投性을 극복하기 위해서는 실존을 초월해야 한다. 그렇다면 초월은 어떻게 가능한가?

먼저 세계-내-존재로서의 현존재는 다른 존재자들과 관계를 맺는다. 예컨대 나는 지금 글을 쓰고 있다. 그러나 지금 글을 쓰고 있는 나의 실존을 규정하는 것은 나와 연필, 혹은 컴퓨터와 관계를 맺는 것이고 나아가 전기, 책상, 의자 등과 관계를 맺는 것. 따라서 내가 이 세상에 내던져 있다는 것은 이 세계를 구성하는 도구들, 곧 존재자들과 관계를 맺는 것이고 그런 의미에서 모든 존재자와 관계를 맺는 것은 내던져져 있다는 의미로서 존재자에게 이미-내-맡겨져 있다. 다음은 하이데거의 말.

> 모든 존재자와의 관계 맺음은 항상 내던져져 있다는 의미로서 존재자에 이미-내-맡겨져 있음에서 나온다. 현존재는 존재자와의 관계 맺음 안에서 때때로 존재자에 내맡겨져 있지 않고 현존재의 방식으로서 모든 관계 맺음은 내던져져 있음에서 일어난다. 모든 관계 맺음은 본질적으로 처해 있음(마음 상태, 정상성)의 관계 맺음이며, 존재자와의 모든 관계 맺음을 해명하고 이끄는 존재 이해에는 하나의 기분에 젖어 있음이 속한다. 근본적으로 말해서 존재자를 넘어섬은 존재자 한 가운데 처함 안에서 그리고 그것으로부터 일어난다. 초월, 세계-내-존재에는 내던져져 있음이 속한다.(마르틴 하이데거, 『철학 입문』, 이기상 옮김, 까치글방, 2006, 230)

내가 존재자들과 관계를 맺는 것은 내가 이 세상에 내던져 있기 때문에 이미 나에게 내 맡겨져 있다. 그러므로 그 관계는 내던져져 있음, 피투성을 동기로 한다. 또한 이런 관계는 어떤 기분에 처해 있음(마음 상태, 정상성, 정서 상태)을 매개로 하는 관계이고 따라서 존재 이해는 기분을 동반한다. 요컨대 존재 이해, 말하자면 초월은 기분을 매개로 한다.

나는 지금 글을 쓰고 있다. 그리고 이런 삶의 양식은 컴퓨터, 스탠드, 책상, 의자 등과 관계를 맺는 행위이다. 그러나 나는 지금 이 글을 쓰면서 머리가 집중되지 않고 우울하고 정신이 안정되지 않고 불안하다. 이유는 무엇인가? 이유는 분명치 않다. 나도 모르겠다. 그렇다면 우울증은 이런 무지, 불확실성을 근거로 하고 근거가 없다는 것이 근거이다. 하이데거는 이유 없이 안정이 안 되는 마음 상태를 불안이라고 했지만 우울증 역시 비슷하다. 정신분석에 의하면 우울과 불안은 형제이다. 형제는 비슷하며 다르다.

정신분석에 의하면 우울증은 대상 상실을 동기로 하고 불안 역시 비슷하다. 누군가가 떠난 다음 그를 향했던 리비도가 자신에게 돌아오지 않고 계속 떠난 대상에 머물 때 우리가 느끼는 것이 우울증이다. 물론 떠남을 미리 근심하는 불안의 정서도 비슷하지만 우울한 시간에 나를 찾아오는 것은 떠난 사람에 대한 비난이고 떠난 사람과 나는 동일시되기 때문에 그에 대한 비난은 나에 대한 비난, 곧 자기비난으로 발전하고 자기 비난의 극한이 자살을 부른다. 요컨대 그가 떠나면 공백이 남고 떠난 그가 나이기 때문에 나도 공백이 된다. 이 공백, 심연, 백지에서 읽는 것은 프로이트 식으로 말하면 자아의 빈곤이다. 우울하다는 것은 이런 자아의 빈곤, 공백, 무와 만나는 것. 그가 떠난 것은 아니지만 떠났다고 미리 생각하는 마음 상태가 불안을 낳고 이런 상태는 정신병 초기 증상에 속한다. 그렇다면 나는 지금 정신병 초기 증상을 앓고 있는가? 그럴 수도 있고 그렇지 않을 수도 있다. 나는 지금 우울하고 불안하지만 이 우울과 불안을 분석하기 때문에 나는 환자(?)이며 의사이고 프로이트의 정신분석 역시 프로이트 자신의 정신분석이다.

하이데거 식으로 해석하면 나는 지금 글을 쓰고 있고 이 글쓰기는 존재자들과 관계를 맺는 것. 그러나 나는 우울한 상태에서 이 글을 쓰기 때문에 우울한 기분에 처해 있고 이런 기분이 자아의 가난, 공백, 심연, 무를 낳고 이런 기분에 의해 나는 내가 이 세상에 던져져 있다는 사실을 깨닫는다. 그런 점에서 기분은 실존을 드러내고 실존은 기분을 매개로 탈존이 된다. 요컨대 나는 컴퓨터, 스탠드, 책상, 의자 등의 존재자들과 관계를 맺으면서 우울과 불안이라는 기분에 처하고 이런 기분 속에서 이런 기분에 의해 존재자들을 초월하고 나의 무, 공백이 드러난다. 우울하고 불안한 시간에 존재자들은 물러가고(은) 나의 공백이 드러난다.(현)

2. 현존재와 기분

존재를 이해한다는 것은 현존재Dasein가 은폐하고 있는 존재sein를 현現하고 Da하는 이른바 비은폐성, 개시성을 성찰하는 것. 따라서 실존으로서의 현존재는 존재의 개시를 지향하고 이때 현존재를 구성하는 세 가지 개념이 이른바 마음 상태(기분), 이해, 퇴락이다. 그러니까 이 세 가지 개념이 현존재의 존재 개시성을 구성한다. 말하자면 우리는 어떤 기분에 처할 때, 실존의 가능성을 이해할 때, 일상적 비본래적 삶의 양식에 떨어질 때 존재의 가능성, 존재를 개시할 수 있는 가능성과 만난다. 이 글에서는 이 세 요소 가운데 마음 상태(기분), 특히 불안을 매개로 하는 존재의 개시성을 선禪과 관련해서 살필 것이다. 하이데거에 의하면 두드러진 마음 상태(기분)로는 공포와 불안이 있고 그 차이는 다음과 같다.

먼저 공포는 공포의 대상, 공포 자체, 공포의 이유 세 가지 관점에서 고찰된다. 공포는 불안처럼 현존재가 존재와 만나는 계기가 되고 그런 점에서 개시성(현)을 실존적으로 구성한다. 현존재로서의 나는 언제나 어떤 기분 속에서 존재자와 관계를 맺고 산다. 어제 쓰던 글을 계속하는 오늘의 기분과 어제의 기분은 같을 수도 있고 다를 수도 있지만 어떤 기분, 정서 상태는 언제나 존재한다. 어제는 우울하고 불안한 기분 속에서 글을 쓰고 따라서 존재자들, 곧 컴퓨터, 스탠드, 책상, 의자 등과의 관계는 우울과 가벼운 불안으로 물들었다. 그러나 오늘은 피로와 권태 속에서 이 글을 쓴다. 피로한 것은 어제 저녁 신사동에서 술을 마시고 돌아와 다시 술을 더 마셨기 때문이고 권태를 느끼는 것은 이런 글을 쓰는 게 싫증이 나기 때문이다. 더욱 오늘은 날씨가 흐리다. 이런 날엔 언제나 정신이 맑지 않고 매사가 귀찮다. 요컨대 지금 내가 만나는, 교섭하는, 관계를 맺는 컴퓨터, 스탠드, 책상, 의자 등은 피로와 권태로 물든다.

그러나 이런 피로와 권태가 나의 실존을 낳고 실존을 매개로 나의 존재와 세계가 개시된다. 말하자면 이런 기분 속에서 나의 존재가 개시되고 세계(존재자들)가 개시된다. 예컨대 나는 지금 이 글을 쓰지만 이 글은 쉽게 앞으로 나가지 못하고 나는 피로와 권태(기분)에 젖고, 이 기분에 의해 나는 다른 나를 생각하고 컴퓨터, 스탠드, 책상, 의자는 단순한 도구성을 벗어난다. 지금 내가 바라보는 컴퓨터 화면은 화면이 아니라 백지이고, 책상 위의 스탠드는 삿갓을 쓴 나그네이고, 책상은 벌판이고, 의자는 동굴이다. 요컨대 기분에 의해 나와 세계가 다른 모습으로 드러난다. 이 다른 모습이 나의 실존을 암시하고 이때 나는 내가 이 세계에 던져져 있다는 것, 이른바 피투성을 사실로 수용한다.

사르트르의 『구토』를 회상하자. 소설의 주인공 로캉탱은 18세기의 한 인물에 대해 논문을 쓰기 위해 시골 도시 부빌에 머문다. 이 고독한 남자는 사물들에 대한 이상한 체험을 하게 된다. 어느 날 그는 공원 의자에 앉아 마로니에 나무 뿌리가 의자 밑 땅에 묻혀 있는 것을 본다. 그러나 그는 그것이 마로니에 나무 뿌리라는 것을 생각하지 못한다. 적당한 낱말도 떠오르지 않고 낱말의 의미, 유용성도 소멸하는 이상한 체험을 한다. 이른바 실존적 체험이다. 여기서 그가 깨닫는 것은 사물들이 설명할 수 없는 상태로 그저 존재한다는 것. 설명할 수 없는 세계는 부조리하다는 것.

그는 허리를 굽히고 땅 밑에 묻혀 있는 거친 매듭들이 솟아 있는 나무 뿌리를 보며 공포를 느낀다. 그는 나무 뿌리를 설명할 수 없고 나무 뿌리는 설명할 수 없는 한 존재한다. 설명할 수 없는 세계, 그것은 부조리의 세계다. 이런 부조리는 사물에만 적용되는 게 아니라 자기 자신에게도 적용된다는 것을 깨닫고 그는 구토를 느낀다. 물론 사르트르가 강조하는 것은 이른바 의식이 없는 즉자卽自와 의식이 있는 대자對自의 문제이고 무와 존재의 문제이다. 그러나 그가 강조하는 무는 하이데거가 강조하는 무와는 다르고 나는 이 문제를 뒤에 다시 살필 것이다.

중요한 것은 권태나 피로나 구토나 모두 실존의 계기가 되고 따라서 현존재가 은폐하는 존재를 개시한다는 점이다. 그러므로 마음 상태(기분)는 현존재의 피투성을 개시하고 하이데거에 의하면 기분은 크게 세 가지 특성을 보여준다.

첫째로 기분은 이상에서 말했듯이 현존재의 피투성을 개시한다. 둘째로 기분은 그때마다 이미 세계-내-존재를 전체로서 개시하고 자신의 방향 설정을 가능케 한다. 곧 기분은 세계, 공동 현존재, 실존이 개시되는 근본 양식이다. 어떤 기분에 처함으로써 세계를 구성하는 존재자들(사물과 타인), 함께 사는 공동 현존재, 실존이 개시되고 이런 개시에 의해 나는 새로운 삶의 방향을 설정하게 된다.

예컨대 『구토』의 주인공 로캉탱이 나무 뿌리에서 공포를 느끼며 체험하는 것은 이 나무 뿌리가 개시하는 새로운 세계(부조리)이다. 한편 그는 자주 가는 카페에서 어느 날 자신의 삶과 일상인들의 삶도 부조리하다는 것을 느낀다. 그것은 '여기서 난 무엇을 하고 있는가?', '내가 무엇 때문에 휴머니즘 논쟁에 가담했던가?', '왜 사람들은 여기 있는가?', '왜 그들은 음식을 먹고 있나?' 같은 질문으로 나타난다. 이런 질문들은 로캉탱 자신의 부조리한 삶과 타인의 부조한 삶을 개시하고 마침내 함께 살고 있는 공동 현존재의 부조리를 개시한다. 그러니까 그는 나무 뿌리에서 세계(사물)와 자신의 부조리를 느끼고, 카페에서 자신과 세계(타자)와 공동 현존재(일상인들, 타자)의 부조리를 느끼고 이런 부조리 체험이 이른바 실존 체험이다.

그는 자신뿐만 아니라 모든 인간의 존재가 부조리하다는 것을 느끼고 진정한 자아를 찾지만 자신이 갈 곳은 어디에도 없다는 것을 깨닫고 마침내 자신을 쓸모 없이 떠도는 잉여물, 근거 없는 존재자로 간주한다. 존재의 근거가 없다는 것은 무의 체험과 통하고 한편 존재의 근거가 없기 때문에 인간은 자유롭다는 명제와 만난다. 결국 실존은 근거 없이 던져져 있다는 기분이고 이런 기분이 자유를 개시한다. 요컨대 그가 느끼는 구토라는 심리 상태는 존재의 무근거(실존)를 매개로 새로운 존재(자유)로의 방향 설정을 가능케 한다.

김춘수가 초등학교 시절 운동장 벤치에서 느끼는 감정도 비슷하다. 어느 날 그는 운동장에서 벚꽃 나무 사이에 있는 벤치를 발견하고 거기 앉으려고 걸어가다 멈춰 선다. 더 이상 발을 뗄 수 없었기 때문이다. 그에게 벤치는 벤치로 보이지 않는다. 그때 그의 머리 속엔 앞뒤로 잘 흔들리는 유치원 원장 선생님의 흔들의자가 떠오른다. 처음 벤치에서 그가 느낀 것은 그 벤치가 다리를 땅 속에 묻고 몸을 움츠리는 모습. 따라서 의자가 아닌 다른 사물로 변한다는 것. 의자는 그가 앉는 것을 거절하고 이상한 얼굴로 그를 무시한다.

나는 이런 현상을 이른바 사물 소외로 명명하고 사르트르 식으로는 사물이 도구성을 벗어나는 순간으로 해명한 바 있다. 물론 그 글에서 내가 주장한 것은 라캉의 응시 개념이다. 세계의 응시 앞에서 그가 느끼는 것은 세계의 낯섦, 생소함, 소외감이고 그후 이런 소외는 '나는 왜 여기서 이러고 있는가?'라는 질문과 회의와 불안으로 나타난다.(이승훈, 「김춘수, 시선과 응시의 매혹」, 『한국현대시의 이해』, 집문당, 1999, 159-160)

그가 운동장 벤치에서 느끼는 것은 사물로부터 소외되는 실존 체험이지만 다시 해석하면 그건 공포이고 이런 공포가 그의 무의식적 외상外傷(트라우마)이 되어 그후 불안으로 발전하고 이 불안이 환기하는 것은 '나는 왜 여기서 이러고 있는가?'라는 실존 체험이다. 이런 실존 체험이 새로운 삶의 세계를 낳는다.

셋째로 기분은 세계를 개시한다. 세계-내-존재로서 현존재는 세계를 구성하는 존재자(도구 사물)들과 만나고 이런 만남은 앞에서 말했듯이 기분을 매개로 한다. 그러나 중요한 것은 이때 현존재는 세계(존재자)를 위협 가능성을 기반으로 개시한다는 것. 그런 점에서 공포는 세계를 개시한다.(이상 기분의 특성에 대해서는 하이데거, 『존재와 시간』, 이기상 옮김, 까치, 2007, 190-191, 소광희, 『하이데거-존재와 시간 강의』, 문예출판사, 2004, 94-96 참고.)

3. 현존재와 공포

하이데거에 의하면 현존재가 자신이 은폐하고 있는 존재를 개시하는 대표적인 기분으로는 공포와 불안이 있다. 공포와 불안을 앞에서는 분명히 구별하지 않고 모두 기분의 범주에 넣고 말했지만 공포와 불안은 다른 특성을 보여준다. 먼저 그는 공포를 공포의 대상, 공포 자체, 공포의 이유라는 세 관점에서 살핀다.

첫째로 공포의 대상은 그때마다 손안의 것, 눈앞의 것, 공동현존재의 존재 양식을 가진 것으로 세계내부적으로 만나게 되는 어떤 것이다.(존재와 시간, 앞의 책, 195) 하이데거에 의하면 세계—내—존재로서 현존재는 세계에 존재하는 존재자들과 관계를 맺고 이 존재자들은 다시 손안의 것(도구사물), 눈앞의 것(인식사물), 공동현존재(타인)로 세분된다. 손안에 있다는 것은 사물의 도구성을 뜻하고, 눈앞에 있다는 것은 이런 도구로서의 사물이 아니라 인식이나 지각 대상으로서의 사물을 뜻하고, 공동현존재는 현존재와 함께 세계 속에 존재하는 타인들을 뜻한다.

이런 대상들은 특정한 방위에서 접근해오는 것으로 우리를 위협하기 때문에 두렵지만 이런 공포는 현실적으로 나타나지 않을 수도 있다. 이런 대상이 특정한 방위에서 우리에게 접근한다는 것은 이런 대상이 특정한 주변 영역을 겨냥한다는 것. 공포가 현실적으로 나타나지 않을 수도 있다는 말은 이런 대상이 공포를 환기할 수도 있고 그냥 지나칠 수도 있다는 것. 그러나 중요한 것은 공포의 대상이 그냥 지나칠 수도 있지만 그렇다고 공포의 기분을 경감시키거나 없애는 것은 아니라는 점이다

앞에서 나는 사르트르의 「구토」를 중심으로 현존재가 존재를 개시하는 실존의 계기로 공포에 대해 말한 바 있다. 로캉탱의 체험을 중심으로 다시 살피면 공포의 대상은 마로니에 나무 뿌리이고 이 뿌리는 공원 벤치와 관련된다는 점에서 도구사물에 해당한다. 그러나 그가 나무 뿌리라는 생각을 할 수 없는 것은 이런 도구사물이 도구성, 유용성을 상실

했기 때문이고 그는 허리를 굽히고 거친 매듭들이 솟아 있는 나무 뿌리를 보며 공포를 느낀다. 말하자면 나무 뿌리는 로캉탱 주변 영역을 겨냥한다. 로캉탱이 없다면 혹은 다른 사람이 앉아있는 경우 이 뿌리는 공포를 은폐한 채 아무 느낌도 주지 않을 수도 있다.

로캉탱은 종이 줍기를 좋아한다. 그러나 어느 날 그는 영문營門에서 나오는 장교의 장화를 보다가 물구덩이 곁에 있는 종이를 보고 몸을 굽혀 그것을 주우려 하지만 줍지 못한다. 다음은 그의 독백.

> 물체들, 그것은 '만지지' 않을 것임에 틀림없을 테지. 왜냐하면 물체들은 살아 있지 않기 때문이다. 사람들은 그것들을 사용하고, 제 자리에 배치하고, 그 틈에서 살고 있다. 그것들은 쓸모 있을 뿐 그 이상 아무 것도 아니다. 그리고 그것들이 나에게 닿는 것, 나는 그것을 못 참는다. 흡사 그것들이 살아있는 짐승이기라도 한 양 나는 그것들과 접촉을 갖는 게 무섭다. 이제 알겠다. 지난 날 내가 바닷가에서 조약돌을 손에 쥐고 있을 때 느꼈던 것을. 이젠 훨씬 잘 기억한다. 그것은 들척지근한 구토증이었다. 그 얼마나 불쾌한 것이었던가!(사르트르, 구토, 하동훈 역, 동화출판사, 1972, 24-25)

마로니에 나무 뿌리에서 느낀 것이나 종이에서 느낀 것이나 조약돌에서 느낀 것이나 모두 구토증이고 구토는 불쾌함, 유해함, 위협을 환기한다. 그리고 이런 기분이 실존 체험이 된다. 사물은 사용되고 제 자리에 배치되고 현존재는 그 틈에서 산다. 그러나 이런 도구사물이 공포의 대상이 되는 것은 그것이 도구성, 유용성, 쓸모를 상실하고 살아 있는 짐승처럼 다가올 때이다. 한편 그는 도구사물 뿐만 아니라 공동현존재(타인)에게서도 공포(구토)를 느낀다. 그는 어느 날 저녁 카페에 들린다. 주인 아줌마는 없고 마들렌느가 웃으며 '무얼 드시겠어요?' 물을 때 그는 구토증을 느끼고 의자에 주저앉는다. 그는 자신이 어디 있는지 알 수 없고 여러 가지 색채가 천천히 그의 주위를 도는 것을 바라본다. 그때부터 구토증이 계속된다. 카페에서 그를 사로잡는 것은 안개의 소용돌이,

연기와 거울 속에서 번쩍이는 빛의 소용돌이였다.

둘째로 공포 자체라는 말은 공포를 느끼는 상태, 두려워함 자체를 뜻하고 그런 점에서 공포, 두려움fear이 아니라 두려워함 자체fearing as such라고 번역한 영역 본이 도움이 된다. 이 책에서 두려워함은 다음처럼 번역된다.

> 두려워함 속에서는 위협적인 것으로 간주해온 것이 자유롭게 되고 문제가 된다. 악을 함축한 존재자가 먼저 있고 그 후 우리가 그것을 두려워하는 것이 아니다. 그렇다고 다가오는 것에 대해 처음부터 공포를 느끼는 것도 아니다. 우리는 공포를 함축한 대상에서 미리 공포를 발견한다. 그리고 두려워함 속에서 공포는 자신을 명확히 하며 자신을 분명히 드러낸다. 우리가 어떤 것을 두렵게 보는 것은 공포가 마음 상태 (기분) 속에 존재하기 때문이다. 마음 상태 속에 있는, 세계-내-존재의 잠재적 가능성으로서의 두려워함은 이미 세계를 개시하는 바 이는 세계 속에서 두려움을 환기하는 것들이 세계 밖으로 나와 우리에게 다가오기 때문이다. 이렇게 잠재적 다가옴 자체가 자유로운 것은 세계-내-존재의 본질적 실존적 공간성 때문이다.(M. Heidegger, Being & Time, trans. by J. Macquarrie, Harper & Row, New York, 1962, 180)

하이데거의 글이 난해한 건 알지만 도대체 그는 이 글에서 무슨 말을 하고 있는가? 두려워함은 현존재가 공포의 대상을 만나면서 동시에 현존재가 느끼는 기분이다. 그러니까 공포의 대상이 먼저 있고 그 후 대상을 보고 공포를 느끼는 게 아니라, 공포의 기분을 매개로 대상을 바라본다. 로캉탱이 마로니에 뿌리에서 공포를 느끼는 것은 이 뿌리가 먼저 공포를 환기하기 때문이 아니라 그가 이 뿌리를 볼 때 공포의 기분에 젖어 있기 때문이고 따라서 현존재의 이런 기분이 대상의 공포를 개시한다. 그런 점에서 공포 자체, 두려워함은 존재자에 속하는 것도 아니고 현존재에 속하는 것도 아니고 어디까지나 기분을 매개로 둘이 만나는 것. 그리고 이런 특성이 세계-내-존재의 본질적 실존적 공간성을 암시한다.

셋째로 공포의 이유는 현존재 자신이다. 존재 자체를 문제삼는 현존재는 위협적인 것을 만나면 공포를 느낀다. 요컨대 자신의 존재를 문제삼는 인간만이 공포를 체험한다. 따라서 공포는 현존재를 '거기에' 있음에서 드러내준다. 앞에서 기분이 세계를 개시한다고 했거니와 현존재는 세계(존재자)를 위협가능성을 기반으로 개시한다. 공포에 의해 세계를 구성하는 사물들, 타인들이 개시된다. 공포가 현존재를 '거기에' 있음에서 드러낸다는 것은 공포를 매개로 현존재의 현, Dasein의 Da가 개시된다는 뜻이다. 로캉탱은 구토, 위협적인 것, 공포를 매개로 새로운 자아를 발견하기 시작하고 이런 과정이 현존재가 자신의 존재를 발견하는 과정과 통한다.(이상 공포의 대상, 공포 자체, 공포의 이유에 대해서는 하이데거, 이기상 옮김, 앞의 책 195-196, 소광희, 앞의 책, 127 참고)

4. 현존재와 불안

공포와 불안은 현존재가 존재를 개시하는 대표적인 마음 상태(기분)이다. 공포는 위에서 말했듯이 세계-내-존재로서 현존재와 존재자의 만남을 전제로 한다. 말하자면 공포는 한 주변 영역을 소유하는 대상을 전제로 한다. 그러나 불안은 이런 대상을 전제로 하지 않고 따라서 불안의 대상은 세계내부적 존재자가 아니다. 말하자면 세계를 구성하는 도구사물, 인식사물, 현존재가 아니고 이런 대상들은 불안 속에서 붕괴한다.

세계는 세계를 구성하는 존재자들이 붕괴하면 의미를 상실한다. 왜냐하면 세계는 언어가 구성하고 이때 언어는 대상을 명명하고 지시하고 이런 지시성이 대상의 도구성, 곧 유용성을 동반하고 따라서 존재자, 곧 대상이 붕괴한다는 것은 언어로 명명된 사물들의 붕괴, 곧 언어의 소멸을 뜻하기 때문이다. 이런 도구사물의 소멸은 언어의 소멸이고 로캉탱이 마로니에 나무 뿌리에서 느끼는 것, 아무 생각도 떠오르지 않는 것, 어떤 낱말도 떠오르지 않는 것이 그렇다.

그러나 로캉탱은 불안을 느끼는 것은 아니고 공포를 느끼고 그때 나무 뿌리가 그를 엄습한다. 하이데거에 의하면 어떤 기분에 젖을 때 존재자는 전체적으로 엄습한다. 예컨대 사랑하는 사람과 마주할 때 느끼는 기쁨 속에서 내가 체험하는 것은 너(존재자)가 전체적으로 나를 엄습하는 느낌이다. 요컨대 어떤 기분으로 있을 때 우리는 그런 기분에 젖어 존재자 전체의 한 가운데 처해 있다. 따라서 기분은 그때마다 존재자 전체를 드러내며 이것은 현존재에 일어나는 근본 사건이 된다.

그러나 기분에 의해 존재자 전체가 엄습하는 순간에 기분은 무를 감춘다. 기분에 의해 존재자 전체가 엄습할 때 우리가 느끼는 것은 존재자 전체의 부정이고 이런 부정은 무가 아니다. 사랑의 기쁨 속에서 너는 이제까지의 네가 아니고 따라서 너는 부정되지만 네가 없는 것(무)은 아니다. 그러므로 부정은 무가 아니다. 부정은 긍정을 전제로 하고 무는 이런 긍정/부정을 초월한다. 무는 아무 것도 아니며 분별(2항 대립)을 초월한다. 그런 점에서 기분은 존재자 전체를 드러내며 무를 은폐한다. 그러나 불안의 대상은 무이고 무는 어디에도 없기 때문에 불안은 무와 직면하는 순간이 된다.

이 글을 언제 시작했는지 기억이 분명치 않다. 지금은 2009년 5월 25일 월요일 오후 세시. 어제는 흐리고 오늘은 밝은 해가 난다. 대체로 나는 오후 두시나 세시부터 책상에 앉아 글을 쓰지만 글을 쓰는 시간은 기껏해야 두 시간 내지 세 시간 정도다. 건강도 안 좋고 기력도 달리기 때문이다. 이 글을 시작한 게 보름이 넘지만 그동안 나흘에 걸쳐 다른 글을 쓰고 이 글은 어제부터 다시 쓰기 시작한다. 하루 두 시간 내지 세 시간 써야 2백자 원고지 20매 정도. 그것도 컨디션이 좋을 때이고 컨디션이 나쁜 날은 15매 정도 아니 그 이하다. 문제는 이 글을 처음 시작할 때 내가 우울하고 불안했다는 것.

　나는 이 글 앞 부분에서 당시의 정서 상태에 대해 말하면서 정신이 집중되지 않고 우울하고 불안하지만 그 이유를 모르겠다고 말했다. 이유가 분명치 않기 때문에 그것은 무지, 불확실성을 근거로 하고, 근거가 없다는 것이 근거라고 말한 바 있다. 물론 그때는 우울과 불안의 경계가 모호하고 나는 이런 마음 상태를 정신분석의 시각에서 정리하면서 대상 상실을 동기로 한다고 말했다. 누군가 떠나면 공백이 남고 그가 나이기 때문에 나도 공백이 되고 따라서 그런 시간에 내가 느끼는 것은 자아의 공백이고 이런 공백 속에서 나는 내가 이 세계에 던져져 있다는 것, 이른바 피투성被投性을 깨닫는다.

　그러나 지금 생각하면 그때 느낀 우울과 불안은 아무 것도 아니다. 왜 그렇게 우울하고 불안했던가? 하이데거도 말하듯이 불안 상태는 언제 그랬냐는 듯이 어느 사이에 스스로 사라져버린다. 그러므로 불안은 아무 것도 아니고 어디에도 없다. 한편 불안 속에서 내가 느낀 대상 상실, 자아 상실, 자아의 공백은 하이데거의 시각에서는 이 세계를 구성하는 존재자(공동현존재로서의 너)의 붕괴이고, 현존재로서의 나의 붕괴이고, 요컨대 세계내부적 존재자의 붕괴를 뜻한다. 불안 속에서 만나는 건 '아무 것도 아니고nothing 아무 데도 없다nowhere는 것'. 불안과 직면할 때 세계를 구성하는 존재자들은 의미를 상실하고 붕괴되고 나는 나를 위협하는 것이 다가오는 공간, 곧 '여기'와 '저기'를 볼 수 없다.

　내가 이상의 「오감도시 제1호」에서 읽는 것이 그렇다. 이 시의 화자는 까마귀이고 그는 고목에 앉아 13명의 아이들이 질주하는 것을 비스듬히 굽어본다. 길은 막다른 골목. 제1의 아해가 무섭다고 중얼대며 질주하고 다음 제2의 아해가 무섭다고 중얼대며 질주하고 제3의 아해, 제4의 아해 순서로 13명의 아해들이 무섭다고 중얼대며 질주한다. 문제는 그 다음의 시행들이다.

13인의 아해는 무서운 아해와 무서워하는 아해와 그렇게 뿐이 모였소.
(다른 사정은 없는 것이 차라리 나았소.)

그 중에 1인의 아해가 무서운 아해라도 좋소.
그 중에 2인의 아해가 무서운 아해라도 좋소.
그 중에 2인의 아해가 무서워하는 아해라도 좋소.
그 중에 1인의 아해가 무서워하는 아해라도 좋소.

(길은 뚫린 골목이 적당하오.)
13인의 아해가 도로로 질주하지 아니 하여도 좋소.

　13인의 아해가 도로로 질주하는 것은 무섭기 때문이다. 그런 점에서 이 시는 공포를 노래한다. 그렇다면 공포의 대상은 무엇이고 이유는 무엇인가? 인용한 시행들에 의하면 13인의 아해는 무서운 아해(공포의 대상)와 무서워하는 아해(공포의 주체)로 구성된다. 그러나 13인의 아해 가운데 누가 공포의 대상이 되고 공포의 주체가 되든 상관없다고 말한다. 따라서 공포의 대상/ 공포의 주체의 경계는 모호하고 해체된다. 공포의 대상이 모호하고 공포의 주체가 모호한 상태는 공포가 아니라 불안의 세계이다. 그러므로 이 시는 대상이 소멸하는 무의 세계를 노래하고 아무 것도 아닌 것을 노래한다.
　한편 시의 앞 부분에서 아해들은 '막다른 골목'을 질주한다고 말하지만 시의 후반에서 아해들은 '뚫린 골목'을 질주해도 좋고 마침내 13인의 아해는 질주하지 않아도 좋다고 말한다. 막다른 골목/ 뚫린 골목의 해체 역시 2항 대립을 초월하는 무의 세계를 암시하고 나아가 막다른 골목이나 뚫린 골목이나 좋다는 것은 위협이 다가오는 공간이 아무 데도 없음을 의미한다. 13인의 아해가 도로를 질주하지 않아도 좋다는 진술 역시 긍정/ 부정의 2항 대립을 초월하는 무의 세계를 보여준다. 일반적인 기분은 존재자를 드러내고 무를 은폐하지만 불안이라는 특이한 기분 속에서는 존재자가 붕괴되며 무를 보여준다. 그렇다면 이런 무, 아무 것도 아니고 어디에도 없는 것은 과연 무슨 뜻인가? 하이데거는 다음처럼 말한다.

> 불안에 직면할 때 '그것은 아무 것도 아니고 어디에도 없다'는 것이 드러난다. 세계 속에 '아무 것도 아니고 어디에도 없다'는 완고한 말이 의미하는 것은 세계의 본질이 그렇다는 것. '아무 것도 아니고 어디에도 없다'는 말이 내포하는 무의미성은 세계의 부재를 의미하는 게 아니라 세계 속에 있는 존재자, 이른바 세계내부적 존재자는 그 자체로 무의미하고 이런 무의미를 토대로 세계가 세계성 속에서 스스로 솟구쳐 오른다는 것을 의미한다.(하이데거, 『존재와 시간』, 영역, 앞의 책, 231)

불안이 무를 대상으로 하고 무는 어디에도 없다는 것은 세계의 부재를 의미하는 게 아니라 이런 무를 토대로 세계가 스스로 솟구치는 것, 분출을 뜻한다. 그렇다면 이런 솟구침은 무엇을 의미하는가? 하이데거에 의하면 기분은 존재자 전체를 드러내고 무를 은폐한다. 그러나 불안이라는 기분은 존재자 전체를 붕괴시키고 뒤로 물러가게 하고 뒤에 은폐된 무를 드러내고 무와 만난다.

따라서 불안은 존재자가 은폐하고 있던 무를 탈은폐하고 무는 이런 탈은폐에 의해 발생한다. 무 자체와 직면하는 마음 상태인 불안이 강조하는 것은 이런 탈은폐이다. 요컨대 일반적인 기분은 존재자 전체를 드러내며 무를 감추지만 불안은 존재자 전체를 붕괴시키며 존재자가 은폐한 무를 드러낸다. 현존재는 현(존재)이고 불안의 순간에 현존재는 자신이 은폐한 존재를 드러내고, 이런 드러냄, 개시는 현존재 속에 이미 은폐되었던 존재를 드러내기 때문에 단순한 드러냄이 아니라 탈은폐이다. 탈은폐는 은폐하면서 드러내고 드러내면서 은폐한다.(이상 기분과 무의 관계는 하이데거, 「형이상학이란 무엇인가」, 신상희 옮김, 『이정표1』, 한길사, 2005, 154-159 참고)

5. 불안과 대나무

일반 기분과 다른 근본 기분으로서 불안은 대상이 없고 따라서 규정할 수 없는 마음 상태다. 불안 속에서 우리가 느끼는 것은 어떤 섬뜩함, 기이함이지만 무엇이 누구에게 섬뜩한지는 알 수 없다. 따라서 일체 사물과 우리 자신이 무관심 속에 빠진다. '오감도시 제1호'는 화자가 까마귀로 되어 있다는 점에서 섬뜩한 풍경이지만 무엇이 누구에게 섬뜩한지 알 수 없다. 불안 속에서 사물들이 붕괴한다는 것은 사물들이 소멸하는 게 아니라 일체의 사물이 뒤로 물러감으로써 모든 것이 우리를 향해 다가온다는 것. 존재자 전체가 물러감으로써 우리가 붙잡을 건 아무 것도 없다. 불안이 무를 드러낸다.(하이데거. 「형이상학이란 무엇인가」, 앞의 책, 160)

존재자가 빠져나가기 때문에 현존재로서의 나도 빠져나간다. 하이데거에 의하면 이런 표류와 동요 속에서 나타나는 섬뜩함은 '너'에게 혹은 '나'에게 섬뜩한 것이 아니라 '그 누구'에게 섬뜩한 것이고 아무 것도 없는 것, 무가 모든 것을 뒤흔들어 놓는 가운데 오직 순수한 현-존재만 있다. 요컨대 불안이 무를 드러내고 이런 무가 순수한 현-존재, 곧 현존재가 은폐한 존재를 탈은폐한다. 그렇다면 다시 무는 무엇인가? 다음은 하이데거의 말.

> 불안 속에서는 존재자 전체가 무상해진다. --불안 속에서 존재자 자체가 없어져버리는 것은 아니다. --우리는 쑥 빠져나가는 존재자 전체와 함께 무를 마주하게 된다. 불안에는 ---로부터 물러난다는 현상이 일어난다. 이것은 도피가 아니라 오히려 일종의 사로잡힌 적막함이다. 이 --로부터 물러남은 무로부터 시작한다. 무는 어떤 것을 자기에게로 끌어들이지 않는다. 그것은 오히려 본질적으로 거부한다. 쑥 빠져나가는 존재자 전체를 거부하면서 가리키는 것. 이것이 무의 본질인 무화die nichtung다. 무는 이런 가리킴으로서 불안 속에서 터-있음, 현-존재에게 엄습한다. 무화란 존재자를 없애는 것이 아니며 부정에서 유래하는 것도 아니다. 무 스스로가

무화한다. ──불안이라는 무의 밝은 밤에 존재자 자체의 근원적인 개시성 (열려 있음)이 비로소 생겨난다.(하이데거, '형이상학이란 무엇인가', 위의 책, 162-163)

불안한 시간엔 사물들이 사라지는 게 아니라 사물들이 사물들의 일상적 의미를 상실하고 뒤로 물러가는 현상이고 그러므로 사물들(존재자 전체)은 무상하고 나도 무상감에 젖는다. 김형효 교수는 이런 무상을 불교의 제법무상諸法無常 제행무상諸行無常과 관련시키며 하이데거의 불안을 불교의 시각에서 해석한다. 그에 의하면 불안이 주는 섬뜩함(스산한 느낌)은 자기 집에 있지 않는 느낌, 단독자의 고독과 통하고 이런 고독이 자아의 본래성, 불교 식으로 말하자면 본래면목, 곧 한 생각도 나기 이전의 진정한 자아를 찾는 계기가 된다. 그러므로 세계-내-존재는 집에 없는 것, 법공法空 아공我空이고 모든 존재자들이 무의미해지는 삶을 뜻한다.(김형효, 「무상감으로서의 불안의 의미」, 『하이데거와 마음의 철학』, 청계, 2000, 200-201)

세계-내-존재로서 현존재가 집에 있다는 것은 일상적인 담론과 호기심과 애매함 속에 퇴락하는 것을 뜻하고 불안이 주는 섬뜩함은 이런 퇴락 상태를 벗어나는 계기가 된다. 따라서 현존재가 집에 있다는 것은 섬뜩함으로부터의 도피이고 현존재가 집에 없다는 것은 불안, 곧 섬뜩함, 스산한 느낌, 무상감과 함께 이런 느낌을 넘어 본래의 자기를 찾는 것을 뜻한다. 그러나 김형효 교수가 강조하는 것은 유식 사상이고 내가 강조하는 것은 은현동시 사상이다. 다시 회상하자. 나는 하이데거의 현존재 개념을 대정 스님의 선시에 나오는 은현동시隱現同時 여시묘각如是妙覺을 중심으로 해석 한 바 있고 앞으로도 이런 시각에서 하이데거를 읽을 예정이다. 중생이 불성을 은폐한다는 말이나 현존재가 존재를 은폐한다는 말이나 크게 보면 같고 따라서 중생(불성)은 현(존재)와 같은 구조이다.

「오감도시 제1호」에서 내가 읽는 것도 섬뜩한 느낌이다. 그러나 이 시에서 이런 느낌은 하이데가 말하는 무, 혹은 무화로 나가지 못한다. 그런 점에서 이 시가 암시하는 무는 실존적 불안의 범주에 머문다. 선불교가 강조하는 것은 이런 무, 곧 불안이 주는 섬뜩함, 단독자의 고독, 집 없음, 무상감이 실존을 극복하고 마침내 진정한 자아와 만나는 것, 깨달음이다. 다음은 유명한 향엄香嚴 선사 이야기.

향엄은 위산潙山 문하로 들어가 선을 배운다. 어느 날 위산이 향엄에게 '부모에게서 태어나기 전의 본래면목은 무엇인가?' 묻는다. 이른바 부모미생전父母未生前 본래면목本來面目이라는 화두. 본래면목은 본지풍광本地風光이라고도 하며 천연 그대로 인위적인 조작이 없는 자태로 사람이 본래 지니고 있는 마음, 불성을 뜻한다. 그러나 향엄은 대답을 못하고 자신의 수행의 경지를 한탄한다. 그 후 몇 차례 위산에게 가르쳐 달라고 하지만 거절당한다. 마침내 향엄은 그동안 읽은 책들을 모두 태워버리고 끝내 불법을 못 깨우치면 환속해야 한다고 결심하고 위산을 하직하고 하남성 남양 향엄사로 가서 혜충국사 유적을 둘러본다. 거기서 며칠을 쉬던 어느 날 마당을 쓸다가 빗자루에 쓸려나간 벽돌 조각이 대나무에 부딪쳐 '딱'하는 소리를 듣고 본래면목의 진리를 깨우친다.

이 공안에서 내가 읽는 것은 불법을 깨우치기 전 향엄을 휩쓸던 끔찍한 고독, 단독자 의식, 불안이고 이런 고독과 함께 고독을 너머 마침내 진리를 깨친다는 것. 위산이 가르쳐 주지 않은 것 역사 '너 혼자 깨치라'는 단독자 의식이고 향엄이 그동안 읽은 책들을 모두 불살라 버리는 행위 역시 철저한 단독자가 되기 위해서다. 철저한 고독의 수행이 있었기 때문에 벽돌 조각이 대나무에 부딪치는 소리를 듣고 그동안 자신이 알고 있던 것, 모든 분별을 순간에 망각한다. 선禪이 강조하는 것은 절대로 남에게 의존하지 말라는 것, 그러므로 철저한 단독자 의식이고 단독자 의식의 끝에 무가 나타난다.

동산洞山양개 선사는 스승인 운암雲巖 선사에게 '백년 후에 누가 갑자기 스님의 모습을 그릴 수 있겠습니까? 하고 묻는다면 화상께선 무엇이

라 대답하겠습니까?' 묻고 운암은 잠시 침묵했다가 '그저 이것뿐이다只
遮是'라고 말한다. 그러나 동산은 이 말의 뜻을 알 수 없어 계속 의심하던
중 어느 날 물을 건너다가 그림자를 보고 깨닫는다. 다음은 동산의 게
송.(『선문염송 3』, 김월운 옮김, 동국역경원, 2002, 345-346)

> 절대로 남에게 구하지 말라
> 멀고멀어서 나와는 소원하다
> 나 지금 홀로 가지만
> 곳곳에서 그를 만난다
> 그가 바로 지금의 나요
> 나는 지금 그가 아니다
> 마땅히 이렇게 알아야
> 비로소 如如함에 계합하리라

　중요한 건 절대로 남에게 구하지 말라는 것. 동산 선사가 깨달은 것은
'그'와 '나'의 관계다. 동산은 물에 비친 그림자를 보고 깨닫는다. 그림자
가 허상이라면 나는 진정한 자아이다. 그러나 그림자가 나이기 때문에
동산이 그림자를 보고 깨달은 것은 허상과 내가 둘이 아니며 동시에 둘
이라는 이른바 불이不二의 관계다. 깨닫기 전에는 나는 나이고 그림자는
그림자였다. 그러나 그가 깨달은 것은 이런 차별이 없는 경지이고 모든
차별은 분별이고 이성의 조작이고 이성이 나를 지탱한다면 이런 무분별
의 경지는 이성을 버리고 자아를 버리고 망각하는 경지.
　그러므로 이제 홀로 가도 나는 곳곳에서 그를 만난다. '나'가 진정한
자아라면 '그'는 이와 대비되는 허상, 그림자. 허깨비. 그러나 두 자아가
다른 것이 아니기 때문에 가는 곳마다 그가 있고 따라서 나는 내가 아
니고 그도 아니다. 말하자면 두 자아는 같은 것도 아니고 다른 것도 아
니다. 이것이 여여如如, 있는 그대로의 나, 인위적인 조작 없이 있는 그
대로 보는 것. '그저 이것 뿐'이라는 말의 뜻이다.

6. 무와 은현동시

하이데거에 의하면 불안의 섬뜩함이 무와 만나고 이 무가 모든 것을 뒤흔들어 놓는 가운데 순수한 현존재가 드러난다. 순수한 현존재는 현존개가 은폐한 존재를 탈은폐하는 것. 위의 공안에서 향엄과 동산 역시 불안, 섬뜩함 속에서 세계와 자아가 텅 비는 무와 만나고 이 무의 동요 속에서 자신 속에 은폐된 불성을 깨닫는다. 현(존재)가 무를 매개로 은폐되었던 존재를 개시한다면 중생(불성)도 무를 매개로 은폐되었던 불성을 개시한다.

불안 속에서 존재자들은 무에 의해 뒤로 물러나며 무가 존재자 전체를 거부하면서 지시한다. 은현동시의 구조에 의하면 이 말은 존재자의 차원에서는 존재자가 뒤로 물러가며(은) 동시에 지시되는 것(현)에 해당하고 현존재의 차원에서는 현존재 속에 은폐된 존재가 나타나며(현) 동시에 현존재가 뒤로 물러가는 것(은)에 해당한다. 다음은 조선 시대 환성지안喚醒志安 스님의 선시 「한음閑吟」 전문이다. (김달진 역)

> 경을 보아 쇠가죽을 아직 뚫지 못하고 　看經不到透牛皮
> 누덕누덕 기운 옷을 가지에 걸어 두고 　百結雲衣掛樹枝
> 지는 나뭇잎 소리에 낮잠이 깨었는데 　落葉聲中驚午睡
> 멀고 넓은 빈 하늘에 기러기 날아온다 　楚天空濶雁來時

경을 보아도 쇠가죽을 뚫지 못했다는 말은 선문禪門에 들어 경을 읽어도 쇠가죽, 곧 선의 관문을 뚫지 못했다는 뜻. 그런 상태에서 스님은 누덕누덕 기운 옷을 나무 가지에 걸고 잠이 든다. 백결의百結衣는 헌 옷의 조각들을 주워 만든 가사袈裟로 고려 시대 나옹懶翁 선사의 「백납가百衲歌」에도 나온다. 이 시에 의하면 이 옷은 '겹겹이 기웠으매 먼저와 나중이 없고', '인연 따라 수용하고', '안팎을 가릴 수 없고', '한 물건도 전혀 없

는 가난한 도인' 등을 상징하고 모든 것에 통하는 정지를 암시한다. 이런 경지를 나옹 선사는

> 누더기 옷에 멍청이같은 이 사람을 웃지 말라
> 마음도 아니요 물질도 아니며 또 간단도 없네
> 소리를 뛰어넘고 빛깔도 뛰어넘어 스스로 한가하리니
> 세상에 만나는 사람들의 비방이나 칭찬 없네

라고 노래한다. 요컨대 누더기 옷은 마음도 물질도 아닌 영원의 세계, 곧 색과 공의 경계가 해체되는 색즉시공色即是空 공즉시색空即是色의 세계, 시간도 소멸하는 세계를 상징한다. 그것은 누더기 옷이 처음과 끝의 경계가 모호하고 여러 인연의 소산이고 안팎이 없기 때문이다. 그러므로 '멍청이같은 노인'은 현상계의 구속에서 벗어났지만 현상계를 버린 것도 아닌 삶, 곧 평상심, 무소유의 삶을 뜻하고 이 노인은 '한 물건도 전혀 없는 가난한 도인'으로 무아無我, 무착無着, 무심의 삶을 뜻한다. 그러므로 이런 삶은 소리, 빛깔 같은 이른바 육경六境을 초월하고 따라서 세상 사람들에 대해 무심하다.

그러나 환성 스님은 이 누더기 옷을 가지에 걸어 두고 잠이 든다. 나옹 선사는 누더기 옷을 걸치고 '이 멍청이같은 사람을 웃지 말라'고 말하고 환성 스님은 누더기 옷을 나무 가지에 걸고 잠이 든다. 물론 아무 생각 없이 누더기 옷을 가지에 걸고 잠이 들 수도 있다. 그러나 나는 여기서 누더기 옷을 강조하는 입장이고 따라서 누더기 옷을 거는 행위는 이 옷이 상징하는 의미들, 곧 인연, 공空, 무아, 무심, 평상심도 버리는 것을 암시한다.

문제는 다음 시행이다. 공空도 망각하고 잠이 든 스님은 '지는 낙엽 소리'에 낮잠에서 깨어난다. 달콤한 낮잠에서 깨어날 때 우리가 느끼는 것은 스산함, 나아가 섬뜩한 느낌이고 주위가 텅 비는 느낌이다. 더구나

스님은 낙엽 소리에 낮잠에서 깨어난다. 그러므로 스산한 느낌(낙엽 소리)이 달콤한 낮잠을 깨운다. 낙엽 소리에 낮잠을 깨는 것이나 낮잠에서 깨어날 때 낙엽 소리가 들리는 것이나 크게 보면 비슷하다. 전자에 의하면 불안이 환기하는 스산한 느낌(낙엽 소리)이 달콤한 낮잠을 깨우고 후자에 의하면 달콤한 낮잠에서 깨고 보니 주위가 불안하고 스산한 느낌(낙엽 소리)이 든다. 물론 정서의 강도는 스산한 느낌이 낮잠을 깨우는 것이 더 크다. 이 시에서 내가 읽는 것은 낙엽, 불안, 스산한 느낌이 달콤한 낮잠을 깨운다는 것.

낙엽이 진다는 것은 존재자가 뒤로 물러가는 현상이고 이때 우리가 잡을 것은 아무 것도 없다. 그런 점에서 불안, 스산한 느낌은 무無를 드러낸다. 불안 속에서는 이 세계를 구성하는 존재자 전체가 무상해진다. 그러나 존재자 전체가 소멸하는 것은 아니고 불안에는 ──로부터 물러나는 현상, 사로잡힌 적막이 드러나고 이런 일이 발생하는 것은 무無 때문이다. 불안 속에서 아무 것도 잡을 수 없다는 심정은 불안이 무를 드러내는 것을 뜻한다. 스님은 불안(스산함) 때문에 낮잠을 깨고 이때 그를 지배하는 것은 아무 것도 없음, 무에 대한 체험이다. 그렇다면 이 무는 무엇인가?

> 지는 나뭇잎 소리에 낮잠이 깨었는데
> 멀고 넓은 빈 하늘에 기러기 날아온다

불안(낙엽, 스산함)이 무를 드러내고 이 무는 '멀고 넓은 하늘에서 기러기 날아오는 것'으로 노래된다. 낮잠에서 깨어나 그가 보는 것은 빈 하늘(무)이다. 그러나 이 빈 하늘(무)는 첫째로 '지는 나뭇잎 소리'와 대비된다. 낙엽이 색의 세계라면 빈 하늘은 공의 세계이고 따라서 공은 색을 전제로 한다. 스님이 만나는 무는 색이 뒤로 물러가면서(은) 공이 앞으로 나타나는(현) 세계, 곧 은현동시의 구조이다. 둘째로 이런 구조를 전제로 빈 하늘(무)에는 기러기가 날아온다. 따라서 이 무에는 다시 빈 하늘(공)과 기러기(색)가 동시에 공속하고 그 구조는 빈 하늘이 물러가면서(은) 기러기가 날아오는(현) 구조가 된다. 무는 쑥 빠져나가는 존재자 전체를 거부하면서(은) 가리키는 것(현). 무의 본질인 무화는 존재자 전체를 무(빈 하늘)로 만들면서 동시에 거기서 태어나는 기러기는 이 무(빈 하늘)를 지시한다. 요컨대 빈 하늘에 날아오는 기러기는 빈 하늘을 뒤로 물러가게 하면서(은) 동시에 그 하늘을 지시한다.(현)

그러므로 무는 이런 가리킴에 의해 무 스스로가 무화한다. 그런 점에서 무는 밝은 밤이고 무는 은(빈 하늘)하는 현(기러기)이고 거꾸로 현하는 은의 세계이다. 밝은 밤은 은현동시의 구조이고 이런 밤에 존재자 전체의 근원적인 개시성이 나타난다. 현존재가 은폐한 존재가 개시하고 이런 개시가 탈은폐인 것은 탈은폐는 은폐하면서 벗어나는 세계이기 때문이다. 탈은폐는 노정/ 은폐의 이항 대립을 벗어나고 유/ 무, 색/공의 이항 대립을 벗어나고 하이데거가 말하는 진리가 그렇고 존재가 그렇다.

7. 선이냐? 하이데거냐?

그러나 과연 하이데거가 말하는 불안, 스산한 느낌, 무와 선禪이 강조하는 무 혹은 공은 같은가? 많은 이론가들이 이 문제를 문제삼고 나도 그렇다. 나는 하이데거가 『존재와 시간』에서 강조하는 현존재를 현(존재)의 구조, 곧 현존재가 은폐하는 존재를 드러내는 구조로 표현하고 『열반경』에서 말하는 모든 중생에게는 불성이 있다는 주장(悉有衆生皆有佛性)을 중생(불성)의 구조로 표현하면서 둘을 동일한 것으로 간주하며 이 글을 쓴다.

물론 하이데거의 경우 『존재와 시간』을 중심으로 하는 이른바 전기 사상과 후기 사상이 다르다. 전기에는 현존재 → 무 → 존재의 방향으로 나간다. 말하자면 현존재가 불안을 매개로 무와 만나고 이 무가 존재를 개시하고 혹은 죽음의 존재자인 현존재가 죽음을 앞 당겨 선취하면서, 그러니까 죽음을 자기화하면서 존재를 발견한다.

그러나 후기에 오면 무는 존재의 개시가 아니라 존재를 은폐하고 존재와 무는 공속한다. 물론 이때 존재의 은폐란 말은 존재의 부정이 아니라 은폐, 곧 존재와 무의 공속을 뜻한다. 사유의 근거가 존재라면 현존재가 먼저 있고 존재가 나타나는 게 아니라 존재가 우선이고 따라서 존재는 인간의 사유에 앞서는 것이 된다. 존재와 무가 공속하듯이 진리와 비진리도 공속한다. 존재는 탈은폐(진리)이고 무는 은폐(비진리)에 해당한다. 따라서 비진리는 진리와 공속한다. 인간은 언제나 비진리에 의해 진리에 접근하기 때문에 후기 사유의 핵심은 현존재 혹은 세계-내-존재로서의 존재자가 뒤로 물러가지 않고 존재자 자체가 존재와 공속한다. 쉽게 말하면 한 송이 장미는 존재자이며 동시에 존재가 된다.

이런 후기 사상과 선의 관계에 대해서는 앞으로 계속 살피겠지만 그가 후기에 강조하는 존재자-존재의 공속 역시 『반야심경』에서 강조하는 색즉시공과 다르지 않고 진리와 비진리의 공속 역시 제법공상諸法空相이므로 불생불멸不生不滅이고 불구부정不垢不淨이라는 말과 크게 다르지 않다. 그러나 스태프니도 지적하듯이 선과 하이데거의 결정적인 차이는 비록 공속이라는 말을 사용하긴 하나 하이데거에겐 존재자/ 존재같은 이분법적 사유가 존재한다는 점에 있다.

후기 사유와 선의 관계는 다른 글에서 자세히 다루기로 하고 문제는 『존재와 시간』에서 강조한 현존재 개념이 현존재와 존재의 이항 대립적 사유를 근거로 한다는 것. 그러나 선禪이 강조하는 것은 비록 고독, 무상감, 단독자 개념을 매개로 선사들이 깨닫지만 이 깨달음은 존재자와 존재의 대립을 강조하는 게 아니라 오랜 수행에 의한 갑작스런 깨달음, 이른바 돈오頓悟이다. 그러므로 내가 하이데거의 존재 개시를 대정 스님의 선어禪語 은현동시隱現同時 여시묘각如是妙覺을 토대로 해석한 것은 하이데거의 사유를 선불교, 특히 선시를 매개로 새롭게 읽으려는 모험이고 시도이고 모색이다. 그러니까 선과 하이데거의 차이보다 공통점을 강조한다.

불안에 대한 입장 역시 하이데거와 선은 크게 다르다. 하이데거에 의하면 현존재는 불안이 환기하는 스산한 느낌을 매개로 존재자의 텅 빔, 무를 발견하고 이 무가 존재, 곧 진리를 개시한다. 그러나 선종禪宗의 조사 달마達磨 대사와 2조인 혜가慧可 대사 사이엔 다음과 같은 대화가 있다.

> 혜가가 묻는다. '부처님의 法印을 들려주십시오'. 대사가 대답한다. '부처님의 법인은 남에게 얻는 것이 아니니라.' '제 마음이 편하지 못하오니 스님께서 편안하게 해주소서.' '마음을 가지고 오너라. 편안케 해주리라.' '마음을 찾아도 얻을 수 없습니다'. '내가 이미 네 마음을 편안케 했다.'(『전등록 1』, 동국역경원, 2002, 98-99)

불안하다는 혜가의 말에 달마는 불안한 마음을 가져오라고 말한다. 물론 마음은 어디에도 없다. 따라서 선禪이 강조하는 것은 일체유심조一切唯心造, 곧 일체가 마음이 짓는다는 것. 그러므로 이 마음을 비우는 일이고 그것은 무아, 곧 자아 없음, 공에 대한 지혜, 이른바 반야에 의한 깨달음과 통한다. '반야심경'이 강조하는 것이 그렇다. 자아를 구성하는 오온五蘊은 공이고 이 공이 색즉시공으로 부연된다.

> 사리자야. 색은 공과 다르지 않고 공은 색과 다르지 않다. 색이 곧 공이요 공이 곧 색이다. 수상행식 역시 이와 같다.
> 舍利子 色不異空 空不異色 色卽是空 空卽是色 受想行識 亦復如是

나를 구성하는 것은 눈에 보이는 육체(색), 밖으로부터 자극을 받아들이는 작용(수), 받아들인 인상을 떠올리는 작용(상), 의지(행), 의식(식) 다섯 가지이고 색이 물질에 속하고 나머지는 정신에 속한다. 따라서 오온은 나의 몸과 마음을 뜻하지만 이 다섯 요소는 어떤 것도 자성, 실체가 없고 인연 따라 생긴 온蘊, 곧 우연히 모인 것에 지나지 않는다. 색이 공인 것은 나의 몸은 살(땅), 피(물), 온기(불), 호흡(바람)이 모여 이루어지고 계속 변하기 때문이다. 몸뿐만 아니라 눈에 보이는 것, 곧 육경六境에 속하는 색 역시 실체, 본질, 자성이 없고 인연 따라 생긴 것이고 계속 변한다.

인연은 인연생기因緣生起이고 연기라고도 한다. 인은 원인, 직접적인 힘이고 연은 인을 돕는 간접적인 힘이다. 지금 이 글을 쓰는 책상 위에는 물컵이 있다. 이 유리병은 고유한 실체가 있는 게 아니라 석영과 석회암(인)이 탄산 소오다(연)와 결합되어 생긴 것. 한편 이 유리병은 흙, 물, 불, 바람으로 구성되고 계속 변한다. 밥을 생각해도 좋다. 밥에는 자성이 없고 우리가 먹는 밥은 쌀을 인으로 하고 물과 불과 공기를 연으로 해서 생긴 것. 그러므로 일체 현상은 본질이 없고 인과 연의 화합이기 때문에 공이고 항상 변하기 때문에 공이다. 그러나 이 공은 색을 떠난 공이 아니기 때문에 공즉시색이고 감정(수), 지각(상), 의지(행), 의식(식) 역시 그렇다. 이런 반야(지혜)에 따르면 마음에 얽히고 막히는 것이 없고 따라서 공포를 느끼지 않고 전도몽상을 멀리 떠나 마침내 열반에 이른다. 심무괘애心無罣碍 무괘애고無罣碍故 무유공포無有恐怖 원리전도몽상遠離顚倒夢想 구경열반究竟涅槃이다. 『반야심경』에 나오는 말이다.

하이데거에 의하면 불안이 무를 드러내고 이 무가 존재(진리)를 개시한다. 그러나 선불교에 의하면 일체 현상이 공이고 공이 또한 일체 현상이라는 색즉시공 공즉시색이기 때문에 자아 없음, 무아, 공에 대한 지혜를 강조하고 이런 지혜에 이르면 공포나 불안도 느끼지 않고 곧장 진리를 깨닫는다. 그렇다면 앞에서 내가 지안 스님의 선시를 하이데거의 불안과 관련시켜 해석한 것은 잘못인가?

선禪이 강조하는 것은 불립문자不立文字 교외별전教外別傳 직지인심直指心 견성성불見性成佛이다. 그러므로 선의 본질은 언어나 문자를 초월하고 마음이 부처라는 것을 비로 지시함으로써 거기서 불성을 보고 부처가 되는 것. 그러므로 언어, 사고, 분별을 초월하는 곳에 선이 있다(?). 그러나 이런 초월도 결국은 언어를 수단으로 언어를 초월하는 것. 선은 언어를 모르고 언어는 선을 모르지만 이론은 어쩔 수 없이 언어에 의존한다. 불립문자도 문자다. 하이데거는 서구 형이상학, 이항 대립적 사유와 싸운다는 점에서 언어와 싸우고 그가 말하는 존재(진리)는 공에 접근하고 불성에 접근한다. 그러므로 언어에 의존하는 이 글은 잘못이고 언어를 부정하며 언어의 극한에서 선의 세계를 노래한 선시를 토대로 하이데거의 사유를 해석한 것은 잘못이 아니다. 공안이나 선시는 언어에 의존하나 언어에 구속되지 않고 하이데거 역시 후기에 가면 그런 사유(?)를 보여주기 때문이다.

03
죽음

1. 죽음과 염려

하이데거에 의하면 죽음과의 만남이 존재를 개시하는 근본적인 계기가 된다. 현존재는 그가 은폐하고 있는 존재를 개시함으로써 진정한 삶의 방식을 실현하고 그것은 실존의 이해를 전제로 한다. 그렇다면 실존의 이해란 무엇인가? 실존은 세계-내-존재로서 내가 이 세계에 던져져 있다는 것, 이른바 피투성被投性을 이해하는 삶의 양식이고 이런 양식은 기분을 전제로 한다. 물론 그가 말하는 기분은 감정이 아니라 실존을 동반하는 마음 상태다. 나는 나의 실존을 선택하지 않았다. 그런 점에서 나는 이 세계에 던져졌을 뿐이다. 이런 피투성을 극복하기 위해 나는 나의 존재(진리)를 개시해야 한다.

죽음과의 만남이 존재 개시의 근본 조건이라는 것은 죽음을 수용하면서 내가 나의 존재를 개시할 수 있기 때문이다. 불안을 다룬 앞의 글에서 나는 불안이라는 특수한 마음 상태가 무無를 드러내고 이 무가 이른바 존재와 통한다고 말한 바 있다. 불안이 무를 드러낸다는 말은 세계-내-존재로서의 존재자(도구사물)와 공동존재(타자)의 무화無化를 동반한다. 요컨대 무는 현존재, 존재자, 타자의 무화를 동반하고 이 무는 은

現隱現동시의 구조, 곧 존재를 은폐하면서 드러내는 이른바 탈은폐의 구조를 보여준다. 그러므로 현존재는 일상성 속에 퇴락하면서 존재를 개시하고 세계에 던져져 있으며 동시에 새로운 존재를 기투한다. 다음은 하이데거의 말.

> 현존재의 평균적 일상성은 세계에 퇴락하면서 개시되고, 세계에 던져져 있으며 기투하는 세계-내-존재로 정의될 수 있으며, 이때 세계(존재자)와 더불어 있고 타자와 함께 있는 존재로서 고유한 존재에의 가능성이 문제된다.(M. Heidegger, Being & Time, trans. J. Macquarrie, Harper & Row, New York, 1962, 181)

세계-내-존재로서의 현존재의 일상성은 이 세계의 일상성 속에 퇴락하면서falling 동시에 존재를 개시하고, 세계에 던져져 있다는 사실(피투성)이 존재를 기투하는projecting 삶의 양식이고, 세계-내-존재로서의 존재자(도구사물)와 공동존재(타자) 역시 그 고유한 존재에의 가능성이 문제된다. 하이데거가 이런 말로 강조하는 것은 현존재의 전체적 통일성이고 그것은 피투성, 기투성, 퇴락성으로 구성된다. 불안한 시간에 나는 이 세계에 던져져 있다는 것(피투성)을 알고, 이런 피투성이 새로운 존재의 가능성(기투)을 암시하고, 일상적 삶이 퇴락한 삶(퇴락성)이라는 것을 알려준다. 나는 이 세계에 던져져 있으며(피투성) 이미 나를 앞질러 있다(기투성). 그런 점에서 기투는 현존재가 이미 자기를 넘어 자신을 앞질러 있음을 뜻한다. 따라서 나는 세계 속에 던져져 있고 이미 자기를 앞질러 있는 존재이고 이런 현상을 하이데거는 염려라고 부른다.

> 그러므로 현존재의 존재론적 구조 전체의 형식적 실존론적 총체성은 다음과 같은 구조로 파악되어야 한다: 현존재의 존재는 세계 속에서 만나는 사물들과 함께 있는 존재로서 자신을 앞질러 이미 세계 속에 있는 존

이다. 이른바 염려Sorge, care는 이런 의미로 사용되며 이것은 순수한 실존론적 양식으로 사용된다. 이런 의미에서 염려는 존재적으로 관심이나 근심worry이나 태평같은 존재 경향은 배제된다.(하이데거, 앞의 책, 237)

염려는 세계 속에서 사물들과 함께 있으며 이미 자신을 앞질러 있는 현존재의 존재를 뜻한다. 염려라는 용어가 순수한 실존론적 양식으로 사용된다는 것은 이 말이 현존재 자신에 대한 특별한 관계를 뜻하는 것이 아니고, 도구 사물과의 관계를 뜻하는 관심이나 배려concern도 아니고, 공동현존재(타인)들과의 관계를 뜻하는 걱정solicitude도 아니라는 것을 강조한다. 관심, 배려, 걱정은 현존재 자신을 전제로 하지만 염려는 이미 자신을 앞질러 있기 때문이다. 물론 염려는 앞에서 말했듯이 세계 속의 존재자(도구사물)들과 함께 있으며 자신을 이미 앞질러 있는 존재를 뜻한다.

요컨대 염려는 현존재를 구성하는 피투성, 기투성, 퇴락성의 통일을 뜻한다. 현존재는 세계 속에 이미 있고(피투성 사실성), 자신을 앞질러 있고(실존성, 기투성), 사물들과 함께 있다(퇴락성). 따라서 현존재의 근본적 조건인 죽음(혹은 끝을 향한 존재)은 염려에 의해 정의되어야 한다.

2. 죽음은 현재다

죽음은 미래에 닥쳐온다. 그러므로 죽음은 아직-아님not-yet의 세계이지만 극단적인 아직-아님의 세계이다. 왜냐하면 아직-아님의 세계로는 죽음 외에도 여러 가지가 있기 때문이다.

나는 내주 토요일 이형기문학상 시상식이 있는 진주에 가야하고 그런 점에서 내주 토요일은 닥쳐온다. 그때 내가 만나는 것은 진주에 있는 시

상식장, 여러 문인들, 날씨 등이다. 이런 아직-아님의 세계는 도구대상
(식장), 타인(공동현존재)과 관계되고 내가 중심에 있다. 내가 약속을 포
기하지 않는 한 이런 아직-아님의 세계, 곧 내주 토요일이 닥쳐오는 것
은 객관적이고 확실한 사실이다. 그러나 죽음은 내주 토요일처럼 닥쳐
오는 게 아니고 따라서 확실한 게 아니고 내가 중심이 되어 전개되는 게
아니다. 나는 죽음을 체험할 수 없기 때문에 죽음은 나를 초월하고 언제
닥쳐올지 모르기 때문에 확실한 게 아니다. 나는 죽어본 적이 없고 도
대체 죽음에 대해 아는 게 없다. 타인의 죽음은 나의 죽음이 아니기 때
문에 나는 죽음에 대해 말할 수 없고 따라서 죽음에 대한 담론은 불가능
하다.

그러나 죽음은 이 세계에 있고 죽음은 닥쳐온다. 죽음이 존재한다
는 것은 확실하고 죽음을 체험한 사람들이 없다는 것도 확실하다. 그러
므로 죽음은 사실이고 한편 죽음을 체험한 사람들이 없다는 점에서 그
것은 불가능한 확실성이고 확실한 불가능성이다. 인간은 태어나서 죽
는다. 세계-내-존재로서 현존재의 총체성은 탄생과 죽음으로 구성되고
따라서 죽음은 현존재의 총체성을 구성한다. 그러므로 현존재를 전체로
이해하기 위해서는 죽음에 대한 이해가 전제되어야 한다.

하이데거에 의하면 현존재는 이 세계에 던져진 존재이고 따라서 자신
의 탄생에 책임을 질 필요가 없다. 우리가 알 수 있는 것은 어쩌다 여기,
세계에 던져졌다는 사실뿐이고 이런 사실성, 곧 피투성이 현존재의 현
상학적 실존론적 구조이다. 그렇다면 죽음은? 죽음 역시 현존재의 실존
론적 구조를 구성한다. 앞에서 우리는 현존재의 존재가 염려라고 말한
바 있고 이때 염려는 피투성, 실존성, 퇴락성을 종합하는 개념으로 일상
적 현존재는 이 세계에 던져지면서 존재를 개시하고 일상성 속에 퇴락
하면서 존재를 개시한다. 한 마디로 염려는 현존재가 사물들과 함께 있
으며 이미 자신을 앞질러 있는 존재를 뜻한다. 현존재가 이미 세계에 던
져졌다면 죽음 역시 세계에 이미 던져져 있다. 왜냐하면 탄생이 죽음을

동반하고 탄생과 죽음이 현존재의 전체, 혹은 총체성을 구성하기 때문이다.

그러나 탄생이 지나간 사실이지만 현재에도 지속되듯이 죽음은 미래에 닥쳐올 사실이지만 현재를 지배하는 아직-아님의 세계이다. 현재를 지배한다는 것은 죽음이 미래(끝)에 해당하지만 내가 앞질러 죽음을 선취하기 때문이다. 쉽게 말하면 나는 이 세계에 이미 던져져 있고 이미 나를 앞질러 있는 존재이다. 지금 여기 있으며 나는 지금 여기를 앞질러 미래를 선취한다. 죽음은 미래에 닥쳐오지만 나는 미리 앞질러 죽음을 선취할 수 있다.(염려)

그러나 나는 다가올 토요일의 만남을 죽음처럼 미리 앞질러 선취할 수 없다. 오늘은 날씨가 흐리고 일기 예보에는 저녁부터 비가 온다고 했다. 비는 아직 내리지 않지만 일기 예보가 정확하다면 저녁에 내릴 것이고 이런 아직-아님의 세계는 날씨(관찰대상)로서의 존재자와 관계된다. 요컨대 아직-아님의 세계로는 도구대상, 관찰대상, 공동존재자 등이 있지만 이것들은 극단적인 아직-아님의 세계가 아니다. 왜냐하면 돈(도구대상)을 빌렸다면 갚으면 되고 하늘(관찰대상)이 흐리다면 비가 오면 되고 친구(공동현존재)를 만나기로 했다면 약속한 날 만나면 되기 때문이다.

물론 빌린 돈을 앞질러 갚을 수는 있지만 이때 미리 앞질러 갚는 행위는 죽음을 미리 앞질러 선취하는 행위와는 다르다. 전자는 나를 중심으로 하지만 죽음의 선취는 죽음, 곧 내가 사라지는 행위이기 때문이다. 날이 흐리면 예정보다 앞질러 비가 올 수도 있지만 그것은 어디까지나 객관적 상황 때문이다. 죽음은 이런 객관적 상황과는 관계없이 예기치 않은 순간에 닥치고 염려는 이런 순간을 미리 선취한다. 약속한 친구와의 만남을 미리 앞질러 만날 수는 없고 어디까지나 약속한 날이 되어야 만날 수 있다. 약속한 날을 미리 앞질러 만날 수는 없다. 그러나 죽음은 미리 앞질러 선취할 수 있고 그런 점에서 죽음은 현재 속에 있고 현존재

(현재) 속에는 죽음(미래)이 은폐되어 있다. 요컨대 존재자(도구대상, 관찰대상), 공동존재자(타인)와 관계되는 아직-아님의 세계에는 내가 있고 나의 완성이 있고 객관적 조건이 있다. 그러나 죽음이 표상하는 아직-아님의 세계에는 내가 없고 이런 존재자, 공동존재자도 없다. 죽음이 극단적인 아직-아님의 세계라는 말은 이런 사실을 뜻한다.

아직-아님의 끝에 죽음이 있지만 염려에 의해 현존재는 이 끝을 내면화하고 죽음은 현존재에게 돌아온다. 현존재는 이미 세계 속에 내던져져 있고 자신을 앞질러 이미 세계 속에 있는 존재이다. 현존재가 던져질 때 이미 죽음도 함께 던져지고 현존재는 자신을 앞질러 죽음을 선취한다. 피투성은 자신을 앞질러 새로운 존재를 기투하고 죽음은 자신을 앞질러 새로운 존재를 기투한다.

따라서 죽음은 미래를 모른다. 친구와의 약속은 미래에 나에 의해 완성되지만 죽음은 미래에 내가 완성하는 세계가 아니다. 죽음은 언제 닥칠지 모르고 그렇기 때문에 죽음을 생각하면 불안하고 겁이 난다. 따라서 이런 불안을 미리 앞질러 선취해야 하고, 죽음에의 불안은 무에의 불안이라는 점에서 현존재는 무를 미리 앞질러 선취해야 한다. 현존재는 미래에 죽음을 완성하는 존재가 아니라 죽음을 향한 존재이고 아직-아님의 끝을 향한 존재이다.(이상 M. Heidegger, 위의 책, 279-293. 이기상 옮김, 까치, 2007, 317-333 참고)

그러므로 삶 속에 죽음이 있고 현존재 속에 죽음이 있고 현존재는 죽음을 은폐한 존재이다. 말하자면 현(존재)는 현(죽음)의 구조이고 존재가 죽음과 통하고 무와 통한다. 은현隱現동시의 구조로 해석하면 은(죽음)의 구조가 되고 우리는 우리가 은폐하고 있는 죽음을 탈은폐해야 한다. 릴케가 「마지막 노래」(구기성 역)에서 강조하는 것은 현존재 속에 죽음이 있다는 인식이다.

죽음은 위대하다.

우리는 웃고 있는
그의 입이다.
우리가 생명의 한복판에 있다고 생각할 때
그것은 우리의 한복판에서
감히 울기를 한다.

이 시에서 죽음은 단순한 불안의 대상이 아니라 위대한 것으로 찬양된다. 죽음이 위대한 것은 우리가 죽음의 입, 그것도 웃고 있는 입에 지나지 않기 때문이다. 죽음은 입을 벌리고 웃는다. 왜냐하면 모든 생명은 죽음을 지향하지만 우리는 죽음을 망각하고 생명만 생각하기 때문이다. 그러므로 우리가 생명의 한복판에 있다고 생각할 때 죽음은 생명의 한복판에서 운다. 이런 죽음의 울음은 인간의 무지를 동기로 한다. 그런가 하면 삶 속에 죽음이 있다는 이런 인식이 박목월의 「하관」에서는 이승과 저승, 생명과 죽음의 동시적 연결로 노래된다.

너는 어디로 갔느냐
그 어질고 안쓰럽고 다정한 눈짓을 하고.
형님
부르는 목소리는 들리는데
내 목소리는 미치지 못하는
다만 여기는
열매가 떨어지면
툭 하는 소리가 들리는 세상.

죽은 아우가 땅에 묻히는 순간의 심정을 노래한 이 시에서 시인은 죽은 아우의 목소리를 듣지만 아우는 시인의 목소리를 들을 수 없다. 시인이 아우의 목소리를 듣는 것은 자신 속에 은폐되어 있던 죽음, 곧 생명 속에 죽음이 있다는 인식과 통한다. 그러나 죽은 아우는 시인의 목소리를 듣지 못하고 그런 점에서 죽음 속엔 생명이 없다. 그러므로 중요한 것은 생명 속에 죽음이 있고 현존재 속에 죽음이 있다는 인식이다. 물론 이런 인식은 선禪불교의 입장과는 거리가 있다. 그러나 이런 인식이 심화될 때 선이 강조하는 죽음의 세계로 발전할 수 있다. 2009년 5월 23일 새벽 노무현 전 대통령은 짧은 유서를 남기고 자살했다. 유서에서 특히 나의 관심을 끈 부분은 후반에 나오는 다음과 같은 유언이다.

> 너무 슬퍼하지 마라.
> 삶과 죽음이 모두 자연의 한 조각이 아니겠는가.
> 미안해하지 마라.
> 누구도 원망하지 마라.
> 운명이다.
> 화장해라.
> 그리고 집 가까운 곳에
> 아주 작은 비석 하나만 남겨라.
> 오래된 생각이다.

불자였는지 모르지만 그가 자살로 생을 마감하기 직전 말하는 것은 '삶과 죽음이 자연의 한 조각'이라는 불교적 세계관이고 그것은 생명과 죽음이 하나라는 생사일여生死一如 사상으로 요약된다. 현존재 속에 죽음이 있는 게 아니라 현존재가 죽음이고 죽음이 바로 현존재라는 이런 인식은 하이데거의 후기 사유를 지배하는 현-존재의 구조, 은-현의 구조로 요약된다. 현-존재는 현(존재)가 아니다. 전자는 현존재와 존재가 동시에 있고 이른바 공속의 관계로 드러나고 후자는 현존재 속에 존재가 은폐된다는 것.

3. 퇴락과 일상성

문제는 다시 하이데거가 말하는 죽음의 세계. 이제까지 나는 그가 말하는 염려라는 용어를 중심으로 죽음에 대해 말했다. 염려는 현존재가 세계 속에 있으면서 이미 자기를 앞지르는 것을 뜻한다. 그리고 그것은 피투성(사실성), 기투성(실존성) 퇴락성(일상성)이 통일된 존재이다. 현존재는 사물들과 함께 있으며 자신을 앞질러 이미 세계 속에 있는 존재이다.

세계-내-존재로서의 현존재의 일상성은 이 세계에 퇴락하면서 존재를 개시하는, 기투하는 존재이고, 죽음 속에서 우리가 체험하는 것은 이런 의미로서의 존재의 개시이다. 하이데거에 의하면 현존재가 존재를 개시하는 근원적 방식은 기분, 이해, 퇴락이다. 불안이라는 기분(불안)에 의해 현존재가 존재를 개시하는 방식에 대해서는 앞에서 살핀 바 있다. 이해는 사물에 대한 앎이나 무슨 일을 할 수 있는 능력이 아니라 실존과 관계되는 용어로 현존재의 존재 개시를 가능케 하는 것으로서 현존재의 존재 양식을 뜻한다. 말하자면 기분이 그렇듯이 이해 역시 내가 나의 실존을 깨닫고 동시에 새로운 존재를 기투할 수 있다는 것을 뜻한다.(하이데거, 『존재와 시간』, 이기상 옮김, 까치, 2007, 199 참고)

그런 점에서 이해는 기분을 매개로 한다. 그러나 우리의 일상적 삶은 이런 이해와는 거리가 먼 이른바 퇴락 현상으로 정의된다. 퇴락은 평균적 일상적 삶 속에 전락하고 빠지고 몰입하는 삶의 양식이다. 하이데거는 이런 퇴락의 특성을 공허한 말, 호기심, 애매성 세 가지 차원에서 살핀다.

첫째로 공허한 말은 일상인, 이른바 그들(세인)의 말로 나의 실존과는 관계없이 일상적으로 소통되는, 따라서 진정한 내용이 없는 잡담, 뜬 소문같은 것으로 일상인은 이런 말을 모방하고 따라 할 뿐이다. 그런 점에서 존재의 개시를 모르는 말이고 존재(진리)를 은폐하는 말이다.

둘째로 공허한 말이 말의 시각에서 퇴락성을 살핀다면 호기심은 봄의 시각에서 퇴락성을 살핀다. 본다는 말은 '소리를 들어본다', '냄새를 맡아본다', '맛을 본다', '만져본다'처럼 실제로 볼 수 없는 것들에도 사용되는 용어로 청각과 촉각의 세계를 포함하고 따라서 봄은 현상학적으로 '만나게 해줌'의 의미로 사용된다. 요컨대 본다는 것은 우리가 만날 수 있는 것들이 자신들을 자신들의 가능성에서 내보일 수 있는 '열린 지평'과 같은 의미로 사용된다. 그런 점에서 봄은 존재하는 것들이 자신들을 그들의 존재방식에 맞게 내보일 수 있는 접근가능성을 의미한다. '둘러봄'에 의해 도구대상들의 존재가능성이 내보여질 수 있고, '돌봄'에 의해 타인들의 존재가능성이 내보여질 수 있고 '꿰뚫어봄'에 의해 현존재 자신의 존재가능성이 내보여질 수 있다.

호기심은 새로운 것에 끌리거나 새로운 것을 찾는 마음이다. 도구대상을 둘러본다는 것은 그 대상들을 가깝게 하는 행위이다. 그러나 이 가까움은 대상의 목적, 도구성, 사용에 구속되고 도구 사용의 궁극 목적은 우리들 자신의 존재가능성을 전제로 한다. 도구와 우리들의 존재가능성을 연결시키는 것은 다소 모순 같지만 다시 생각하면 모순이 아니다. 의자는 바라보기 위해 있는 것이 아니라 앉기 위해 있다. 따라서 의자를 둘러본다는 것은 의자의 존재가능성, 곧 도구성이 드러나는 것이고 이때 나와 의자의 거리는 소멸한다. 나와 의자는 가깝게 되고 이런 가까움을 통해 나의 존재가능성 역시 드러난다. 의자를 멀리 볼 때 나는 의자를 관찰하는 주체이고 의자는 관찰 대상에 지나지 않는다. 그러나 의자와 만날 때 이런 이항 대립 체계는 해체된다. 나는 의자에 대해 친밀감을 느끼고 이런 친밀감을 매개로 나와 의자는 새로운 존재를 기투한다.

물론 하이데거의 주장은 현상학의 입장이다. 그러나 나는 이런 둘러봄의 문제를 선禪과 관련시킬 수 있다는 입장이다. 다음은 남원南園 선사의 공안.

남원이 어느 날 몸소 목욕물을 데우고 있었다. 한 스님이 물었다. "화상께선 어째서 사미나 행자들을 시키지 않는 겁니까?" 남원이 서너 번 손바닥을 비볐다. 후에 그 스님이 조산에게 그 사실을 말했다. 이에 조산이 말했다. "손바닥을 비벼대는 것은 박수를 치는 것과 같다. 남원은 참으로 기괴하구나. 구지俱胝의 일지선—指禪이 승당처가 분명치 않은 것과 비슷하구나."(선문답 강화—핑지염고, 김호귀, 석란, 2008, 263)

선사가 목욕물을 데우는 행위는 의자에 앉는 행위처럼 지극히 일상적인 행위다. 그러나 여기서 중요한 것은 선사가 몸소 목욕물을 데운다는 것. 사마나 행자를 시켜도 되지만 깨달은 선사가 몸소 목욕물을 데우는 행위는 선禪이 일상 행위를 강조한다는 것을 암시한다. 깨달음은 일상과 멀리 떨어진 고상한 정신 세계가 아니라 일상 행위 모두가 수행이고 깨침의 작용으로 드러난다. 목욕물을 데우기 전에는 물은 그저 멀리 바라보는 먼 세계에 지나지 않는다. 그러나 목욕물이 될 때 물은 숨은 존재가능성, 곧 도구가 되고 이렇게 도구가 될 때 물과 선사는 가까워지고 목욕을 할 때 물과 선사의 관계는 주체/객체의 이항 대립이 아니고 이른바 물아일체物我一切가 된다. 선불교의 입장에서는 의자에 앉고 걷고 머물고 앉고 눕는 일체의 행위가 수행이고 깨달음의 세계가 된다.

문제는 스님의 물음에 선사가 서너 번 손바닥을 비비는 행위. 이에 대해 조산은 그런 행위가 박수치는 것과 같다고 말한다. 손바닥을 비비는 행위와 박수치는 행위는 다르다. 그러나 선이 강조하는 무분별을 전제로 하면 손바닥을 비비는 행위나 박수치는 행위나 같고 한편 다르다. 이른바 불이不二의 관계. 조산이 '참으로 기괴하구나. 구지의 일지선 같다'는 말은 선사의 손바닥 비비는 행위가 마치 구지의 선이 손가락을 치켜드는 것처럼 무슨 의미인지 이해하기 어렵다는 것.

이야기가 옆길로 빠진 것 같지만 내가 강조하는 것은 하이데거가 말하는 둘러봄과 새로운 존재의 관계이다. 도구들을 둘러볼 때 도구와 나 사이엔 거리가 소멸하고 이런 가까움, 친밀성, 친화력이 하이데거의 경우엔 도구들의 존재가능성을 내보이고 선禪의 경우엔 무분별, 무아, 물아일체 사상으로 발전한다는 것. 그러나 일상인들은 도구와의 이런 만남이 아니라, 일상적 도구성, 사용성을 강조하고 그것은 사물의 표면, 겉모습과 가까워지는 것이고 따라서 사물과 나의 존재가능성을 망각하는, 사물과 멀어지려는 행위이다.

호기심은 가까움을 피하고 먼 것을 찾는 행위이고 우리의 일상에서 벗어나려는 행위이다. 그러나 일상에서 벗어나려고 하면 할수록 우리의 삶은 공허해진다. 따라서 이 공허를 메우기 위해 우리는 다시 끊임없이 새로운 것, 먼 것을 찾는다. 따라서 호기심은 자신의 존재가능성을 망각하고 한 곳에 머물지 못하고 헤매는 삶의 양식이다.(이상 봄과 호기심에 대해서는 이기상, 구연상, 『존재와 시간 용어 해설』, 까치, 1998, 317-320 참고)

셋째로 애매성은 이상에서 살핀 공허한 말과 호기심으로 뒤덮인 일상인들의 퇴락 현상으로 진정한 이해를 모르는 삶의 양식이다. 공허한 말은 나의 실존과는 관계없는 말이고 호기심은 가까움을 피하고 먼 것을 찾는 행위이다. 이런 삶은 진정한 이해, 곧 현존재의 존재 가능성을 부정한다. 다음은 하이데거의 말.

> 일상적 상호-존재로서 우리는 누구나 만나는 사물을 만나고 그 사물에 대해 말한다. 그러나 이때 진정한 이해는 불가능하고 무엇이 무엇인지 모르게 된다. 이런 애매성은 세계로 확장될 뿐만 아니라 상호-존재 나아가 현존재 자체로도 확장된다. 모든 것이 진정으로 이해되고, 진정으로 파악되고, 진정으로 말해진 것 같지만 근본적으로는 그렇지 않고 또 그렇지 않은 것 같지만 근본적으로는 그렇다. 애매성은 우리가 만나는 것들을 사용하고 즐기고 다루는 방법에 영향을 줄뿐만 아니라 애매성은 이미 존재 가능성으로서의 이해를 성취하고 따라서 애매성 속에서 현존재는 자신을 기투하고 존재 가능성과 스스로를 드러낸다.(하이데거, 영역본, 앞의 책, 217)

일상적 삶은 타인들과 관계를 맺는 삶이고 이런 삶은 공허한 말과 호기심으로 물든다. 따라서 이런 상호-존재로서 우리는 사물에 대해 말하지만 이런 말은 진정한 이해가 아니고 무엇이 무엇인지 모르는 애매한 상태가 되고 이런 애매성은 세계(사물), 상호-존재(타자), 현존재(나) 자체로 확장된다. 모든 것이 진정한 이해 같지만 실제로는 그렇지 않고 거꾸로 진정한 이해가 아닌 것 같지만 그것이 진정한 이해가 된다. 그러니까 중요한 것은 이런 애매한 이해 속에 이미 진정한 이해, 곧 현존재의 존재 가능성이 드러난다는 점이다. 왜냐하면 현존재는 이미 세계 속에 던져져 있으면서 이미 지기를 앞질러 있는 존재이기 때문이다. 현존재의 평균적 일상성은 공허한 말, 호기심, 애매성 속에 퇴락하면서 이미 존재를 개시한다. 과연 어떻게 개시하는가?

4. 죽음의 실존적 개시

일상인들이 존재를 개시하는 방식은 이해, 그것도 기분과 결합된 이해를 매개로 한다. 불안이 그렇고 죽음에 대한 불안이 그렇다. 퇴락은 평균적 일상적 현존재를 그들(세인)로 개시하는 실존론적 정의이다. 왜냐하면 불안이 그렇듯이 죽음과 만날 때 우리는 자신들의 피투성을 깨닫고 이런 피투성(실존성)이 새로운 존재를 개시하기 때문이다.

일상인들은 죽음이 오는 것을 확신하지만 당장 오는 것은 아니라고 생각한다. 당장 오는 것이 아니라는 생각은 죽음을 회피하는 퇴락적 삶의 양식이다. 그렇다면 죽음은 언제 나를 찾아오는가? 아무도 확신할 수 없고 죽음은 예기치 않은 순간에 닥친다. 그리고 아무도 죽어본 사람이 없기 때문에 죽음에 대해서는 말할 수 없다. 죽음이 어떤 세계인지 아는 사람은 없다. 아직-아님not-yet의 세계이지만 이런 아님은 과일이 익어서 완성되는 그런 종말도 아니고 친구와 약속한 날처럼 종말이 분명한 세계도 아니다. 또한 죽음은 누가 대신 죽어주는 세계도 아니다.

요컨대 죽음은 아직-아님의 세계이지만 누구도 알 수 없는 세계, 곧 규정할 수 없는 무규정의 세계이고 타인이 대신할 없는 비대리성의 세계, 고독한 단독자의 세계이다. 하이데거는 다음처럼 말한다.

> 현존재의 종말로서 죽음은 현존재의 고유한 가능성, 곧 비연관적이고 확실하고 무규정적이고 벗어날 수 없는 가능성이다. 현존재의 종말로서 죽음은 자체의 종말을 지향하는 실체로서의 존재 속에 있다.(하이데거, 영역본, 위의 책, 303)

이런 종말(끝) 개념은 현존재를 전체로 간주하는 태도로 현실적인 죽음과는 다소 거리가 있는 개념이다. 종말을 향한 존재로서 현존재 속에는 자신의 고유한 아직-아님이 이미 내포되어 있고 이 아직-아님은 현존재를 앞질러 있다. 왜냐하면 세계-내-존재로서 현존재는 이미 자신을 앞질러 세계 속에 있는 존재이기 때문이다. 현존재가 아직-아님(죽음)을 앞질러 있다는 말은 죽음이 아직 오지 않은 세계이지만 현존재는 미리 그것이 오기 전에 앞질러 죽음을 선취한다는 것. 그러므로 죽음을 향한 존재인 현존재는 죽음을 선취하는 존재이다.

> '아직-아님'의 현상은 '자신을 앞질러 있음'으로부터 이어받은 것으로 일반적인 염려-구조에 지나지 않는다. '아직-아님'은 실존론적 전체-존재의 가능성을 지배한다. 참으로 '자신을 앞질러 있음'은 무엇보다 최초로 '종말을 향한 존재'를 가능케 한다.(하이데거, 영역본, 위의 책, 303)

그러므로 아직-아님은 현실적인 죽음의 세계가 아니라 자신을 앞질러 이미 존재하는 현존재의 실존성에서 나온 것이고 이런 아직-아님이 현존재의 실존론적 전체성을 지배한다. 말하자면 현존재는 이미 앞질러 있는 존재이기 때문에 죽음을 향한 존재가 아니라 죽음을 앞질러 선취하는 존재이고 이런 선취가 이른바 아직-아님의 세계이다. 그리고 이런 선취에 의해 종말을 향한 존재가 가능하게 된다. 현존재는 죽음에 이르는 존재(일상인)가 아니라 죽음을 향한 존재, 종말을 향한 존재가 된다.

따라서 현존재는 동시에 죽음을 향한 존재 속에 있고 언제나 자신의 태도를 결정해야 한다. 죽음 앞에서 일상적 퇴락으로 도피하는 것은 죽음에 대한 비본래적인 태도이다. 그러나 이런 비본래성이 본래성을 가능케 한다. 현존재가 비본래성 속에서 체험하는 것은 기분 전환이지만 현존재는 언제나 그런 삶에 몰입하는 것은 아니다. 왜냐하면 현존재는 실존하는 자로서 자신의 고유한 특성을 결정하고 존재 가능성과 이해의 가능성에 의해 어떤 경우나 자신의 고유한 특성을 결정하기 때문이다. 본래적인 죽음을 향한 존재는 현존재의 실존적 가능성을 의미한다.(이상, 하이데거, 위의 책, 30-304 참고)

여기서 말하는 본래성과 비본래성은 죽음을 매개로 하는 삶의 두 방식을 말한다. 비본래적인 삶의 방식은 평균적 일상인(그들, 세인)으로 살아가는 방식으로 타인들이 제공하는 삶의 방식, 곧 공허한 말, 호기심, 애매성 속에 몰입함으로써 자신의 고유한 가능성을 망각한 삶의 방식이다. 그러나 본래적 삶의 방식은 이와 달리 일상의 지배를 벗어나 자신의 고유한 가능성을 의식하고 살아가는 방식이다. 특히 위에서 우리는 자신의 고유한 가능성을 결정해야 한다고 했거니와 이런 결정을 하이데거는 결단성이라고 부르며 그것은 자신의 실존이 동반하는 죽음의 가능성을 바라보는 것을 뜻한다. 따라서 본래적인 삶의 양식은 죽음 앞에서 죽음을 회피하지 않고 죽음의 가능성을 실현하고 이 가능성 속에 앞질러 가는 존재다. 그렇다면 이런 앞질러감, 선취, 선구는 어떻게 죽음의 가능성을 개시하는가? 하이데거가 말하는 죽음의 가능성을 요약하면 다음과 같다.

첫째로 죽음은 나의 고유한 가능성이다. 이런 가능성을 지향할 때 나는 나만의 고유한 존재 가능성을 개시하고 따라서 일상적 삶과 단절된다. 죽음에의 기대 속에서, 죽음을 앞질러 선취할 때 이미 나는 타인들로부터 벗어날 수 있다. 둘째로 나의 고유한 죽음의 가능성은 비연관적이다. 죽음은 개별적 현존재의 문제, 곧 타인들과 구별되는 나만의 문제이기 때문이고 이런 개별화는 현존재가 실존 속에서 자신의 존재를 현Da하는, 개시하는 한 가지 방식이다. 셋째로 고유한 비연관적인 가능성은 벗어날 수 없는 가능성이다. 죽음에의 예기 역시 이렇게 벗어날 수 없다는 사실을 수용한다. 죽음을 예기한다고 해서 내가 현실적인 죽음을 면하는 것은 아니다. 죽음은 내가 벗어나고 뛰어넘고 초월할 수 있는 세계가 아니다. 따라서 죽음을 선취하는 것, 죽음에의 선구, 죽음을 미리 앞질러 만나는 것은 초월할 수 없는 가능성을 향해 나를 열어 놓고 이런 선구성에 의해 죽음을 본래적으로 이해하고 선택하는 행위이다. 넷째로 이렇게 고유하고 비연관적이고 벗어날 수 없는 가능성은 확실한 가능성이다. 이런 확실성이 나의 존재를 개시하지만 그것은 오직 이런 가능성을 예기하는 방식, 곧 선취하는 방식으로 개시한다. 그러므로 죽음의 확실성은 죽음 자체가 아니라 죽음에 대한 나의 확신에 의존한다. 다섯째로 고유하고 비연관적이고 벗어날 수 없고 확실한 가능성은 뮤규정적이다. 죽음은 언제 찾아올지 알 수 없고 아무도 죽어본 사람이 없기 때문에 무엇이라고 규정하고 정의할 수 없다. 그러나 나는 이렇게 정의할 수 없는 확실한 죽음에 앞질러 감으로써 나의 존재를 개시한다.(하이데거, 위의 책, 307-310 참고)

5. 본래적 존재의 결단성

내가 죽음을 앞질러 선취할 때 나는 평균적 일상성(퇴락)에서 해방되고 그동안 내가 상실한 나의 존재를 개시할 수 있고 따라서 죽음은 나를 나 자신으로 있을 가능성을 개시한다. 이런 본래적 삶의 방식을 하이데거는 '죽음을 향한 자유'라고 부른다. 그러나 이상에서 살핀 죽음에의 선구는 죽음의 실존적 존재론적 가능성이고 그만큼 추상적이다. 따라서 죽음의 가능성은 현존재, 세계 속에 있는 나와 관련시킬 필요가 있다.

말하자면 현존재를 중심으로 이런 가능성이 증명되어야 한다. 그에 의하면 양심과 죄가 이런 가능성을 증명한다.

그가 말하는 양심과 죄는 전통적인 도덕적 윤리적 종교적 의미가 아니다. 그에 의하면 내가 본래적 일상적 현존재에서 본래적 현존재가 되는 것은 양심의 소리에 귀를 기울일 때이다. 양심은 객관적인 세계가 아니고 내면의 세계이고 존재를 개시한다. 전통적인 관점에서 양심은 도덕, 윤리, 종교 등에 의존하고 따라서 객관성을 지닌다. 그러나 이런 객관성, 기준, 가치와 무관한 양심이란 나도 모르는 나의 목소리에 해당하고 이 목소리를 듣는 순간 나는 나의 삶이 어딘가 잘못 되었다는 것을 깨닫고 현존재로서 나를 이해한다. 말하자면 일상적 존재로서 내가 상실한 것을 깨닫고 새로운 존재의 가능성이 열린다. 그러므로 양심은 내면의 말이고 내면의 들음이다.

내가 나를 부르고 내가 나의 목소리를 듣는 것이 양심의 특성이다. 부르는 자도 나이고 듣는 자도 나이다. 그런 점에서 양심은 실존적이고 두 개의 자아, 곧 본래적 자아와 비본래적 자아의 대립을 알려준다. 그리고 양심은 나의 내면에서 나오지만 나를 초월한다. 양심의 부름은 염려의 부름이다. 염려는 내가 이미 세계 속에 있으면서 나를 앞지르는, 선취하는 존재라는 것. 양심은 내 속에 있으며 나를 앞지른다는 점에서 염려의 부름이다. 양심은 예기치 않은 순간에 솟아 나와 침묵으로 나를 꾸짖는다.

나는 이 세계 속에 던져져 있으며 이미 나를 앞지르고(피투성, 기투성) 사실적으로 실존한다(사실성, 실존성). 그런 점에서 나의 사실성 facticity은 도구 사물들의 실제성factuality과 다르다. 실존적 자아로서의 나는 도구들을 만나듯이 나를 만나는 것이 아니다. 던져진 존재로서 나는 실존 속에 있고 이런 피투성은 현존재가 은폐한 존재, 곧 현(존재)에서 존재를 개시할 것을 요구하며 자신을 마음 상태(기분) 속에 드러낸다. 그러므로 기분이 현존재로서의 나를 부르며 그것은 있는 그대로 여기 있다는 사실과 직면케 하고 존재 가능성과 직면케 한다. 피투성과 직면하면서 나는 일상적 삶으로부터 도주하며 이런 도주가 개별성이나 단독성을 결정하는 섬뜩함uncanniness 속의 도주이다.

섬뜩함은 불안이라는 기본적인 기분 속에 드러나고 이런 드러남이 본래성과 통하고 따라서 이 세계에 던져진 나는 숨은 나를 개시한다. 그러나 불안의 대상은 무이기 때문에 나는 세계의 무와 직면하고 이런 무에 직면하면서 나는 나의 고유한 존재 가능성에 대한 불안 때문에 불안하다. 그러므로 나의 불안은 불안의 불안이다. 섬뜩함의 심층에서 발견하는 나는 누구인가? 양심의 부름에서 부르는 자는 누구인가? 하이데거는 다음처럼 말한다.

> 부르는 자는 세계 속에 존재하지 않는다. 곧 세계적으로는worldly 규정할 수 없는 無이다. 부르는 자는 섬뜩함 속에 있는 나이고, 근본적으로 집이 없는 자로서 내던져진 세계-내-존재이고, 세계의 무 속에 적나라하게 있음이다. 부르는 자는 일상적 삶에 낯선 자이고 그 목소리는 낯선 이방의 목소리 같다. 다양한 관심의 세계 속에 몰입된 일상인들에게 섬뜩함 속에서 자신으로 개별화되고 무 속에 던져진 자기보다 더 낯선 건 없다. '그것'이 부르지만 일상인들에게는 아무 것도 들리지 않는다. 그러나 던져진 존재의 섬뜩함에서 전하는 것은 무엇인가? 그것은 불안 속에 드러난 존재 가능성이고 '그것'은 나를 불러 이 존재 가능성 앞에 세우고 이것이 유일한 문제이다.(하이데거, 영역본, 위의 책, 321-322)

양심의 부름에서 부르는 자는 섬뜩함 속에 있는 나, 그러니까 불안이라는 기분 속에 있는 나이고, 이런 나는 규정할 수 없는 나이고, 무와 직면하고 무 속에 있는 나이다. 그러므로 양심은 나의 존재 가능성이다. 세계 속에 던져진 나는 집이 없는 나이고 이렇게 집이 없다는 사실이 양심의 근거이다. 양심은 현실적 사건에 대해 아무 것도 말하지 않는다. 양심은 침묵의 섬뜩함으로 말한다. 양심의 부름에서 부르는 자가 듣는 자이다. 부르는 자는 자신의 존재 가능성 때문에 불안한 나이고 듣는 자, 부름 받은 자는 나를 앞질러 나의 고유한 존재 가능성 앞에 선 나이다. 그러므로 양심의 부름은 염려에 근거한다.

그렇다면 양심의 부름은 무엇을 개시하는가? 한 마디로 양심은 우리에게 죄가 있다는 것을 개시한다. 그러나 하이데거가 말하는 죄는 상식적으로 말하는 죄가 아니고 현존재의 존재 방식인 염려의 원초적 부분으로서의 죄이다. 현존재의 존재는 사실성(피투성), 실존성(기투성), 퇴락성(개시성)으로 구성된다. 현존재로서의 나는 이 세계에 던져지고 이런 피투성이 숨은 존재의 개시를 불러온다.

그러나 이런 피투성의 근거는 무엇인가? 나는 이 세계에 던져지고(과거) 동시에 나의 존재 가능성(미래) 뒤에 있다. 말하자면 나는 나의 과거이면서 동시에 나의 미래다. 나는 내가 세계에 던져진 것에 책임이 없고, 그런 점에서 피투성의 근거는 무이고 아무 것도 아니고 나는 오직 나의 미래에 책임을 진다. 이 '아님not'이 피투성의 실존적 의미이고 따라서 나의 존재의 근거는 무성無性nullity이다. 이런 무성은 도구 사물들의 무, 곧 사물들의 있음/ 없음과는 관계가 없고 존재와 대비되는 무, 곧 존재/ 부재와도 관계가 없고 오히려 현존재의 존재, 곧 피투성을 구성하는 무이다.

나는 이 세계에 던져져 있고 이런 피투성은 나의 숨은 존재를 개시하고 내가 실존한다는 것은 나의 숨은 존재를 기투한다는 것. 따라서 내가 실존하면서 발견하는 나의 근거는 존재 가능성이지만 이 가능성 역시 무에 의해 규정되고 이런 피투성과 기투성의 존재로 있는 현존재의 존재가 염려이다. 다음은 하이데거의 말.

기투성의 구조가 그렇듯이 피투성의 구조 속에는 본질적으로 무성nullity이 있다. 이 무성은 퇴락 속에 몰입하는 비본래적 현존재의 가능성의 근거이고 일상적 비본래적 현존재는 사실적으로 그렇다. 염려 자체에는 본질적으로 이런 무성이 침투한다. 따라서 현존재의 존재인 염려는 던져진 존재로 무성을 근거로 하는 근거-존재이고 이런 근거-존재는 그 자체가 무성이다. 이것은 죄를 '무성을 근거로 하는 근거-존재'로 형식적 실존적으로 정의한 것이 옳다면 현존재는 그 자체로 죄가 있다는 것을 의미한다.(하이데거, 영역본, 위의 책, 331)

새로운 존재를 향해 나를 던질 때 내가 무와 직면하듯이 내가 이 세계에 던져진 것도 무를 근거로 한다. 따라서 기투성의 구조와 피투성의 근거는 무성이고 이런 무와 만날 때 비본래적 일상적인 나는 본래적 존재의 가능성과 만난다. 염려는 내가 이 세계에 던져져 있으며(피투성) 이미 이런 나를 앞지르는(기투성) 존재이기 때문에 염려에 침투하는 것은 무이다. 따라서 현존재로서의 나의 근거는 '무성을 근거로 하는 근거-존재'이고 양심은 나에게 죄가 있다는 것을 의미하기 때문에 현존재 자체는 죄가 있다.

양심은 불안, 섬뜩한 기분 속에서 나를 부르는 소리이지만 부르는 자는 무이고 무의 근거가 죄이고 죄는 무를 근거로 한다. 이런 죄는 나에게 책임이 있는 죄가 아니기 때문에 무를 근거로 하는 죄다. 요컨대 나는 이 세계에 던져진 것에 대해 책임이 없고 '아무 것도 아님'에 근거한 과거를 가지고 있다는 것이 죄다. 피투성은 나의 실존의 근거이고 실존의 근거는 무이고 양심은 이런 무를 근거로 하는 죄를 개시한다. 나는 집이 없는 벌거숭이다. 그리고 이 벌거숭이가 무를 근거로 하는 가능성이고 나는 이런 집 없음을 인정하고 죽음을 앞질러 선취하듯이 죄를 인정할 때 본래적 존재로 전환할 수 있다. 죄를 인정하고 양심의 소리에 귀를 기울이는 것이 결단성이고 그것은 죽음을 선취하는 본래적인 삶의 양식이다.

6. 본래적 결단성과 선禪

본래적인 삶은 일상적 삶으로 퇴락한 내가 나의 존재(진리)를 개시하는 삶이고 하이데거는 이런 존재 개시의 가능성을 죽음의 선취에서 읽는다. 요컨대 나는 죽음과 만나면서 나의 존재를 개시한다. 『존재와 시간』이 목표로 하는 것은 현존재가 존재를 은폐하는 구조, 곧 현(존재)에서 존재를 현現하는 것, 개시하는 것이고 그러므로 나는 Dasein을 Da(sein)의 구조로 읽고 다시 대정 스님의 은현동시隱現同時 여시묘각如是妙覺이라는 선어禪語를 중심으로 현(은) 구조로 읽는다.

따라서 현존재와 불안의 관계가 그렇듯이 현존재와 죽음의 관계도 이런 구조로 읽을 수 있다는 입장이다. 죽음을 선취한다는 것은 현존재가 은폐하는 죽음을 개시하는 것이고 따라서 현존재가 은폐하는 존재는 죽음과 동일시된다. 그리고 존재나 죽음은 무의 세계이다. 요컨대 현(존재)는 현(죽음)과 구조적으로 동일하고 현존재가 은폐한 존재를 개시하는 것은 이때 현존재가 은폐한 죽음을 개시하는 것과 동일하다. 내가 나의 죽음을 개시한다는 것은 현실적인 죽음을 뜻하는 게 아니기 때문에 죽음의 개시, 곧 현-죽음은 선종禪宗의 시각에선 생사일여生死一如, 불생불멸不生不滅과 통하고 은현동시의 구조에 의하면 은(죽음)-현(생)의 구조이다. 과연 그런가? 물론 하이데거의 주장과 선禪은 공통점도 있고 차이점도 있다.

하이데거가 말하는 비본래적 삶은 평균적 일상인으로 살아가는 방식으로 타인들이 제공하는 삶의 방식, 곧 공허한 말, 호기심, 애매성 속에 몰입함으로써 자신의 고유한 가능성을 망각한 삶이다. 그러나 본래적 삶은 이와 달리 평균적 일상적 삶에서 벗어나 자신의 고유한 가능성을 의식하고 살아가는 방식이고 이런 가능성을 결정하는 것이 이른바 결단성이다. 그리고 이런 결단성은 죽음을 매개로 한다.

석가모니 부처가 싯달타 왕자로 있던 스물 아홉 살 되던 밤 가족을 떠나 출가한 것은 윤회전생에 따르는 육체적 정신적 고통, 곧 생로병사의 고통을 목격했기 때문이다. 싯달타는 첫 번째로 동문에서 병들어 움직이지도 못하는 노인을 만나고, 두 번째는 남문에서 병들어 죽어가는 병자를 만나고, 세 번째는 서문에서 화장터로 가는 장례 행렬을 만난다. 이렇게 늙음, 질병, 죽음을 만나고 그들을 구제할 생각을 하고 네 번째는 북문에서 아무 집착도 없고 증오도 없는 탁발승을 만나고 그 순간 그런 생활이야 말고 자신과 남들에게 유익하다는 것을 깨닫는다.

요컨대 싯달타가 왕자의 화려한 삶을 버리고 출가한 것은 죽음과의 만남을 동기로 하고 그의 출가는 비본래적 삶을 버리고 본래적 삶, 말하자면 자신의 고유한 삶의 가능성을 결정한 것, 곧 본래적 삶의 결단에 해당한다. 그러므로 죽음의 가능성이 삶의 가능성이다.

하이데거는 죽음의 가능성을 실존적 존재론적 죽음의 가능성과 현존재를 중심으로 하는 죽음의 가능성으로 나눈다. 전자에 의하면 죽음은 나의 고유한 가능성이고 따라서 타인들과 구별되는 나만의 문제이다. 싯달타가 왕의 만류를 뿌리치고 잠자는 아내와 아들 라훌라(걸림, 장애라는 뜻)를 잠깐 바라본 후 마부와 함께 몰래 왕궁을 빠져나간 것은 그런 결단이 그만의 문제였기 때문이다. 석가모니의 주행칠보周行七步 공안이 강조하는 것도 그렇다.

세존께서 처음 탄생하실 때 두루 일곱 걸음을 걸으시고 눈으로 사방을 둘러보시고 한 손으로 하늘을 가리키시고 한 손으론 땅을 가리키시며 '하늘 위나 하늘 아래 나만이 홀로 존귀하다. 天上天下 唯我獨存' 하셨다.(『선문염송 1』, 동국역경원, 2002)

이 공안에 대한 평설은 대체로 세존의 행위가 미친 짓이고, 방약무인의 방편이고, 홀로 얻은 소식이고, 당대의 사실이고, 형상으로 여래를 보지 말라는 것(不可以身相 得見如來)으로 요약된다. 그러나 나는 이 공안을 탄생과 죽음, 나아가 시간에 대한 불교적 진리, 인간 행위에 대한 불교적 진리, 언어도단의 세계, 자아와 우주의 관계에 대한 불교적 진리를 암시한다고 해석한 바 있다.(이승훈, 『선과 기호학』, 한양대출판부, 2005, 234-244)

그러나 이런 해석은 기호학의 시각에서 그런 것이고 있는 그대로 읽으면 천상천하 유아독존은 이 세상에 나만이 홀로 존귀하다는 것, 끔찍한 단독자 의식이고 벌거숭이 의식이다. 죽음은 나의 문제이고 삶도 나의 문제일 뿐 누가 대신 죽어주고 살아주는 게 아니라는 것. 그러므로 죽음은 나의 고유한 가능성이고 죽음 앞의 결단은 일상적 삶과 단절되고 따라서 타인들과 단절되고 비연관적이다. 공안에는 이런 대리불가능성, 자신 외에는 천하에 어디 의지할 것이 조금도 없다는 선사들의 말씀이 많고 그것은 각자의 몸 자체가 불성이고 불성을 은폐하고 있기 때문이다.

그러나 문제는 다시 죽음의 선취, 죽음을 앞질러 나의 것으로 만드는 행위이고 이런 죽음의 가능성은 양심과 죄에 의해 증명된다. 내가 나를 부르고 내가 나의 목소리를 듣는 것이 양심의 특성이고 그런 점에서 양심은 비본래적 자아와 본래적 자아의 대립을 암시한다. 한편 양심은 나로부터 나오며 나를 초월한다. 그러나 선禪이 강조하는 것은 본래적 자아든 비본래적 자아든 이런 자아, 고유한 실체가 없다는 인식이다. 그런 점에서 하이데거는 비록 본래적 자아를 지향하지만 자아를 실체로 인식하고 두 자아의 대립을 강조한다는 점에서 이항 대립 체계를 전제로 한다. 그러나 선이 강조하는 것은 무아無我이고 이런 무아 개념은 본래/ 비본래, 삶/ 죽음같은 이항 대립 체계를 해체한다.

자아가 없다는 것은 자아의 본성, 고유한 실체가 없다는 말이며 그것은 자아를 구성하는 오온五蘊이 인연에 의한 공空이고 부단히 변하기 때문이다. 『반야심경般若心經』은

　　　　관자재보살은 심오한 반야바라밀다를 행할 때 오온이 모두 공임을 조

견하고 일체의 고액을 없앴다. 觀自在菩薩 行深槃若波羅蜜多時 照見五蘊皆
空 度一切苦厄

는 말로 시작된다. 관자재보살은 관세음보살. 반야바라밀다는 불교의
지혜에 의해 열반에 드는 종교적 실천. 오온은 자아를 구성하는 눈에 보
이는 것(色), 밖으로부터 받는 인상작용(受), 받아들인 것의 표상작용
(想), 의지와 행동(行), 의식작용(識)을 말한다. 이상 다섯 요소는 결국
자아를 구성하는 물질과 마음을 뜻하고 따라서 오온이 공하다는 것은
자아를 구성하는 물질과 마음이 모두 공하다는 것. 이른바 물심일여物心
一如, 색심불이色心不二를 뜻한다. 색이 공한 것은 우리 육체는 고유한 실
체가 있는 게 아니라 살(地), 피(水), 온기(火), 호흡(風) 네 가지 요소(四
大)로 구성되고 언제나 변하기 때문이다. 그러므로 색즉시공色卽是空이고
공즉시색空卽是色이고 마음 역시 그렇다. 부처의 진리를 깨닫고 일체의
고통과 재액에서 벗어나는 것은 이런 지혜를 실천할 때 가능하다. 그러
므로 본래적 자아니 비본래적 자아니 하는 구별도 없고 자아와 비자아
의 구별도 없다.

7. 무의 의미와 선禪

한편 하이데거에 의하면 양심은 불안, 섬뜩함의 심층에서 나를 부르
는 소리이지만 부르는 자, 피투성의 근거는 무이고 따라서 나의 존재의
근거는 무성nullity이다. 나는 이 세계에 던져져 있고(피투성) 동시에 나
의 존재를 새롭게 기투한다(기투성). 죽음을 향한 존재는 죽음을 앞질러
선취하면서 나의 존재를 기투한다. 내가 이 세계에 던져진 사실에 대해
나는 책임이 없기 때문에 피투성의 근거는 무이고 이렇게 나와는 관계
없이 던져진 것(무)을 아는 게 죄이다. 피투성은 나의 실존의 근거이고

실존의 근거는 무이고 양심은 이런 무에 뿌리를 두는 죄를 개시한다. 이런 죄를 인정하고 양심의 소리에 귀를 기울이는 것이 결단성이고 그것은 죽음을 선취하는 본래적 삶의 양식이다.

죽음의 선취, 그러니까 실존적 결단은 무(양심, 죄)를 지향한다. '존재와 시간'에서 하이데거가 강조한 것은 불안(피투성)→탈존(기투성)→무아(죽음)의 방향이다. 그런 점에서 그는 선종이 말하는 무아無我를 지향한다고 볼 수 있다. 그러나 무의 실존론적 의미만 강조되고 무로서의 죽음은 충분히 개진되지 않는다. 한편 그가 말하는 무의 개념은 그 후 계속 변한다.

『존재와 시간』에서는 현존재가 불안에 직면할 때 무와 만난다. 곧 불안이 무를 드러낸다. 그러나 「형이상학이란 무엇인가」에서는 무는 부정보다 근원적인 것으로 무 자신이 무화하고 무는 존재자의 대립이 아니라 존재자의 존재에 속하는 것으로 자신을 드러낸다. 「근거의 본질에 관하여」에서는 무가 자유와 관련되고 자유는 근거의 근거, 곧 충족이유율의 근거이고 현존재의 심연이 된다. 곧 자유는 존재자적 진리를 가능케 하는 존재론적 진리의 내적 가능성이다. 그리고 20년 후 「근거-」 3판 서문에서는 앞의 두 논문을 수정한다. 이때 「형이상학-」에서의 무는 존재자의 '아님'이고 「근거-」에서의 존재론적 차이, 곧 차이의 무화하는 '아님'은 서로 공속한다는 점에서 심화되고 동일한 것으로 통일된다. 따라서 존재와 존재자 뿐만 아니라 존재와 무도 상호 공속한다. 그렇다면 존재와 무의 공속은 무엇을 의미하는가?

1943년 『형이상학-』 4판 후기에 무는 존재자에 대한 타자로서 존재의 장막이 된다. 존재의 장막으로서의 무는 존재 자체의 현시로부터 물러섬이다. 따라서 존재는 자신을 드러내기도 하고 감추기도 하고 스스로 나타나기도 하고 물러서기도 한다. 이른바 은현隱現동시 구조이다. 후기의 하이데거는 무 속에서의 존재 경험을 요구한다. 그리고 1949년 『형이상학-』 5판 서문에는 '왜 도대체 존재자는 있고 오히려 무는 아닌가?'라는 유명한 질문이 나온다. 여기서 그가 강조하는 것은 어떤 것도 존재와 더불어 있지 않고 무도 진정으로 현성現成하지 않는 현상에 대한 질문이고 이것이 존재와 무의 실제 상황이다.

존재와 무의 공속성, 동일성에 대한 그의 사유가 도달한 최종 결론은 「휴머니즘에 관한 서간」에 나타난다. 이제 존재는 존재로서 무화한다. 존재에서의 무화가 무의 본질이다. 따라서 사유는 존재를 사유하기 때문에 사유는 무를 사유한다. 그러므로 존재와 무 사이에는 공속성, 동일성도 실제로는 존재하지 않는다. 왜냐하면 존재가 스스로를 무로서 무화하기 때문이다. 이런 무는 불안과는 관계가 없고 존재의 현시(현)로부터의 물러섬(은)이기 때문이다. 후기 하이데거의 존재 사유는 무는 거부되고 사유의 본질은 사유되고 있는 것, 곧 현존재의 현존, 존재자의 존재에 의해 규정된다.(이상 하이데거의 무의 개념은 찰스 웨이 쉰 후우[傅偉勳], 「하이데거와 선에서 존재와 무」, 『서양철학과 선』, 존 스태프니 외, 김종욱 편역, 민족사, 1993, 134-141 참고)

하이데거가 「존재와 시간」에서 말하는 무는 불안과 죽음을 매개로 하고 이 무는 피투성의 근거에 해당하고 따라서 실존적 결단이 지향하는 죽음은 무를 지향하고 무아를 지향한다. 그러나 선에서 말하는 무는 유/무를 초월한다는 점에서 유가 무이고 무가 유(색즉시공 공즉시색)라는 의미로서의 공을 뜻하기 때문에 하이데거가 말하는 존재의 개시, 죽음의 자기화는 선이 강조하는 무아와 다르다. 다음은 조주趙州 선사의 공안.

> 한 스님이 조주 선사에게 작별 인사를 왔을 때 선사가 묻는다.
> "어디로 가려는가?"
> 스님이 대답한다.
> "남방으로 가서 불법을 좀더 공부하고자 합니다."
> 이때 조주가 불자를 치켜세우며 말한다.
> "부처가 있는 곳엔 머물지 말고 부처가 없는 곳은 빨리 지나쳐라."
> 그러자 스님이 묻는다.

"그러면 갈 곳이 없는데 어디로 가라는 말입니까?"

선사가 대답한다.

"가는 것도 네 마음 안 가는 것도 네 마음이다. 그러니 마음대로 하라."

마음대로 하라는 것이 무아無我이고 무아는 무심이고 집착이 없는 삶을 뜻한다. 부처가 있는 곳에 머물지 말고 부처가 없는 곳은 빨리 지나치라는 것은 있음/ 없음, 유/ 무에 대한 분별을 버리라는 것. 한편 부처에도 의지하지 말라는 뜻도 있다. 이렇게 유/ 무의 차별이 없는 무, 그러니까 유/ 무를 초월하는 무가 공空이다. 요컨대 선이 강조하는 무아는 유가 바로 무이고 무가 바로 유인 경지. 그리고 이런 경지가 자유와 통한다. 조주 선사가 스님에게 당부한 것은 마음대로 하라는 것. 모두가 스님의 마음에 달려 있을 뿐이다. 다음은 소산疎山 스님과 위산潙山 영우 선사靈祐의 공안.

소산 스님이 위산 선사를 찾아와 묻는다.

"제가 알기로는 스님께서 '있음과 없음의 관계 有句無句'는 마치 나무등치와 거기 얽힌 칡덩굴의 관계와 같다고 하셨다는데―― 그렇다면 나무가 갑자기 넘어져 칡이 말라죽게 되면 어떻게 됩니까?"

이때 선사는 담벽에 진흙을 바르고 있었다. 손에 들고 있던 흙을 내던진 후 한바탕 크게 웃고는 방으로 들어간다.

이른바 소산유무로 알려진 공안. 앞에서 유가 바로 무이고 무가 바로 유라는 말을 했지만 이 공안에서 읽을 수 있는 것도 비슷하다. 유와 무는 나무와 칡덩굴에 비유된다. 그러므로 유와 무는 별도로 존재하는 게 아니라 함께 있을 때 유와 무이다. 나무(유)는 칡덩굴(무)과 함께 있을 때 나무이고 칡덩굴(무)은 나무(유)와 함께 있을 때 칡덩굴이다. 유와 무는 대립적 관계가 아니다. 그러나 스님의 질문은 아직도 유와 무, 그러니까 나무와 칡덩굴을 대립적인 것으로 인식하고 따라서 아집我執에 사로잡힌 상태이고 무아의 경지에 이르지 못한 상태. 그러므로 선사가 손에 들고 있던 진흙을 버리고 한바탕 웃고 방으로 들어간 행위는 그런 아집을 버리라는 것, 곧 방하착을 암시한다.

8. 유와 무의 공속

그러나 하이데거가 후기 사유에서 강조하는 것은 존재와 무의 공속이다. 이는 존재 혹은 무가 현존재 혹은 존재자와 대립적인 관계가 아니라 무가 존재 자체의 현시로부터 물러섬을 뜻한다. 존재는 드러나며 동시에 숨고 나타나며 동시에 물러선다. 그런 점에서 하이데거의 무는 초기 사유가 아니라 후기 사유에 오면서 선禪에 접근한다. 유와 무의 공속, 존재와 무의 공속을 나는 은현동시 구조로 해석하는 입장이다. 선시에서 읽는 것이 그렇다. 다음은 당나라 시인 왕유王維의 선시「녹채鹿柴」.

빈산에 사람 보이지 않고　　　空山不見人
사람 말소리만 들릴 뿐　　　但聞人語響
석양빛이 깊은 숲 속에 들어와　　返景入深林
다시 푸른 이끼 위를 비치네　　復照青苔上

이 시는 왕유가 만년에 남전 망천에 은거해 세속을 잊고 살며 어느 날 녹채라는 골짜기의 석양 풍경을 노래한 것. 사람이 보이지 않는 빈산은 공空의 세계에 속하고 사람 말소리는 색色의 세계에 속한다. 그러나 1행과 2행은 대립되는 게 아니라 공즉시색, 색즉시공의 세계이고, 다시 은현동시 개념에 의하면 1행은 사람이 보이지 않는 숨은 隱의 세계이고, 2행은 사람이 나타나는, 드러나는 現의 세계이다. 그러나 둘은 대립적 관계가 아니라 숨으며 동시에 드러나는 은현동시의 관계에 있다.

이런 은현동시의 세계는 하이데거가 말하는 유와 무의 공속, 존재와 무의 공속을 보여준다. 무(보이지 않는 사람)가 존재 자체의 현시(빈산)로부터 물러서고, 무(보이지 않는 사람)가 존재 자체(말소리)로부터 물러서는 구조다. 이때 은현동시는 드러나며 사라지는 현(은)의 구조가 된다. 유무의 경우도 같다. 유는 무를 물러서게 하면서 드러난다. 하이데거에 의하면 존재는 스스로 뒤로 물러서며 스스로를 드러내고 이 선시가 보여주는 것이 그렇다.

3행과 4행 역시 비슷하다. 석양빛이 숲 속으로 사라지면서(은) 다시 푸른 이끼 위에 비친다.(현) 3행과 4행의 관계 역시 색즉시공 공즉시색의 세계이고, 은현동시 개념에 의하면 사라지며 드러나는 은(현)의 구조가 된다. 나는 1장 「현존재」에서 하이데거가 말하는 '숲 속의 빈터'라는 개념에 대해 언급한 바 있다. 숲 속의 빈터는 존재가 뒤로 물러나며 스스로를 나타내는 영역. 곧 존재가 나타나며 동시에 숨고 숨으며 동시에 나타나는 영역으로 존재 개방성의 터전에 있음, 열려 있음을 뜻하고 이른바 '환히 트인 터', '환한 밝힘'을 뜻한다. 그가 말하는 '환히 트인 터'는 프랑스어 '숲 속의 빈터'를 차용한 것.

그에 의하면 숲 속의 빈터는 현존재가 도달한 현Da의 영역, 존재자가 존재를 개방하는 영역이고 숲 속의 빈터에선 빛이 터를 창조하지 않고 터가 빛을 만들고 이 빈터엔 빛과 어둠의 놀이가 있다. 왕유의 시, 특히 3행과 4행의 이미지가 그렇다. 석양빛이 숲 속의 빈터를 만드는 게 아니라(석양빛은 숲 속에 들어올 때 사라진다) 숲 속의 빈터(푸른 이끼)가 빛을 만든다. 그리고 푸른 이끼 위를 비치는 석양빛 속엔 빛(석양빛)과 어둠(숲 속)의 놀이가 있다. 요컨대 이 시에서 색과 공은 대립이 아니라 공속의 관계에 있고 유와 무, 존재와 무의 관계 역시 그렇고 이런 관계를 나는 은현동시 구조로 읽고 은현동시는 묘각妙覺, 깨달음, 선의 세계다.

물론 하이데거가 『존재와 시간』에서 죽음을 매개로 만나는 무는 유와 공속하는 무가 아니고 유(현존재)와 대립하는, 따라서 유를 초월하는 무이다. 그러나 현존재가 죽음을 미리 앞질러 선취하는, 이른바 실존적 결단은 선과 통하고 깨달음은 그런 점에서 죽음을 선취하는 행위라고 할 수 있다. 다음은 향엄香嚴 선사의 공안.

> 스님이 향엄에게 묻는다. "깨달음이란 무엇입니까?"
> 향엄이 말한다. "고목에서 나는 용 울음소리다."
> 스님이 묻는다. "깨달은 사람이란 어떤 것입니까?"
> 향엄이 말한다. "해골 눈동자다."
> 그 스님은 이 내용을 석상石霜에게 전하고 나서 묻는다. "고목에서 나는 용 울음소리란 도대체 무엇입니까?"
> 석상이 말한다. "깨달음이란 역시 기쁜 일이다."
> 스님이 묻는다. "해골의 눈동자란 또 무엇입니까?"
> 석상이 말한다. "깨달은 사람이 있는 줄 알아야 한다."(굉지염고, 선문답 강화, 김호귀, 석란, 2008, 193)

여기서 깨달음(道)은 고목의 용 울음소리, 깨달은 사람(道中人)은 해골의 눈동자에 비유된다. 고목은 말라죽은 나무, 해골은 살이 썩고 남은 뼈로 죽음을 상징한다. 고목이든 해골이든 느낌이 없고 사고가 없는 존재, 따라서 번뇌도 모르는 존재이다. 그러므로 고목과 해골은 분별을 초월한 삶, 간택을 모르는 삶, 곧 깨달음을 상징한다. 그러나 깨달음은 이런 고목에서 나는 용 울음소리이고 용 울음소리는 느낌과 분별을 아는 세계이다. 따라서 깨달음의 세계는 무분별의 분별, 생각하지 않으며 생각하는 것, 죽음 속의 삶을 뜻한다. 깨달은 사람 역시 해골(무분별, 죽음)이며 동시에 해골의 눈동자(분별, 삶)에 비유된다. 요컨대 깨달음, 깨달은 사람은 무분별과 분별, 죽음과 삶의 이항 대립 체계를 해체하는 중도, 불이不二를 실천하는 것. 그러므로 육조 혜능은 '육조단경'에서 다음처럼 말한다.

선지식들아, 나의 법문은 옛부터 모두가 무념無念을 종宗으로 삼고 무상無相을 체體로 삼고 무주無住를 본本으로 삼는다. 무상은 모양에서 모양을 떠나고(於相而離相) 무념은 생각에 있어서 생각하지 않고(於念而不念) 무주는 사람의 본래 성품이 생각마다 머무르지 않는 것(念念不住)이다. 지나간 생각과 지금의 생각과 다음의 생각이 서로 이어져 끊어짐이 없으니 만약 한 생각이 끊어지면 법신이 육신을 떠난다. 순간순간 생각할 때 모든 법 위에 머무름이 없으니 만약 한 생각이라도 머물면 생각마다 머무는 것이므로 얽매임(繫縛)이라고 부르고 모든 법 위에 순간순간 생각이 머물지 않으면 얽매임이 없다. 그러므로 무주로 본을 삼는다.(돈황본『六祖壇經』, 성철 현토 편역, 장경각, 1987, 126-127)

무념은 생각이 없는 것이 아니라 생각을 하되 생각하지 않는 것. 이른바 고목의 용 울음소리이고 해골의 눈동자다. 무념과 무상과 무주는 상호 유기적인 관계에 있고 따라서 무념은 생각할 때 법(六塵)에 머물지 않는 것(무주)이고, 법에 머물지 않는 것은 생각이 모양에서 모양을 떠난 것(무상)이다. 그러므로 무주가 본이 된다.

하이데거가 말하는 죽음의 선취, 실존적 결단은 고목의 용 울음소리를 듣고 해골의 눈동자가 되는 것, 요컨대 무념, 무상, 무주의 삶을 지향한다는 점에서 선을 지향한다. 그러나 지향은 지향일 뿐 선이 아니다. 죽음을 선취한다는 것은 실제로 죽는 것이 아니라 죽음을 내면화하고 자기화하는 깨달음의 경지를 지향한다.

9. 선시, 죽음의 미학

선시에서 읽을 수 있는 것이 이런 의미로서의 죽음이다. 선시의 경우 대체로 죽음, 깨달음의 세계는 찬 재, 고목, 추위, 푸름, 빈방, 고요의 이미지로 노래된다. 다음은 이조 시대 부휴선수浮休善修 스님의 선시.(『한국선시』, 김달진 편역, 열화당, 1994, 312)

사람을 피하고 또 세상을 피해	避人兼避世
옷소매 떨치고 선계에 들었나니	拂袖入仙區
부귀는 누더기 한 벌이오	富貴單雲衲
생애는 구절포다	生涯九節蒲
시서는 고요함 속의 벗이요	詩書靜裏友
산수는 눈 앞의 그림이다	山水眼前圖
마음은 찬 재처럼 죽었고	心死如灰冷
몸은 학과 함께 여위었다	形枯共鶴

　스님은 사람과 세상을 피해 옷이 상징하는 일상성, 세속, 가식의 때를 털어버리고 선계로 든다. 왜냐하면 부귀는 누더기 한 벌에 지나지 않고 생애는 구절포(구절초?)에 지나지 않기 때문이다. 선계에서 그의 벗은 시와 서이고 시와 서는 고요를 매개로 한다. 이런 고요의 경지에서는 눈앞의 산수가 그대로 그림이 된다. 문제는 이런 경지에 들기 위해 마음은 죽고 몸은 여위었다는 것. 마음의 죽음은 찬 재에 비유되고 수척한 몸은 학에 비유된다. 마음은 찬 재이고 몸은 고목이지만 이 고목은 용 울음이 아니라 학에 비유된다. 마음의 죽음은 무념의 세계이고 그것은 생각에 있어서 생각하지 않고 마음이 상에 머물지 않고 생각마다에 머물지 않는 경지를 뜻한다. 몸이 학과 함께 여위는 것은 몸 역시 고목처럼 말라죽은 상태지만 이런 죽음이 학처럼 고고한 정신의 세계를 동반한다는 것.

　이 시에서는 불성보다 선계仙界가 강조되지만 이런 사정은 불교가 중국에 수입되면서 이른바 도교, 노장 사상을 창조적으로 수용 발전시킨 점을 전제로 하면 그렇게 이상할 것이 없다. 초기의 불교와 도교는 표면적으로 신비주의의 관점에서 공통점을 찾고, 두 번째 단계에서는 상호의 철학적 개념을 이해하는, 곧 노장 사상에 입각해 불교를 해석하는 이른바 격의格義 불교 시대가 등장하고, 세 번째 단계는 서로의 사상적 특

성을 수용하면서 각각의 특성을 창조적으로 발전시키는 바 도교의 내단
內丹 사상(性命雙修사상)과 불교의 선종禪宗이 등장한다.(최일범, 「불교와 도교,
대립과 투쟁 그리고 융합」, 『불교평론』, 2009, 여름호 참고)

그러므로 이 시에 나오는 선계는 선禪과 무관치 않고 선계는 깨달음과
관계된다. 이런 깨달음은 마음의 죽음, 무념의 실천이고, 찬 재와 고목
의 이미지는 다음 선어禪語에도 나온다.

> 깨달음은 바로 얼음 삶 　　　覺卽氷生
> 언어 생각 멀리 끊기고 　　　言思迴絶
> 산봉우리 봉우리마다 　　　　堆山積嶽
> 찬 재와 마른 고목이다 　　　寒灰枯木

무산霧山 오현 스님의 '참사람의 진면목'에 나오는 선어다. 향엄 선사
의 경우 깨달음은 고목에서 나는 용 울음소리이고 이 선어에선 얼음 삶
이다. 고목의 용울음소리가 무념, 곧 생각하되 생각이 없는 경지, 죽음
속의 삶을 뜻한다면 얼음 삶 역시 비슷하다. 얼음은 물의 응결, 결정, 죽
음을 뜻하지만 물과 얼음의 관계는 서로 의지하는, 상즉相卽의 관계이고
중도, 불이의 관계에 있다. 그러므로 얼음처럼 산다는 말은 죽음(얼음)
속에 삶(물)이 있는 그런 삶, 무분별의 분별, 생각이 없는 것이 아니라
생각하되 생각이 없는 삶을 뜻한다.

고목, 해골, 얼음 모두 생각이 없고 느낌이 없는 세계. 그러나 고목에
선 용 울음소리가 나고 해골엔 눈동자가 있고 얼음 속엔 물이 있다. 그
러니까 참된 깨달음은 죽음 속에 삶이 있다. 얼음과 물의 경계는 모호
하다. 이런 깨달음의 세계는 언어와 사유가 멀리 사라진 세계다. 언어가
사유이고 사유가 언어이기 때문에 무념의 세계는 언어와 사유를 초월하
는 세계이다. 위의 선어에서 앞의 두 행이 무념에 의한 자아의 깨달음을
강조한다면 뒤의 두 행은 깨달은 상태에서 바라보는 세계. 곧 '산봉우리
봉우리마다 찬 재와 고목'이 있을 뿐이다. 부휴 스님의 선시에선 '마음이

찬 재처럼' 죽었지만 이 선어에선 '산봉우리 봉우리마다 찬 재와 고목'이 있을 뿐이다. 산봉우리마다 죽음이 있고 이 죽음이 깨달음, 무념과 통한다.

위의 선어를 선시로 해석한다면 산봉우리의 찬 재와 고목의 이미지는 이른바 의경意境 혹은 경계라는 미적 인식을 보여준다. 의경은 선종禪宗이 유행한 당대 이후 사대부들이 즐겨 사용한 시적 방법으로 감각적 경험을 통해 마음을 깨닫는 방법 혹은 깨달음의 세계를 순수 직관에 의해 노래하는 방법이다. 의意는 인식 주체의 마음이고 境은 인식 대상을 말한다. 선종의 경우 자연은 마음의 산물(一切唯心造)이고 마음은 무념, 공空이기 때문에 자연 역시 무념, 공의 세계이고 가상에 지나지 않는다. 유가나 도가의 경우 자연은 유, 실체가 있는 것으로 간주되나 선종에선 고유한 실체가 없는 공의 세계가 된다. 따라서 의경이 강조하는 것은 자연 묘사도 아니고 자연에 의탁해 자신의 정서를 노래하는 것도 아니고 깨달음의 세계이다. 왕창령王昌齡은 「시격詩格」에서 다음처럼 말한다.

> 시에는 세 가지 경계三境가 있다. 하나는 物境이다. 산수시를 지으려면 泉石雲峰의 경계(心像)를 펼쳐놓고 매우 수려한 마음에 뛰놀게 하고 몸을 그 경계에 두고 마음으로 경계를 보는 것이 마치 손바닥에 놓고 보듯 한 다음 생각(구상)을 하면 境象이 분명하게되어 형사形似를 얻는다. 둘째는 情境이다. 기쁨, 즐거움, 근심, 원망이 의식에 펼쳐지고 몸에도 나타난 뒤에 생각을 달리면 그 감정을 깊이 얻는다. 셋째는 意境이다. 이 또한 의식에 펼쳐지고 마음으로 생각하면 그 참됨을 얻는다.(왕창령, 「시격」, 명법, 『선종과 송대사대부의 예술정신』, 씨아이알, 2009, 207, 재인용)

요컨대 삼계는 물경, 정경, 의경이고 물경은 형사形似를, 정경은 정情을, 의경은 진眞을 추구한다. 형사는 대상의 이미지를 강조하고, 정은 시인의 정서를 강조하고, 진은 대상의 모방도 시인의 정서도 아닌 시인의 마음을 강조한다. 그런 점에서 의경은 물경과 정경의 세계를 극복하고 시인과 대상이 하나가 되는 물아일체의 경지를 보여준다. 물경이 대상의 실체를 긍정하고 정경이 시인의 정서를 강조한다면 의경은 대상의 실체를 부정하고 시인의 정서도 부정한다. 왜냐하면 선종禪宗에 의하면 일체법이 공이고(諸法空相) 감정의 세계는 번뇌이기 때문이다.

선시가 강조하는 것은 의경이고 이런 경계는 깨달음의 세계와 통한다. 마음(공)과 대상이 순간적 직관에 의해 하나가 되는 경지. 마음은 무념, 곧 생각하되 어디에도 머물지 않는 그런 생각으로 대상을 본다. 깨달음은 공의 실천이고 공의 실천은 마음의 죽음의 실천이다. 그러므로 선시에 자주 나타나는 텅빔(空), 맑음(淸), 차거움(寒), 빔(虛), 고요(靜), 죽음(寂), 한가로움(閑)의 이미지는 모두 이런 의미로서의 죽음을 상징한다. 모두가 마음의 죽음을 상징하고 이때 죽음은 깨달음, 곧 죽음 속의 삶, 무 속의 유, 공즉시색 색즉시공의 세계와 통하고 선시는 그런 점에서 죽음의 미학이다. 내용도 그렇고 형식도 그렇다. 일체의 수식, 설명, 진술을 배제하는 이른바 백묘白猫의 기법은 죽음의 형식이기 때문이다.

시간(1)

1. 현존재와 시간

하이데거가 현존재의 존재 개시성, 곧 현존재가 은폐한 존재(진리)를 개시하는 것이 현존재의 의미라고 주장하면서 책이름을 『존재와 시간』으로 정한 것은 존재의 개시가 시간과 관련되기 때문이다. 말하자면 그가 말하는 존재, 진리로서의 대문자 존재Being는 시간과 등가적인 관계에 있다. 존재와 시간은 존재의 시간도 아니고 시간의 존재도 아니다. 존재와 시간은 하이데거 식으로 말하면 공속共屬의 관계이고 따라서 같은 것도 아니고 다른 것도 아니다. 이런 주장이 가능한 것은 현존재의 총체적 구조 혹은 전체성이 탄생-죽음으로 정의되고 그것은 우리가 시간적 존재임을 암시한다.

시간은 흐르고 흐름의 끝에는 죽음이 있다. 따라서 시간을 생각한다는 것은 죽음을 생각한다는 것. 앞에서 나는 하이데거가 말하는 실존과 죽음의 관계를 살피면서 인간만이 죽음을 의식한다고 말했지만 이 말은 다시 인간만이 시간을 의식한다는 말로 수정해도 된다. 이 세계에 있는 존재들, 이른바 존재자, 소문자 존재being들은 시간을 의식하지 못한다. 예컨대 도구사물(책상), 관찰사물(나무, 동물)은 시간을 모른다. 한편 공동 현존재(타인)는 나처럼 시간에 대해 생각하지만 나는 타인이 아니기 때문에 그들이 나처럼 시간에 대해 생각한다고 단정할 수 없다. 특히 죽음을 매개로 하는 시간 의식은 나의 실존, 나의 고독, 나의 단독자 의식과 관계되기 때문에 타인의 시간 의식과 다르다.

이렇게 실존과 관련되는 나의 존재가 이른바 현존재이고 현존재는 자신이 은폐한 존재를 개시할 때 진리와 만난다. 그렇다면 이제까지 내가 표시한 현(존재), 현(불안), 현(죽음)의 구조처럼 시간의 경우도 현존재는 현(시간)의 구조가 되고, 이것은 존재로서의 시간, 진리로서의 시간을 현現Da할 때, 개시할 때 현존재로서의 내가 참된 내가 된다는 것을 암시한다. 현(시간)의 구조는 현존재가 시간을 은폐한 존재임을 뜻한다. 이런 구조는 다시 은현隱現동시 구조로 새롭게 해석할 수 있다. 그런 점에서 존재는 시간이고 거꾸로 시간이 존재이다. 굳이 하이데거의 주장, 곧 존재와 시간의 관계를 강조하지 않아도 인간은 시간적 존재이고 시간 속에 존재하고 시간이 소멸하면 함께 소멸한다. 그러므로 시간이 나를 낳고 시간과 함께 나는 죽는다. 현존재의 존재를 가능케 하는 것은 시간이다.

그러나 누가 시간을 보았는가? 시계가 가리키는 시간은 진정한 시간이 아니고 나의 실존과는 관계가 없다. 시계 시간이 진정한 시간이 아니라는 것은 그 시간이 나의 실존과 관계없기 때문이다. 예컨대 30분이라는 같은 시간도 사랑하는 사람을 기다릴 때는 3년처럼 느껴지고 사랑하는 사람과 함께 있을 때는 3분처럼 느껴지기 때문이다. 시간은 흐르지만 이 흐름은 눈에 보이지 않고 나아가 나의 실존 상황에 따라 다르게 느껴진다. 그러므로 나는 시간 속에 있지만 시간을 볼 수 없다. 시간이 있는 게 아니라 시간에 대한 나의 의식이 있을 뿐이다.

시간이 의식이라는 말을 하이데거 식으로 표현하면 시간이 존재라는 말이 된다. 후설에 의하면 시간적 성격은 의식의 흐름이고 하이데거에 의하면 현존재는 시간적 구조를 소유하고 이런 시간적 구조가 이른바 시간성temporality이다. 그러나 그가 말하는 시간성은 시간이 아니다. 시간성은 현존재의 존재를 가능케 하지만 그것은 책상이나 나무, 혹은 시계 시간처럼 존재하는 게 아니라 오직 나의 실존적 경험 속에서만 드러난다.

현존재의 존재, 곧 현존재가 존재한다는 것은, 그러니까 세계-내-존재로서의 나의 존재론적 구조가 세계 속에서 사물들과 함께 있으며 자신을 앞질러 이미 세계 속에 있는 존재로 정의된다. 이른바 지금의 나를 앞질러 달려가는 결단성이고 이것이 근원적 실존적 진리에 해당한다.(좀 더 자세한 것은 앞 글 「죽음」 참고 바람) 내가 세계 속에서 사물들과 함께 있다는 것은 내가 세계내부적 존재자(소문자 존재)들과 관계를 맺는 것을 뜻하고 하이데거는 이런 관계를 배려Besorgen, concern라고 부른다. 배려는 현존재적 존재자(타인), 도구사물, 관찰사물과 맺는 관계이다. 다음은 하이데거의 말.

> 이런 일상적 존재적ontical 의미와 다르게 배려concern라는 표현은 실존적 존재론적ontological 용어로 사용되고 세계-내-존재의 가능한 방식을 지칭할 것이다. 이 용어를 선택한 것은 현존재가 대체로 실천적이고 경제적이기 때문이 아니라 현존재의 존재 자체가 염려Sorge, care로서 드러나야 하기 때문이다. 염려 역시 존재론적 구조적 개념이다. 염려는 우리가 존재적으로 만날 수 있는 고난, 우울, 걱정과는 무관하다. 이런 용어들은 쾌활, 걱정 없음을 포함해 오직 현존재가 존재론적으로 염려로 이해될 때만 존재적으로 가능하다. 세계-내-존재는 본질적으로 현존재에 속하기 때문에 세계를 향한 그 존재는 본질적으로 배려이다.(M. Heidegger, Being & Time, trans. J. Macquarrie &, Harper & Row, New York, 1962, 83-84)

여기서 하이데거가 말하는 것은 배려의 존재적 의미와 존재론적 의미의 차이이고 그는 존재적 의미가 아니라 존재론적 의미를 강조한다. 존재적 의미는 일상적으로 혹은 과학적으로 사용되는 의미이고 존재론적 의미는 존재의 질문, 혹은 현존재의 존재 가능성과 관련되는 의미이고 이때는 실존의 문제가 중시되기 때문에 실존적 의미가 된다. 현존재는 세계-내-존재로서 '안에 있는' 존재이나 이 '안에 있음'의 양식은 다양하다.

예컨대 내가 세계 안에 있다는 것은 내가 무엇을 하고, 생산하고, 노력하고, 보살피고, 사용하고, 포기하고, 버려두고, 착수하고, 성취하고, 보여주고, 질문하고, 토론하고, 결정하는 여러 양식들로 나타난다. 그러나 하이데거에 의하면 이런 모든 양식들은 배려를 소유한다. 물론 거부하고, 체념하고, 쉬는 것도 배려의 양식, 특히 결여적 양식이다. 배려의 일상적 의미는 수행하고, 처리하고, 끝내는 것일 수 있고 또한 어떤 것을 자신에게 마련한다는 의미도 있을 수 있다. 이 밖에도 실패할까 걱정한다는 의미도 있다. 요컨대 내가 세계 안에 있다는 것은 이렇게 다양한 양식으로 드러나고 이런 양식들의 토대가 배려이다.

인용한 글에서 '이런 일상적 존재적 의미'란 이상에서 인용한 배려의 일상적 존재적 의미를 뜻하고, 하이데거가 강조하는 것은 배려의 존재론적 실존적 의미이고, 그것은 현존재의 존재가 염려로 드러나기 때문에 염려에 토대를 두는 그런 배려이다. 배려는 현존재가 세계내부적 존재자들과 맺는 관계이다..

2. 배려, 심려, 염려

그러나 배려라는 용어가 문제이다. 독어 Besorgen뿐만 아니라 다른 용어도 번역하는 분들마다 다르게 번역되기 때문에 나처럼 영역본을 참고하는 경우엔 오해의 여지가 많다. 이기상 교수와 소광희 교수는 배려로, 인용한 영역본에선 관심concern으로 번역되는 실정이다. 다른 분야도 그렇지만 하이데거처럼 난해한 이론의 경우엔 전공하는 학자들이 토론을 거쳐서라도 용어 번역을 한 가지로 통일해서 사용하면 좋겠다는 생각이다. 사실 배려와 관심은 그 뉘앙스가 다르고 Sorge 역시 이기상 교수는 염려, 소광희 교수는 마음씀, 영역본에선 돌봄care로 번역된다.

이기상 교수 역시 용어 번역의 자의성을 지적한 바 있다. 배려라는 우리말은 편리를 위해 남들에게 마음을 써 주는 것을 의미하고 하이데거가 말하는 Besorgen은 현존재가 존재 가능을 위하여 세계내부적 존재들과 맺는 관계를 뜻한다. 세계내부적 존재자로는 현존재, 현존재적 존재자(타인), 도구사물(책상), 관찰사물(나무)이 있다. 하이데거에 의하면 현존재가 자신의 존재와 맺는 관계는 염려Sorge, 현존재적 존재자와 맺는 관계는 심려Fursorge, 도구사물, 관찰사물과 맺는 관계는 배려Besorgen이다. 그러나 이 교수도 지적하듯이 배려라는 우리말은 현존재적 존재자(타인)와 관계를 맺는 심려에 가깝다.

> 배려라는 우리말은 오히려 세계내부적 존재자로서의 타인들과의 관계 맺음을 지칭하는 Fursorge에 걸맞는 듯싶다. 그러나 Besorgen과 Fursorge라는 두 용어는 근본적으로 현존재의 존재로서의 Sorge에서부터 그 의의를 찾아야 한다. 만일 우리가 Sorge를 '현존재'가 자기 자신의 존재 가능 때문에 자신의 존재에 대해서 '마음 졸이고 있다'는 뜻에서 '마음 졸임'이라고 새길 수 있다면 Fursorge는 현존재가 자기 자신의 존재 가능 때문에 타인의 존재에 대해서 '마음 쓰고 있다'는 뜻에서 '마음 씀'이라고 새길 수 있을 것이고, 이와 같은 방식으로 Besorgen은 '세계-내-존재'로서의 현존재가 자기 자신의 존재 가능 때문에 세계내부적 존재자의 존재에다 '마음 쏟고 있다'는 뜻에서 '마음 쏟음'이라고 새길 수도 있을 것이다.(이기상, 구연상, 『존재와 시간 용어 해설』, 까치, 2008, 87)

물론 그도 말하듯이 이런 번역은 자의적이다. 그러나 염려보다 '마음 졸임'이, 심려보다 '마음 씀'이, 배려보다 '마음 쏟음'이 오해의 여지는 적다. 자의적인 번역이지만 최소한 이런 용어에 의하면 하이데거가 의도한 의미 전달에 오해는 없을 것이다. 소광희 교수는 염려 대신 마음씀, 심려 대신 고려, 돌봄, 배려는 그대로 배려로 쓴다. 이기상 교수의 '마음 씀'은 심려에 해당하고 소광희 교수의 '마음 씀'은 염려에 해당한다. 그런가 하면 김형효 교수는 염려 대신 관심, 배려 대신 일상적 관심, 심려 대신 타인에의 관심이라는 용어로 번역한다. 나는 이 책에서 이 교수 식으로 배려, 심려, 염려라는 용어를 사용하지만 역시 마음에 드는 건 아니다.

배려는 현존재가 존재 가능성 때문에 세계내부적 존재자들과 맺는 관계이다. 말하자면 일상적 수준에서 존재들과 맺는 관계가 아니라 어디까지나 현존재가 은폐하고 있는 존재를 개시하는 방식으로 존재자들과 맺는 관계이다. 그러나 현존재 역시 이 세계 안에 존재하는 존재자이다. 그런 점에서 현존재는 세계(도구 사물, 관찰 사물)를 배려하며, 함께 있는 타인들을 심려하며, 자신의 존재 가능을 염려하는 존재자이다.

사물들을 배려하고 타인들을 심려하고 자신을 염려한다는 것은 모두 본다는 행위와 관련된다. 앞의 글 「죽음」에서 말한 것처럼 본다는 것은 현상학의 시각에서는 '만나게 해줌'의 의미로 사용된다. 예컨대 '맛을 본다', '냄새를 맡아본다', '만져본다'처럼 봄은 시각, 청각, 후각, 미각 등 우리가 만날 수 있는 사물이 그들의 가능성에서 내보일 수 있는 '열린 지평'과 같은 의미로 사용된다. 그러므로 봄은 존재하는 것들이 자신들을 그들의 존재 방식에 맞게 내보일 수 있는 접근가능성을 의미한다. 따라서 하이데거에 의하면 봄은 '눈이 미칠 수 있는 범위' 곧 시야로 정의되고 시야는 '시야가 트였다'는 말이 암시하듯 '열어 밝혀져 있음', 그러니까 존재의 개시성과 통하고 시야는 이해에 근거한다. 이해는 실존 가능성, 존재 가능성에 대한 이해이다.(이상 시야의 문제는 이기상, 구연상, 앞의 책, 155-156 참고)

그런 점에서 봄, 시야, 이해는 모두 현존재의 존재 가능성, 개시 가능성과 관련되는 용어이다. 따라서 도구사물들에 대한 배려, 타인들에 대한 심려, 현존재 자신에 대한 염려 역시 봄, 시야, 이해와 관련된다. 하이데거는 다음처럼 말한다.

투사적 성격 속에서 이해는 이른바 현존재의 시야를 실존적으로 구성한다. '거기'Da의 개시성(열어 밝혀져 있음)과 함께 이 시야는 실존적으로 주어지고 현존재는 앞에서 말한 존재의 기본적 방식들 속에 시야로 존재한다. 곧 현존재는 배려의 둘러봄Umsicht, 심려의 돌봄Rucksicht, 현존재가 지향하는 존재 자체에 대한 시야로 존재한다. 무엇보다 그리고 전체적으로 실존과 관련되는 이런 시야를 우리는 투명성(꿰뚫어 봄, 응시)Durchsichtigkeit이라고 부른다. 투명성이라는 용어는 훌륭히 이해된 '자기 인식'을 지시하며, 여기서 문제가 되는 것은 지각에 의해 자기를 추적하고 조사하는 것이 아니라 모든 구성 요소들을 통해, 그리고 이해와 함께 세계-내-존재의 충분한 개시성을 장악하는 것이다. 실존하는 현존재는 그들의 실존을 구성하는 세계(사물) 곁에 있음, 타인들과 함께 있음에 의해 자신들에게 투명하게 되는 한에서만 자신들을 본다.(하이데거, 영역, 앞의 책, 186-187)

투사 혹은 기투는 현존재가 이 세계에 내던져져 있다는 것, 이른바 피투성을 경험하면서 동시에 자신을 새로운 존재로 던진다는 의미로 실존적 경험에 속한다. 다시 회상하자. 실존을 체험하는 순간, 그러니까 불안의 기분이나 죽음과 만날 때 나는 이 세계에 던져져 있다는 것(피투성, 사실성)을 알고 새로운 존재의 가능성을 지향하고(투사, 기투성), 일상적 삶이 퇴락한 삶이라는 것을 깨닫는다.(퇴락성). 그러므로 나의 실존을 구성하는 계기는 피투성, 기투성, 퇴락성 세 가지이다.

인용한 글에서 말하는 투사적 성격은 이런 의미이고 따라서 이해가 현존재의 시야를 실존적으로 구성한다는 말은 이해가 투사 속에서, 투사와 함께, 투사를 통해 나타난다는 것. 앞에서도 말했지만 하이데거가 말하는 이해는 우리가 일상적으로 말하는 이해와 다른 의미로 사용된다. 그는 이해와 해석의 관계를 새롭게 해명한다. 일반적으로 해석이 먼저이고 이해는 해석 다음에 오지만 하이데거에 의하면 해석은 이해의 완성이다. 독어의 경우 '어떤 것을 이해한다etwas verstehen'는 말은 '무엇을 할 수 있다etwas konnen'는 뜻으로 사용되기 때문이다. 예컨대 '연필을 안다'는 말은 '연필을 사용할 줄 안다'는 말이다.

그러므로 이해는 현존재의 존재 가능성을 알고 존재를 개시할 수 있다는 뜻이다. 요컨대 이해는 기분에 젖은 이해로 현존재가 은폐한 존재를 개시할 수 있음을 뜻한다. 따라서 이해는 존재 가능성이고, 이런 존재 가능성은 내가 기분(불안)에 젖어 나를 새로운 나를 향해 투사할 때 나타나기 때문에 이해는 투사(기투)이고 개시(열어 밝힘) 가능성이다.(이상 이해에 대해서는 소광희, 『존재와 시간 강의』, 문예출판사, 2004, 97-101 참고)

이해는 존재 가능성, 곧 현존재로서의 내가 은폐한 존재(진리)를 열어 밝힐 수 있는 가능성이고 이런 가능성이 투사와 통하고 투사에 의해 존재가 개시되기 때문에 투사로서의 이해는 다시 개시성이 된다. 한편 존재의 개시는 시야, 곧 트여 있음, 열어 밝혀져 있음과 관련되기 때문에 이해는 시야를 실존적으로 구성한다.

물론 실존적 구성이 다르고 실존론적 구성이 다르다. 하이데거가 강조한 것은 실존론적 구성이다. 그가 강조하는 것은 현존재의 실존론적 존재론적 해명이기 때문이다. 그러나 나는 이 책에서 '실존적'이라는 용어와 '실존론적'이라는 용어를 섞어 쓰고 있다. 이 점에 오해가 없기를 바란다. 물론 전자는 현존재로서의 나의 실존 경험을 강조하고 후자는 나의 문제, 지금 여기의 문제보다는 이론적 학문적 관점을 강조한다.

그건 그렇고 다시 문제는 현존재와 시야의 관계. 하이데거에 의하면 이해는 현존재의 시야를 실존적으로 구성하고 현존재는 앞에서 말한 존재의 기본적 방식들 속에 시야로 존재한다. '앞에서 말한 존재의 기본적 방식들'은 현존재가 세계내부적 존재자들과 맺는 관계, 곧 배려를 뜻하고 배려는 현존재가 자신의 존재와 관계를 맺는 염려를 전제로 할 때만 가능하다. 그리고 이런 염려를 전제로 존재자(도구사물)와 관계를 맺는 배려의 존재 방식들과 현존재적 존재자(타인)와 관계를 맺는 심려의 존재 방식들이 드러난다.

따라서 현존재가 이런 존재의 기본적 방식들 속에 시야로 존재한다는 말은 현존재가 배려의 둘러봄, 심려의 돌봄, 염려의 시야로 존재한다는 의미이다. 둘러봄, 돌봄, 시야는 모두 봄의 범주에 속하지만 둘러봄과 돌봄이 가능한 것은 시야, 곧 현존재의 존재 개시성과 동일시되는 시야 때문이다. 시야는 '시야가 트였다', 혹은 '열어 밝혀져 있다'는 의미에서 투명성(꿰뚫어봄, 응시)이 된다. 그리고 이런 투명성은 현존재가 은폐한 존재를 개시하는 순간에 드러나기 때문에 현존재의 '자기 인식'을 지시한다. 자기 인식은 사물들 곁에서 타인들과 함께 존재함으로써 현존재가 자신의 존재를 안다는 그런 앎Sichkennen과는 다르다.(하이데거, 영역, 161-163 참고)

훌륭히 이해된 자기 인식은 이해와 함께, 그러니까 존재 개시의 가능성과 함께 세계-내-존재의 충분한 개시성(투명성)을 장악하는 일이다. 실존하는 현존재는 사물들을 둘러보고 타인들을 돌보며 자신에게 투명하게 될 때, 곧 존재를 열어 밝힐 때, 개시할 때 자신을 보고 자신을 알게 된다.

3. 배려와 선적 인식

현존재의 존재는 염려이고 현존재는 시간적 존재이다. 따라서 현존재, 염려, 시간은 서로 유기적인 관계에 있다. 염려를 전제로 하는 배려역시 시간적 구조를 보여주고 다시 그것은 현존재, 배려, 시간성의 관계로 이해되어야 한다. 염려는 내가 이 세계에 던져져 있고(피투성, 사실성) 이미 나를 앞질러 있는(기투성, 투사성) 실존적 존재 방식을 뜻한다. 배려 역시 이런 존재 방식을 따른다.

먼저 내가 사물을 배려한다는 것, 사물과 관계를 맺는다는 것은 특히 도구 사물의 경우에는 사물을 도구로 사용한다는 것을 뜻한다. 그렇다면 도구를 사용한다는 것은 무엇인가? 나는 지금 성냥으로 담배에 불을 부친다. 이때 성냥은 도구사물(손안의 것, 용재자)이고 담배에 불을 부치는 것은 도구를 사용한다는 것이다. 내가 존재한다는 것, 실존한다는 것은 이렇게 세계(사물) 곁에 있으며 사물과 관련을 맺는 일이다. 그런 점에서 나의 실존은 배려 속에 머문다.

그러나 배려되는 성냥이 배려를 유발하는 것은 아니다. 성냥 곁에 있음(배려)이 성냥(배려되는 것)으로부터 도출되는 것도 아니고 거꾸로 배려되는 것이 배려를 유발하는 것도 아니다. 그렇다고 배려와 배려되는 것은 눈앞에 함께 있는 것도 아니다. 그렇지만 둘 사이에는 어떤 연관이 성립된다.

나는 성냥을 가지고 불을 켠다. 성냥을 가지고 불을 켜는 행위는 처음부터 내가 성냥을 소유한 게 아니라 성냥을 찾고 발견하고 따라서 성냥이 나에게 오고 내가 성냥에게 가는 현상이다. 그런 점에서 나와 성냥은 서로 왕래하고 하이데거는 '――을 가지고'라는 현상을 '배려하는 왕래'라고 부른다. 내가 성냥을 찾을 때 이런 왕래는 하나의 사물(성냥)에만 머무는 게 아니다. 성냥은 이른바 도구 연관, 도구 전체성, 다른 사물들과의 연결망 속에 존재한다.(이상 하이데거, 『시간과 존재』, 이기상 옮김, 까치, 464 참고)

담배를 피우는 단순한 행위 속에도 이런 연관이 존재한다. 담배를 피우기 위해 성냥이 존재하고, 성냥을 위해 성냥 공장이 존재하고, 담배 재를 털기 위해 재떨이가 존재하고, 재떨이를 위해 책상이 존재하고, 책상을 위해 목공소가 존재하고, 목공소의 톱과 망치가 존재하고, 목공소에서 운송하기 위해 운송차가 존재하고, 운송차를 위해 타이어와 기타 부속물이 존재한다. 물론 도로도 존재하고, 담배를 사기 위해 담배 가게도 존재한다. 요컨대 내가 도구 사물을 배려할 때, 관계를 맺을 때 나는 그 사물이 다른 사물들과의 연결망 속에 존재하는 것으로 이해한다.

물론 성냥은 도구사물이지만 도구성, 곧 사용성이 없을 때는 관찰사물(눈 앞의 것, 전재자)로 인식된다. 나는 성냥을 그저 바라볼 수도 있고 그것을 소재로 명상할 수도 있고 시를 쓸 수도 있다. 따라서 도구사물과 관찰사물의 차이는 그렇게 명확한 것이 아니다. 문제는 도구사물들이 이렇게 도구 연관, 도구 전체성, 연결망 속에 있다는 하이데거의 관점이 선적禪的 인식과 통한다는 점이다. 물론 이런 인식은 이른바 세계

유기체설, 곧 세계를 구성하는 요소들은 개별적으로 존재하는 게 아니라 상호유기적 질서를 소유한다는 이론으로 해석될 수도 있다. 그러나 츠앙은 철학적 관점에서 화엄華嚴을 연구하면서 화엄철학이 거의 화이트헤드의 유기체 철학과 일치한다고 주장한 바 있다. 화엄 철학의 두 기본 원리는 상즉相即mutual identity과 상입相入mutual penetration이다. 상즉은 색즉시공 공즉시색이라는 반야 사상과 거의 같고 상입은 모든 사물은 독자적인 존재를 갖지 않고 실체와 작용에 있어서 서로 의존한다는 연기의 원리에 상응한다. 그것은 동시돈기同時頓起simultaneous-mutual-arising, 동시호입同時互入simultaneous-mutual-entering, 동시호섭同時互攝 simultaneous-mutual-containment으로 요약된다. 다음은 츠앙의 설명.

잔 속의 물은 사람의 갈증을 해소시키는 액체로서, 혼합물 H_2O로서, 분자들의 집합체로서, 입자들로서, 인과관계 혹은 색色과 공空의 불이不二로 간주될 수 있다. 한 잔의 물을 보면서 우리는 서로 다른 실재들entities이 동시에 일어남을 알게 된다. 이른바 동시돈기의 원리이다. --그런데 서로 다른 界의 서로 다른 실재들은 동시에 일어날 뿐만 아니라 조금도 방해하거나 헤살놓지 않고 서로 꿰뚫고 서로 포섭한다. 이른바 동시호입, 동시호섭의 원리이다. --여기에 초월적 실재는 포함되지 않는다. 여기까지만 보면 화엄철학은 거의 화이트헤드의 유기체 철학과 일치한다.(까르마 C. C. 츠앙, 『화엄철학』, 이찬수 옮김, 경서원, 2004, 219-21)

화이트헤드에 의하면 자연 발생은 여섯 가지 유형으로 드러난다. 첫째는 몸과 마음을 소유하는 인간, 둘째는 곤충, 척추동물 등 모든 동물, 셋째는 식물, 넷째는 단세포 동물, 다섯째는 거대한 규모의 무생물 집단, 여섯째는 현대 물리학의 정밀 분석으로 드러난 작은 규모의 시건들 happenings이다. 이들은 서로에게 영향을 미치고, 서로를 필요로 하고, 서로에게 이어진다. 요컨대 이들의 관계는 한 잔의 물처럼 동시돈기, 동시호입, 동시호섭의 관계에 있고 따라서 화엄철학은 유기체 철학과 일치한다.

하이데거가 말하는 '배려하는 왕래'는 배려(성냥 곁에 있음)와 배려되는 것(성냥)의 관계가 인과관계를 초월하는 가고/ 옴의 관계이고 오고/ 감의 관계이다. 이런 관계는 주체와 객체, 나와 성냥이 불이不二의 관계에 있다는 것을 암시하며 화엄철학에 의하면 이른바 상즉相卽의 원리에 해당한다. 그런가하면 그가 말하는 '도구 연관'은 사물들이 개별적으로 존재하는 게 아니라 상호유기적으로 존재한다는 유기체 철학과 통하고 화엄철학에 의하면 이른바 상입相入의 원리에 해당한다. 다시 생각하자.

나는 담배를 피우기 위해 성냥을 켠다. 성냥불은 담배를 피우기 위한 도구이며, 가느다란 나무와 유황이고, 나무에 묻은 유황이 성냥갑에 부딪쳐 탈 때 생기는 불이고, 분자들의 집합체이고, 입자들이고, 색과 공의 불이不二로 간주될 수 있다. 따라서 서로 다른 실재들이 동시에 일어나고(동시돈기), 한편 이렇게 서로 다른 실재들은 서로 방해하는 게 아니라 서로를 꿰뚫고 서로를 포섭하는 관계에 있다.(동시호입, 동시호섭) 물론 하이데거가 말하는 도구 연관은 어디까지나 도구들의 관계이다. 그러나 자연 뿐만 아니라 도구들의 연결망 역시 상입相入의 원리로 해석되지 않는 것은 아니다. 불을 켜기 위해 성냥을 사용하는 것이나 밭을 갈기 위해 소를 사용하는 것이나 크게 보면 같기 때문이다. 여러 도구들을 현상학적으로 고찰하면 그렇다.

담배를 피울 때 나는 성냥을 켜고, 책상엔 재떨이가 있고, 나는 재떨이에 담뱃재를 털고, 재가 책상에 떨어지면 책상을 닦는다. 그러니까 담배 피우는 행위 속엔 성냥, 재떨이, 책상, 담뱃재가 동시에 일어나고, 이렇게 서로 다른 실재들은 서로를 방해하지 않고 서로를 꿰뚫고 서로를 포섭한다. 이른바 상입의 원리를 보여준다.

물론 내가 성냥을 찾을 때 이런 도구들 전체가 미리 앞서 존재하고 따라서 성냥을 찾는 행위는 고립된 행위가 아니다. 성냥을 찾기 전에 도구 연관이 이미 존재하고 성냥을 찾는 행위는 도구 연관(성냥, 담배, 재떨이, 책상)에 참여하는 일이다. 따라서 나의 행위는 무에서 나와 고립된 상태로 주어진 성냥과 만나는 것이 아니라 내가 성냥을 쥘 때 그것은 이미 열어 밝혀져 있는 세계(작업 세계)로부터 하나의 도구로 드러난다. 이미 열어 밝혀져 있는 세계란 내가 성냥을 찾기 전에 이미 성냥, 담배, 재떨이, 책상 등이 개시되었음을 뜻한다.(하이데거. 앞의 책. 464-465) 쉽게 말하면 내가 성냥을 도구로 사용하는 것은 성냥이 도구성을 개시하는 세계(작업 세계)에 있을 때이다. 이런 세계에 있지 않을 때 성냥은 단순한 관찰의 대상에 지나지 않는다. 이런 주장 역시 사물들의 개별적 독립성이 아니라 사물들의 유기적 관계를 강조한다.

물론 하이데거의 경우 도구사물의 도구성, 사용성을 아는 것은 이해이고 이해의 완성이 해석이다. 성냥을 이해한다는 것은 성냥의 도구 가능성을 안다는 것이고 이런 앎을 바탕으로 나는 성냥을 성냥으로 해석한다. 해석은 이해를 '――으로서' 완성하는 것으로 이른바 예預-구조 Vor-struktur에 토대를 두고 이런 선험적 구조를 '해석학적 상황'이라고 부른다. 예-구조에는 세 가지 유형이 있다. 예컨대 나는 불을 켜기 위해 성냥, 담배, 재떨이 등이 있는 세계(작업 세계)에서 당연히 성냥이 불을 켜는 도구라는 것을 이미 알고, 그러니까 도구라는 이해를 이미 지닌 상태(예지Vorhabe)에서 성냥을 집고, 불을 켠다는 관점에서 성냥을 이미 바라보고(예시Vorsicht), 누가 담배에 불을 부치기 위해 성냥을 부탁하면 나는 이것이 성냥이라는 것을 미리 파악한 상태(예파Vorgriff)에서 성냥을 빌려준다. 간단히 요약하면 나는 성냥이 소용되는 적소 전체성을 이미 이해해 가지고 있고, 다음에 해석의 관점을 정하고, 그것을 개념적으로 미리 파악한다.(해석의 예-구조는 소광희. 『하이데거의 존재와 시간 강의』, 문예출판사. 2004, 106-107 참고)

4. 배려의 시간성

문제는 다시 현존재, 배려, 시간성의 관계이다. 내가 도구사물과 관계를 맺는 배려의 특성은 도구성, 사용성에 있고 어떤 도구를 사용한다는 것은 이른바 '배려하는 왕래'에 속하고 이런 왕래는 '도구 연관'과 관계된다. 그러나 배려는 염려, 곧 현존재의 존재 가능성을 전제로 하고 염려는 시간성에 토대를 둔다. 따라서 사용성(배려)은 시간성과 관련된다.

한편 배려는 내가 나의 존재를 개시하기 위해 도구를 사용하는 것을 뜻한다. 도구의 특성은 '내가 도구를 가지고 어디에 사용한다'는 데 있고 이런 특성을 하이데거는 '사용사태'라고 부른다. 이런 용어를 사용하는 것은 사물의 지시적 의미를 비판하고 이른바 사용성을 강조하기 위해서다. 하이데거에 의하면 성냥이라는 기호의 '지시성', 곧 '성냥불 켜기'는 성냥이라는 도구 사물의 본질적 속성이 아니다. 사물의 속성은 그 사물의 존재론적 구조를 지시해야 하기 때문이다. 따라서 '성냥불 켜기'(유용성)는 성냥에 적합한 게 아니라 오히려 성냥의 적합한 정의를 위한 조건이다. 그렇다면 '지시'란 무엇을 의미하는가?

도구사물의 존재가 지시의 구조를 소유한다는 것은 도구사물 자체가 이제까지 지시되어 왔다는 것을 의미한다. 우리는 어떤 것이 지시될 때 사물을 발견하고 이 지시에 의해 사물은 어떤 것으로 존재한다. 어떤 사물을 가지고with 어떤 것in에 있는 것이 사용사태involvement이다. 도구사물에 속하는 존재의 특성은 바로 이런 사용사태이다. 만일 어떤 것이 사용사태를 소유한다면 그것은 그것을 어떤 것에 사용케 함을 암시한다. 앞으로 지시라는 용어는 '--을 가지고 --속에'의 관계를 지시해야 할 것이다.(하이데거, 영역, 위의 책, 115)

'성냥을 가지고 어떤 것에 있는 것'은 이기상 교수의 번역에 의하면 '성냥을 가지고 어디에 사용한다'는 뜻이다. 나는 성냥을 가지고 불을 켜는 행위 속에 있고, 따라서 성냥은 불을 켜는 행위에 포함되고 invovement, 이것이 사용사태이다. 요컨대 사용사태란 도구사물이 독립적으로, 그야 말로 무에서 나와 고독하게 존재하는 게 아니라 사태, 행위, 일 속에 있음을 강조한다.

그러므로 이 세계에 존재하는 도구사물들은 '――을 가지고 ――를 한다'는 사용사태 속에 존재한다. 도구사물들은 무엇을 하기 위해 존재한다. 우리가 만나는 도구 사물들이 모두 그렇다. 나는 담배를 피우기 위해 성냥을 켜고, 담뱃재를 털기 위해 재떨이를 사용하고, 글을 쓰기 위해 연필을 사용하고, 물을 마시기 위해 컵을 사용하고, 두통을 낮게 하기 위해 두통약을 먹는다. 그리고 이런 배려는 모두 나의 존재가능성, 염려를 전제로 한다. 그러므로 하이데거는 다음처럼 말한다.

> 배려 속에서 둘러보며 발견하는 '곁에 있음'은 어떤 것을 사용사태 속에 두는 것, 곧 이해하며 사용사태로 투사함이다. 사물을 사용사태에 두는 것이 배려의 실존적 구조를 구성한다. 그러나 어떤 것 곁에 있는 존재로서 배려는 염려의 본질적 구성에 속한다. 그리고 염려는 시간성에 근거한다. 만일 사정이 이렇다면 사물을 사용사태 속에 둘 수 있는 가능성의 실존적 조건은 시간성의 시간화라는 양식에서 추구되어야 한다.(하이데거, 영역, 위의 책, 404)

하이데거의 글이 대체로 그렇지만 인용한 단락 역시 한 가지 개념만 말하는 게 아니라 그가 주장한 여러 개념들이 복잡하게 얽혀 있고 따라서 이 하나의 단락만 자세히 검토해도 그가 말하는 배려의 시간성에 대해서는 충분히 이해할 수 있다.

첫째로 배려 속에서 둘러본다는 것. 배려는 내가 도구사물들과 맺는 관계이고 봄의 범주에선 둘러보는 행위이다. 나는 성냥을 둘러보며 성냥을 배려한다. 그리고 이렇게 둘러볼 때 나는 세계(도구사물) 곁에 있다는 것을 발견한다. 하이데거에 의하면 나는 도구사물들 '곁에' 있고 타인들과 '함께' 있다. 도구사물들, 관찰 사물들, 타인들 모두 세계내부적 존재자이지만 도구사물들은 곁에 있고 타인(공동현존재)들은 나와 함께 있다. 물론 나도 세계 안에 있다. 그러나 나는 나의 존재 가능성, 개시성을 염려하는 존재이기 때문에 현존재라고 부른다.

둘째로 이렇게 성냥 곁에 있다는 것은 성냥을 사용사태 속에 두는 것을 말한다. 성냥의 사용사태는 '성냥을 가지고 불을 켜는 것'('--을 가지고 --속에' 혹은 '--을 가지고 --어디에'의 관계)을 의미한다. 그리고 성냥을 사용사태 속에 두는 행위는 성냥을 이해하며 성냥을 사용사태로 투사(기투)하는 행위이다. 이해는 현존재로서 내가 나의 존재를 개시할 수 있는 가능성을 뜻한다. 따라서 성냥을 켜는 행위는 내가 나의 존재를 개시할 수 있는 가능성을 동반하며 성냥을 사용사태로 투사하는 행위이다. 나는 그저 불을 켜는 도구로 성냥을 사용하는 게 아니라 이런 도구를 사용할 때 나의 존재 개시 가능성을 발견한다.

본다는 것은 내가 만나는 것들이 자신들을 자신들의 가능성에서 내보일 수 있는 '열린 지평'이다. 따라서 '둘러봄'(배려)에 의해 도구사물들의 존재 가능성이 내보여질 수 있고, '돌봄'(심려)에 의해 타인들의 존재 가능성이 내보여질 수 있다. 요컨대 성냥이라는 도구사물은 '내가 성냥을 가지고 불을 켤 때', 곧 사용성에 의해 그 존재가 드러난다. 불을 켜는 행위에 의해 성냥은 성냥으로 존재한다. 그런 점에서 성냥을 배려하는 것, 둘러보는 것은 성냥을 멀리서 바라보는 행위와 다르다. 성냥을 멀리서 바라보는 행위는 나와 성냥 사이에 거리가 존재하고 성냥은 나의 존재(이해)와는 관계가 없다. 그러나 성냥을 켤 때(배려)는 나와 성냥 사이의 거리는 소멸하고 나와 성냥은 가까운 관계가 되고 이런 가까움을 통해 나의 존재 가능성 역시 드러난다. 그러니까 이런 친밀감을 매개로 나와 성냥은 새로운 존재를 기투한다. 나는 이런 문제를 앞에서 선禪과 관련해서 살핀 바 있다. (3장, 「죽음」)

셋째로 이렇게 성냥을 가지고 불을 켜는 것(사용사태에 두는 것)이 배려의 실존적 구조를 구성한다. 내가 성냥을 켜는 것은 단순히 성냥을 바라보거나 성냥을 가지고 노는 행위가 아니라 성냥을 성냥으로 있게 하고 이런 있음, 존재에 의해 나도 존재한다. 그런 점에서 성냥을 사용사태에 두는 것은 배려의 실존적 구조를 구성한다.

넷째로 성냥 곁에 있다는 것, 성냥을 둘러보는 배려는 자신의 존재와 맺는 관계인 염려의 본질적 구성에 속한다. 나는 앞에서 배려가 염려를 전제로 한다고 말한 바 있다. '성냥을 가지고 불을 켠다'는 것은 불을 켜기 위해 성냥을 사용한다는 말이다. 요컨대 '--을 가지고 --속에'의 관계에서 '--속에'는 '어디에, 어디로 향해서towards-which'의 성격을 지니고 이런 성격은 기대라는 시간적 구조를 소유한다. 말하자면 사용사태를 이해하기 위해서는 기대라는 시간적 구조를 이해해야 한다. 배려는 '어디로 향해서'를 기대하면서 동시에 사용사태 속에 있는 것(--을 가지고)으로 돌아올 수 있다.

이상한 어법이지만 이 말이 강조하는 것은 사용사태, 곧 '--을 가지고 --속에'의 관계에서 '--속에'는 '어디로 향해서'(기대)를 내포하고, 배려는 이런 기대와 동시에 '--을 가지고'(사용사태 속에 있는 것)로 돌아올 수 있다는 것. 시간적 순서로 말하면 성냥을 가지고(과거) 불을 켠다.(현재) 그러나 성냥은 불을 켜기 위해(기대, 미래) 사용된다.(현재) 그러므로 시간적으로는 미래가 앞서고 현재가 뒤에 오는 모순적 구조가 된다. 그러나 배려는 기대하면서(-- 속에, 어디로 향해서, 미래) 동시에 '--을 가지고'(과거)로 돌아온다. 그러니까 배려의 시간은 미래와 과거가 동시에 생산하는 현재의 구조라고 할 수 있다.

그런 점에서 배려의 시간은 거칠게 말하면 현재가 미래로 갔다가 다시 과거로 회귀하는 구조로 해석된다. 하이데거는 사용사태의 이런 특성을 보존retaining(--을 가지고)과 기대awaiting(--속에)라는 용어로 해석하면서 보존과 기대는 그 탈자적인ecstatical 통일성 속에서 특수한 방식으로 도구의 현재화를 가능케 한다고 말한다. 탈자적인 통일성은 과거(보존)와 미래(기대)가 그 고유성을 상실하면서 하나로 통일된다는 뜻이다.(하이데거, 영역, 앞의 책, 404 참고)

이런 탈자적 성격은 화엄 철학이 강조하는 상즉, 상입의 원리와 유사하다. 그러나 하이데거는 시간에 집착하면서 시간의 무화를 강조하고 선禪에서는 시간 자체가 없다는 공空 사상을 강조한다. 아니 『중론』에서는 시간을 부정하고 화엄 사상은 일즉다一即多 다즉일多即一로서의 현재를 강조한다. 이 문제는 뒤에 다시 살피기로 한다.

5. 염려의 시간성

다섯째로 위의 인용문에서 하이데거는 '염려는 시간성에 근거한다'고 말한다. 염려는 내가 이 세계에 던져져 있고(피투성, 사실성) 이미 나를 앞질러 있는(기투성, 투사성) 실존적 존재 방식을 뜻한다. 내가 세계에 던져진 것은 과거이고 현재도 그렇기 때문에 피투성은 '현재에도 진행되는 과거'에 해당된다. 내가 이미 나를 앞질러 있다는 것은 현재의 내가 죽음(미래)을 선취할 때, 곧 죽음에의 결단을 내릴 때 그런 나는 이미 현재의 나를 앞지른다는 뜻이다. '이미' 라는 말이 강조하는 것은 피투성(과거) 자체가 이미 그런 결단(미래)을 부른다는 뜻이다.

그런 점에서 염려는 배려처럼 과거와 미래의 탈자적 통일성 속에서 특수한 방식으로 현재화를 가능케 한다고 말할 수 있다. 그러나 내가 다소 서두른 감이 없지 않다. 염려의 시간성, 염려의 존재론적 의미로서의 시간성을 말하면서 하이데거가 강조하는 것은 시간이 아니라 시간성이고, 그의 경우 과거, 현재, 미래는 비본래적 시간 개념이다. 다음은 염려의 시간성에 대한 하이데거의 말.

결단성은 미래를 지향하며 자신에게로 돌아오면서 자신을 현재화하는 상황 속에 데려온다. '있어 왔음'의 성격은 미래에서 도출되며, 그런 방식으로 '있어 온' 혹은 더 적합하게는 '지금도 있어 오는 과정 속에 있는' 미래는 자신으로부터 현재를 내보낸다. 이런 현상이 '있어 온 과정' 속에 현재를 만드는 미래의 통일성을 소유하며, 이런 미래의 통일성을 시간성이라고 부른다. 오직 현존재가 시간성을 소유하는 한에서만 현존재의 앞질러 가는 결단성으로서의 전체-존재의 본래적 가능성을 가능케 한다. 시간성 자체가 본래적 염려의 의미를 밝힌다.(하이데거, 영역, 위의 책, 374)

앞에서도 말했지만 하이데거의 글이 워낙 난해하고, 나는 하이데거 전공자도 아니기 때문에 이 글을 쓰면서 주로 참고하는 텍스트는 존 매카리의 영역본과 이기상 교수의 번역본이다. 내가 영역본을 인용하는 것은 다른 번역본보다 이 책이 쉽기 때문이다. 그러나 이기상 교수의 번역본, 소광희 교수의 강의도 참고하면서 이 글을 쓰고 있다.

텍스트를 읽는다는 것은 과연 무엇인가? 텍스트와 나 사이에는 언제나 틈, 사이, 균열이 있고, 특히 번역 텍스트를 읽는 경우엔 틈의 틈, 사이의 사이, 균열의 균열이 있고 이 틈을 채우는 것은 나의 욕망이고 무의식이다. 충분한 소통에 실패하는 것이 언어의 운명이고 언어의 조건이고 기의는 끊임없이 기표 아래로 미끄러진다.

인용한 글만 해도 그렇다. '미래를 지향하며 자신에게 돌아오는 결단성'의 경우 '미래를 지향하며'는 영역본에 나오는 '미래적으로futurally'를 다시 번역한 말이고 이기상 교수는 '도래적으로'로 번역한다. 도래는 미래가 아니다. 도래는 닥쳐온다, 다가온다는 뜻이고 미래는 아직 오지 않음을 뜻한다. 죽음은 아직-아님의 세계이지만 내가 다가가 선취할 수 있는 아직-아님의 세계이다. 따라서 미래도 도래도 오해의 여지가 많다. 그러나 '실존성의 일차적 의미는 미래이다'(영역)보다는 '실존성의 일차적 의미는 도래이다'(이기상)가 하이데거의 의도에 가깝다. 한편 이 교수는 용어 해설에서는 '도래'를 '다가감Zunkunft'으로 번역하는 바 이 용어가 설득력이 있다는 생각이다.

위에 인용한 글은 그에 앞서 인용한 '배려는 염려의 본질적 구성에 속하며 염려는 시간성에 근거한다'는 말을 설명하기 위해 인용한 것. 그러나 앞의 단락이 그렇듯이 이 단락 역시 하나의 개념이 아니라 그가 주장하는 여러 개념들이 요약되고 얽히며 전개되기 때문에 다시 분석적인 읽기가 요구된다.

첫째로 결단성은 미래를 지향하며 자신에게로 돌아오면서 자신을 현재화하는 상황 속에 데려온다. 결단성은 내가 죽음을 앞질러 선취하는 실존적 태도이다. 그런 점에서 나는 이 세계에 던져져 있고(피투성) 이미 나를 앞질러 나를 투사한다.(기투성) 이렇게 나를 앞질러 가는 투사, 곧 결단성은 양심을 동기로 하고 이때 나는 나의 고유한 가능성(죽음, 무)을 지향한다. 그러므로 결단성이 미래를 지향한다는 말은 아직 오지 않은 죽음을 지향한다는 말이 아니라 내가 나의 죽음을 앞질러 가는 결단성이라는 점에서 이 교수가 말하듯 '나를 나 자신(고유한 가능성)에게로 다가가도록 해주는 것'을 뜻한다. 결단성은 미래나 도래의 세계가 아니라 다가감의 세계이고 이런 다가감에 의해 나의 피투성, 이제까지 '있어 옴'(기재旣在)의 성격이 도출된다. 따라서 결단성은 이렇게 다가가면서(기투성-미래) 자신에게로 돌아오면서(피투성-과거) 자신의 현재를 발견한다.

내가 나의 피투성(현재)를 떠맡을 수 있는 것은 내가 나의 존재 가능(죽음, 무)로 '다가가면서' 과거의 나로 '있어 왔기' 때문이다. 과거, 현재, 미래라는 용어를 피해야 하지만 좀더 거칠게 말하면 나의 현재는 미래(죽음)로 다가가면서 과거(피투성)로 회귀한다. 현재는 미래와 과거 사이에 있는 게 아니라 미래로 다가가며 동시에 과거로 돌아오는 상황 속에 있다. 앞에서 나는 배려의 시간성을 현재가 미래로 갔다가 다시 과거로 회귀하는 구조라고 말한 바 있다. 나는 성냥을 가지고 불을 켜기 위해(미래) 성냥(과거)으로 돌아와(과거) 불을 켠다.(현재) 그러니까 성냥이 먼저 있었고(과거) 불을 켜기 위해 어디로 향하고(미래) 다시 성냥으로 돌아와(과거) 성냥을 켠다.(현재) 따라서 보존(과거)과 기대(미래)의 탈자적 통일 속에서 특수한 방식으로 현재가 태어난다.

　죽음에의 결단성 역시 비슷한 구조이다. 나는 던져져 있고(과거) 나를 앞질러 죽음을 선취하고(미래) 그때 나의 던져진 상태(과거)의 의미를 안다.(현재) 요컨대 내가 있다는 것은 있었음을 내포하고, 내가 있기(현재)까지 나는 있어 왔기(과거) 때문에 현존재로서의 나의 피투성에 책임을 질 수 있다. 말하자면 죽음을 선취할 수 있다. 현재의 나는 미래와 과거 사이에 있는 게 아니라 미래로 다가가며 과거로 돌아오는 상황 속에 있다. 그러므로 이런 미래, 곧 다가가며 회귀하는 미래, 지금까지 있어오는 미래, 그러니까 미래의 통일성이 현재를 낳는다. 이런 시간은 배려처럼 있어옴(과거)과 다가감(미래)의 탈자적 통일 속에서 특수한 방식으로 현재가 태어나는 구조이다. 죽음을 앞질러 다가가 선취하는 결단성의 세계를 노래한 것은 아니지만 과거와 미래의 탈자적 통일성의 세계는 다음과 같은 시에도 드러난다.

　　먼 훗날 당신이 찾으시면
　　그때에 내 말이 '잊었노라'

　　당신이 속으로 나무라면
　　'무척 그리다가 잊었노라'

　　그래도 당신이 나무라면
　　'믿기지 않아서 잊었노라'

　　오늘도 어제도 아니 잊고
　　먼 훗날 그때에 '잊었노라'

　김소월의 「먼 훗날」 전문이다. 화자는 현재 님과 이별한 상황 속에 있고, 이런 상황은 그가 세계에 내던져 있는 실존성을 암시한다. 이 시는 그리움이라는 낭만적 주제를 노래한다고 읽을 수 있지만 실존의 시각에 서도 읽을 수 있다. 요컨대 화자는 현재 님과 단절됨으로써 이 세계에 홀로 내던져진 상태이고 이런 상태가 이른바 피투성을 암시하고 그는 자신의 피투성을 떠맡아야 한다. 말하자면 자신의 고유한 가능성을 투사해야 한다.

그런 가능성을 위해 화자는 미래를 기다리는 게 아니라 미래로 다가간다. '먼 훗날 당신이 찾으시면'은 화자가 죽음이 아니라 당신을 미리 앞질러 선취하는 행위이다. 그러나 이런 다가감은 동시에 과거로 회귀한다. '그때에 내 말이 잊었노라'는 미래 속의 현재(그때)가 과거로 돌아가는(잊었노라) 구조로 되어 있다. 그런 점에서 이 시의 시간적 구조는 이중적 양상을 보여준다. 하나는 발언 행위의 시간은 현재이고 발언 내용의 시간은 미래, 과거이다. 다른 하나는 발언 내용의 시간으로 이때는 화자가 미래 속에서 당신을 만나지만 이런 만남이 다시 과거(잊었노라)로 회귀한다.

전자를 외적 시간, 후자를 내적 시간이라고 부른다면 외적 시간은 현재-미래-과거의 구조이고 내적 시간은 미래-현재-과거의 구조로 되어 있다. 전자든 후자든 이 시에서 읽을 수 있는 것은, 특히 전자가 더 그렇지만 과거와 미래의 특성이 소멸하면서, 말하자면 탈자적 통일 속에서 현재가 태어난다는 점이고 그런 점에서 이 시는 화자가 미래로 다가가면서 과거로 돌아오는 결단성의 알레고리가 된다. '오늘도 어제도 아니 잊고/ 먼 훗날 그때에 잊었다'는 말은 과연 언제 잊었다는 말인가? 이 시가 강조하는 시간은 오늘(현재)도 아니고 어제(과거)도 아닌 그런 미래-과거이고 이런 시간이 화자의 현재를 낳는다. 문제는 다시 앞에서 인용한 단락 읽기다.

둘째로 이런 현상이 '있어 온 과정' 속에 현재를 만드는 미래의 통일성을 소유하며, 이런 미래의 통일성을 시간성이라고 부른다. 하이데거가 강조하는 것은 시간이 아니라 시간성이다. 여기서 말하는 '이런 현상'

은 앞에서 말한 결단성의 시간적 구조, 곧 결단성이 미래를 지향하며 자신에게 돌아오면서 자신을 현재화하는 상황을 말한다. 내가 죽음을 선취할 때 나는 죽음(미래)을 앞질러 선취하며, 그러니까 죽음에 다가가며 동시에 나의 피투성 (과거)을 떠맡는, 그러니까 나의 피투성으로 돌아오고, 이때 나의 현재가 드러난다. 이런 현상은 앞에서 말했듯이 쉽게 말하면 과거(있어옴)와 미래(다가감)가 탈자적 상태에서 현재를 만들고, 이런 미래의 통일성이 이른바 시간성이다. 과거가 '있어옴'(기재旣在)에 해당한다면 미래는 '다가감'에 해당하고 현재는 '마주함'에 해당한다. 왜냐하면 이런 상황에서 나는 고정된 하나의 점으로 있는 게 아니라 나의 존재 가능성과 마주하기 때문이다. 다음은 이기상 교수의 해석.

> 이상과 같이 '다가감'과 '있어 왔음' 그리고 '마주함' 등은 현존재의 존재 구조. 즉 '존재가능'과 '내던져져 있음' 그리고 '곁에 있음'을 가능케 하는 현상들임이 드러났다. '앞질러 가는 결단성' 속에서 현존재는 자신의 가장 고유한 '존재 가능(가능적 존재)'에로 다가가면서, '자신(내던져진 자신)'에로 되돌아 와 이제껏의 '자신'으로 있어오면서, '현사실적 가능성'을 위해서 필요한 주위 세계적인 손안의 것과 마주하면서 그때마다 이미 '자신'을 결단의 상황 속에 세워 놓았다. '있어오면서 마주하면서 다가감'으로서의 통일적 현상을 우리는 시간성이라고 부른다.(이기상, 구연상, 『존재와 시간 용어 해설』, 까치, 1998, 152)

나는 앞에서 결단의 상황 속에서 현존재가 자신의 존재 가능을 마주한다고 했지만 여기서는 '주위 세계적인 손안의 것과 마주한다'고 해석한다. 이런 해석은 배려의 시간성과 관련된다. 배려는 사용사태, 곧 '--을 가지고 --속에'의 관계로 이때 우리는 도구를 사용하며 우리의 존재 개시 가능성을 발견하게 된다. 따라서 '손안의 것', 곧 도구사물을 마주한다는 말은 이런 문맥을 거느린다. 그러나 하이데거도 말하듯이 '배려는 염려의 본질적 구성에 속하고 염려는 시간성에 근거한다.' 그러므로 배려의 순간에 도구를 마주하는 것이나 염려의 순간에 나의 존재 가능성을 마주하는 것이나 크게 보면 다르지 않다.

시간성은 있어 오면서 마주하면서 다가감의 통일적 현상이고 이런 정의를 다시 거칠게 요약하면 과거-현재-미래의 탈자적 통일성의 세계라고 할 수 있다.

셋째로 오직 현존재가 시간성을 소유하는 한에서만 현존재의 앞질러 가는 결단성으로서의 전체-존재의 본래적 가능성이 가능하다. 그리고 시간성 자체가 본래적 염려의 의미를 밝힌다. 이 말들은 미래-과거-현재의 탈자적 통일성으로서의 시간성이 결단의 조건이고 이런 시간성에 의해 염려의 의미가 밝혀진다는 것. 전체-존재의 본래적 가능성은 전체, 곧 탄생(피투성)과 죽음(기투성)을 포괄하는 전체로서의 현존재의 가능성, 곧 존재 개시 가능성을 뜻한다.

6. 본래적 시간과 비본래적 시간

이상은 배려가 염려의 본질적 구성에 속하고 염려는 시간성에 근거한다는 하이데거의 말을 해석한 것. 따라서 문제는 이 단락 앞에서 인용한 단락(배려)에 나오는 마지막 말에 대한 해석이다.

여섯째로 하이데거는 다음처럼 말한다. 배려가 염려의 본질적 구성에 속하고 염려가 시간성에 근거한다면 사물을 사용사태 속에 둘 수 있는 가능성의 실존적 조건은 시간성의 시간화라는 양식에서 추구되어야 한다. 사물을 사용사태 속에 둔다는 것은 '--을 가지고 --속에'의 관계에 있다는 것. 예컨대 성냥을 가지고 불을 켜는 데 사용한다는 것. 이때 '--속에'는 '--을 위하여', 혹은 --어디에'를 강조하고 따라서 시간적으로는 '미래'에 해당하고 '--을 가지고'는 불을 켜기 위해(미래) 성냥을 사용하기 때문에 과거에 해당한다. 요컨대 사용사태는 미래에서 과거로 되돌아오는 구조이다. 그리고 이런 가능성, 곧 사용사태가 가능한 것은 시간성이 시간화할 때이다. 그렇다면 시간성의 시간화란 무엇인가?

시간성은 이 세계에 존재하는 사물들처럼 존재하는 게 아니다. 말하자면 존재자가 아니다. 그런 점에서 시간성은 존재하지 않는다. 그러나 우리는 이제까지 다가감(미래)-되돌아옴(과거)-마주함(현재)의 통일성에 대해 말하면서 이런 시간성이 염려, 곧 나와 나의 존재 가능성의 관계의 의미를 밝힌다고 말했다. 그런 점에서 없는 것도 아니다. 시간성만 그런 게 아니라 우리가 일상적으로 말하는 시간도 그렇다. 과연 시간은 어디 있는가? 그러나 일상 생활을 하면서 우리는 시간이 없다, 시간이 있다고 말한다. 이런 시간을 하이데거는 이른바 통속적 시간이라고 부른다. 시간성이 근원적 시간이고 본래적 시간이라면 이런 시간은 통속적 시간이고 비본래적 시간이다. 하이데거는 『존재와 시간』 제2편 제6장에서 이런 통속적 시간에 대해 논한다. 그러나 이 자리에서는 간단히 요점만 간추리기로 한다.

먼저 본래적 시간성과 비본래적 시간성의 문제. 앞에서 우리는 현존재의 존재 개시의 계기로 이해, 기분, 퇴락 세 유형에 대해 말한 바 있다. 물론 말도 포함되나 이 글에서는 생략한다. 세 계기를 시간의 측면에서 고찰하면서 하이데거는 본래적 시간과 비본래적 시간에 대해 말한다.(『존재와 시간』 제4장 참고)

첫째로 나는 나의 존재를 개시할 수 있다는 것을 이해한다. 그런 점에서 이해는 가능성이고 이 가능성은 내가 나의 존재를 열어 밝힐 수 있다는 점에서, 곧 시야가 트인다는 점에서 시야, 봄과 관련된다. 한편 시간의 차원에서 이해는 가능성이 미래와 관련되기 때문에 미래를 지향한다. 그러나 이런 미래 지향은 두 가지 유형이 있다. 예컨대 '나는 내일을 기다린다'는 유형과 '나는 이미 내일을 산다'는 유형. 전자의 경우 내일은 미래이지만 나의 실존, 그러니까 나의 존재 개시 가능성, 독자적인 자신으로 돌아가는 것과는 관계가 없고, 따라서 나는 수동적으로 내일을 기다릴 뿐이다. 그런 점에서 이런 미래는 비본래적 미래로, 기다린다는 특성을 띤다.

그러나 '나는 이미 내일을 산다'고 할 때의 미래는 내가 현존재로서 나를 앞질러 미리 내일을 선취하는 그런 미래이고 배려의 양식에 비유하면 '─을 위하여'에 해당하고 염려의 양식에 비유하면 '죽음에의 선취', 곧 다가감에 해당한다. 따라서 이런 미래는 본래적 미래로 다가감의 특성을 소유한다. 앞에서 나는 배려, 특히 사용사태, 곧 '──을 가지고 ──속에'를 '보존'과 '기대'라는 용어로 설명했지만 이 때의 기대는 막연한 수동적 기대를 말하는 게 아니기 때문에 여기서 말하는 기다림, 기대, 예기와 혼동해서는 안 된다.

둘째로 나는 어떤 기분상태에 있다. 그것은 크게 두 가지다. 예컨대 나는 공포에 떨 수도 있고 이유 없이 불안할 수 도 있다. 공포에는 대상이 있고 불안에는 대상이 없다. 그러나 대상이 있든 없든 이런 시간에 발견하는 것은 내가 이 세계에 던져져 있다는, 이른바 피투성을 느낀다는 것.

　　사라지는 흰빛은 거의 희다 사라지는 흰빛은 거의 흰빛으로 사라진다 거리의 창들이 흔들린다 흔들리는 창에 물드는 아아 사라지는 흰빛 어떤 중얼거림이 무한히 와서 머문다

필자의 시 「공포」 전문이다. 이 시에서 나는 거리에서 '흔들리는 창들'을 보고 공포를 느낀다. 그런 점에서 이런 기분에 처하는 것은 세계─내─존재로서 내가 세계내부적 존재자인 '창들'과 관계를 맺는 이른바 배려의 양식에 해당한다. 따라서 배려의 시간 구조, 곧 미래를 지향하며 과거로 돌아오는 현재의 구조를 보여준다. 그런 점에서 공포 역시 미래를 강조한다. 그러나 공포의 시간에 내가 느끼는 것은 '창에 물드는 아아 사라지는 흰빛'이고 여기 '어떤 중얼거림이 무한히 와서 머무는 것'. '사라지는 흰빛'은 망각을 상징하고 '어떤 중얼거림'은 그런 시간의 공포를 상징한다.

그러므로 이 시에서 공포는 '흔들리는 창들'이 일상적 문맥에서 벗어나 일탈하면서 공포의 대상이 되고 나는 자아를 망각한다. 배려의 시간으로서 공포가 보여주는 특성은 이런 자아 망각이고 따라서 배려가 강조하는 미래, 이른바 과거-미래의 탈자적 통일 속에서 내가 나의 존재 가능성을 읽는 그런 현재가 아니다. 공포의 시간에 나는 존재 가능성이 아니라 존재 망각을 체험하고 그러므로 공포는 기대하면서(미래)-마주하는(현재)-망각의 시간이고 비본래적 시간성이다. 공포 속에서 나는 나의 존재를 개시하는 게 아니라 나를 망각한다. 그러나 불안의 시간은 다르다.

램프가 꺼진다. 소멸의 그 깊은 난간으로 나를 데려가다오. 장송의 바다에는 흔들리는 달빛, 흔들리는 달빛의 망토가 펄럭이고 나의 얼굴은 무수한 어둠의 칼에 찔리우며 사라지는 불빛 따라 달린다. 오 집념의 머리칼을 뜯고 보라. 저 침착했던 의의가 가늘게 전율하면서 신뢰의 차건 손을 잡는다. 그리고 당신이 펴는 식탁 위의 보자기엔 아마 파헤쳐진 새가 한 마리 날아와 쓰러질 것이다.

필자의 시 「위독 제1호」 전문이다. 앞의 시 「공포」에서 나는 거리에서 흔들리는 창문을 보고 공포를 느끼고, 이때 창들은 낯선 것들이 되어 나를 덮고 따라서 나는 사라지고 망각된다. 그러나 이 시의 경우 내가 보는 것은 램프가 꺼지는 것. 따라서 대상, 혹은 사물은 사라지고 내가 바라는 것은 이런 무, 소멸 속으로 가고 싶다는 것. 불안의 기분에 처할 때 나는 모든 것이 사라지는 상황 속에 나 혼자 던져져 있다는 것을 느낀다. 불안의 대상은 사라지는 것, 무이다. 그러므로 불안의 대상도 불안의 이유도 나이다. 불안에는 이유가 없다.

이 시에서 '장송의 바다'는 무, 소멸, 죽음의 바다이고, 이 바다엔 '달빛의 망토'가 펄럭이고 나는 '무수한 어둠의 칼'에 찔리며 사라지는 세계를 따라 달린다. 요컨대 이런 시간에는 모든 사물들, 이른바 세계 속에 있는 존재자들은 낯설어지고 사라지고 텅빈 무의 공간에 나는 내던져진다. 그러나 나는 자아를 망각하는 게 아니라 이 무와 직면하면서 '집념의 머리칼'을 뜯고 '침착했던 의의'가 전율하면서 '신뢰의 차건 손'을 잡는 것을 체험한다. 그러니까 나는 불안 속에서 망각되는 게 아니라 일상에 대한 집념을 버리고, 일상을 지배하던 의미가 흔들리고, 마침내 실존적 믿음과 만난다. '식탁 위의 보자기에 날아와 쓰러지는 파헤쳐진 새 한 마리'는 일상과 단절되는 무의 세계를 상징한다.

그러니까 내가 불안 속에서 체험하는 것은 자아 망각이 아니라 이런 무, 죽음, 소멸, 장송과 만나면서 나의 존재를 개시할 수 있는 가능성이다. 불안 속에서 나는 무를 만나고 이 세계에 던져져 있다는 것(피투성)을 체험하고 거꾸로 이런 피투성 체험이 불안을 낳고 무를 낳는다. 그러나 아무나 언제나 불안을 느끼는 건 아니고 불안의 시간은 미래에 닥쳐오지만 그 미래는 정해진 게 아니라 때가 무르익어야 한다. 하이데거 용어로는 이른바 시숙時熟이고 불교 식으로는 인연이 닿는 것. 불안의 이유는 나이고 불안의 미래는 나의 존재 가능성을 내포하고 이런 가능성은 피투성(있어 왔음)에 대한 새로운 의미와 만나기 때문에 불안은 미래가 과거로 돌아오는 시간 구조이고 불안의 시간은 시숙, 곧 있어옴(과거)에서 무르익는 시간으로 본래적 시간성이다.

셋째로 현존재가 존재를 개시하는 계기로 퇴락이 있다. 퇴락적 삶은 일상인들의 삶으로 빈말, 호기심, 애매성으로 구성된다. 호기심은 새로운 것에 끌리거나 새로운 것을 찾는 마음이다. 시간의 차원에서 호기심 역시 미래(새로운 것)을 지향한다. 그러나 이미 본 것(과거)을 망각하고 현재에 집착하지만 이 현재는 계속 미래를 추구한다는 점에서 진정한 현재, 그러니까 존재 개시의 가능성을 모르는 현재이다. 따라서 호기심의 시간은 기대하면서(미래) 망각하는(과거)는 시간성으로 비본래적 시간성이다. 호기심뿐만 아니라 빈말(공허한 말)과 애매성의 시간성 역시 비본래적 시간성이다.

05
시간(2)

1. 배려의 시간성과 시간화

이상에서 나는 본래적 시간성과 비본래적 시간성을 존재 개시의 계기 가운데 이해, 기분, 퇴락 등 세 유형을 중심으로 간단히 살폈다. 「존재와 시간」 제6장에서 하이데거가 강조하는 것은 현존재의 시간성과 배려, 공공적 시간과 세계시간, 통속적 시간의 근원이다.

첫째로 현존재의 시간성과 배려. 현존재로서의 나는 세계 속에서 사물들과 관계를 맺고 그것은 이른바 배려의 양식, 곧 '--을 가지고 -- 속에'의 관계이고 시간적으로는 보존하면서 기대하는 혹은 기대하면서 보존하는 시간성으로 드러난다. 이런 배려는 어떤 것을 계산하고 계획하고 방어하고 혹은 예방하는 태도로 시간에 개입한다. 배려의 시간성은 미래와 과거의 탈자적 통일성 속에 현재를 낳는다고 말한 바 있고 그런 점에서 시간성은 탈자성을 본질로 한다. 그러므로 지금이니 그 전이니 하는 말들은 이런 시간성의 시간화, 곡 시간성의 탈자적 양상이고 그것은 거칠게 말하면 시간성을 구성하는 과거, 미래, 현재의 탈자적 양식으로 시간화한다. 요컨대 우리가 일상적으로 사물과 관계를 맺으며 사용하는 시간들은 시간성의 탈자적 양상이다. 다음은 하이데거의 말.

이런 배려는 계산하고 계획하고 방어하고 혹은 예방하면서 언제나 들리거나 들리지 않거나 다음처럼 말한다. '그때에는then' 저것이 발생해야 하고, '그 전에는beforehand' 이것이 처리되었어야 하며, '지금은now' '당시에on the former occasion now' 실패해서 놓쳐버린 일이 만회되어야 한다.

배려는 '그때'에는 기대로, '당시'에는 보존으로, '지금'에는 현재화로 스스로를 표현한다. 그러나 '그때'에는 '아직 아님'이 숨어 있다. 말하자면 이것은 기대하면서 보존하거나 기대하면서 망각하는 현재화를 뜻한다. '당시에'는 '지금은 이미 아님now-no-longer'을 숨기고 있다. 이것과 더불어 보존은 기대하는 현재화로 자신을 표현한다. '그때'와 '당시'는 '지금'과 연관해서 이해된다. 말하자면 현재화는 특수한 중요성을 띤다. 물론 현재화는 기대하며 보존하는 통일성 속에 자신을 시간화하고, 심지어 기대와 보존은 어떤 것도 기대하지 않는 망각의 형식으로 변형될 수도 있다. 이런 망각의 양식 속에서 시간성은 그 자체가 현재 속으로 말려들고 이때 이 현재는 현재화하면서 주로 '지금! 지금!'이라고 말한다. 배려가 기대하는 것은 '즉시forthwith'로 말해지고, 가깝게 이용할 수 있었거나 상실한 것은 '방금just-now'로 말해진다. '당시' 속에 보존이 자신을 표현하는 지평이 '이전earlier'이고, '그때'의 지평은 이후later on이고, '지금'의 지평은 오늘today이다.(하이데거, 영역, 위의 책, 458-459)

이상에서 하이데거는 무슨 말을 하고 있는가? 찬찬히 읽지 않으면 무슨 소린지 알 수 없는 그의 말은 찬찬히 읽기도 어렵고 그렇다고 인용만 하고 넘어갈 수도 없다. 인용한 말 다음에도 그는 '그러나 모든 그때는 그 자체로서 '--할 그때'이고 모든 당시는 '--한 당시'이고 모든 지금은 '-하는 지금'이하고 말한다. 문제는 이런 '지금', '당시', '그때'의 관계적 구조를 일부日附 가능성 혹은 시점 기록 가능성datability으로 부른다는 것. 일부 가능성은 이미 기대하며-보존하는 현재화의 탈자적 구성틀을 반영하고 따라서 우리가 일상적으로 말하는 시간은 시간성의 탈자적 시간화이다. 인용한 글에서 하이데거가 강조하는 것이 그렇다.

첫째로 내가 도구적 사물들과 관계를 맺는 것(배려)은 계산하고 계획하고 방어하고 혹은 예방하는 삶의 양식이다. 예컨대 성냥과 맺는 관계는 성냥갑에서 성냥을 헤아려보고 하나를 꺼내 불을 켜는 관계. 그러나 앞에서도 말했듯이 나는 불을 켜려고(기대) 성냥을 가지고 있다.(보존)

또 하나의 보기로는 승용차를 몰고 떠나려다 바퀴 고장으로 떠날 수 없는 경우를 들 수 있다. 이런 경우 나는 승용차를 몰고 떠나려고(기대) 차를 타지만 바퀴가 고장난 걸 모른다. 바퀴가 고장난 건 '지금'이 아니라 '그때'이고 고장 난 '당시' 나는 바퀴를 살폈어야 하고(기대), 고장나기 '그 이전'에는 이런 일은 발생하지 않았다. 문제는 '그때'와 '당시'와 '지금'의 관계. 나는 '그때' 차를 타고 떠나려다(기대) 차가 고장나 '당시' 고장난 차를 살펴본다.(보존) 따라서 배려는 '그때'에는 기대로 '당시'에는 보존으로 스스로를 표현하고 '지금' 내가 다시 떠나려고 당시 고장난 차를 살펴보는 것은 '떠나려고 기대하면서—차로 돌아가는(보존하는)—현재'로 요약된다. 요컨대 이런 시간들 속에 배려의 시간성이 숨어 있고, 그런 점에서 이런 시간들은 배려의 시간성이 일상 속에 구체화되는 현상, 곧 시간화하는 현상이다. 그러나 이런 배려는 나의 존재 가능성의 개시와는 관계가 없고 따라서 비본래적 시간성이다.

또 하나의 보기로 망치로 벽에 못을 박으려다 실패하는 경우를 들 수 있다. 망치를 사용하는 것은 벽에 못을 박기 위해서다. 나는 벽에 못을 박기 위해 (기대) 망치를 들었다.(보존) 그러나 '지금' 나는 못을 박는 데 실패하고 다시 망치를 살펴보고 못을 박아야 한다. 내가 못을 박으려다 실패한 것은 '그때'이고 '지금' 나는 실패한 '당시'의 일을 만회하기 위해 다시 망치를 살펴본다.(보존) 요컨대 지금 나는 '기대하면서—보존하는 현재' 속에 있고, 배려는 못을 박으려던 '그때'에는 '기대'로, 망치를 살펴던 '당시'에는 보존으로, '지금'에는 이런 기대—보존의 현재화로 드러난다.

둘째로 그러나 '기대'로 드러나는 '그때'에는 '아직 아님'이 숨어 있다. 성냥불을 켜려던 그때, 차를 타고 떠나려던 그때, 망치로 못을 박으려던 그때 나는 성냥불을 켜지 못했고, 차를 타고 떠나지 못했고, 망치로 못을 박지 못했다. 그러나 이런 실패는 그것으로 끝난 게 아니라 앞에서도 말했듯이 그 실패를 만회한다는 점에서 '아직-아님'의 세계이다. 하이데거가 말하는 '아직-아님'은 마치 죽음의 세계가 그렇듯이 지금 도래하지는 않았지만 나의 기투에 의해 앞질러 선취할 수 있는 그런 아님의 세계이다. 따라서 '아직 아님'은 기대하면서 보존하는 현재화를 뜻한다.

'그때'에 '아직-아님'이 숨어 있다면 '당시'에는 '지금은 이미 아님'이 숨어 있다. 성냥불을 켜려다 실패한 당시, 차를 타고 떠나려다 실패한 당시, 망치로 못을 박으려다 실패한 당시에는 성냥을 켤 수 없었고, 차를 타고 떠나려다 실패한 당시에는 떠날 수 없었고, 망치로 못을 박으려다 실패한 당시에는 못을 박을 수 없었다. 말하자면 당시에는 성냥 켜기, 차로 떠나기, 망치로 못박기가 '이미 끝난 상태'이고 가능성이 보이지 않는 상태이고, 당시에는 나의 기투가 존재하지 않는 상태이다. 그러므로 '당시'에는 '지금은 이미 아님'이 숨어 있고, 성냥을 살피고, 차를 살피고, 망치를 살피는(돌아가는) 일, 곧 보존은 기대하는 현재화로 자신을 표현한다. 쉽게 말하면 '당시'에는 성냥으로 돌아가고, 차로 돌아가고, 망치로 돌아가는 '보존'은 없고 기대의 현재화만 존재한다는 것.

셋째로 '그때'와 '당시'는 '지금'과 연관해서 이해된다. 배려의 시간성은 미래를 중심으로 하지만 배려의 시간성에 토대를 두는 이런 시간들은 현재를 중심으로 한다. 배려의 시간성은 거칠게 말하면 미래-과거의 탈자적 통일로서의 현재이지만 이런 현재는 어디까지나 미래가 주도한다. 그러나 앞에서도 보았지만 '그때'와 '당시'는 모두 '지금'과 관계되고, 따라서 이런 시간들은 거칠게 말하면 미래-과거의 현재화라고 할 수 있다. 따라서 기대(미래)와 보존(과거)은 어떤 것도 기대하지 않는 망각의 형식으로 변형될 수도 있다. 따라서 이런 망각의 시간 속에서 시간성은 현재 속으로 말려들고 이때는 현재가 현재화하면서 주로 '지금!' '지금!'을 강조한다.

넷째로 이런 망각의 시간, 현재만 강조되는 시간 속에서 배려의 시간성은 변형된다. '기대'는 '즉시'로, '보존'은 '방금'으로 변형된다. '당시' 속에 보존이 자신을 표현하는 지평이 '이전'이고, '그때'의 지평은 '이후'이고, '지금'의 지평은 '오늘'이다. 이런 시간들은 배려의 시간성이 강조하는 '기대하면서 보존하는 현재화' 혹은 '미래와 과거의 탈자적 통일로서의 현재화'를 모른다. 현재의 현재화, 오직 지금만 강조하는 시간은 배려의 시간성을 변형하고 왜곡한 시간이다. 우리들의 일상을 지배하는 시간은 배려의 비본래적 시간성에 토대를 둔다는 점에서 비본래적 시간이지만 이렇게 변형된 시간들은 이런 비본래성을 더욱 심화한다. 우리가 날짜를 매기는 것, 일부日附 가능성은 모두 배려의 시간성에 토대를 둔다.

2. 세계시간

우리가 일상적으로 말하는 시간은 실체가 있는 게 아니라 앞에서 말했듯이 배려의 시간성이 시간화한 것, 말하자면 시간성이 시점(지금, 그때, 당시, 혹은 즉시, 방금) 혹은 날짜로 기록된 것에 지나지 않는다. 이런 시점 기록의 배후에는 '--을 가지고 --속에'라는 사용 사태, 곧 보존과 기대의 시간성이 숨어 있다. 요컨대 우리는 일상적으로 시간을 인식하는 게 아니라 시간을 사용하고 따라서 시간은 내가 이 세계 속에서 도구 사물과 맺는 관계이다. 하이데거에 의하면 원시 시대의 농민 시계와 해 시계 역시 '-을 위해' 사용하기 위한 것. 예컨대 해 그림자의 길이에 의해 만남을 약속하는 것이 그렇다. 또한 일출, 일몰, 정오에 의해 시점이 기록된다.

이런 시간들은 사적인 차원이 아니라 공공적인 차원에서 사용되기 때문에 공공적public 시간이라고 부른다. 그후 해 시계처럼 자연 시간이 아니라 인공 시간, 곧 시간을 계산하는 기계(시계)가 나타나는 바 시계

시간은 공공적 시간을 정밀하게 세분한 것. 그러나 중요한 것은 이런 시간 계산과 배려의 관계이다. 다음은 하이데거의 말.

> 천문학적 계산이든 일력적日曆的 계산이든 이런 계산은 우연히 발생한 것이 아니라 염려라는 현존재의 실존적 존재론적 필연성을 소유한다. 현존재는 본질적으로 내던져 있는 존재로 전락하면서 실존하기 때문에 그는 시간을 계산하는 방식에 의해 자신의 시간을 배려적으로 해석한다. 이런 시간 계산 속에서 시간의 진정한 공공화가 나타나며 따라서 시간이 공공적으로 존재하는 이유는 현존재의 피투성이라고 말해야 한다.(하이데거, 영역, 위의 책, 464)

진정한 공공적 시간은 배려와 관련되고 배려는 염려에 토대를 두기 때문에 결국 진정한 공공적 시간은 현존재의 피투성과 존재 가능성(염려)을 소유하며 따라서 내가 시간을 계산하는 것은 나의 실존과 관계없는 양의 문제가 아니라 질의 문제와 관련된다. 요컨대 내가 혹은 우리가 공공적 시간을 사용하는 것은 나의 실존성, 피투성을 동기로 한다. 한편 하이데거는 공공적 시간과 세계시간에 대해 말한다.

> 시간성의 시간화에서 스스로를 공공적인public 것으로 만드는 시간이 세계시간이다. 우리가 이렇게 부르는 것은 세계시간이 세계내부적 존재자로서의 도구사물이 아니라 우리가 이제까지 해석해온 실존적 존재론적 의미로서의 세계에 속하기 때문이다. 앞으로 우리는 세계-구조(--을 위하여)의 본질적 관계가 시간성의 탈지평적 구성을 근거로 공공적 시간(--할 그 때)과 연결되는 방식을 살펴야 한다. 다만 지금은 우리가 배려하는 시간의 특성을 그 구조(시점기록 가능성, 길이의 소유-펼쳐짐, 공공성)로 완전하게 정의할 수 있다. 그리고 이런 구조를 소유하는 것으로 세계시간은 세계 자체에 속한다. 예컨대 자연스런 일상적 방식으로 표현되는 모든 '지금'은 이런 구조를 소유하고, 비록 전개념적이고 비주제적이긴 해도 현존재가 배려적으로 시간을 허용할 때 이런 방식으로 이해된다.(하이데거, 영역, 위의 책, 467-468)

하이데거는 공공적 시간을 세계와 관련시키며 이른바 세계시간이라는 용어를 사용한다. 그가 세계시간이라는 용어를 사용하는 것은 이런 시간이 세계내부적 존재자, 말하자면 도구사물처럼 이 세계에 존재하기 때문이 아니라 그가 말하는 세계, 곧 실존적 존재론적 의미로서의 세계에 속하기 때문이다. 그가 말하는 세계는 추상적인 공간이 아니라 내가 그 속에 있는 세계이고 현존재로서의 나는 이 세계 속에 홀로 있는 게 아니라 세계내부적 존재자들인 책상(도구사물), 나무(관찰사물), 그리고 타인(공동현존재)들과 함께 있고 특히 나는 그들과 관계를 맺고 산다. 나의 일상 세계를 지배하는 것은 무엇보다 도구사물과의 관계(배려)이고 배려가 강조하는 것은 이른바 사용사태이다.

따라서 세계는 사용사태(--을 가지고 --속에)에 의해 존재자를 만나게 하는 곳이다. 세계는 단순한 장소나 공간이 아니라 현존재가 그 속에서 존재자들을 만나고 이런 만남에 의해 자신을 이해하는 곳. 요컨대 사용사태를 근거로 존재자를 만나게 하는 '저곳'이고 자신을 이해하는 '그곳'이다. 말하자면 세계는 정태적 공간이 아니고 역동적 공간이다. 나와 사물들을 만나게 하는 '저곳'이고 그리로 가서 나는 나를 이해하는 '그곳'이다. (하이데거, 앞의 책, 119 참고)

'저곳'과 '그곳'은 오해의 여지가 많은 용어다. 영역본에는 '지향하는 곳for which', '가운데wherein'로 번역되고 이기상 교수는 '그리로', '그곳'으로 번역한다. 여기서 말하는 '저곳'과 '그곳'은 다른 공간이 아니고 같은 공간도 아니다. 나는 '저곳'에서 사물을 만나고 그때 나를 이해하기 때문에 '저곳'은 '그곳'이 된다. 그러므로 세계 속에 있다는 것은 저곳이며 그곳에 있다는 것. 요컨대 세계는 나와 떨어져 멀리 '저곳'에 있는 게 아니라 그 안에 '저곳'과 '그곳'이 있는 공간이다.

이런 세계 인식은 실존적 존재론적 의미를 지닌다. 말하자면 나의 실존, 나의 존재와 관계되는 세계이고 따라서 세계시간도 이런 세계에 속하기 때문에 실존적 존재론적 의미를 소유한다. 그러므로 세계시간은 도구사물처럼 존재하는 게 아니다. 다음은 하이데거의 말. '그 안에서 세계내부적 존재자를 만나게 하는 시간이 세계시간이고 세계시간은 시간성의 탈자적 지평적 구성에 의해 세계와 동일한 초월을 소유한다. 세계의 개시와 함께 세계시간은 공공적인 것이 되고 따라서 세계 속에서 존재자 곁에서 시간적으로 배려하는 모든 존재는 이런 존재자들을 시간 속에서 만나는 것으로 둘러보며 이해한다.'(하이데거, 위의 책, 471)

세계시간은 사물들을 만나게 하는 시간이고 실존적 존재론적 의미로서의 세계에 속하는 시간이다. 과연 어떻게 만나고 만나게 하는가? 내가 세계에 있다는 것은 세계를 구성하는 도구 사물을 사용하고(지시연관성) 그렇게 함으로써 사물에 의미를 부여하고(유의미성) 한편 이런 의미부여에 의해 나에게도 의미가 부여됨을 뜻한다. 그런 점에서 세계는 지시연관성과 유의미성을 뜻한다. '성냥'이라는 기호는 성냥을 지시하지만 이런 지시성 자체는 아무 의미가 없다. 이른바 지시연관성, 혹은 치시전체성에 해당하는 '――을 위하여' 사용될 때 성냥에 의미가 부여되고 나는 멀리 성냥을 바라볼 때 의미가 있는 것이 아니라 성냥을 사용할 때 의미가 부여된다. 그런 점에서 나와 성냥의 관계는 주체/ 객체, 지배/ 종속의 관계가 사용을 매개로 서로 주고받는 관계이고 좀더 극단적으로 말하면 내가 별도로 있고 성냥이 별도로 있는 게 아니라 성냥을 켜는 행위에 의해 내가 있고 성냥이 있다.

그런 점에서 하이데거가 말하는 세계내부적 존재는 현존재든 사물이든 자율성이 있는 게 아니라 상호관계 속에 있고 나아가 이런 관계는 주체/ 객체의 이분법을 해체하고 이런 해체가 선적禪的 인식과 통한다. 나와 성냥의 관계가 그렇다. 나는 성냥을 켠다. 나는 어디 있고 성냥은 어디 있는가? 나는 불을 켤 때 존재하고 성냥도 이때 존재한다. 존재한다는 건 의미가 부여된다는 것. 그러나 '성냥을 켜는 나'와 '성냥을 켜는 행위'의 관계는 모호하고 이런 모호성, 해체는 인식론의 차원에서 나가라주나(용수)가 말하는 중도中道와 유사하다. 나가라주나는 행위자와 행위의 관계에 대해 다음처럼 말한다.

3. 행위자와 행위

행위자와 행위가 미리 결정적으로 존재한다면 무엇을 행하는 작용은 있을 수 없다. 반대로 행위자와 행위가 미리 결정적으로 존재하지 않아도 무엇을 행하는 작용은 있을 수 없다. 왜냐하면 행위가 미리 결정되었다면 그 행위자가 다시 있을 수 없고 또 행위자가 미리 결정되었다면 그가 다시 행위를 할 수 없기 때문이다. 행위 없이도 행위자가 있어야 한다는 것도 옳지 못하다. 또 행위자와 행위가 결정되어 있지 않는 경우에도 그 행하는 작용은 있을 수 없다.

나는 성냥을 켠다. 그러나 과연 그런가? '나'는 원인이고 '켜기'는 결과인가? '나'는 주체이고 '성냥'은 객체이고 따라서 주체가 객체를 지배하고 사용하고 착취하는가? 도대체 '성냥을 켜는 나'와 '성냥을 켜는 행위'의 경계는 어디인가? '성냥을 켜는 나'가 미리 있다면 성냥을 켤 필요가 없고 반대로 '성냥을 켜는 행위'가 미리 있어도 성냥을 켤 필요가 없다. 그렇다고 성냥을 켜지 않고(행위 없이) '나'가 존재하는 것도 아니다. 그러므로 '성냥을 켜는 나'와 '성냥을 켜는 행위'는 미리 결정된 것이 아니다. 인과 관계도 아니고 주체/객체의 관계도 아니다. 한편 '나는 성냥을 켠다'고 할 때 '성냥을 켜지 않는 나'가 미리 있는 것도 아니고 '성냥을 켜는 행위'가 미리 있는 것도 아니다.

요컨대 행위자와 행위는 미리 있는 것도 아니고 그렇다고 없는 것도 아니다. 미리 있어도 작용이 없는 터에 미리 없었다면 무슨 작용이 있으랴? 행위자와 행위가 미리 존재한다면 '행위자가 행위한다'는 논리가 되어 무인론無因論에 떨어지게 된다.

하이데거가 말하는 세계내부적 존재, 특히 나와 도구사물의 관계는 사용사태를 중시하고 이런 사태에 의해 나와 도구의 관계, 행위자와 행위의 관계는 인과성을 초월하고 지배/ 종속, 주체/ 객체의 관계를 초월하는 이른바 선禪이 강조하는 불이不二, 중도 사상에 접근한다. 그러나 하이데거의 사유는 여기까지다. 그의 사유는 선에 접근하지만 현존재, 존재(현존재의 초월)를 강조하고 선禪이 강조하는 인연, 공空의 개념(?)에는 도달하지 못하고 이것이 그의 전기 사유의 한계이다.

나가라주나가 강조하는 것은 무인론이 아니고 인연이고 空이다. 그는 '행위로 인하여 행위자가 존재하고 행위자로 인하여 행위가 존재한다. 인업유작자因業有作者 인작자유업因作者有業'고 말한다. 행위(業)는 미리 결정된 것이 아니며 행위자로 인하여 일어나고 행위자 역시 행위(業)로 인하여 존재한다. 이 두 가지는 화합하여 존재하기 때문에 자성自性이 없고 자성이 없기 때문에 공空하다. 공空하기 때문에 생生하는 것도 없다. 그러므로 행위란 거짓 이름일 뿐이다. 말하자면 성냥을 켤 때 성냥을 켜는 내가 존재하고 성냥을 켜는 내가 있기 때문에 성냥을 켜는 일이 발생한다. 이른바 인연이 있을 뿐이고 인연은 자성이 없기 때문에 공空이고 행위는 거짓 이름일 뿐이다. 하이데거의 세계내부성 개념은 인연, 자성 없음, 공으로 발전하지 않고 나와 도구의 상호의존 관계를 현상학적으로 기술할 뿐이다.(이상 행위자와 행위의 관계는 나가라주나, 구마라즙 한역, 김성철 역주, 『中論』, 경서원, 1996, 159-170 참고)

4. 세계시간과 통속적 시간

다시 회상하자. 공공적 시간은 자연의 시간을 시점화(일부화)한 것으로 시계 시간은 이런 시점화를 정밀하게 다듬은 것. 그리고 이런 시점화를 공공적인 것으로 만드는 시간이 세계시간이고 세계시간은 도구처럼 존재하는 것이 아니라 그 안에서 세계내부적 존재자(도구사물)을 만나게 하는 시간이다. 위에서 나는 세계 속에서 현존재가 사물과 만나는 양상을 선과 관련시켜 해석했다. 그러나 하이데거가 강조하는 세계시간은 이렇게 내가 사물들과 만나게 할 뿐만 아니라 세계시간이 시간성의 탈자적 지평적 구성에 의해 세계와 동일한 초월을 소유한다.

따라서 시계를 본다는 것은 단순히 시점을 읽는 게 아니라 시계를 볼 때 나는 사물들과 만나고, 관계를 맺고, 배려하며 사물들을 둘러본다. 배려의 시간성은 '--을 가지고 --속'의 관계로 그것은 '--을 위하여' 사용하는 것.(사용사태) 도구사물을 사용할 때(지시연관성) 그것은 의미를 지닌다(유의미성). 시간 역시 이런 문맥에서 이해되어야 한다.

나는 시계를 본다. 지금은 2009년 7월 23일 오후 네 시다. '네 시'라는 기호(시점)는 '네 시'를 지시하지만 이런 지시성 자체는 아무 의미가 없다. 이른바 지시연관성 혹은 지시전체성에 해당하는 '--을 위하여' 사용할 때 '네 시'는 의미를 소유한다. 그러니까 멀리 바라볼 때 이 시간은 아무 의미도 없고 내사 사용할 때 의미가 부여된다. 시간이 있는 것이 아니라 나와 시간의 관계가 있고 이때 세계내부적 존재자와 만나고 이런 존재자도 함께 이해된다. 나는 지금 '하이데거의 세계시간'에 대해 글을 쓰고 있다. 시계를 보니 '네 시'다. 지금이 '네 시'라는 걸 알고 '아직 시간이 많이 남았군.' 중얼거린다. 아직 글을 쓸 시간이 많이 남았다는 것은 내가 '지금'을 '--을 위한 시간'으로 인식한다는 것을 뜻한다. 따라서 '네 시'는 글을 쓰기 위한 시간이고 이때 '네 시'는 의미를 소유한다. 말하자면 시간은 글을 계속 쓰려는 나의 존재 가능성을 동기로 한다. 요컨대 시간은 사용될 때(지시연관성) 의미를 소유하고(시간의 유의미성), 시계를 볼 때 내가 만나는 시간은 나의 존재 가능성과 관련되고(나의 유의미성), 한편 나는 시계를 본 다음 컴퓨터를 두드린다. 컴퓨터도 사용되고 의미를 소유한다.(도구의 유의미성)

앞에서 우리는 세계가 그 안에서 사물과 만나게 하는 '저곳'이고 사물과 만날 때 나의 의미가 부여되는 '그곳'이라고 말한 바 있다. 세계시간 역시 이런 세계 개념과 관련된다. 나는 '저곳'에서 지금이 '네 시'라는 것을 알고(만나고) '글을 쓸 시간이 아직 많이 남았다.'는 걸 알고 '그곳'에서 나의 존재 가능성을 발견한다. 말하자면 나는 '저곳'에서 시간과 만나고 '그곳'에서 나를 발견한다.

끝으로 세계시간은 시간성의 탈자적 지평적 구성에 의해 세계와 동일한 초월을 소유한다. 시간성은 사물처럼 존재하는 게 아니라 '기대하면서 보존하는 현재', 쉽게 말하면 미래와 과거의 탈자적 통일 속의 현재화로 요약된다. 그런 점에서 시간성의 본질은 탈자성, 자성自性을 벗어나는 데 있고, 배려의 시간성인 '그때'는 기대로, '당시'는 보존으로, '지금'은 현재화로 드러난다. 한편 현재만 강조되는 시간, 이른바 망각의 시간 속에서 배려의 시간성은 변형된다. 그러나 배려의 시간성, 곧 기대, 보존, 현재화는 현재만 강조하는 시간의 지평으로 존재한다. 곧 보존의 지평은 '이전'이고, 기대의 지평은 '이후이고 지금(현재화)'의 지평은 '오늘'이다.

세계시간, 예컨대 '지금은 오후 네 시'라는 시점은 '――을 가지고 ――속에'(보존과 기대), 그러니까 지시연관성과 유의미성을 소유한다는 점에서 시간성의 탈자적 구성을 토대로 하고 동시에 지평적 구성, 곧 '이전'과 '이후'와 '오늘'을 소유한다. 따라서 '지금은 오후 네 시'라는 시간은 도구사물처럼 존재하는 게 아니라 사용사태에 의해 그런 사물성(시계라는 물질성)을 초월하고 '오늘 오후 네 시'는 '네 시 이전'의 행위를 보존하면서 '네 시 이후'의 행위를 기대한다는 점에서 자신을 초월한다.

세계시간이 보여주는 시점기록성, 유의미성, 지평성 혹은 길이, 신장성(이전-지금-이후)은 모두 시간성의 탈자적 지평적 구성에 근거한다. 시간성의 이런 특성이 은폐될 때 나는 시간을 단순히 관찰사물로만 보게 된다. 단순한 '지금 오후 네 시'라는 시점은 단순히 내가 바라보는, 나의 실존과 관계없는, 사물에 지나지 않는다. 이런 시간은 단순히 지나가고 다가오는 '지금의 연속'일 뿐이다. 하이데거는 이런 시간을 '통속적 시간'이라고 부른다. 통속적 시간은 우리가 일상적으로 이해하는 시간이고 '그때, 당시, 지금'이라는 배려의 시간성이 소멸한 시간이고 세계시간을 구성하는 시점기록성과 유의미성이 사라진 시간이다.

> 따라서 시간을 일상적으로 이해할 때 시간은 관찰사물(과학적 인식 대상)처럼 끊임없이 사라지며 동시에 다가오는 '지금의 연속'으로 나타난다. 시간은 계기繼起로, 지금들의 흐름으로, 시간의 경과로 이해된다.(하이데거, 영역, 위의 책, 474)

일상적 시간은 한 마디로 계기성을 본질로 한다. 과거, 현재, 미래는 나의 실존과 관계없이 계기적으로 흐르는 '현재의 연속'이고 '순수한 지금의 연속'이다. 순수한 지금은 지나가고, 이렇게 지나간 지금이 과거가 되고, 동시에 이런 지금은 다가오고 다가오는 지금이 미래를 만든다. 따라서 순수한 지금은 사라지며 동시에 다가오고 무수한 지금이 연속된다. 지금은 언제나 지금이고 그러므로 시간은 동질적이고 평면적이고 일차원적인 '지금의 연속'이다.

무수한 지금들이 흐를 뿐이다. 나는 언제나 지금의 시점에서 시간을 안다. 그런 점에서 어제가 있는 게 아니라 오늘의 어제, 오늘이 흘러가 어제가 있고, 내일이 있는 게 아니라 오늘의 내일, 다가오는 오늘이 있다. 언제나 오늘이 있을 뿐이다. 우리가 객관적 시간, 과학적 시간이라고 부르는 이런 통속적 시간에는 나의 실존이 없고 이른바 세계시간을 구성하는 시점기록성과 유의미성을 은폐한다. 다음은 하이데거의 말.

> 따라서 우리는 그것을 가지고 배려하는 시간을 세계시간이라고 불렀다. 시간을 일상적으로 해석할 때, 곧 '지금들의 연속'으로 해석할 때는 시점기록 가능성datability과 유의미성significance이 상실된다. 이 두 구조는 시간이 순수한 계기로 규정될 때는 앞에 나타날 수 없다. 시간의 일상적 해석은 이

들을 은폐한다. 이들이 은폐될 때 '지금'의 시점기록 가능성과 유의미성이 토대를 두는 시간성의 탈자적 지평적 구성은 수평화된다. '지금들'은 이런 관계에서 분리되어 단지 계속 연속되는 것으로 자신들을 배열할 뿐이다.(하이데거, 위의 책, 474)

통속적 시간은 세계시간이 보여주는 세계의 의미가 사라진 시간이다. 세계를 구성하는 것은 시점기록 가능성과 유의미성이다. 내가 '지금'이라는 시점을 기록하는 것은 언제나 '--을 하는 지금'을 동기로 한다. 따라서 시점기록이 가능한 지금은 언제나 무엇을 하기에 적당하거나 적당하지 않은 지금이고, 이런 적당성 여부는 이른바 유의미성에 의존한다. 예컨대 '지금은 글을 쓰기에 적당한 시간'이라면 이 적당성은 유의미성 (글쓰기에 의한 존재 가능)으로부터 의미를 부여받는다. 그러나 통속적 시간은 이런 시점기록 가능성과 유의미성을 모른다. 무수한 지금들은 이런 관계에서 분리되어 원자로 배열되는 지금들이다.

소광희 교수는 배려적 시간 해석과 통속적 시간 해석의 중요한 차이로 두 가지를 강조한다. 하나는 통속적 시간은 배려적 시간을 수평화한다는 것. 따라서 '지금'에는 배려적 시간이 보여주는 보존, 기대, 현재화의 지평이 없고 시간성의 탈자적 지평적 구조가 수평화되고 결국 시간은 전재적(관찰대상적) 병렬적 지금의 연속으로 나타난다. 다른 하나는 배려적 시간이 탈자적 지평을 소유함에 반해 통속적 시간은 과거와 미래를 향해 무한하다는 것. 지금들은 사라지며 과거를 형성하고, 지금들은 다가오며 미래를 형성한다. 그 지금들은 아무 차이 없이 병렬적으로 눈 앞에 전재적으로 있을 뿐이다. 그것은 중단도 없고, 처음도 끝도 없이 과거와 미래의 두 방향으로 무한하다. 지금 속에 또 지금이 있고 그 속에 또 지금이 있다. 시간에는 중단이 없어야 하기 때문이다. 제논의 운동 부정론은 이 지금의 무한 분할 가능에 근거한다.(소광희, 『존재와 시간 강의』, 문예출판사, 2004, 255-257)

5. 하이데거와 선禪

이상에서 나는 하이데거의 시간론을 나대로 읽으며 문제점을 간추렸다. 그의 시간론은 네 단계로 발전한다. 첫째 단계에서 그는 죽음을 선취하는 결단의 시간성을 강조한다. 그것은 '기재旣在하며 현전화하는 장래'로 이런 시간은 존재자(사물)처럼 존재하는 게 아니라 탈자적이고 스스로 익는, 이른바 시숙하는 시간성이다. 둘째 단계에서 그는 주로 『존재와 시간』 1편에서 일상적 현존재의 개시성을 시간적으로 해석한다. 셋째 단계에서 그는 시간론의 연장선상에서 현존재의 역사성과 역사학의 가능성을 검토한다. 넷째 단계에서 그는 배려적 시간의 시점기록 가능성과 유의미성, 공공적 시간과 세계시간, 통속적 시간의 발생에 대해 논한다. 전통적 시간, 일상적 시간은 퇴락의 시간이다. 이상 네 단계에서 현존재의 존재를 가능케 하는 시간은 선구적 결단의 시간성, 염려와 배려의 시간성, 시간성의 시간화 등이고 이 글에서는 현존재의 역사성과 역사학의 가능성은 생략했다.

그러나 하이데거는 이른바 사유의 전향을 보여주는 후기 사유에서는 시간에 대한 견해도 달라진다. 이때 그가 강조하는 것은 『존재와 시간』이 아니라 「시간과 존재」(1962년 강연. 1969년 출판)이고 이 논문이 후기 시간론을 대표한다. 전기 사유가 현존재가 은폐한 존재를 개시하는 양상, 그러니까 현존재에서 존재로 나가는 과정을 중시한다면 후기 사유는 존재에서 현존재 혹은 존재자들로 나가고 존재가 존재자와 공속하는 양상을 중시한다. 따라서 전기 사유에서 현존재가 시간을 통해 존재를 발견하고 존재와 시간이 동일시된다면 후기 사유에 오면 시간은 시간의 경과 속에 없는 것, 무가 되고 시간과 존재는 동일시되고 시간은 주어지는 것, 밝히면서 은폐하는 건네줌, 생기生起의 세계에 속하고 이런 사유가 선禪과 통한다. 시간에 대한 그의 후기 사유에 대해서는 별도로 다룰 예정이다.

나는 앞에서 하이데거의 시간론을 읽으며 선禪과 관련시켜 해석한 부분도 있고 문제점을 지적한 부분도 있다. 이 자리에서는 앞에서 말한 중요한 부분들을 요약하면서 그의 시간론이 보여주는 선적禪的 인식의 가능성과 한계를 지적하기로 한다.

첫째로 나는 현존재를 현(존재)로 표현하는 바 이때 괄호 속에 있는 존재는 현존재가 은폐하고 있는 존재를 뜻하고 따라서 현존재는 자신이 은폐한 존재를 열어 밝힐 때, 개시할 때 참된 존재가 된다. 그는 불안, 죽음을 존재 개시 가능성으로 해석하는 바 이때는 현(존재)가 현(불안), 현(죽음)의 구조가 된다. 따라서 시간 역시 존재 개시가능성과 관련되기 때문에 현(시간)의 구조가 된다. 현존재는 그가 은폐하는 시간성을 개시할 때 참된 존재가 된다. 한편 이런 구조를 선禪이 강조하는 은현隱現 동시 구조에 대입하면 (은)현 구조가 된다. 그러나 선에서 말하는 은현 동시 구조는 구조가 아니라 은과 현이 불이不二의 관계로 나타나는 공空의 세계, 그러니까 공과 색이 불이의 관계에 있다는 의미로서의 공을 뜻한다. 따라서 현(존재)와 은현동시 구조는 엄격하게 말하면 동일시될 수 없고 이런 구조는 하이데거의 후기 사유에 적용된다.

둘째로 하이데거는 배려의 시간성에 대해 말하면서 배려는 배려되는 것으로부터 도출되는 것도 아니고 그 역도 아니고 이른바 '배려하는 왕래'라는 용어를 사용하고, 이것은 예컨대 내가 성냥을 찾을 때 하나의 사물, 곧 성냥에만 머물지 않고 도구 전체성, 곧 다른 사물들과의 연결망 속에 있음을 뜻하고 따라서 도구는 언제나 다른 도구들과의 연결망 속에 존재한다. 이런 도구 인식은 세계 유기체설로 해석할 수 있고 화엄 철학이 강조하는 상즉相卽과 상입相入의 원리와 통한다.

셋째로 배려는 염려의 본질적 구성에 속하고 염려는 시간성에 근거한다. 배려의 시간성은 '――을 가지고 ――속에'라는 사용사태를 중심으로 보존하면서 기대하고 기대하면서 보존하는 현재화, 거칠게 말하면 과거(보존)와 미래(기대)의 탈자적 통일성의 시간이다. 이런 탈자적 성격은 화엄 철학이 강조하는 상즉과 상입의 원리와 유사하다. 그러나 하이데거는 시간의 무화, 시간성의 탈자성, 그러니까 시간이 본래 자성自性을 소유하고 이런 자성을 벗어난다는 주장이고 선禪에서는 시간에는 자성 자체가 없다는 공空 사상, 좀더 엄격하게 말하면 있으며 없다는 불이不二 사상을 강조한다. 자성과 탈자의 관계는 본질과 현상, 본체와 작용, 행위자와 행위의 대립적 관계가 아니라 불이의 관계로 선에 접근한다.

그런 점에서 하이데거가 말하는 시간성의 본질로서의 탈자성에 대한 김규영 교수의 비판은 하이데거의 선적 읽기에 도움을 준다. 그는 탈자脫自, 즉 자기-밖으로Ausser-sich라는 표현을 재고하면서 '자기-밖으로'의 탈자가 실은 '자기-안에서' 이루어진다고 주장한다. 근원적 시간성이 지니는 개시성開示性과 그 본성인 탈자성의 작용(用)은 본래적 시간성의 근원인 '근원적 시간성' 안에서 이루어진다. 따라서 문제는 탈자脫自하며 개시하는 작용(用)을 지닌 근원적 시간성의 체體이다. 요컨대 시간성의 본질인 개시성과 탈자성은 시간성의 체이며 동시에 용이라는 것. 따라서 체용불이體用不二로 해석할 필요가 있다는 것.(김규영, 「하이데거의 시간론의 한계」, 『시간론』, 서강대 출판부, 1979, 305)

하이데거의 시간론의 한계는 그의 선적 인식의 한계이고 이런 한계는 후기 사유에서 극복된다. 체용불이는 체와 용이 같은 것도 아니고 다른 것도 아니라는 것. 예컨대 소리와 메아리의 관계가 그렇고 바람과 풀의 관계가 그렇다. 바람은 형상이 없으나 힘이 있기 때문에 체體요 풀은 형상이 있으나 힘이 없기 때문에 용用이다. '소리가 부드럽기 때문에 메아리가 순하다'는 것은 체를 좇아 용을 일으키는 것이고 '바람이 불어 풀이 눕는다'는 것은 용을 거두어 체로 돌아가는 것.(혜심, 각운, 『선문염송-염송설화』, 김월운 옮김, 동국역경원, 2005, 137)

넷째로 염려는 현존재가 자신의 존재와 맺는 관계로 죽음에의 선구적 결단성과 관련되고 시간성에 의해 해명된다. 죽음에의 선구적 결단성은 시간적으로 미래를 지향하며 자신에게로 돌아오는 결단성이다. 죽음은 아직-아님의 세계이지만 내가 다가가 선취할 수 있는 아직-아님의 세계이다. 이렇게 죽음을 선취할 수 있는 것은 내가 이 세계에 던져져 있고(피투성) 이미 나를 앞질러 기투하는(기투성) 실존적 태도를 동기로 한다. 나는 있어온(기재) 존재이나 언제나 그런 나를 앞질러 죽음에 다가가고 다시 있어온 나로 돌아온다. 따라서 염려의 시간성은 다가가면서(기투성-미래) 자신에게로 돌아오면서 (피투성-과거) 자신의 현재를 발견한다. 거칠게 말하면 과거와 미래의 탈자적 통일성이 현재를 낳는다. 쉽게 말하면 과거(있어옴)과 미래(다가감)이 탈자적 상태에서 현재(마주함)를 만들고 이런 미래의 통일성이 이른바 시간성이다.

그런 점에서 시간성은 전통적인 시간 순서인 과거-현재-미래의 순서가 전도되고 거칠게 말하면 미래-과거-현재의 순서로 드러난다. 문제는 죽음에 다가가 죽음을 선취하고 돌아온다는 것. 김규영 교수는 '다가감'을 도래로 번역하면서 도래할 타인도 물건도 일도 없고 심지어 죽음도 없다고 비판한다. 선구적 결단성은 현존재의 존재 가능성이고 이 가능성이 실현되는 것은 현재의 '나의 현존재' 안에서 가능하기 때문에 모두가 나의 마음 안에서 이루어진다는 것. 도래하는 것은 죽음이 아니라 죽음을 앞당겨 생각하는 나 스스로이다. 물론 이때의 나는 나의 마음이기 때문에 쉽게 말하면 마음먹기 나름이라는 것.(김규영, 앞의 책, 285-287 참고)

김 교수는 직접 선禪에 대한 언급은 없지만 이런 주장은 일체유심조 一切有唯心造라는 선적 인식과 통한다. 도래를 다가감으로 번역해도 이런 비판은 설득력이 있다. 죽음에로 다가가는 내가 있고 다시 돌아오는 내가 있는 게 아니라, 그러니까 미래로 가서 다시 과거로 돌아오는 현재의 내가 있는 게 아니라 모두가 현재의 나, 나의 마음 속에서 일어날 뿐이다.

이런 비판은 '다가가면서 자신에게로 돌아온다'는 주장에도 해당한다.

김 교수에 의하면 되돌아옴(도래)은 '자기를-자기에게로-오게 함'이고 이때 후자는 이미 존재한 현존재, 기재해온 본래적 자기이고 따라서 선구적 결단성은 이미 존재한 그대로인 현존재의 기재旣在를 강조한다. 거칠게 말하면 미래적 존재가 과거로 존재한다. 따라서 도래는 기재해온 자기 자신으로 복귀한다. 현존재의 존재 개시, 현재화 역시 이해하는 나의 현존재가 이미 기재하기 때문에 가능하다. 현재화, 존재 개시 역시 나의 마음의 문제라는 것. 결단은 내 마음의 결단이다. 그러므로 내 마음의 주체 측에서 말하면 '도래와 기재가 현재화하는 현재'는 통속적인 미래, 과거, 현재로 따로 분별된 시간들이 아니라 '내 마음'이라는 한 주체에 내속內屬하는 시간성이고 도래, 기재, 현재화하는 현재가 하나가 될 수 있는 것은 선구적 결단에 의하고 결단의 주체는 나 자신이기 때문에 내 마음에 의거해서 결단할 수밖에 없다.(김규영. 위의 책, 290-293 참고)

6. 마음과 시간

그러므로 염려의 시간성은 마음의 시간성이다. 따라서 김 교수가 하이데거의『존재와 시간』은 '시간의 체體와 용用'을 논한 것이고 달리 말하면 '마음의 체體와 용用'을 자기 나름대로 해석한 것으로 주장한 것은 설득력이 있다. '염념상속念念相續'에서 염念은 금심今心 곧 지금의 마음, 이제-마음이고 이제를 아는 이제-마음이 없다면 이제를 알 수 없기 때문에 마음은 이제의 체體요 이제는 마음의 용用이다. 쉽게 말하면 마음이 체體이고 시간은 마음의 용用이다 그러나 하이데거는 존재란 용어와 그 의미에 집착한다. 김 교수의 글은 하이데거가 동양에 태어났더라면 참선을 했을 것이라는 말로 끝난다.(김규영, 위의 책, 308)

이런 말은 암시하는 게 많다. 과연 그가 참선을 했을 지는 모르겠지만 이런 판단은 최소한 그의 사유가 선과 통한다는 것을 암시하고 따라서 전기의 사유 역시 선의 문맥에서 검토할 필요가 있다. 체와 용의 문제는 시간성의 본질인 개시성과 탈자성을 해석하면서도 주장된 바 있다.

　다시 생각하자. 마음의 시간성이란 과연 무엇인가? 김 교수는 주체의 마음을 강조하지만 주체의 마음은 무엇이고 그런 마음이 일으키는 시간은 무엇인가? 『금강경─일체동관분一體同觀分』에는 다음과 같은 부처님 설법이 나온다.

> 　부처님께서 수보리에게 말씀하셨다. 그렇게 많은 국토에 있는 모든 중생의 마음을 여래는 다 알고 있다. 왜냐하면 여래는 모든 마음은 마음이 아니고 이름이 마음이기 때문이다. 왜냐하면 수보리야 과거의 마음도 얻을 수 없고 현재의 마음도 얻을 수 없고 미래의 마음도 얻을 수 없기 때문이다.
> 　佛告須菩提 爾所國土中所有衆生 若干種心 如來悉知 何以故 如來說諸心 皆爲非心 是名爲心 所以者何 須菩提 過去心不可得 現在心不可得 未來心不可得

　부처가 모든 중생의 마음을 아는 것은 마음은 마음이 아니고 이름이기 때문이다. 마음이 있는 것이 아니라 마음이라는 이름, 언어가 있을 뿐이고 언어는 헛된 것이기 때문에 마음이라는 언어에 집착해선 안된다는 것. 이런 말은 노자의 『도덕경』에 나오는 도가도道可道 비상도非常道 명가명名可名 비상명非常名과 비슷한 의미로 읽힌다. 도는 도라고 할 수 있지만 본연의 도가 아니고 이름지어 부를 수 있지만 참다운 실재의 이름이 아니다. 마음을 안다고 하지만 그 마음은 본연의 마음이 아니고 이름지어 마음이라고 부를 수 있지만 참된 실재의 미음이 아니다. 왜냐하면 마음은 얻을 수 없기 때문이다. 과거의 마음은 사라졌기 때문에, 미래의 마음은 아직 오지 않았기 때문에 없고 이렇게 과거의 마음과 미래의 마음이 없기 때문에 현재의 마음도 없다. 그런가 하면 나가라주나(용수)의 『중론中論─관거래품觀去來品』에는 다음과 같은 말이 나온다.

이미 가버린 것에는 가는 것이 없다. 아직 가지 않은 것에도 역시 가는 것이 없다. 이미 가버린 것과 아직 가지 않은 것을 떠나서 지금 가고 있는 중인 것에도 가는 것은 없다. 已去無有去 未去亦無去 離已去未去 去時亦無去 (용수보살, 『中論』, 청목 석, 구마라즙 한역, 김성철 역주, 경서원, 1996, 52)

이미 가버린 것은 가버렸기 때문에 가는 것이 없고, 아직 가지 않은 것에도 가는 것이 없다. 전자는 과거, 후자는 미래에 해당한다. 지금 가고 있는 것은 반은 과거, 반은 미래에 속하기 때문에, 과거가 없고 미래가 없다면 현재 가고 있는 것 역시 없다. 요컨대 과거, 미래, 현재의 분별은 허망하고 시작과 끝이 있는 것도 아니다. 왜냐하면 이미 가버린 것에는 출발이 없고 아직 오지않은 것에도 출발이 없기 때문에 지금 가고 있는 중인 것에도 출발이 없다. 출발이 없기 때문에 끝도 없다. 요컨대 나가라주나는 과거, 미래, 현재의 분별을 비판하고 특히 그것은 가는 자(去者)와 가는 작용(去法)의 관계가 같은 것도 아니고 다른 것도 아니라는 중도, 불이 사상을 토대로 한다.

간다는 것(시간)은 가는 자와 가는 작용으로 구성된다. 그렇다면 가는 자와 가는 작용의 관계는 어떤가? 앞에서 말한 행위자와 행위의 관계가 그렇듯이 가는 자와 가는 작용의 관계 역시 같은 것도 아니고 다른 것도 아니다. 만일 가는 자가 간다면(동일) 가는 자는 두 번 가기 때문에 모순이고 한편 가지 않는 자가 간다면(차이) 가지 않는 자가 가기 때문에 모순이다. 그러므로 가는 작용에 의해 가는 자가 있고 가는 자에 의해 가는 작용이 있다. 만일 가는 자가 미리 존재한다면 그는 가는 작용 없이 가기 때문에 가는 작용 세가지(과거, 미래, 현재)를 행할 수 없고 한편 가는 자가 미리 존재하지는 않는다면 이때는 가는 작용이 없으므로 그는 가는 작용 세가지를 행할 수 없다. 가는 작용 역시 같다.

그러므로 '가는 자'와 '가는 작용'과 '가는 곳'은 서로 의존한다. 가는 자로 인하여 가는 작용이 있고, 가는 작용으로 인하여 가는 자가 있고,

이 두 법(가는 자와 가는 작용)이 있어야 가는 곳이 있게 된다. 따라서 가는 곳이 미리 존재하거나 존재하지 않는다고 말할 수 없다. 결국 가는 자, 가는 작용, 가는 곳 세가지 법은 허망하고 공空하여 거짓 이름일 뿐이다. (용수, 앞의 책, 76-77)

요컨대 선禪이 강조하는 것은 과거, 미래, 현재는 허망한 이름일 뿐이고 그런 시간은 존재하지 않는다. 아니 이런 시간은 현상(법)에 지나지 않는다. 따라서 시간이 마음이고 마음이 시간이라는 주장도 비판된다. 모든 법의 실상은 공空이기 때문에 마음도 존재하지 않는다. 물론 이때의 마음은 분별하는 마음을 뜻한다. 그러나 선이 강조하는 것은 분별 이전의 마음, 일심一心이고 이런 마음이 불성이다. 모든 법이 공이기 때문에 법은 흐르면서 흐르지 않는다. 구마라즙의 제자 승조僧肇는 『조론肇論』에서 다음처럼 말한다.

중생에겐 생사가 교대로 바뀌고, 대지에는 추위와 더위가 번갈아 천류하며, 사물은 움직이며 유전한다고 말함은 일반 사람들의 일상적인 감정이다. 그러나 나는 그렇지 않다고 말한다. 왜냐하면 '방광반야경'에 이르기를 제법에는 현재가 과거로 흘러가거나 과거가 현재로 흘러옴도 없으며, 시간의 흐름을 따라 움직이며 전변하는 것도 없다고 했기 때문이다.
夫生死交謝 寒署迭遷 有物流動 人之常情 余則謂之不然 何者 放光云 法無去來 無動轉者 (승조, 『조론』, 감산덕천 주, 송찬우 옮김, 경서원, 2009, 40-42)

중생에겐 생과 사가 교대로 바뀌고 대지에는 추위와 더위가 번갈아 바뀌고 사물은 움직이고 흐른다는 것은 인지상정이다. 곧 일반 사람들은 만물이 유전하고 바뀌며 흐른다고 생각한다. 그러나 승조는 『방광반야경放光般若經』에 나오는 '모든 법(현상)에는 가고 옴이 없고 시간을 따라 움직이며 변하는 것도 없다'는 말로 이런 견해를 비판한다. 현재가 과거로 흘러감도 없고 과거가 현재로 흘러옴도 없고, 시간을 따라 움직이고 변하는 것도 없다. 요컨대 모든 법은 움직이지 않기 때문에 그렇다는 것. 왜 움직이지 않는가?

나는 이 글을 쓰며 손을 움직이고 청 너머 아파트 옥상에는 구름이 떠 흐르고 아스팔트엔 차가 달리고 매미가 운다. 그러나 승조는 움직이지 않는다고 말한다. 이른바 물불천론物不遷論. 앞에서 분별이 없는 마음을 일심一心이라 하였거니와 이런 마음은 이른바 육진六塵의 경계(차별적 모습)을 여읜 경지이고 따라서 본래 아무 것도 없는 본무本無의 세계, 실체가 없는 세계이다.

승조는 『조론』 서장에서 다음처럼 말한다. 本無 實相 法性 性空 緣會 一義耳. 모든 법(현상)은 본무(일심)가 인연의 화합(緣會)으로 나타난 것으로 본래 실체가 없고 이것이 모든 법의 실제 모습(實相)이다. 모든 법은 인연의 화합이기 때문에 공空이고 공이 모든 법의 본성이다.(法性) 한편 모든 법의 성품이 공이기 때문에 모든 법의 본성은 공이다.(性空) 그러므로 본무, 실상, 법성, 성공 등은 인연의 화합에 지나지 않는다. 일심, 본무 자체는 나옴이 없고 인연의 화합으로 나왔기 때문에 본무도 인연의 화합에 속한다. 결국 모두가 일심의 진여라는 하나의 의미(一義)일 뿐이다.(승조, 앞의 책, 21-23)

요컨대 승조가 강조하는 것은 과거, 현재, 미래는 서로 넘나들 수 없고, 따라서 시간은 흐르지 않고, 시간이라는 흐름도 인연의 화합이기 때문에 공이란 것. 물론 공은 무가 아니라 자성自性이 없다는 것. 그러므로 '움직이면서 흐름이 없다'는 말을 생각할 필요가 있다. 현상이 공이고 공이 현상이다. 시간도 그렇다. 우리가 분별하는 시간은 현상에 지나지 않고 현상은 인연, 공일 뿐이다. 그러므로 『금강경』은 '일시一時에 부처님은 사위국 기수급고독원에서 큰스님들 1250명과 자리를 함께 하셨다'는 수보리의 말로 시작된다. 몇 년 몇 월 며칠이 아니라 그저 '일시', 그러니까 '어느 때'를 강조하고 이런 표현은 불교의 시간관에 대해 암시하는 것이 많지만 여기서는 생략한다.

7. 세계시간과 현재

하이데거에 의하면 자연의 시간을 시점화한 것이 공공적 시간이고 공공적 시간을 정밀하게 다듬은 것이 시계시간이고 이런 시점화를 공공적인 것으로 만든 것이 세계시간이다. 그런 점에서 세계시간은 시점 기록 가능성과 유의미성을 소유한다. 우리가 세계 속에서 사물들과 만날 수 있는 것은 세계시간 때문이다. 세계시간은 시간성의 탈자성에 의해 현존재의 존재 개시 가능성, 초월을 소유한다. 그가 말하는 시간성의 탈자성는 거칠게 말하면 과거, 미래가 자성을 벗어나면서 현재를 낳는 것. 탈자성의 문제는 앞에서 밝힌 바 있고 문제는 비록 탈자라고 하지만 그는 과거, 현재, 미래의 상호의존성을 강조한다. 그가 말하는 세계시간은 다시 말하면 현존재가 미래(죽음)로 다가가 미래를 선취해서 다시 그가 있어온 상태(과거)로 회귀하는 현재이다. 그러나 이런 시간관은 과거, 현재, 미래가 상호의존의 관계에 있다는 것을 암시한다.

불교의 시간관은 다양하지만 이 글에서 내가 강조하는 것은 시간에 대한 선적禪的 인식이고 따라서 중론과 화엄 사상의 시각을 강조한다. 불교의 시간관에 대해서는 소광희 교수가 자세히 요약하고 해명한 바 있다.(소광희, 「불교의 시간관」, 『시간의 철학적 성찰』, 문예출판사, 2001, 642-668) 이 글에는 중론과 화엄 사상에 나타나는 시간에 대한 언급이 있고, 나는 이 글을 참고하면서 하이데거 시간 사유의 한계와 선적 인식의 문제를 간단히 살피기로 한다.

소 교수도 인용하듯이 나가라주나(용수)의 『중론中論-관시품觀時品』은 시간은 마땅히 존재해야 한다는 질문에 대한 나가라주나의 비판으로 시작된다. 시간이 마땅히 존재해야 하는 것은 과거, 현재, 미래가 서로 의존하기 때문이다. 과거가 있음으로 인하여 현재와 미래가 있고, 현재가 있음으로 인하여 과거와 미래가 있고, 미래가 있음으로 인하여 현재와 과거가 있다. 그러므로 시간은 과거, 현재, 미래의 상호의존 관계로 존재한다. 그러나 이런 주장에 대한 나가라주나의 비판은 다음과 같다.

만일 과거로 인하여 현재와 미래가 존재한다면 현재와 미래는 응당 과거 속에 있어야 한다. 만일 과거 속에 현재와 미래가 있다면 과거, 현재, 미래는 모두 과거가 되어야 한다. 그렇다면 현재와 미래는 존재하지 않게 된다. 또한 현재와 미래가 없다면 과거 역시 존재하지 않게 되고, 그렇다면 현재와 미래는 과거를 인하여 존재할 수 없게 된다. 한편 과거를 인하지 않는다면 현재와 미래도 없다. 왜냐하면 과거를 원인으로 하지 않는 현재는 존재할 수 없기 때문이다. 이런 사정은 현재가 있음으로 과거와 미래가 있고, 미래가 있음으로 현재와 과거가 있다는 주장에도 해당된다.

요컨대 용수가 주장하는 것은 과거, 현재, 미래가 자율적으로 상호의존의 관계에 있는 것이 아니라 서로 같으며 다른 관계, 같음(一)으로 인하여 다름(異)이 존재하고 다름으로 인하여 같음이 존재한다는 불이不二, 중도中道 사상이다. 인因을 강조하면 과거, 현재, 미래는 동시에 같고 (一), 인因을 빼면 과거, 현재, 미래는 각각 다른 세계(異)가 된다. 그러므로 시간은 부정된다.(나가라주나, 앞의 책, 319~323)

하이데거가 말하는 시간성은 비록 탈자성을 강조하지만 과거, 현재, 미래를 각각 고유한 것으로 인식하고, 이런 상태로 과거가 미래로 다가가 다시 과거로 회귀하는 현재이다. 그러나 과거는 과거이며 과거가 아니고 미래도 미래이며 미래가 아니고 현재도 그렇다는 점에서 하이데거의 시간성은 선적 인식에 접근한다. 한편 용수가 말하는 불이, 중도는 인연, 곧 공空을 중시하고 따라서 현상으로 드러나는 시간은 어떤 시간이든 법공法空의 세계이다. 그러므로 시간은 존재하고 흘러가지만 승조僧肇 식으로 말하면 존재하지 않고 흘러가지 않는다.

따라서 세계시간을 구성하는 시점 기록가능성, 유의미성은 비판된다. 해, 달, 날, 찰라 등의 차별이 있기 때문에 시간이 존재한다는 말에 대해 용수는 다음처럼 말한다. '시간이 머무르는 것은 얻을 수 없고 시간이 흘러가는 것도 얻을 수 없다. 시간을 얻을 수 없기 때문에 시간의 상相에 대해서도 말할 수 없다.' 시간이 머무는 것을 얻을 수 없다는 말은 시간은 흘러가기 때문에 얻을 수 없다는 것. 따라서 시간을 얻을 수 없기 때문에 시간의 상, 곧 시점에 대해 말할 수 없다는 것. 그러므로 용수는 말한다. '시간의 상이 존재하지 않는다면 시간은 존재하지 않는다. 시간은 사물을 인하여 존재하지만 사물이 존재하지 않기 때문에 시간도 존재하지 않는다.' 사물이 존재하지 않는다는 말은 사물이 자성, 실체로 존재하지 않고 사물의 실상이 空이라는 것. 곧 일심一心이 인연의 화합으로 있다는 것. 그런 점에서 세계시간을 구성하는 시점 기록가능성은 불가능성이고 유의미성은 무의미성이 된다.

하이데거가 말하는 통속적 시간은 세계시간의 탈자성이 은폐되고 시간은 '지금의 연속'으로 인식된다. 이런 시간은 계기성, 지금들의 흐름, 시간의 경과를 강조한다. 과거, 현재, 미래는 흐르지만 모두가 지금들의 흐름이고 따라서 지금의 연속일 뿐이다. 그러나 앞에서 말했듯이 선이 강조하는 것은 과거, 현재, 미래의 계기성 비판이고 지금, 곧 현재의 자율성 비판이다. 시간은 과거→현재→미래로 흘러가는 것이 아니다. 왜냐하면 그런 시간의 상相이 없기 때문이고 지금, 현재가 과거, 미래 속에 있다는 것은 모순이기 때문이다.

8. 현재는 없는가

그렇다면 과연 현재는 없는 것인가? 화엄 사상이 강조하는 것은 상즉相卽 상입相入의 원리이다. 나는 배려의 시간성에 대해 말하면서 그 탈자적 성격이 화엄 사상이 강조하는 상즉, 상입의 원리와 유사하다고 말한 바 있지만 그건 어디까지나 유사할 뿐이고 이 자리에서 다시 검토하기로 한다. 츠앙의 견해에 의하면 상즉相卽은 『반야심경』에서 말하는 색즉시공色卽是空 공즉시색空卽是色과 거의 같은 개념이지만 상입相入은 모든 사물이 독자적인 존재를 갖지 않고 그 실체와 작용에 있어 서로 의존한다는 연기緣起의 원리에 상응하는 것으로 상입의 원리가 상즉의 원리보다 한 걸음 더 나간 것으로 평가된다.(까르마, C. C. 츠앙, 『화엄철학』, 이찬수 옮김, 경서원, 2004, 219)

그러나 소광희 교수는 법장法藏의 「십현연기론十玄緣起論」을 중심으로 다음처럼 말한다. 상즉은 자기 존재의 확립을 통해 타자의 존재를 성립시키는 관계이고, 상입은 개체가 전체에 함입되고 거꾸로 전체가 개체에 함입되는 일즉다一卽多, 다즉일多卽一의 관계이고 일중다一中多 다중일多中一의 관계이다. 상입이 체體의 유무에 주목한다면 상즉은 용用의 유무를 중심으로 한다. 예컨대 남녀 관계에서 남자가 남자로서 자기를 견지할 때 여자가 여자로서 성립하는 것이 상즉에 해당하고, 상입은 특수성(異體, 개체)과 보편성(同體, 전체)의 관계를 전제로 먼저 개체의 경우 개체가 유이면 전체가 공이고 전체가 유이면 개체가 공이다. 따라서 개체는 유이며 동시에 공이다. 전체의 경우도 개체들이 집결되지 않으면 전체는 공이고 따라서 유가 될 수 없다. 물론 여기서 말하는 공은 무無와 유사한 개념이다. 핵심은 개체만 있으면 전체가 없고, 전체만 있으면 개체가 없다는 것.

예컨대 연필, 책, 노트 등 개체들과 가방의 관계를 생각할 수 있다. 연필, 책, 노트가 개체로만 있으면 전체가 없다. 그러나 연필, 책, 노트 등 개체들은 가방에 들어 있을 때 개체이며 전체이고 가방 역시 전체이며 개체가 된다. 요컨대 가방 속에 있는 연필, 책, 노트는 개체(一)이며 동시에 전체(多)이다. 개체가 공이 된다는 것은 이런 의미이고 그것은 중론이 강조하는 중도, 불이不二의 관계와 유사하다. 이것이 일즉다 다즉일, 일중다 다중일의 관계이다.

당나라 마조馬祖 선사 공안에 다음과 같은 것이 있다. 어느 날 방龐 거사가 마조 선사를 찾아가 묻는다. "만법과 더불어 짝하지 않는 존재는 무엇입니까?" 마조 선사가 대답한다. "한 입에 서강 물을 다 마신다. 일구흡진서강수—口吸盡西江水" 이 말을 듣고 방 거사는 크게 깨닫는다. 무엇을 깨달은 것인가? 서강은 양자강. 어떻게 한 입에 양자강을 다 마실 수 있는가? 이 공안이 강조하는 것은 '화엄경'에 나오는 '하나가 곧 모든 것이고 모든 것이 곧 하나다. 일즉다 다즉일' 혹은 '일체가 오직 마음이 만든다. 일체유심조'를 암시한다. 한 입에 마시는 서강 물은 한 입의 물(一)이고 동시에 서강 전체의 물(多)이기 때문이고, 한 입과 전체는 마음이 만든 분별이기 때문이다.

법장의 「십현연기론」 중 '동시구족상응문同時具足相應門'에서 강조하는 것은 전후, 시종始終, 차등 없이 일대 연기를 이루어 무한한 공간과 끝없는 시간이 한 점에 동시에 응집해서 서로 상응하는 세계이다. 다라서 이런 현재는 존재자 전체가 연기에 의해 동시에 드러나는 현재, 삼라만상이 현재 한 점에 동시에 현전하는 그런 현재이다. 한편 '십세격법이성문十世隔法異成門'이 강조하는 것은 시간의 상즉상입의 원리이다. 과거, 현재, 미래가 삼세이고 과거, 현재, 미래가 각각 세계三世를 소유하기 때문에 구세九世가 되고 구세는 일념—念인 현재에 수섭收攝되어 십세十世가 된다. 십세격법이란 십세의 법계가 서로 떨어져 있다는 뜻이고, 이성異成은 십세가 따로 따로 성립한다는 뜻.

삼세가 각각 삼세를 갖는다는 말은 과거, 현재, 미래의 상호의존설을 발전시킨 것으로 생각된다. 상호의존설에서는 과거, 현재, 미래가 서로 의존하며 존재하지만 구세는 각각의 시간이 다시 과거, 현재, 미래를 소유하기 때문이다. 이유는 무엇인가? 법장에 의하면 현재는 과거에 현재로 있던 것이고 그것이 변한 것이 현재이다. 과거와 현재는 상즉상입한다. 미래의 경우도 같다. 따라서 과거, 현재, 미래는 흐르는 게 아니라 상즉상입한다. 그리고 구세는 현재(일념)에 수섭되고 이런 현재가 구세를 총괄한다. 그러므로 일념이 무량겁이고 순간이 영원이다. 일즉다 다즉일의 시간. 일념만년—念萬年이란 말이 있다. 지극히 짧은 순간에 일어나는 마음에 만년이라는 긴 시간을 섭입攝入하여 무애無礙하다는 것. 일념은 본래 처음도 끝도 없는 것이므로 일념이 무량겁, 만년이고 만년이 곧 일념이다.

그러나 이런 십세가 격법이성한다는 것은 구세가 연속되어 흐르지 않고 따로 따로 성립하고 이런 시간들이 일념 속에 수섭된다는 것. 그런 점에서 구세는 자성, 실체가 없고 그렇기 때문에 격법으로 이성한다. 그러나 이런 구세는 일념에 수섭된다. 그러므로 일념(一)에는 중중무진의 인과(多)가 얽혀 있다. 이른바 일즉다一卽多의 세계. 한편 구세에 연속성이 없으므로 있는 것은 현재 뿐이다. 그러나 이 현재는 격법이성하는 구세(다)가 동시에 수섭되는 현재(일). 곧 다즉일多卽一의 세계. 구세를 수섭하는 영원한 현재가 일념이다.

결국 화엄 사상이 강조하는 시간은 현재이고 그 현재는 동일성을 가지고 흘러가는 현재가 아니라 영원한 현재. 이사무애 사사무애로 일시 현성하는 현재. 부동의 동. 모든 것이 원만하게 이루어진 현재에 자족하는 그런 시간이다. 이런 시간이 탈시간이고 선의 시간이다.(이상 화엄 사상의 시간론은 소광희, 앞의 책, 659–665 참고)

하이데거가 통속적 시간에서 강조하는 것 역시 현재다. 시간은 순수한 지금의 연속이고 무수한 지금들이 흐를 뿐이다. 물론 그는 이런 시간을 비판하는 입장에 있지만 그가 말하는 현재와 화엄 사상이 강조하는 현재의 차이를 간단히 살피기로 한다. 통속적 시간은 현재만 강조하고, 그것도 순수한 현재이고 시간은 순수한 현재의 연속이다. 따라서 지나간 지금이 과거이고 다가올 지금이 미래이다. 현재가 과거, 미래를 지배한다는 점에서 화엄사상과 유사하나 화엄사상은 이 현재가 구세를 수섭하고 거꾸로 구세는 현재에 수섭되는 상즉 상입의 세계이고 이 현재는 일념으로 만년을 수섭한다. 따라서 통속적 시간이 강조하는 순수한 현재는 부정된다. 시간은 현재의 연속, 순수한 지금의 흐름이 아니라 순간이 영원인 그런 시간이다.

세계시간이 강조하는 것은 과거, 미래의 탈자성이 낳는 현재이다. 그러나 화엄 사상이 강조하는 것은 과거, 미래의 탈자성이 이니라 과거 속에 다시 삼세가 있고, 현재 속에 삼세가 있고, 미래 속에 삼세가 있다는 구세와 이런 구세가 일념인 현재에 수섭된다. 또한 '동시구족상응론'에서는 시작도 끝도 없고 차등도 없는 무한한 공간과 시간이 한 점에 동시에 차등 없이 응집해서 서로 상응하는 순간이 강조된다. 이런 순간은 물론 세계시간이 강조하는 현재화와 다르다.

시간에 대한 불교적 인식은 삼세가 실재한다는 '구사론俱舍論'에서 출발하여 항시 현재가 있다는 '유식론唯識論'을 거쳐 이를 부정하는 '중론中論'이 나온다. '화엄종華嚴宗'은 유식론의 항시 현재론을 수용해서 유일 현재론을 주장하고 중론의 시간 부정론을 수용하면서 원만 현재론을 주장한다. 그것은 시간의 본질을 벗어난 무시간, 초시간, 영원이라고 할 수 있다.(소광희, 위의 책, 664–665 참고)

06
전향

1. 전기 사유와 후기 사유

일반적으로 하이데거의 사유는 전기와 후기로 양분된다. 그러나 이런 양분은 단순한 시대적 양분이 아니라 후기의 사유가 전기와는 전혀 다른 방향으로 나간다는 점에서 이른바 사유의 전향을 보여준다. 전향은 말 그대로 방향을 바꾸는 것. 전기 사유는 『존재와 시간』(1927)에서 알 수 있듯이 세계-내-존재로서의 현존재가 존재를 찾아가는 과정이다. 현존재는 자신이 은폐한 존재를 개시할 수 있는 존재자이다. 그러나 논문 「진리의 본질에 관하여」(1930), 「휴머니즘 서간」(1930), 「시간과 존재」, 「철학의 종말과 사유의 관계」 등에서 하이데거는 전기와는 다른 사유를 전개한다. 전기의 사유가 현존재에서 존재로 나가는 방향이라면 후기의 사유는 거꾸로 존재에서 존재자로 나가는 방향이고 마침내 존재와 존재자의 공속共屬이 강조된다. 따라서 후기 사유는 전기 사유로부터의 도약이고 전환이고 전향이다.

그러나 후기 사유는 관점에 따라 「휴머니즘 서간」과 이 논문을 발표하고 10여년 지나 발표한 「시간과 존재」의 주장이 다르다는 점에서 3기로 나누는 경우도 있다. 곧 1기는 『존재와 시간』을 중심으로 하는 시기, 2

기는 「휴머니즘 서간」을 중심으로 하는 시기, 3기는 「시간과 존재」 이후로 보는 시기이다. 1기는 현존재가 존재를 개시하는 방향이고, 2기는 거꾸로 존재에서 존재자로 나가는 방향, 곧 존재자의 근거로서 존재의 개시성 해명을 강조하고, 3기는 존재와 존재자의 상호 공속, 이른바 생기 Ereignis를 강조한다. 이 글에서는 크게 전기/ 후기로 나누며 필요에 따라 3기로 나눌 때도 있다.

전기 사유가 현존재의 실존적 존재론적 분석에 의해 현존재가 은폐한 존재를 개시한다면 후기 사유를 지배하는 것은 존재 자체이고 따라서 존재로부터 존재자로 나가는 사유가 전개된다. 후기에는 현존재라는 용어 대신 인간이 사용되면서 존재와 존재자의 관계가 새롭게 성찰된다. 이때 인간은 존재자에 포함된다. 전기 사유의 경우 현존재는 존재를 은폐하고 후기 사유의 경우 이 존재는 이미 있는(?) 존재가 되고 이런 존재는 은폐되면서 개시되는 존재, 이른바 '숲 속의 빈터'와 같은 이미지로 비유된다. 따라서 전기의 현(존재)의 구조는 후기에 오면 현−존재의 구조로 드러난다.

전기 사유가 강조하는 것은 현존재 속에 은폐된 진리의 개시이고 후기 사유가 강조하는 것은 현−존재, 곧 존재가 개시되면서 동시에 은폐된 양상이고 3기에 오면 현존재, 혹은 존재자와 존재의 공속共屬이다. 나는 이런 공속을 존재−자로 표현하며, 이때 세계 속에 존재하는 모든 존재자, 곧 도구사물, 관찰사물, 타인, 인간 역시 존재−자의 구조가 된다. 내가 이런 공속을 존재−자로 표현하는 것은 이런 표현, 혹은 구조가 전기 사유를 지배하던 존재자와 다른 특성을 지니기 때문이다. 존재자는 세계 속에 존재하는 것을 말한다. 그러나 존재−자는 존재와 존재자의 공속을 암시한다. 크게 보면 현−존재 역시 존재−자의 범주에 든다.

나는 하이데거의 사유를 선禪과 관련시키면서 대정 스님의 선어 은현동시隱現同時 여시묘각如是妙覺을 구조적 모델로 설정한 바 있다. 전기 사유에서 현존재가 자신이 은폐한 존재를 드러내는 구조, 곧 (은)현의 구조를 강조한다면 후기 사유의 경우엔 존재가 존재자, 혹은 현존재를 드러낸다. 말하자면 현존재가 숨긴 존재가 드러나는 게 아니라 존재가 존재자를 드러내며 숨는 구조, 곧 은-현의 구조이고 이런 구조는 은현동시의 세계를 암시한다. 그러나 같은 은-현의 구조이나 2기와 3기는 차이가 있고, 이 글에서는 2기를 중심으로 한다.

문제는 하이데거의 사유가 후기에 이렇게 전향한 이유이다. 존재자들은 존재한다. 이 세계에는 나무가 있고 책상이 있고 내가 있고 당신이 있다. 그러므로 이렇게 있는 것, 존재하는 것의 공통분모, 곧 근본은 '있음'이고 '존재'이다. 모든 존재자들 속에 들어 있는 것은 '있음'이고 '존재'이다. 나무, 책상, 나, 당신 속엔 존재가 들어 있다. 모두 '있음', '존재'를 공유한다는 점에서 모든 존재자는 동일하다. 따라서 '나는 있다'가 아니라 '(나는) 있다'는 표현이 적당하다는 생각이다. 전자는 주어가 중심이고 주어가 주체가 되어 서술어를 결정한다. 예컨대 '나는 밥을 먹는다'의 경우 주어(나)는 밥을 지배하고 밥을 나의 것으로 종속시키고 동화한다. 그런 점에서 주어/ 서술어, 주어/ 목적어/ 서술어의 관계는 주체 중심사상을 암시한다.

그러나 '(나는) 있다'는 표현의 경우 주어는 은폐되고 따라서 주체가되지 못한다. 내가 주체가 되어 이 세계에 존재하는 게 아니라 '있음', '존재'를 기본으로 하여 내가 있고, 존재한다는 것을 뜻한다. 나와 존재(있음)의 관계는 내가 존재를 지배하는 관계가 아니고 그렇다고 내가 존재에 지배되는 관계도 아니다. 앞에서 행위자와 행위의 관계에 대한 나가라주나의 중론中論을 언급하며 밝혔듯이 나와 존재의 관계 역시 중도中道, 불이不二의 관계에 있다. '나'는 인연의 산물이기 때문에 나라는 실체나 자성自性이 없고, 따라서 나는 공空이고 이런 공은 색즉시공 공즉시색으로서의 공인 세계이다. (좀더 자세한 것은 나가라주나-용수, 『중론』, 청목 석, 구마라즙 한역, 김성철 역주, 경서원, 1996, 「제15 觀有無品」 참고 바람)

따라서 '나는 밥을 먹는다.'의 경우도 '(나)는 ( )을 먹는다.'로 표현해야 하리라. 왜냐하면 나는 밥을 먹고 빵을 먹고 국수를 먹지만 이런 개별적 행위들은 '먹는다'는 행위를 기본 요소로 하고 이런 행위가 누가, 무엇을 먹느냐는 것보다 근본이 되기 때문이다. 그러므로 선禪에서는 무엇을 먹느냐는 문제는 중요치 않고 그저 먹는 행위가 있을 뿐이고 나아가 먹는 주체 역시 중요치 않다. 밥, 빵, 국수를 구별하지 않고 그저 먹는 행위가 중요하다. 대상을 분별하는 것은 '나'에 대한 집착이고 상相에 대한 집착이기 때문이다.

하이데거가 후기에 관심을 두는 것은 '도대체 이 세계엔 왜 존재만 있고 무는 없는가?'이고 이런 질문이 근거의 본질, 진리의 본질, 인간의 본질에 대한 질문으로 발전한다. 이 세계엔 존재자, 곧 존재하는 것들만 존재하고 존재하지 않는 것은 존재하지 않는다. 물론 이런 유무의 문제는 뒤에 가서 다시 살필 예정이다. 이제까지 내가 이상한 문장 형식으로 강조하는 것은 모든 존재자의 근거는 존재라는 것, 그리고 이런 해석이 선과 통한다는 것. 따라서 하이데거의 존재 사유 역시 이런 방향에서 해명될 수 있다. 요컨대 그의 사유 전환은 이런 문맥, 곧 존재자들 속엔 존재가 있다는 사유, 존재가 존재자들을 노정한다는 사유를 전제로 하고 이런 사유 전향이 선적禪的 사유와 통한다. 고형곤 교수는 하이데거의 사유 전향에 대해 다음처럼 말한 바 있다.

> 그러므로 이제 인간 사유에 대하여 하나의 전향Kehre이 요구된다. 그것은 이제는 인간이 자기의 인식에 대하여 사물 전체를 선행적으로 지배하려고 하는 요구의 한계를 인정하는 데에 있다. 이러한 요구는 결국 우리의 知를 우리의 의지에 예속시키는 결과가 되기 때문이다. 그러므로 이제 가장 긴요한 것은 사물에 대한 새로운 태도, 즉 사물을 이론적으로 지배하고 내 마음대로 할 수 있는 객체로 여기지 말고 제 스스로 있게끔 하는 태도, 도대체 사물은 무엇인가를 비로소 진지하게 묻는 태도, 다시 말해서 사물을 의욕에 의하여 인도되는 지식의 봉사로 하는 대신 존재에게 우리를 내맡기는 태도, 이러한 새로운 태도의 획득이다.(고형곤, 「선의 세계」, 삼영사, 1981, 196-197)

고형곤 교수는 이 글에서 허이데거를 인용하면서 인간 사유의 전향을 강조하고 이런 전향이 선적 사유와 통한다. '그러므로 이제 인간 사유의 전향이 요구된다'는 말은 하이데거의 말이며 동시에 고 교수의 말이고 이런 전향이 선적 사유로의 전향이라는 점에서 하이데거의 사유는 선적 사유에 접근한다. 따라서 서양 사유의 한계, 이른바 형이상학의 한계를 비판하면서 그가 찾는 새로운 출구는 선과 만난다.

2. 사유의 전향

인간 사유의 전향이 요구되는 것은 인간의 사유, 곧 사물 인식이 진정한 인식이 아니라 사물을 지배하고 정복하고 착취하는 행위에 지나지 않기 때문이다. 따라서 인식 내용인 지식, 앎은 모두 인간의 정복 의지에 예속된다. 하이데거에 의하면 근대인의 이성은 사물을 사물 자체로 두지 않고 자신에게 필요한 것들만을 분별해서 수용하고 지식을 삶에 이용한다. 그에 의하면 근대인의 표상작용Vorstellen은 사물을 자신 앞에 세우기Vor-stellen이다. 사물을 자기 앞에 세운다는 것은 무엇인가?

표상작용은 표상과 대상의 관계를 전제로 하고 진리는 표상과 대상이 일치할 때를 말한다. 예컨대 '오늘은 화요일이다'는 말은 진리이고 정당하다. 왜냐하면 어제가 월요일이고 내일은 수요일이기 때문이다. 혹은 '지금은 비가 오지 않는다.'는 표상작용도 진리이다. 왜냐하면 이 글을 쓰고 있는 지금 밖에는 비가 오지 않기 때문이다. 그러나 하이데거도 보기로 들고 있는 '저 나무는 꽃이 한창이다.'는 말은 진리일 수도 있고 허위일 수도 있다. 표상작용은 대상에 대한 이성적 판단을 매개로 하고 이때 판단은 대상에 적중해야 한다. 그러나 꽃이 피는 나무의 경우 판단은 이런 상태를 계속 유지하기 어렵기 때문이다. 지금 꽃이 한창이지만 이 꽃들은 계속 변하고 있고 그런 점에서 꽃이 피는 나무는 자기동일성을 유지하기 어렵고 따라서 대상에 대한 정확한 판단, 곧 이성적 과학적 인식을 초월하는 대상(?)도 있다. 그러므로 판단한다는 것은 올바른 표상작용인 동시에 올바르지 못한 표상작용이 될 수도 있다.

어디 꽃이 한창인 나무 뿐이랴? 이성은 불변하는 대상을 전제로 하지만 이 세상엔 변하지 않는 존재자들은 없다. 나만 하더라도 그렇다. 나는 '나'라고 말하지만 영속적이고 불변적인 '나'는 없다. 나는 시시각각 변하고 모든 사물들도 그렇다. 한편 '나'라고 하는 단일한 존재는 없다. 나를 구성하는 것은 땅, 물, 불, 바람 등 이른바 네 원소이고 또한 나는 나의 밖에 있는 무수한 존재자들과 관계를 맺는다. 이른바 상호의존성, 인연 속에 있다. 한 포기의 풀도 홀로 독립해서 존재하는 게 아니라 이슬과 햇빛을 먹고 땅에 뿌리를 박고 바람에 흔들리며 존재한다. 풀의 자성自性은 없고 풀은 계속 변하고 마침내 시들고 땅에 묻혀 흙이 된다. 요컨대 인간도 사물도 자기동일성을 그대로 유지할 수 없고 언제나 변한다. 지금 꽃이 한창인 나무에게도 불변하는 자기동일성, 이른바 자성이 없고 따라서 이성적 판단을 초월한다.

표상작용은 머리, 의식, 영혼, 말하자면 내면에서 획득된다. 문제는 표상과 대상의 일치 여부이고 철학은 이런 문제에 몰두해 왔지만 중요한 것은 대상, 세계, 현실은 표상되는 한에서만 존재한다는 것. 하이데거는 다음처럼 말한다.

'세계는 나의 표상이다.' 이 문장에서 쇼펜하우어는 근대철학의 사유를 압축하였다. 그가 여기서 거론되어야 하는 까닭은 '의지와 표상으로서의 세계'가 1818년 출간된 이래 가장 지속적으로 19세기와 20세기의 사유를 총괄적으로 규정해 왔기 때문이다. --니체마저도 쇼펜하우어와의 갈등을 피해 갈 수는 없었으며, 니체는 의지에 관해서는 대립적인 견해를 피력하였음에도 불구하고 '세계는 나의 표상이다.' 라는 쇼펜하우어의 원칙을 고수하였다.(하이데거, 『사유란 무엇인가』, 권순홍 옮김, 2005, 75)

결국 사물을 판단하는 이성은, 그러니까 표상작용은 의지의 산물에 지나지 않는다. '세계가 나의 표상'이라는 말은 세계는 표상에 의해 존재하고 표상은 의지의 산물이라는 것. 그러므로 대상을 표상하는 행위는 대상을 나의 의지에 종속시키고 나의 것으로 동화하는 행위이다. 쇼펜하우어가 대상 지배 의지를 강조한다면 니체는 대상에서 자유로운 의지, 그러니까 의지의 의지, 맹목의 의지를 강조한다. 이른바 '초인' 사상과 '힘에의 의지'가 그렇다. 그러나 이런 의지 역시 쇼펜하우어의 원칙 속에 있다는 게 하이데거의 주장이다.

하이데거의 존재 사유, 곧 사유의 전향은 이런 근대철학의 한계, 그러니까 의지의 표상으로서의 한계를 극복하기 위한 사유의 모험이다. 근대적 사물 인식(표상작용)은 결국 주체로서의 인간이 객체로서의 사물을 지배하려는 의지를 반영하고 따라서 지식, 진리는 의지에 예속된다. 과학적 기술이 지배하는 근대 사회가 그렇다. 그러므로 우리가 보고 있는 세계는 세계 자체가 아니라 의지를 반영하는 표상의 세계이기 때문에 하이데거는 세계가 아니라 세계像이라고 부른다. 세계는 이미지, 가짜, 환상이고 그 속에 의지가 숨어 있다.

그러므로 사물에 대한 새로운 태도가 요구되고, 그것은 사물을 주관에 의해 지배하지 말고 그대로 있게끔 하는 것, 존재에게 나를 내맡기는 태도, 존재자가 아니라 존재에 귀를 기우리는 태도이다. 존재자는 존재하고 존재가 존재자를 노정한다. 이때 노정은 드러내며/ 숨긴다는 의미를 함축한다. 이런 태도가 하이데거에 의하면 이른바 과학 바깥에 있는 태도이다. 근대인의 표상작용은 대상을 나의 앞에 세우는 행위, 곧 내가 주체가 되어 나의 의지에 따라 사물을 나의 앞에 세우는 행위이다. 그렇다면 과학(표상작용) 바깥에 있는 태도는 어떤 것인가?

우리는 과학 바깥에 있다. 그 대신에 우리는, 예컨대 꽃이 한창인 나무 앞에 서 있다. 즉 그 나무가 우리 앞에 서 있다. 그 나무는 자신을 우리 앞에 세워 두고 있다. 나무가 저기 서 있고 우리는 그 맞은편에 서 있으면서, 나무와 우리는 각자의 앞에 각기 자신을 세워 두고 있다. 이런 상호연관에서 각자의 앞에 세워진 채 나무와 우리는 있다. 이와 같이 앞에 세워 두고 있는 상태에서는 우리의 머릿속을 빙빙 돌고 있는 표상들은 문제가 안 된다.(하이데거, 앞의 책, 77)

이런 세계는 내가 나무를 나의 앞에 세우는 세계가 아니라 나무가 스스로 자신을 세우고 그 앞에 내가 서 있는 세계이고, 이때 나와 나무는 각자의 앞에 자신을 세우지만(개별성, 異體) 동시에 모두 세우는 관계(보편성, 同體)에 있다. 요컨대 꽃이 한창인 나무와 나는 상호의존적 관계에 있고 화엄 사상에 의하면 상입相入의 관계에 있다. 이때 나무는 나무 자체로 있고(如如), 나무는 나와 무관하나 동시에 나와 관계를 맺고 있다.

그러므로 하이데거는 묻는다. 앞에 서 있는 것은 나무인가, 나인가? 혹은 그 둘인가? 혹은 둘 모두가 아니지 않은가? 따라서 이때 나는 머리나 의식으로 꽃이 한창인 나무와 마주하여 나를 세우는 건 아니고, 그 나무는 나무인 바 그렇게 여여如如하게 자신을 내 앞에 세운다고 말한다. 그리고 이런 세계가 이른바 사태, 생기生起이다.(하이데거, 위의 책, 78)

그가 말하는 생기 개념에 대해서는 뒤에 다시 자세히 살피기로 하고 문제는 그의 사유 전향, 사물에 대한 새로운 태도, 사물을 제 스스로 있게 하는 태도가 선禪과 통한다는 것. 전기의 사유가 강조한 것은 현존재가 존재를 발견하는 과정, 곧 나의 있음→무화(불안, 무, 죽음)→무아로 나가는 과정이라면, 후기의 사유가 강조하는 것은 '나의 있음'이 아니라 그저 '있음', '존재'이고 나와 대상은 그렇게 그저 있다. 그런 점에서 새로운 사유는 주관성을 포기한 사유이고, 존재 사유는 나 없는 사유이고 따라서 사유 없는 사유이다.

그러므로 전기 사유가 강조하던 실존은 이제 탈존脫存이 된다. 현존재의 개시성은 존재의 개시성이 되고, 내가 존재를 발견하는 게 아니라 존재가 나를 노정한다. 내가 존재 자체가 되고 사물들이 존재 자체 된다는 것은 나와 존재, 사물과 존재의 공속共屬을 뜻하고 이런 공속이 은현 동시성과 통한다. 나의 본질이 탈존, 나로부터 벗어남이기 때문에 나는 이미 존재를 개시하고, 아니 존재가 이미 나를 개시하고, 사유는 나의 사유가 아니라 존재의 사유이고 존재가 사유한다. 요컨대 일체의 주관성, 이성, 표상작용에 대한 부정은 휴머니즘에 대한 새로운 사유로 발전한다. 과연 존재란 무엇인가?

3. 존재와 사유

앞에서도 말했듯이 존재는 존재자의 근본이고 존재가 존재자를 노정한다. '나는 있다'는 명제에서 내가 주체가 되어 나의 있음을 확정하는 게 아니라 '있음'이 나를 드러내고 따라서 '(나는) 있다'는 표현이 가능하다. 이런 '있음'을 중심으로 나와 사물들의 만남이 가능하고 다른 사물들도 이렇게 있다. 이런 있음, 예컨대 꽃이 한창인 나무를 나무로 드러내는, 개시하는 이런 '있음'은 정적인 상태가 아니라 사태이고 생기이다. 이런 존재는 존재자가 아니기 때문에 빗금 친 존재이고 이런 빗금은 존재가 존재자이며 동시에 존재자가 아니라는 것, 존재/ 존재자의 경계가 해체되는 것을 암시한다. 노자가 말하는 道可道 非常道 名可名 非常名에 해당하는 그런 세계이다. 도는 도라고 할 수 있지만 반드시 그런 도는 아니고 어떤 이름을 이름이라고 할 수 있지만 반드시 그런 이름이 아니다. 요컨대 존재는 존재라고 할 수 있지만 반드시 그런 존재가 아니고 존재라고 명명할 수 있지만 이런 이름도 아니다.

생기, 사태에 대해서는 뒤에 다시 살피기로 하고 여기서는 하이데거의 후기 사유, 좀더 정확하게 말하면 2기를 대표하는 「휴머니즘 서간」 (이선일 옮김, 『이정표 2』, 한길사, 2005)을 중심으로 존재 개념을 간단히 살피기로 한다.

첫째로 사유는 존재의 사유이고 이때 소유격 '-의'는 이중적 의미로 사용된다. 먼저 '존재의 사유'는 존재로부터 생기하기 때문에 존재의 것이고 존재가 주어가 된다. 그러나 '존재의 사유'는 사유가 존재에 귀속되고 따라서 사유는 존재에 귀를 기우리고 따라서 존재는 목적어가 된다. 요컨대 존재의 사유는 존재가 사유한다는 점에서 존재가 주어가 되고 동시에 존재에 대해 사유한다는 점에서 존재는 목적어가 된다. 주어적 소유격과 목적어적 소유격이 강조하는 것은 주어/ 목적어의 경계 해체이고 이런 해체는 언어, 문법의 한계를 극복하기 위해서이고 그런 점에서 그의 사유는 언어 이전을 지향한다. 사유는 존재에 의한 사유이고 존재를 위한 참여이다.

김수영은 시론 「시여, 침을 뱉어라」(1968)에서 '시를 쓴다는 것은 온몸으로 동시에 무엇을 밀고 나간다는 뜻이고, '무엇'은 '동시에'의 안에 포함되어 있다'.고 말한다. 그리고 '이것이 사랑이며 사랑은 바로 시의 형식'이라고 부연한다. 요컨대 사랑은 온몸으로 동시에 온몸을 밀고 나가는 행위이고 그것은 시를 쓰는 행위와 동일시된다. 시쓰기에 대한 이런 사유에서 내가 읽는 것은 하이데거의 존재 사유의 흔적이다. 그러나 다른 글에서는 이런 흔적을 명확히 지적하지 않았고 '온몸으로 동시에 온몸을 밀고 나간다'는 것은 논리의 모순, 범주의 혼란이고, 이런 혼란이 문화에 필요하다는 식으로 언급했다. 그러나 지금 이 글을 쓰면서, 그러니까 하이데거의 존재 사유, 곧 존재와 사유의 관계에 대한 글을 쓰면서 다시 김수영이 떠오르고 그가 타계하기 전 하이데거에 몰두했다는 것도 떠오르고 그렇다면 그의 시적 사유엔 하이데거의 존재 사유의 영향이 있을 것이라는 생각이 떠올라 이 글을 쓰고 있다. (좀더 자세한 것은 이승훈, 「김수영의 시론」, 『한국현대시론사』, 고려원, 1993, 참고 바람)

그는 이 시론에서 '세계의 개진'라는 말도 하고 있지만 그건 하이데거의 예술론에서 다시 다루기로 하고 여기서는 온몸에 의한 온몸의 이행이 사랑이고 시쓰기라는 그의 주장에 하이데거의 존재 사유의 흔적이 있다는 것만 강조한다. 이 글은 김수영과 하이데거의 관계를 살피는 데 목적이 있은 게 아니라 하이데거의 사유와 선적 사유의 관계를 살피는 데 목적이 있기 때문에 김수영에 대해 쓰는 건 이탈이고 표류이고 방황이다. 왜 이렇게 이탈하는가? 오늘은 날씨가 30도를 넘게 덥고 그저께 만해마을 다녀온 피로가 풀리지 않아서 그런지 모르겠다. 도대체 왜 갑자기 김수영인가?

온몸에 의한 온몸의 이행이 시쓰기라는 그의 말은 존재에 의한 존재를 위한 참여가 사유라는 하이데거의 존재 사유와 유사한 발상이다. 그러니까 온몸이 존재이고 시쓰기가 사유이다. 사랑의 시간에 나는 없고 동시에 있다. 시를 쓰는 시간 역시 나는 없고 동시에 있고 그러므로 존재/ 존재자의 경계가 해체되고 내가 시를 쓰는 게 아니라 존재(온몸)가 시를 쓰고 존재를 위해 시를 쓴다. 요컨대 시쓰기는 존재에 의한 존재를 위한 참여이다. 이때 존재는 주어이며 동시에 목적이다. 다시 말하자. 내가 시를 쓰는 게 아니라 존재가 시쓰기를 가능케 한다. 그렇다면 다시 존재는 무엇인가?

둘째로 인간의 본질은 인간의 탈존에 기인한다. 하이데거가 「존재와 시간」에서 주장한 것은 현존재의 본질이 실존이라는 것. 그러나 후기에 오면 실존Existenz은 탈-존Ek-sistenz이 된다. 탈존은 자신으로부터 벗어남, 탈자성脫自性을 뜻한다. 이런 탈자가 가능한 것은 언어에 대한 새로운 사유를 매개로 하지만 언어 문제는 뒤에 살피기로 하고 전기 사유를 전제로 하면 현존재는 실존을 매개로 존재를 개시하는 존재자다, 그러나 후기에 오면 현존재가 아니라 존재가 전면에 나서며 인간은 존재의 개시성, 존재의 밝음 속에 있고 이런 있음이 탈-존이다. 왜냐하면 내가 주체가 되어 존재하는 게 아니라 존재가 나를 노정하기 때문이다.

그런 점에서 '나는 있다'(실존)가 아니라 '(나는) 있다'(탈존). 이런 있음, 탈존은 과연 있는 것인가, 없는 것인가? 다시 회상하자. 꽃이 한창인 나무 앞에 서 있는 것은 나인가, 나무인가? 여기서 강조되는 것은 나의 주체성, 주관성의 소멸이고 죽음이고 그런 상태에 있는/ 없는 나이고 나무이다. 이른바 '존재의 밝음' 속에 있는 것이 그렇다.

당나라 위산 선사는 어느 날 제자 향엄 스님에게 묻는다. '부모에게서 태어나기 전의 본래면목이 무엇인가?' 부모미생전父母未生前 본래면목本來面目. 이 질문에 향엄은 말문이 막히고 낙심한 그는 그동안 공부한 책들을 불사르고 다시는 불법을 공부하지 않겠다고 위산을 하직하고 여기저기 떠돌다가 남양 지방 혜충국사 무덤에 참배하고 거기 머문다. 어느 날 마당을 쓸다가 빗자루에 쓸려나간 벽돌 조각이 대나무에 부딪쳐 '딱!' 하는 소리를 듣고 진리를 깨우친다. 부모미생전은 분별 이전, 곧 번뇌 망상이 일어나기 전을 뜻하고 본래면목은 본지풍광이라고도 하며 참된 나(眞我)를 뜻한다. 마당이 아니라 무덤에 난 잡초를 깎다가 기왓장을 던졌다는 말도 있지만 중요한 것은 벽돌 조각이 대나무에 부딪쳐 '딱!' 하는 소리가 나고 그때 향엄이 깨달았다는 것. 그 소리를 듣는 순간 그는 있는가, 없는가? 그때 그가 체험한 것은 무아無我일 것이다.

이 글을 쓰는 아파트 작은 방 벽에도 '무아'라고 갈겨 쓴 종이쪽지 한 장이 붙어 있고 그건 나의 화두이다. 과연 무아란 무엇인가? 공空이 그렇듯이 무아 역시 무슨 실체를 지닌 영원한 나, 불교 식으로는 이른바 자성自性이 없다는 것. 나를 구성하는 건 지수화풍 네 가지 요소이고 따라서 내가 있는 게 아니라 인연이 있고 나는 계속 변하기 때문이다. 그러나 나는 아직도 무아를 머리로만 이해하는 이른바 해오解悟의 단계에 있고 향엄처럼 무엇을 깨달은 건 아니다. 형엄은 '딱!' 소리를 듣고 깨닫는다. 이 소리를 듣는 순가 나도 없고 벽돌 조각도 없고 따라서 이 소리는 순수한 소리, 그러니까 순수 현상, 존재자(物)를 벗어나는 순수 나타남(事)이다. 그리고 이런 나타남이 사태이고 생기이다.

탈존은 탈자성이고 그러므로 자성 없음, 곧 무아를 강조한다. '(　)이 있다'는 것은 '있음'이 (　)를 채운다는 뜻이고 그렇기 때문에 있음, 존재는 사물, 실체가 아니라 자성 없음이고 이런 무자성의 존재가 ( )를 채울 때 그 존재는 사태가 되고 존재가 발생한다.(生起) 최경호는 깨달음의 세계를 이른바 '술어 자체로서의 사事'로 명명한 바 있거니와 향엄 스님이 들은 '딱!' 소리가 그렇다. 그 소리는 주체가 무화되면서 주체와 객체가 하나가 된 소리, 따라서 분별 이전의 술어 자체로서 들려오는 소리이다.

'주어가 없는 술어 자체로서의 사事'가 암시하는 것이 사건이고 사태이다. 최경호가 인용하는 새 소리를 보기로 좀더 부연하면 다음과 같다. 일상적으로 '나는 새울음 소리를 듣는다.' 이때는 주체와 객체가 분별되고 이런 분별은 나의 이성, 이른바 표상작용을 전제로 한다. 그러나 나와 새가 분별되지 않는 깨달음의 세계에선 주체인 나의 무화와 동시에 객체인 새의 존재도 소멸한다. 왜냐하면 '새가 운다'는 것은 어디까지나 나의 표상작용에 의존하기 때문이다. 그러므로 깨달음의 세계에서 '새가 운다'가 아니라 '( )가 운다'가 되고 이때 울음 소리는 새(物)가 사라진 울음소리(事)가 되기 때문에 '술어 자체로서의 사'가 된다.

이런 논리를 좀더 발전시키면 이 세계엔 나, 너, 사물들이 개별적으로 존재하는 게 아니라 모두가 존재, 있음, 사태 속에 있다. 나도 있고 너도 있고 새도 있고 나무도 있다. 나의 주관성이 소멸하기 때문에 모든 존재자들도 소멸하고 남는 건 '있다'는 술어 자체이고 그런 점에서 모든 존재자들은 하나 있음에 귀속되고 이 하나는 삼라만상에 관여하면서 영향을 미친다. 이런 세계가 이른바 화엄 사상이 강조하는 일즉다—即多 다즉인多即—의 세계이고 사사무애事事無碍의 세계이다. 그렇다면 이런 '있음', '존재'는 어떻게 드러나는가?

앞에서 나는 '( )는 있다'에서 '있음'이 괄호를 채운다고 했거니와 이 있음, 존재는 나도 없고 객체도 없는 상태, 곧 무분별의 상태에서 스스로 드러나고 이런 드러남이 존재의 개시이고 존재의 밝음이고, 모든 존재자들은 이런 밝음 속에 있다. 그리고 이렇게 드러나는 것이 사건이고 사태이고 '술어 자체로서의 사'이다. 그것은 사물이 지각되어 주어지는 것이 아니라 사물이 자신을 드러내 보이는 고유한 존재 방식의 드러남이다.(이상 '술어 자체로서의 사'에 대해서는 최경호, 『화엄의 세계, 그 원융무애의 존재론적인 구조』, 경서원, 2006, 25-27 참고)

향엄 스님이 들은 '딱!' 소리가 그렇고 하이데거가 말하는 꽃이 한창인 나무가 그렇다. 요컨대 하이데거가 말하는 탈존은 주체성 소멸과 관계되고 그것은 인간을 이성적 동물, 혹은 인격, 혹은 정신적 영혼적 육체적 존재로 간주하는 휴머니즘에 반대하는 반휴머니즘의 세계관이고 이런 세계관이 선禪과 통한다는 게 나의 입장이다. 물론 반휴머니즘은 비휴머니즘이 아니다. 반휴머니즘의 목표는 근대를 지배한 휴머니즘의 오만과 위선과 허위를 비판하는 데 있고, 그것은 현존이 아니라 탈존, 존재자가 아니라 존재와의 만남, 존재의 빛 속에 서기를 목표로 한다. 그렇다면 다시 존재란 무엇인가?

4. 존재는 가깝고 멀다

하이데거에 의하면 사유는 존재의 사유이고 존재가 존재를 사유하고 존재와 사유는 동일시된다. 존재가 사유한다는 말은 존재자, 나, 주체, 이성이 소멸한 상태의 사유이기 때문에 사유 이전의 사유이다. 물론 존재의 사유는 존재에 의한 존재를 위한 사유이다. 이런 사유는 주체가 없기 때문에 '그것'이 사유한다.

셋째로 따라서 존재는 '그것'이고 그것은 그것 자체이다. '그것'은 존재자, 나, 주체가 아니기 때문에 있다/ 없다, 유/ 무의 경계를 초월한다. 한편 존재는 존재자보다 멀리 떨어져 있지만 동시에 존재자보다 더 가까이 있다. 다음은 하이데거의 말.

존재, 그것은 신도 아니고 세계의 근거도 아니다. 존재는 본질적으로 모든 존재자보다 더 떨어져 있는데, 그럼에도 불구하고 인간에게는 그 어느 존재자, 즉 바위, 동물, 예술작품, 기계, 또는 천사나 신보다 더 가까이 있다. 존재는 가장 가까운 것이다. 허지만 가까움이 인간에게는 가장 멀리 남아 있다. 인간은 우선은 언제나 단지 존재자만을 고집한다. 그러나 사유가 존재자를 존재자로 표상할 때 사유는 확실히 존재와 관련을 맺는다. 하지만 사유는 진실로 항상 존재자 그 자체만을 사유할 뿐, 실로 존재 그 자체는 결코 사유하지 않는다.(하이데거, 앞의 글, 144)

요컨대 존재, 그것은 존재자보다 가까이 있고 동시에 멀리 있다. 도대체 하이데거는 지금 무슨 말을 하고 있는가? 존재는 예컨대 바위(존재자)보다 가까이 있고 동시에 바위보다 멀리 있다. 가깝다는 말은 무엇을 뜻하는가? 나는 바위를 본다. 그러나 내가 바위를 보는 것은 내가 있기 때문이고 그러므로 '있음', '존재'는 바위보다 가까이 있다. 말하자면 '나는 있다'에서 '있음(존재)'는 내 가까이 있고 따라서 존재는 바위보다 가까이 있다. 그런 점에서 존재는 모든 존재자, 심지어 신보다 가까이 있다. 한편 나는 '바위가 있다'는 것을 안다. 그러나 이때 중요한 것은 '바위의 존재'가 아니라 '존재의 바위'이다. 하이데거에 의하면 '있음', '존재'에 대한 이해(지평적 초월적 이해)를 전제로 바위가 있다는 것을 이해한다. 말하자면 바위의 존재를 아는 게 아니라 존재에 의해, 존재를 매개로, 존재와 함께, 곧 '있음', '존재'라는 이해의 지평을 통해 바위를 이해한다. 그러므로 존재는 존재자보다 가까이 있다.

그러나 존재는, 이런 가까움은 바위보다 멀리 있다. 이 말이 강조하는 것은 인간의 사유가 '있음', '존재'보다 존재자, 곧 바위나 동물들에만 관심을 두고 존재자만 고집한다는 것. 따라서 존재는 존재자보다 멀리 있다. 바위에 대해 사유할 때도 바위(존재자)만 고집하고 있음, 존재는 무시하기 때문에 존재는 바위보다 멀리 있다. 말하자면 인간은 '바위'에만 관심을 두고 바위의 '있음', '존재'에는 관심을 두지 않고 따라서 존재는 바위보다 멀리 있다. 요컨대 존재 자체는 사유하지 않기 때문에 존재는 멀리 있다. 그러므로 존재는 바위보다 가깝고 동시에 바위보다 멀리 있다.

넷째로 존재는 밝음 자체다. 후기의 사유에선 존재, 있음에 의해 존재자가 드러나기 때문에 전기의 사유처럼 현존재가 존재를 개시하는 게 아니라 존재가 현존재, 존재자를 개시한다. 말하자면 현존재가 존재를 은폐하는 현(존재)의 구조가 아니라 현-존재, 곧 존재가 현Da하고 빛나며 현존재를 드러내는 구조, 혹은 현존재, 혹은 존재자와 존재가 가까이 있으며 동시에 멀리 있는 구조가 된다. 나는 이런 구조를 은-현 구조로 표현한 바 있다. 인간은 존재의 밝음 안으로 탈존하며 존재를 이해한다. 그러므로 존재의 밝음은 나, 혹은 존재자가 드러나는 근거이다. 그러나 존재는 가까이 있고 동시에 멀리 있다. 은현 구조에 의하면 존재는 가까이 있고(현) 동시에 멀리 있다.(은)

다시 회상하자. 인간의 본질은 탈존이다. 이 말을 선적禪的으로 수용하고 발전시키면 '중생의 본질은 견성이다'가 된다. 현존재가 존재를 은폐하고 이렇게 은폐한 존재를 개시한다는 말은 모든 중생이 불성을 은폐하고 이렇게 은폐한 불성을 개시하는 것과 통한다. 그러나 후기에 오면 인간은 존재의 빛 속에 탈존하고, 이 말은 중생은 부처의 빛 속에 깨닫는다는 말과 통한다. 존재도 언어 이전, 사유 이전이고 불성도 언어 이전, 사유 이전이다. 그러나 존재의 진리는 은닉된 채 드러나고 불성 역시 은닉된 채 드러난다. 말하자면 은닉/ 노정, 숨김/ 드러냄의 이항 대립이 해체되고, 이런 해체가 언어 이전의 세계를 암시한다. 왜냐하면 언어는 분별이고 분별은 이항 대립을 강조하기 때문이다. 하이데거가 말하는 탈은폐성이 강조하는 것도 이항 대립 해체이고 선禪이 강조하는 은현동시 중도 사상도 그렇다.

존재는 존재자의 존재를 개시하는 광역, 예컨대 '있음'이 '바위'를 있게 하고, '있음'이 '나'를 개시한다. 하이데거에 의하면 이런 열어 보여줌, 개시성, 개방성, 자유로운 영역freie Gegend, 환히 트인 영역은 놀이 속에 있고 이런 '열려 있음'이 존재자를 나타나게 할 수 있고 나타내 보여줄 수 있다. 그는 이렇게 환히 트인 터, 환한 밝힘Lichtung은 프랑스어 숲 속의 빈터clairiere 를 차용한 것이라고 고백한다. 그렇다면 그가 말하는 숲 속의 빈터, 숲 속의 트인 곳은 어떤 곳인가? 다음은 하이데거의 말.

　빛은 말하자면 환히 트인 터 안으로, 즉 환히 트인 터의 열린 장 안으로 들어갈 수 있고, 그 환히 트인 터에서 밝음을 어둠과 놀게 할 수 있다. 그러나 빛이 비로소 환히 트인 터를 창조하는 일은 아예 없으며, 오히려 전자인 빛이 후자인 환히 트인 터를 전제하고 있다. 그래서 환히 트인 터, 즉 열린 장의 밝음과 어둠에 대해 자유로울 뿐만 아니라, 울림과 울림의 사라져감에 대해서, 그리고 소리의 울려 퍼짐과 소리의 사라짐에 대해서도 자유롭다. 환히 트인 터는 현존하는 모든 것과 부재하는 모든 것을 위한 열린 장이다.(하이데거, 「철학의 종말과 사유의 과제」, 『사유의 사태로』, 문동규, 신상희 옮김, 길, 2008, 159)

　존재는 이미 개시된 광역, 환히 트인 영역, 자유로운 영역이고 이런 영역을 하이데거는 '숲 속의 빈터'에 비유한다. 빛은 숲 속으로 들어간다. 그러나 이 빛이 숲 속의 빈터, 트인 터를 만드는 게 아니라 환히 트인 터가 빛을 만들고 이런 빛의 영역에선 밝음과 어둠이 자유롭고, 울림과 울림의 소멸, 소리의 퍼짐과 사라짐도 자유롭다. 그러므로 숲 속의 환히 트인 터, 존재의 빛은 현존과 부재를 위한 열린 장이다.
　하이데거가 말하는 존재, 곧 존재자의 존재를 개시하는 영역, 환히 밝히는 영역은 단순한 빛의 영역이 아니라 숲 속의 환한 터, 환한 빛을 뜻한다. 단순한 빛의 영역엔 밝음만 있고 현존만 있지만 숲 속의 환한 영역엔 밝음과 어둠이 공존하고, 울림과 울림의 소멸, 소리와 소리의 소멸도 공존한다. 요컨대 숲 속의 환한 터는 숲 밖의 환한 터가 아니다. 숲 속의 환한 터엔 밝음과 어둠이 있고, 소리와 침묵이 공존한다.

은현동시 구조에 의하면 하이데거가 말하는 존재의 빛, 숲 속의 환한 터는 현現과 은隱, 나타남과 숨음, 현존과 부재, 색과 공이 공존하는 영역이다. 따라서 존재가 존재자의 존재를 밝혀준다는 것, 혹은 존재의 빛 속에 존재자들이 존재한다는 것, 그의 말에 의하면 존재자들을 나타나게 하고 나타내 보여줄 수 있는 것은 은현의 동시성, 곧 빛의 나타남과 숨음의 동시성 때문이고, 이런 동시성이 선禪과 통한다. 다른 글 「현존재」에서도 간단히 살핀 바 있지만 이 글에서는 그 글을 보충하며 특히 하이데거 후기 사유를 지배하는 존재 개념을 은현동시 구조로 좀더 찬찬히 읽는다. 다음은 조선 시대 묵암최눌黙庵最訥 선사의 선시.

> 땅을 파면 모두 물이 나오고　　　地鑿皆生水
> 구름 걷히면 모두 푸른 하늘　　　雲收盡碧天
> 구름과 물이 있는 이 강산에　　　江山雲水地
> 그 어느 것 선이 아니랴　　　　　何物不渠禪

「선객에게―증선객贈禪客, 김달진 역」 전문이다. 선이 강조하는 것은 깨달음이고 이 깨달음의 세계를 대정 스님은 은현동시隱現同時 여시묘각如是妙覺이라고 노래한 바 있다. 묘한 깨달음이란 이 세계가 숨기며 동시에 드러내고 혹은 숨고 동시에 드러나는 세계, 곧 숨고 드러남에 장애가 없는 은현무애의 세계이기 때문이다. 하이데거가 말하는 존재자의 근거를 뜻하는 존재의 빛이 그렇고 이 시에서 노래하는 것이 그렇다.

땅을 파면 땅은 사라지고 숨는다.(은) 그러나 이런 은폐, 숨음에 의해 동시에 물이 나타나고 드러난다.(현) 그러므로 1행에서 노래하는 것은 은현동시성, 은폐와 드러남이 무애의 관계에 있다는 것. 2행 역시 비슷하다. 구름이 걷히는 것은 구름이 숨고 사라지는 것.(은) 그러나 이렇게 구름이 물러갈 때 동시에 푸른 하늘이 나타난다.(현) 1행과 2행은 땅과 하늘로 대립되지만 땅도 하늘도 은현무애의 세계라는 점에서 하나가 된다. 아니 땅과 하늘은 같으면서 다르고 다르며 같다.

하늘엔 구름이 흐르고 땅엔 물(강)이 흐른다. 흐른다는 점에서 구름과 물은 하나이고 따라서 3행에서 노래되는 '구름과 물이 있는 이 강산'은 모두가 흐르는 세계, 변하는 세계, 이른바 무주無住를 암시한다. 그러므로 4행에서 노래하듯이 구름과 물이 있는 이 강산에선 보고 듣는 것 모두가 선이고 묘각이고 이른바 견문시도見聞是道의 세계가 된다.

5. 은현동시와 존재

화엄 철학이 강조하는 것은 총체적 전체성, 곧 이 세계는 모두가 상호 의존의 관계에 있고 그것은 이 세계에 존재하는 것들, 하이데거 식으로 표현하면 존재자들은 인연으로 발생하기 때문에 자성이 없다는 것. 자성이 없기 때문에 홀로 존재하는 것은 없고 상호관계로 존재하고, 일상적 인습적 사유는 이런 존재, 그러니까 존재자의 존재를 가능케 하는 총체성을 제대로 볼 수 없다. 하이데거가 인습적 사유, 이른바 존재자에 대한 사유를 거부하고 존재에 대한 사유로 전향한 것은 이런 총체성을 보기 위한 시도이고 그에 의하면 그것이 존재의 빛, 숲 속의 환한 터로 드러난다. 그러나 이 터는 드러나며(현) 동시에 숨는(은) 환한 터이고 화엄에 의하면 드러남과 숨음이 동시에 있는 세계, 사물들이 동시에 서로를 뚫고(同時互入) 서로를 포섭하는(同時互攝) 세계, 곧 깨달음의 세계이고 따라서 하이데거가 의식한 건 아니지만 그의 존재 사유는 화엄적 사유를 암시한다. 은현동시 혹은 은현무애에 대해 징관澄觀은 「화엄현담華嚴玄談」의 '은밀현료구성문隱密顯了俱成門' 주석에서 다음처럼 말한다.

매월 여드렛 날 쯤에는 달이 반은 빛나고 다른 반은 어둡다. 바로 그 밝은 부분의 드러남이 긍정된다 해도 숨겨진 부분이 부정되는 것은 아니다. 마찬가지로 어떤 것의 현현은 늘 같은 것의 현현되지 않았거나 감춰진 부분의 존재를 암시하고 있다. 달의 밝은 부분이 드러나는 순간에 어두운 부분 또한 '은밀히' 그 자신을 세우는 것이다. 이것이 이른바 감춰짐과 드러남이 동시에 은밀히 세워지는 문(隱密顯了俱成門)이라 하는 이유이다. 다른 비유를 든다면 땅에서 사람이 보는 달은 큰 공에 지나지 않지만 달에 사는 사람은 그것을 하나의 거대한 세계로 인정할 것이다. 그러나 달 전체의 크기는 늘거나 줄지 않는다.(츠앙, 『화엄철학』, 이찬수 옮김, 경서원, 1997, 228-229 재인용)

은현동시성이 강조하는 것은 사물의 드러남과 숨음을 동시에 보는 것. 드러남(현) 속에 숨음(은)이 있고 거꾸로 숨음(은) 속에 드러남(현)이 있다. 하이데거가 말하는 숲 속의 환한 터 역시 비슷하다. 숲 속의 환한 빛이 드러나는 순간에 어두운 부분 역시 은밀히 그 자신을 세운다. 결국 그가 주장하는 존재, 그러니까 사물들을 나타나게 하고 나타내 보여줄 수 있는 가능성으로서의 존재는 화엄이 강조하는 은현무애, 드러남과 감춰짐의 무애와 통하고 묵암의 시는 이런 무애의 경지를 노래한다.

그러므로 하이데거가 존재는 밝음 자체라고 말할 때 이 밝음은 숲 속의 환한 터, 은현동시성의 세계이고 그가 말하는 탈은폐성 역시 비슷한 개념이다. 탈은폐성에 대해서는 「시간과 존재」를 다룰 때 살피기로 한다. 나는 지금 하이데거가 「휴머니즘 서간」에서 주장하는 존재 사유를 선적 사유와 관련시키며 읽고 있다.

다섯째로 존재는 관계이다. 말하자면 존재는 탈존과 관계되고 따라서 인간과 존재는 탈존적 관계이다. 탈존은 실존을 전제로 한다. 전기 사유에서 현존재의 실존은 자신의 존재를 염려하고 이 염려 속에서 자신의 존재에 책임을 지고 자신의 존재를 떠맡음으로써 자신을 존재에로 기투한다. 그러나 후기 사유에서 강조되는 것은 실존이 아니라 탈존이고 이 탈존을 그는 탈-존이라고 표현한다. 그렇다면 탈존과 존재는 어떤 관계에 있는가? 탈존은 탈자적으로 존재하는 것, 곧 주체가 소멸한 상태에서 존재와 만나는 것. 그러니까 그저 있음, 그저 존재함의 상태이다.

앞에서 나는 이런 상태를 '나는 있다'가 아니라 '(나는) 있다'로 표현한 바 있다. 과연 나는 있는가? 이런 표현이 강조하는 것은 '나'는 있음, 존재에 수렴되고 거꾸로 존재가 나에게 열린다는 것. 이렇게 있음은 사유 주체로서의 내가 없기 때문에 사물들도 객체로 존재하지 않는다. 따라서 사물들은 스스로 자신을 존재의 빛 속에 세우고 나도 스스로 나를 존재의 빛 속에 세운다. 이렇게 있음이 탈-존이고 탈-존은 나로부터 벗어나며(탈) 동시에 나로 있음(존)을 뜻한다. 그러므로 나는 지금 여기 있는 나(존재자)보다 가깝고 동시에 멀리 있다. 존재는 탈존과 나 사이에 관계로 있고 나는 존재와 탈존 사이에 있다.

요컨대 이때 나는 있으며(현) 동시에 없고(은) 움직이며(현) 동시에 머문다.(은) 왜냐하면 '(나는) 있다'는 표현은 '주어가 없는 술어 자체로서의 사事', 내가 없는 움직임, 사건, 사태이기 때문이다. '있음'이 (   )를 채운다는 말은 내가 움직이는 게 아니라 움직임, 그저 움직임, 분별없는 움직임이 나라는 것을 뜻한다. 다음은 고려 시대 진각혜심眞覺慧諶 선사의 선시.

바람은 화창하고 날은 따뜻한 태평스런 봄　　風和日暖太平春
학은 쉬고 구름은 가는데 일 없는 사람　　鶴住雲行無事人
남극의 바닷가에 교화 남긴 자취여　　　　南極海涯垂化迹
다만 걸음 옮겼을 뿐 몸은 옮기지 않았네　　但能移步不移身

「장흥 부수 정공의 아내에서-장흥부수정공아내시중長興府守鄭公衙內示衆, 김달진 역」 전문이다. 이 시는 제목이 말하듯 진각 스님이 장흥부수 정공이 관청에서 많은 사람 앞에서 훈시한 것을 내용으로 한다. 그러나 많은 시중示衆들이 이야기로 되어 있음에 반해 여기서는 시로 되어 있다. 주제는 선이 강조하는 무사인無事人, 곧 일 없는 사람.

선禪이 강조하는 것은 무심, 무념, 무사이고 이런 심적 상태가 공空과 통한다. 무심無心은 분별심이 없는 마음이고, 무념無念은 망념이 없는 마음이고, 무사無事는 아무 일도 없는 마음, 곧 번뇌가 없는 마음이다. '좋은 일도 없는 것만 못하다'는 말이 있듯이 좋은 일이든 나쁜 일이든 번뇌의 씨앗이기 때문이고 그것은 좋은 일이 이미 나쁜 일을 전제로 하고 따라서 좋다/ 나쁘다의 분별이 있기 때문이다. 요컨대 무사인, 아무 일도 없는 사람, 분별심, 집착이 없는 사람, 그러니까 공을 체득하고 깨달음을 실천하는 사람이다.

바람은 화창하고 따뜻한 봄날 학은 쉬고 구름은 하늘에 떠간다. 땅과 하늘이 고요할 뿐이다. 이런 날은 일 없는 사람과 조화를 이룬다. 그런 점에서 일 없는 사람과 지연은 물아일체物我一體의 경지에 있다. 3행의 남극은 남쪽 끝, 화적化迹은 교화한 흔적, 곧 부처님이 중생을 교화한 자취를 말한다. 그러니까 진각 스님(일 없는 사람)은 남쪽 바닷가에서 부처님의 메시지를 읽고 거시서 부처님은 '다만 걸음 옮겼을 뿐 몸은 옮기지 않았다'(4행)는 사실을 깨닫는다. 일 없는 사람, 분별과 집착이 없는 사람의 경지이다.

걸음을 옮겼지만 몸을 움직이지 않았다는 것은 무슨 뜻인가? 일상의 시각에서 걸음을 옮기면 몸도 움직인다. 그러나 여기서는 걸음을 옮겨도 몸이 움직이지 않는다. 그렇다면 걸음을 옮긴 것인가, 옮기지 않은 것인가? 이 시행이 강조하는 것은 걷는 것도 아니고 걷지 않는 것도 아닌 불이不二의 세계이고 움직임과 정지의 분별이 없는 세계이다. 모든 분별은 사유 주체로서의 내가 있기 때문에 나타난다. 그런 점에서 이 시행이 강조하는 것은 무심, 무념, 무사의 세계이고 은현동시의 구조에 따르면 걸음을 옮기며(현) 동시에 몸이 머무는(은) 세계, 나타나며 물러가는 세계이다. 다시 말하면 걸음(현) 속에 몸(은)이 있고 몸(은) 속에 걸음(현)이 있다. 따라서 걸음을 옮기는 것은 은현의 구조에 의하면 은(걸음)

이 나타나고 동시에 현(몸)이 뒤로 물러가는 구조이다.

요컨대 이 시행이 강조하는 무심의 경지는 화엄의 은현동시성의 세계를 보여주고, 이런 행위는 '나는 걷는다'가 아니라 '(나는) 걷는다'로 표현할 수 있다. 말하자면 주체, 이성, 분별, 사유가 없는 행위의 세계이고 이때 나는 사유 없이, 그러니까 무심의 경지에서 노닌다. 내가 걷는게 아니라 '걸음'이 걷고 이 걸음이 나이다. 나와 걸음의 경계가 해체되는 것은 내가 행위의 주체가 아니기 때문이다. 선이 강조하는 무심의 세계에선 생각 없이, 그러니까 내가 없이 밥 먹고, 내가 없이 시를 쓴다. 그런 점에서 최근에 내가 생각하는 것은 무심, 무념, 무사의 시쓰기이고 따라서 공空의 세계를 지향하는 시쓰기이고 마침내 시쓰기가 수행이고 마음을 비우려는 노력이라는 것. 물론 이렇게 무심을 매개로 하는 선은 이른바 여래선이고 마조 선사가 강조하는 즉심즉불, 평상심이 도라는 조사선과는 다르다. 조사선은 무심을 매개로 하지 않고 일상 자체가 도라는 입장이다. 이 문제에 대해서는 뒤에 다시 살필 예정이고 한국 선종禪宗이 강조하는 간화선도 문제다.

6. 사유와 비트겐슈타인

사유가 사라지는 것은 주체가 사라지는 것이고 주체가 사라지고 사라질 수 있고 사라져야 하는 것은 주체에 고정된 실체가 없기 때문이다. 나만이 아니라 삼라만상도 실체가 없다. 사유가 사라지면 모든 게 나타난다. 모든 게 주체의 구속에서 해방되기 때문이다. 물론 나도 이성, 분별, 사유의 구속에서 해방된다. 따라서 선불교가 강조하는 것은 모든 사유에서 벗어나 행위.

비트겐슈타인은 언어의 기능에 대해 말하면서 기호에 대한 사유가 아니라 언어 실천을 강조하고 그가 말하는 언어 실천, 기호 실천은 사유가 없는 행동으로 나타난다. 말하자면 기호는 죽은 것이고 기호는 사용(실천) 될 때 살아난다. 예컨대 '연필'이라는 기호는 연필이라는 사물을 지시하지만 기호 자체로는 아무 의미가 없다. 내가 친구에게 '연필 좀 빌려줘!'라고 말할 때 연필이라는 기호는 언어로서 기능을 발휘하기 때문이다. 기호 자체는 죽은 것이고 기호는 우리가 사용할 때 살아난다. 한편 언어를 사용할 때 우리는 그 지시적 의미에 대해 사유하면서 언어를 사용하는 것은 아니다. 다음은 비트겐슈타인의 말.

> '이 석판!' 이라는 명령을 받고 B는 A가 가리키는 그 석판을 가져온다. '석판 거기!"라는 명령을 받으면 B는 석판 하나를 A가 지시한 장소로 나른다. 그렇다면 이 경우 '거기'라는 단어는 지시적으로 가르쳐 지는가? 그렇기도 하고 아니기도 하다. 한 사람이 '거기'라는 단어를 사용하는 훈련을 받는다고 할 때 교사는 가리키는 몸짓을 하며 '거기'라는 단어를 발음할 것이다. 하지만 그로써 그가 한 장소에 '거기'라는 이름을 부여했다고 해야 할까? 이 경우 가리키는 몸짓은 바로 소통의 실천의 일부임을 기억하라.(비트겐슈타인, 『청갈색 책』, 진중권 옮김, 그린비, 2006, 159)

'이 석판!'이라는 명령을 수행할 때 우리는 '이것'의 지시적 의미를 명백히 사유하고 '석판 거기!'라는 경우 역시 '거기'의 지시적 의미를 명백히 자각하면서 움직이지 않는다는 것. 이런 명령이 나오면 우리는 거의 무의식적으로 자동적으로 기계처럼, 그러니까 사유 없이 행동한다. 따라서 단어의 의미가 중요한 게 아니라 실천이 중요하고 이런 언어 사용, 실천은 사유를 모른다. 물론 '거기'를 생각하며 움직일 수도 있고 생각 없이 움직일 수도 있다. 이때 중요한 것은 가리키는 몸짓이고 말할 때는 발음이고 글을 쓸 때는 손의 움직임이다.

한편 '셋'이라는 단어는 구체적으로 지시하는 대상이 없다. 이 단어는 사과에도 해당하고 벽돌에도 해당한다. 그렇다면 '셋'의 지시적 의미는 무엇인가? 요컨대 이런 주장이 강조하는 것은 언어의 기능은 의미에 있는 게 아니라 사용, 실천에 있다는 것. 그리고 이런 실천은 사유를 모른다. 비트겐슈타인에 의하면 사유, 생각은 본질적으로 기호를 가지고 하는 조작이다. 다음은 기호 조작의 보기.

나는 누구에게 '사과 여섯 개'라고 써 있는 종이쪽지를 건네주면서 '가게에 가서 사과 여섯 개를 사오라'고 명령한다. 그가 이 명령을 수행하는 방식을 기술하면 다음과 같을 것이다. 종이쪽지에 '사과 여섯 개'라고 적혀 있고, 그 쪽지가 점원에게 건네지면, 그 점원은 '사과'라는 단어를 각 선반들에 붙어 있는 라벨들과 비교해본다. 그는 라벨들 중 어느 하나에 '사과'라고 적혀있는 것을 발견하고, 1에서 시작해 그 쪽지에 적힌 숫자까지 셈하며 그때마다 선반에서 과일을 하나씩 꺼내 봉지에 담는다. 이것이 단어가 사용되는 한 가지 사례다.(비트겐슈타인, 앞의 책, 53)

사유는 기호를 조작하는 것, 기호 조작. 그러니까 우리의 사유는 이렇게 전개된다. '가게에 가서 사과 여섯 개를 사오라'는 쪽지를 받는 경우 이 쪽지는 점원에게 가고 점원은 산반들에서 '사과'라고 적힌 라벨을 찾고 1에서 6까지 셈하며 사과를 하나씩 봉지에 담는 과정이 이른바 이 명령에 대한 그의 사유이고, 사유를 동반하는 행위이다. 그러나 우리는 이렇게 생각하며, 그러니까 이렇게 기호를 조작하며 사과 여섯 개를 사는 건 아니다.

비트겐슈타인에 의하면 생각, 사고, 사유는 '정신적 활동'이 아니라 본질적으로 기호를 조작하는 활동이고 글을 쓸 때 활동은 손에 의해 수행하고, 말을 할 때는 입과 성대에 의해 수행된다. 그러나 우리는 이렇게 사유하며 언어를 사용하는 게 아니라 이른바 언어 놀이를 한다. 언어 놀이는 어린 아이가 단어를 사용하기 시작할 때 쓰는 언어 형태다.

전기 사유를 대표하는 『논리—철학 논고』에서 비트겐슈타인은 언어의 한 가지 형식인 단언문(명제)을 검토하면서 의문문과 명령문은 단언문의 변주로 간주하고 세 문장 형태의 공통적 핵심을 해명하려고 노력했다. 요컨대 그가 강조한 것은 명제의 논리적 형식을 통해 언어 전체의 구조를 해명할 수 있다는 것. 그러나 후기에 오면 '언어 놀이' 혹은 '언어 게임'이라는 개념을 강조하면서 전기 사유를 부정한다. 왜냐하면 이 세상엔 많은 문장들이 있고 이런 문장들의 공통점은 없기 때문이다. 문장들은 공통점이 아니라 이른바 '가족유사성'을 소유한다. 언어 구조의 공통적 특성을 찾는 것은 일반화에의 갈망 때문이고 언어에는 그런 일반적 법칙이나 원칙이 없고 가족유사성만 있다는 것. 그렇다면 가족유사성이란 무엇인가?

우리에게는 하나의 일반명사에 포섭되는 모든 대상에 공통된 무엇인가를 찾는 경향이 있다. 예를 들면 우리는 모든 놀이에는 틀림없이 무언가 공통적인 것이 있을 것이고, 바로 그 공통적 속성이 '놀이'라는 일반명사를 다양한 놀이들에 적용시키는 근거라고 생각하는 경향이 있다. 하지만 다양한 놀이들은 가족유사성을 가진 식구들로 가족을 구성하고 있을 뿐이다. 그 식구들 중 몇몇은 코가 닮았고, 다른 몇몇은 눈썹이 닮았는가 하면, 또 몇몇은 걸음걸이가 닮았다. 이 유사성들은 서로 겹쳐진다. 일반개념을 개개의 사례들 모두에 공통적인 속성이라고 보는 관념은 언어구조에 대한 소박하고 지나치게 단순한 관념에서 나온다.(비트겐슈타인, 위의 책, 54)

『논리-철학 논고』에 의하면 하나의 일반명사에는 여러 대상들이 포섭되고 이 대상들의 공통적 특성이 그 지시적 의미가 된다. 예컨대 '비'라는 일반 명사는 '비'를 지시하지만 이 비는 여러 유형의 비들이 공유하는 특성을 지시한다. 그러니까 일반명사 '비'는 봄비, 가을비, 새벽비, 밤비, 궂은비, 이슬비 등 여러 구체적 비들의 공통적 속성을 지시하지만 후기에 오면 이런 공통적 속성 찾기, 원칙 찾기는 일반화의 갈망이라고 비판된다.

예컨대 '돌'이라는 명사는 이 세상에 구체적으로 존재하는 대상으로서의 돌을 지시할 때 그 의미가 성립하고, 이 돌은 이 세상에 있는 모든 돌들의 공통적 속성을 뜻한다. 그러나 『철학적 탐구』에서 강조하듯이 '돌'의 의미는 이런 지시성이 아니라 쓰임새, 사용성에 있다. 친구와 함께 길을 갈 때 돌이 앞에 있는 경우를 생각해 보자. 내가 '돌!'하며 돌을 가리키면 이 말은 친구에게 '돌을 보라!', '돌을 조심하라!'는 의미이고, 치우는 시늉을 하며 '돌!'하면 '돌을 치우라!라는 의미이고, 돌을 보며 '돌?' 하면 '이게 돌인가?'라는 의미이고, 돌이 날아오는 경우 '돌!' 하면 '돌을 피하라'는 의미이고, 머리가 나쁜 친구를 가리키며 '돌!'하면 '저 친구는 마리가 나빠'라는 의미이다. 요컨대 돌의 일반적 의미가 있는 게 아니라 다양한 사용이 있고 이런 언어 사용이 언어 놀이이다. 개별적 사용, 놀이들이 있고 이런 놀이들이 '언어 놀이'라는 가족을 구성한다. 지시 대명사 '여기', '저기' 등은 두말 할 것이 없고 인칭 대명사 '나', '너', 그', 등도 역시 그렇다.

한편 문장 역시 사정은 같다. 이 세상엔 단언문(옷을 입었다), 의문문(옷을 입었는가?) 명령문(옷을 입어라)만 있는 게 아니라 비트겐슈타인도 지적하듯이 허구(옷이 웃는다), 농담(사람이 아니라 옷이 걸어가네), 설명(옷은 몸에 입는 것), 사건(옷이 불에 타버렸다), 가설(이게 옷이라면), 감사(옷에게 고맙다고 해야지), 저주(옷이 원수야) 등 한이 없다

그러므로 기호, 단어, 문장의 용도는 수없이 많고, 따라서 새로운 언어, 새로운 언어 놀이가 존재하게 되고, 다른 것들은 구식이 되어 잊혀진다. 요컨대 언어 놀이는 언어가 사유, 기호 조작의 세계가 아니라 행동의 일부, 혹은 삶의 한 형태임을 강조한다. 따라서 비트겐슈타인의 언어 놀이가 강조하는 것은 생각, 사유, 기호 조작, 상상을 하지 말고 실제 사물을 바라보라는 것. 나와 대상 사이엔 사유가 아니라 행동이 있고 이때 언어는 투명해진다. 말하자면 기호와 지시성(의미)의 관계에서 의미가 상실되고 기호만 드러난다. 따라서 그동안 의미 찾기에 몰두한 모든 철학은 혼란이고 이제 우리가 할 일은 혼란을 청소하는 것. 문제의 해결은 문제를 청소하는 데 있다.

내가 비트겐슈타인의 후기 철학에서 읽는 것은 사유 없는 행동이고, 사유로부터의 해방이고, 이런 삶의 태도가 선禪과 통한다는 입장이다. 진각 스님이 강조하는 무심, 무념. 무사의 삶은 주체, 사유, 분별이 없는 삶이다. 비트겐슈타인 역시 사유 없는 삶. 그러니까 기호 조작 없이 그저 움직이는 삶, 사유의 매개 없이 배고프면 밥 먹고 잠이 오면 자고 아무 생각없이 일하는 삶이다. 언어를 사용하지만 사유 없이 사용하고, 시를 쓰지만 사유 없이 쓰는 시. 그런 점에서 비트겐슈타인의 후기 철학은 선禪과 통하고 하이데거의 후기 철학, 특히 존재와 탈존 개념은 선에 접근한다. 선은 어떤 교리도 언어도 부정하는 불립문자不立文字 교외별전敎外別傳의 세계이고 비트겐슈타인이 노린 것 역시 이런 세계이기 때문이다. 그는 어디선가 '나는 아무 교리가 없고 아무 말도 필요 없는 종교를 상상할 수 있다.'고 말한 바 있다.

07
존재

1. 존재와 언어

나는 앞의 글에서 하이데거의 「휴머니즘 서간」을 중심으로 그의 후기 사유의 특성을 살피고 선禪과 관련시켜 해석했다. 이제까지 살핀 건 첫째로 사유는 존재의 사유라는 것, 둘째로 인간의 본질은 탈존에 있다는 것, 셋째로 존재는 '그것' 자체라는 것, 넷째로 존재는 밝음 자체라는 것, 다섯째로 존재는 관계라는 것으로 요약된다.

여섯째로 그에 의하면 존재는 인간에게 언어로 현성한다. 존재가 언어로 현성한다는 것은 인간의 말을 통해 존재가 현성하는 게 아니라 존재가 말을 걸어올 때, 그 말에 입각해서만 인간의 본질이 드러난다는 뜻이다. 그런 점에서 존재가 말한다. 그렇다면 존재는 어떻게 말하는가? 상당히 난해한 주장이다. 그의 언어에 대한 사유는 이른바 일상인들, 혹은 세인世人들의 퇴락한 삶에 대한 비판과 관련된다. 일상인들의 삶은 평균적 일상성 속에 퇴락한 삶을 뜻하고 이런 삶을 지배하는 것은 공허한 말, 호기심, 애매성이고 이런 삶은 존재의 개시를 모르는 비본래적 삶이다.

언어의 측면에서 일상인들을 지배하는 공허한 말은 일상 속에서 공공적으로 해석된 것만 전달하기 때문에 언어가 제시하는 존재자, 곧 사물, 타인, 현존재 자체는 소멸한다. 따라서 공허한 말은 나와 존재자의 1차적 관계를 상실한 채 소문으로 떠다니고 나의 말이 아니라 남들의 말을 모방할 뿐이다. 그러므로 언어가 소유하는 존재의 개시성을 은폐한다. 왜냐하면 존재는 언어로 현성하기 때문이다. 나의 실존과 관계없이 남들의 말을 따라 하는 이런 말, 공공의 말은 존재가 아니라 말을 전달하는 봉사자의 역할로 전락하고 공공성의 독재 아래 놓인다. 근대를 지배하는 과학적 기술적 언어 역시 그렇다. 하이데거는 이런 현상을 언어의 황폐화라고 명명한다. 그에 의하면 '언어의 퇴락은 언어가 근대 주관주의적 형이상학의 지배 하에서 거의 끊임없이 그 본령으로부터 벗어나고 있다는 사건의 근거가 아니라 오히려 이미 그 사건의 결과다.'(하이데거, 「휴머니즘 서간」, 앞의 책, 130)

근대를 지배하는 공허한 말은 존재를 망각하고 존재자를 지배하는 도구가 되고 이때 사물들은 원인과 결과의 그물 속에 현실적인 것으로 나타난다. 그러나 그에 의하면 언어는 존재의 집이다. 그렇다면 존재가 거주하는 집으로서의 언어는 과연 어떤 언어인가? 그것은 공공성, 도구성을 벗어나는 언어이고, 존재가 탈존의 영역이라는 점에서 사유 주체로서의 내가 없는 언어, 따라서 존재가 말하는 언어이다. 다음은 하이데거의 말.

그러나 인간이 다시 한 번 존재의 가까움에 순응해야 한다면 인간은 익명으로 실존하는 것을 우선 배워야 한다. 마찬가지로 인간은 공공성의 유혹 및 사적인 것의 무력함도 인식해야 한다. 인간은 스스로 말하기 전에 먼저 존재가 자신에게 말을 걸게끔 해야 한다. 물론 존재가 말을 거는 상황에서는 인간은 할 말을 거의 갖지 않거나 드물게만 갖게 되는데, 이런 위험을 무릅쓰고라도, 단지 이렇게 할 때만 낱말에게는 그 본질의 귀중함이, 그리고 인간에게는 존재의 진리 안에 거주하기 위한 집이 다시 선사된다.(하이데거, 위의 글, 130)

존재의 가까움이란 존재가 멀리 있으며 동시에 가까이 있는 그런 가까움의 세계를 뜻한다. 존재는 환히 트인 영역, 밝음, 현現Da의 영역, '거기'이고 이런 존재의 빛 속에서 현실적인 나는 나로부터 벗어난다. 존재는 멀리 있지만 동시에 가까이 있다. 이런 가까움이 이른바 '숲 속의 환한 터'에 비유되고 나는 이런 존재의 세계를 은현동시 구조로 해석한 바 있다. 요컨대 현-존재는 존재에 가까이 있고 존재의 가까움에 순응하는 인간을 뜻한다.

존재의 빛 속에서 나는 탈존, 곧 나로부터 벗어나기 때문에 존재에 순응하는 이때 나는 주체, 이성, 사유가 없는 나이다. 따라서 나는 존재의 빛 속에서 익명으로 존재한다. '나는 있다'가 아니라 '(나는) 있다'는 표현을 사용한 것은 이런 문맥을 거느린다. 내가 없는 상황에선 존재가 말을 걸어야 하고 나는 존재, 있음의 말에 귀를 기울여야 한다. 나는 할 말이 없고 존재의 말이 괄호를 채우고 그때 나는 존재와 만나기 때문에 언어는 존재의 집이고 이때 인간은 존재의 진리 속에 거주한다.

지금 컨디션이 안 좋아 글이 잘 풀리지 않는다. 날씨는 오늘도 30도가 넘고 만해마을 다녀온 다음 며칠째 건강도 안 좋고 이런 날이면 오전부터 기진맥진이다. 낮잠을 자고 일어나도 힘이 없어 다시 작은 방, 지금 이 글을 쓰고 있는 방에 누워 있다 일어나 이 글을 쓰지만 내가 좀 횡설수설하는 것 같다. 다시 생각하자. 언어는 존재의 집이다. 나는 젊은 시절 처음 하이데거를 읽으며 언어가 존재의 집이라는 말을 언어가 존재자, 그러니까 인간이나 사물의 집이라고 오독을 하고 그런 시각에서 김춘수의 「꽃」을 해석한 바 있다. 그러니까 존재와 존재자, 영어 대문자 존재Being와 소문자 존재being를 혼동하고 글을 쓴 셈이다. 최근에도 많은 평론이나 이론에서 존재와 존재자를 혼동하는 글들을 읽을 수 있다.

그러나 존재는 존재자가 아니다. 존재는 존재자처럼 있는 것이 아니라 존재자의 근원, 존재자를 존재케 하는 환한 영역이다. 대문자 존재는 존재를, 소문자 존재는 존재자를 번역한 것. 이 세상엔 내가 있고, 꽃이 있고, 바위가 있다. 이렇게 있는 것, 존재하는 것이 존재자이고, 이런 있음, 존재의 근원, 존재자를 존재케 하는 영역이 존재이다. 김춘수의 「꽃」을 다시 읽어보자.

> 내가 그의 이름을 불러주기 전에는
> 그는 다만
> 하나의 몸짓에 지나지 않았다.
>
> 내가 그의 이름을 불러 주었을 때
> 그는 나에게로 와서
> 꽃이 되었다.

「꽃」 1, 2연이다. 이 시가 강조하는 것은 언어와 사물(존재자)의 관계다. 내가 이름을 불러주기 전은 명명 이전, 곧 언어가 개입하기 전이고 이때 꽃은 꽃으로 존재하는 게 아니라 '하나의 몸짓'에 지나지 않고 따라서 그 의미를 모른다. 그러나 내가 이름을 불러주었을 때, 명명 이후, 곧 언어가 개입하자 '몸짓'은 '꽃'이 된다. 꽃이 된다는 말은 꽃으로 존재한다는 것, 그리고 의미를 획득하게 됨을 뜻한다. 따라서 이 시는 언어에 의해 사물이 사물로 존재한다는 것을 강조한다. 그런 점에서 언어가 존재를 건설하고 언어가 존재의 집이라고 읽을 수 있지만 하이데거가 말하는 '언어는 존재의 집'은 언어에 의해 사물들이 존재한다는 의미가 아니다. 이런 읽기에 의하면 '언어는 존재의 집'이 아니라 '언어는 존재자의 집'이라고 표현해야 되고 존재자의 집은 존재의 집이 아니다. 한편 이 시에서는 인간이 말하지만 하이데거에 의하면 존재가 말하고 그 순간에 인간은 할 말이 거의 없다.

　나는 어느 시론인가 시에서 '언어도 버리자'고 주장하면서 '언어는 존재의 집'이 아니라 '언어는 존재의 짐'이리고 말한 바 있다. 이때 존재는 존재자에 해당한다. 전자는 언어에 의해 나, 사물들이 존재하지만 이때,

그러니까 언어로 명명될 때 나와 사물은 존재하는 게 아니라 죽기 때문에 언어는 '존재의 집'이 아니라 '존재의 짐'이 되고 따라서 이 짐, 언어를 버려야 한다는 것. 예컨대 나는 '이승훈'이라고 명명될 때 이 땅에 존재하지만 '이승훈'이라는 언어, 기호는 전체로서의 나를 추상하고 금이 가게 한다. 라캉 식으로 말하면 나는 상징계, 언어 질서, 현실 속에 들면서 병이 든다. '바다'라는 언어 역시 비슷하다. '바다'라는 기호에는 바다가 없다. 그런 점에서 이 언어는 존재의 집이 아니라 부재의 집이고, 삶의 집이 아니라 죽음의 집이 된다. 그러므로 언어도 버리고 쓰는 시가 요구된다.

2. 다선일여茶禪一如

요컨대 인용한 시에는 사유 주체로서의 인간이 전면에 나오고 그의 말에 의해 사물들이 존재하고 자신도 존재한다. 그러나 하이데거가 강조하는 것은 사유 주체가 사라지는 순간에 존재가 하는 말이고 인간은 이 존재의 말에 귀를 기우리고 존재에 접근하고 존재를 수호하는 자, 곧 존재의 목자牧者이다. 사유는 존재의 사유이고 존재를 향한 사유이다. 존재는 주어이며 동시에 목적어이다. 그러므로 사유 속에서 존재는 언어에 접근한다. 왜냐하면 이 언어는 존재의 언어이기 때문이다. 동어반복 같은 이런 말이 강조하는 것은 사유는 존재의 사유이고 존재의 사유는 언어를 동반하지만 이때의 언어는 주체, 이성을 부정하는 언어이고 따라서 사유, 존재, 언어는 상호의존적 관계에 있다는 것. 언어가 존재의 집이라는 말은 이런 뜻을 내포한다.

인간은 이 집, 이런 언어 속에 거주하고, 사유하는 사람들, 창조하는 사람들이 이 집을 보호한다. 이들은 언어 속에 존재를 불러오고, 언어를 통해 존재를 유지하면서 존재를 드러나게 한다. 사유는 그 결과 때문에 행위가 되는 것이 아니고 혹은 그 무엇에 작용되기 때문에 행위가 되는 것이 아니다. 사유는 사유가 사유하는 한 행동한다.(M. Heidegger, 'Letter on Humanism', M. Heidegger: Basic Writings, tr. F. A. Capuzz, New York, Harper & Row, 1977, pp. 193-342, L. Cahoon,, ed. from Modernism to Postmodernism, Blackwell, 1996, p. 275)

인간은 존재의 언어 속에 거주하고 특히 사유하는 사람들, 시인들, 창조하는 사람들은 언어를 사용하는 자가 아니라 언어 속에 존재를 불러오고 존재를 유지하면서 존재를 드러나게 한다. 이른바 존재의 개시에 참여한다. 이런 사유는 무엇에 적용되는 사유가 아니기 때문에 사유를 사유하고 따라서 사유의 목적과 수단은 동일시된다. 사유는 존재를 위한 존재의 참여이기 때문이다. 근대적 사유나 기술은 사유의 목적과 수단을 강조하고, 그런 점에서 주관/ 객관의 이항 대립을 강조하고 존재가 참여하는 사유가 아니다. 중요한 것은 목적/ 수단, 주체/ 객체의 경계를 해체하는 일이고 하이데거가 강조하는 사유, 존재, 언어가 노리는 것은 이런 해체이다.

존재는 언어의 집이고 인간이 이 집에 거주한다는 것은 인간이 시인으로 산다는 말이고 시인은 사유하는 사람이고 시인이 언어의 집을 보호하고 존재를 수호하고 존재 가까이 산다. 나는 이 문제를 노자와 관련시켜 해명한 바 있다.(이승훈, 「노자와 하이데거」, 『탈근대주체이론-과정으로서의 나』, 푸른사상, 2003, 20-25)

하이데거에 의하면 인간은 존재가 말을 걸어오는 한에서만 자신의 본질 안에서 현성現成한다. 그렇다면 존재는 어떻게 말을 걸어오고, 인간은 어떻게 귀를 기울이는가? 다음은 하이데거의 말.

존재가 건네주는 말에 입각해서만 인간은 자신의 본질이 어디에 거주하는가를 발견했다. 이러한 거주에 입각해서만 인간은 언어를 집으로 갖는데,

이 집은 인간의 본질을 위해 '탈자적인 것'을 보존해주는 집인 것이다. 존재의 밝음 안에 서 있음을 나는 탈-존이라 명명한다. 이러한 있음의 양식은 인간에게만 고유하다. 이렇게 이해된 탈-존이 이성의 가능 근거다. 또한 탈존 안에서만 인간의 본질은 자신의 규정의 유래를 보존한다.(하이데거, 「휴머니즘 서간」, 이선일 옮김, 위의 책, 135)

탈존은 존재로의 탈존이다. 탈-존은 앞에서도 말했듯이 존재와 탈존이 상호의존적인 관계로 있음을 뜻한다. 존재가 말을 걸어올 때 인간은 탈존한다. 곧 자신을 벗어나며 존재 안에 거주한다. 그런 점에서 언어(존재의 집)은 인간의 탈자성을 보존하고 이렇게 존재의 밝음 안에 있는 것이 탈-존이다. 언어는 나를 향해 오는 존재이고 존재는 나에게 언어로 현성한다. 그러나 앞에서도 말했듯이 존재는 자신을 은폐하며 동시에 밝히는 사건으로 오고 나는 이런 존재의 도래를 은현동시 구조로 해석한 바 있다.

존재는 자신을 밝히며(현) 동시에 은닉하며(은) 오는 사건이고 언어로 현성하는 존재 역시 그렇다. '숲 속의 환한 터'를 다시 회상하자. 나는 이렇게 다가오는 존재의 언어에 응답함으로써 존재의 언어와 만난다. 자신을 숨기며(은) 동시에 드러내는(현) 이런 존재(언어)의 특성은 많은 선시禪詩에 드러나며 그런 점에서 하이데거의 존재, 사유, 언어는 선에 접근한다. 다음은 조선 시대 초의草衣 선사의 「동다송東茶頌」.

졸졸 흐르는 시냇물 속 떠내려가는 구름을 밟고　　履雜潤底雲
창문은 소나무 위의 달을 머금었네.　　　　　　　　窓含上松月

다선일여茶禪一如라는 말이 있듯이 이 시에서 초의 선사는 차를 선의 경지에서 노래한다. 그러니까 이 시는 차를 매개로 하는 선의 경지. 다선일여는 차와 선의 세계가 같다는 것. 특히 선사들이 차를 마시는 것은 무심, 무념, 무상을 암시한다. 왜냐하면 차의 향기가 주는 그윽하고 청정한 느낌이 선의 세계와 통하기 때문이다. 중국 당나라 시대 조주趙州 선사는 「차나 마시게 끽다거喫茶去」 공안으로 유명하다.

스님께서 새로 온 두 납자에게 물었다.
'스님들은 여기 와 본 적이 있는가?'
한 스님이 대답했다.
'와 본 적이 없습니다.'
'차를 마시게.'
또 한 사람에게 물었다.
'여기 와 본 적이 있는가?'
'와 본 적이 있습니다.'
'차를 마시게.'
원주院主가 물었다.
'스님께서는 와 보지 않았던 사람에게 차를 마시라고 한 것은 그만 두고라도 무엇 때문에 왔던 사람도 차를 마시라고 하십니까?'
스님께서 '원주야!' 하고 부르니 원주가 '예!' 하고 대답하자 '차를 마셔라.' 하셨다.

원주는 절의 살림살이를 맡는 직책으로 감사라고도 한다. '끽다거'를 '차를 마시고 가게(去)'라고 번역하는 경우도 있지만 이때의 '거'는 어조사로 별다른 의미가 없기 때문에 '차를 마시게'가 옳다. 이 공안에 대한 해석은 다양하지만 여기서 차는 와본 스님이나 처음인 스님이나 모두에게 '차를 마시게' 한다는 점에서 분별과 차별이 없는 무심의 세계를 암시한다. 그러나 원주는 이런 도의 세계를 모르기 때문에 선사에게 묻고 다시 선사가 원주에게 '차를 마셔라' 한 것은 그를 깨닫게 하기 위해서이다. 이때 차를 마시는 행위는 무심의 경지에 드는 것. 나는 다른 글에서 끽다거 공안을 기호학의 시각에서 해석한 바 있으므로 자세한 해석은 생략한다. (이승훈, 『선과 기호학』, 한양대 출판부, 2005, 69–70, 302–306)

차를 마시는 행위가 선과 통한다고 했지만 과연 어떻게 통하는가? 다

음은 조주 선사가 찾아오는 스님마다 차를 마시라고 한 공안을 주제로
한 시.

> 조주는 찾아오는 사람마다 차를 권했지만　　　　趙州道簡喫茶去
> 그는 한 방울도 입에 댄 적이 없네.　　　　　　一滴何曾濕口脣
> 조주는 차를 마셨지만 차향은 그대로 남아 있고　趙州喫去常留香
> 육우가 차를 달였지만 양은 조금도 줄지 않았네.　陸羽煎來不減量

　이 시는 어디서 읽고 메모해 둔 것이지만 지은이가 누구인지 모르
겠다. 중요한 것은 조주 선사가 찾아오는 사람마다 차를 권했지만 그는
한 방울도 입에 대지 않았다는 시행. 이 시행을 고지식하게 읽으면 정말
조주 선사는 차를 한 방울도 마시지 않은 게 된다. 과연 그는 차를 권하
기만 하고 자신은 한 방울도 입에 대지 않았단 말인가?
　그렇지 않다. 그가 차를 권한 것은 이미 그가 다선일여의 경지를 체험
했기 때문이다. 따라서 그가 차를 마셨지만 한 방울도 입에 대지 않았다
는 말은 차를 마시는 행위가 바로 무심, 무념, 무사와 통한다는 것을 암
시한다. 그는 차를 마시지만 마신다는 생각이 없고 따라서 이 시행은 다
선일여의 경지를 노래한다. 이런 해석이 가능한 것은 3행 때문이다. '그
는 차를 마셨지만 차향은 그대로 남는다'는 말은 그가 차를 마셨다는 사
실을 반증한다.
　그러나 차를 마셨지만 차향은 그대로 남는다는 말 역시 이해가 잘 안
된다. 왜냐하면 차를 마시면 차향은 사라지기 때문이다. 그러나 이 시행
역시 차와 선이 같다는 것을 암시한다. 차향이 고요와 그윽함과 청정심,
곧 불성을 상징한다는 점에서 이 시행이 강조하는 것은 사라짐이 없는
마음의 세계, 이른바 공의 세계이다. 육우가 차를 달여 마셔도 차는 조
금도 줄지 않았다는 4행 역시 이런 의미이다. 육우는 평생 차를 달여 마
신 이른바 다성茶聖. 차는 달여 마시면 없어지거나 줄어들기 마련이다.

그러나 줄어들지 않는다는 말은 차와 선의 동일성을 강조한다.

요컨대 조주가 한 방울도 입에 댄 적이 없고, 차를 마셔도 차향은 그대로 남고, 차를 마셔도 차의 양이 줄지 않는다는 표현은 『반야심경』에서 말하는 공空을 강조한다. 관자재보살은 사리자에게 말한다. 이 세계의 모든 현상은 인연이고 공空이므로 나는 것도 멸하는 것도 없고, 더러운 것도 깨끗한 것도 없고, 늘지도 줄지도 않는다. 諸法空相 不生不滅 不垢不淨 不增不減

3. 존재와 선

내가 이제까지 차와 선의 관계, 이른바 다선일여에 대해 말한 것은 초의 선사의 「동다송」을 해석하기 위해서이다. 선사의 시는 단순히 시냇물과 구름, 소나무와 달을 노래하는 자연시가 아니라 제목이 암시하듯이 차를 노래하고 이 차가 선과 통하기 때문에 선시이고 따라서 이 시는 선의 경지를 노래하고 내가 시도하는 것은 이런 경지와 하이데거가 주장하는 존재, 언어, 사유의 연관성이다. 「동다송」을 다시 회상하자.

> 졸졸 흐르는 시냇물 속 떠내려가는 구름을 밟고 　　履雜潤底雲
> 창문은 소나무 위의 달을 머금었네 　　　　　　　窓含上松月

시냇물 속에 있는 구름은 하늘의 구름이 시냇물 속에 숨은 것(隱). 그러나 떠내려간다는 점에서 이 구름은 드러난다.(現) 그러므로 '시냇물 속 떠내려가는 구름'은 은현동시 중도의 세계를 보여준다. 일반적인 자연시라면 '구름이 흐르는 시냇물에 비친다'고 표현했을 것이다. 달이 뜬 밤이고 하늘엔 구름이 떠있고 이 구름이 달빛과 함께 시냇물에 비치는 풍경이다. 그러나 초의 선사는 '시냇물에 비치는 구름'이 아니라 '시냇물 속 구름'이라고 노래한다. 전자의 경우엔 구름이 시냇물에 드러나고, 후자의 경우엔 구름이 시냇물 속에 숨는다. 그러나 이렇게 숨은 구름이 시냇물 따라 흐르는 것이 눈에 보인다. 요컨대 1행이 노래하는 것은 은현동시 구조이다. 구름은 시냇물 속에 숨으며(은) 동시에 나타난다.(현) 이런 이미지는 하이데거가 말하는 존재, 곧 '숲 속의 환한 빈터'와 비슷하다. 왜냐하면 이 경우도 빛이 숲 속에 숨으며(은) 동시에 빛을 드러내기(현) 때문이다.

이런 은현동시 구조는 한편 『반야심경』의 색즉시공 공즉시색의 세계로도 읽을 수 있다. '흐르는 시냇물'은 공空이고 이 시냇물 속에 나타나는 '구름'은 색色이다. 그러나 공즉시색의 세계. 이런 이미지는 당나라 시대 선승 화정선자華亭船子의 선시 「긴 낚시대 드리우니 천척사륜千尺絲綸」의 후반부에 나오는 이미지와 유사하다.

고요한 밤 물이 차가워 고기는 물지 않고　　　夜靜水寒魚不食
텅 빈 배에 밝은 달빛만 가득 싣고 돌아오네　　滿船空載月明歸

화정선사는 중국 당나라 때 남종선 청원계 3세인 약산유엄의 제자로 도를 깨달은 뒤 화정(현재의 상해 송강)에서 뱃사공을 하며 살았다. 선자船子는 뱃사공을 뜻하고 선자가 그의 법호가 된 것은 이런 사정 때문이다. 그는 제자 협산선회를 강물에 빠뜨려 깨닫게 한 후 스스로 배를 뒤집고 익사하였다는 이야기가 전해 온다.

'고요한 밤 차거운 물'은 선시가 지향하는 청한淸寒의 미학을 암시하고 이런 고요와 차거움이 선과 통한다. 이런 세계에선 고기 역시 입을 다물고 있다. 선사는 이런 고요의 세계, 선의 세계를 깨닫고 '텅 빈 배에 밝은 달빛만 가득 싣고 돌아온다.' '텅 빈 배'는 공空을 공을 상징하고, '달빛'은 색色을 상징한다. 그러므로 '텅 빈 배에 가득한 달빛'은 공즉시색의 세계이고 이런 이미지는 초의 선사의 시에 나오는 '흐르는 시냇물 속 구름'과 비슷하다. '흐르는 시냇물'이 공을 상징하는 것은 흐름이 제법무아 제행무상과 통하기 때문이다. 화정 선사의 시에도 달이 나오고 초의 선사의 시에도 달이 나온다.

일반적으로 선시의 경우 달빛은 '월인천강月印天江'의 이미지가 그렇듯이 반야, 불성을 상징한다. 월인천강은 천 개의 강에 비친 달이다. 이때 천 개는 만 개가 그렇듯이 많다는 뜻. 하늘에는 하나의 달이 있지만 이 달이 천 개의 강에 비친다면 이 달은 천 개의 달이 된다. 이런 달은 한 개의 달인가, 천 개의 달인가? 한 개도 되고 천 개도 되고 한 개가 천 개가 되고 천 개가 한 개가 되는 이른바 화엄이 강조하는 일즉다一即多 다즉일多即一의 세계이다. 또한 천 개의 달 속엔 각각 하나의 달이 있고 하나의 달 속에는 천 개의 달이 있다. 다중일多中一 일중다一中多의 세계이다. 달이 불성을 상징한다는 것은 이런 문맥을 거느리고 반야 지혜, 깨달은 마음이 그렇다. 나의 마음이 우주의 마음이고 우주의 마음이 나의 마음이다. 숲 속의 새는 하나의 나무 가지에 앉지만 숲 속에 있다. 하나의 나무 가지(一)가 숲(多)이고 숲이 하나의 나무 가지다.

한편 초의 선사의 시에서 '흐르는 시냇물'은 고요한 시냇물이 아니라 잡윤雜潤, 곧 어수선한 물, 졸졸 소리가 나는 물이다. 그러나 물 속에 있는 구름은 고요하다. 따라서 시냇물 표면은 소란하고(색) 심층은 고요하고(은) 이런 시냇물이 떠내려간다는 점에서 은현동시성을 암시한다. 요컨대 1행은 구름이 시냇물 속에 숨으며 동시에 드러나고, 시냇물 표면은 소란하고 심층은 고요한 은현동시의 세계를 보여준다.

문제는 창문의 이미지다. 이 시에서 창문은 흐르는 시냇물 속 구름을 밟고 소나무 위 달을 머금고 있다. 창문이 '흐르는 시냇물 속 구름'을 밟는다는 것은 은현의 세계, 공즉시색의 세계에 순응하는 삶, 달을 삼킨다는 것은 달(불성)을 수용하는 삶을 암시한다. 간단히 말하면 창문은 흐름(공)에 순응하며 달(불성)을 수용한다.

하이데거에 의하면 인간의 본질은 탈존이고 이때 인간은 존재에 의해 존재의 빛 속에 던져진다. 존재의 진리는 은닉된 채 존재의 언어로 인간에게 도래한다. 그러므로 인간은 존재의 진리를 심려하는 가운데 존재의 운명에 순응하며 존재의 진리를 수호하는 존재의 목자이다. 초의 선사의 시에서 읽을 수 있는 것은 흐름(공)에 순응하며 달(불성)을 내면화하는 삶의 모습이다. 그러나 시냇물의 흐름은 은현동시, 공즉시색의 세계이고, 하이데거가 말하는 존재 역시 그렇다. 따라서 이 시를 하이데거식으로 읽으면 인간은 존재를 염려하면서 존재에 순응하고 이 존재가 불성과 통한다. 불성과 통하는가? 하이데거의 한계는 존재에 순응할 뿐 '소나무 위 달'(불성)을 수용하지 못한다는 데 있다.

4. 존재와 마음

존재는 자신을 밝히며(현) 동시에 은닉하며(은) 오는 사건이고 이런 사건 속에서 나는 존재의 말에 귀를 기우리며 고정된 실체를 벗어난다. 탈존은 나를 벗어나며 있는 탈−존이고 존재의 빛 속에 있는 현−존재로 있음과 없음의 경계를 벗어난다. 말하자면 존재/ 부재, 현상/ 본질, 현존/ 본질 등 형이상학적 이분법을 해체한다.

하이데거가 사르트르의 실존주의를 비판하는 이유는 이런 해체와 관련된다. 사르트르가 주장하는 실존주의의 근본명제는 '실존이 본질에 앞선다'이다. 하이데거에 의하면 이 명제는 '본질이 현상에 앞선다'는 플라톤 이래의 형이상학적 명제에서 주어와 술어를 바꾼 것에 지니지 않고 따라서 이분법의 범주에 머문다. 하이데거는 『존재와 시간』에서 '인간의 실체는 실존이다'라는 명제를 주장했지만 이때의 실체는 '가까이 다가 와 있는 것', 현전자現前者를 뜻하고 따라서 사르트르가 말하는 실존과는 다른 개념이다. 사르트르가 본질과 대립되는 개념으로 실존을 해석한다면 하이데거의 실체는 탈존하면서 존재 가까이 있는 자를 뜻한다.

하이데거가 이성 중심의 전통적 휴머니즘에 반대하면서 자신의 주장을 극단적인 의미로서의 휴머니즘이라고 말하는 것은 전통적 휴머니즘이 이성에 의해 존재자들을 지배하려는 의지의 산물이고 따라서 존재를 망각했기 때문이다. 그에 의하면 인간은 존재자의 주인이 아니라 존재의 목자이고 존재와의 가까움에 거주하는 존재의 이웃이다. 따라서 그는 비휴머니즘이 아나라 반휴머니즘의 태도를 보여준다.(하이데거, 위의 책, 157)

하이데거의 존재 개념이 난해한 것은 전통적 형이상학의 개념을 거부하기 때문이다. 그가 말하는 존재는 전통적인 존재/ 부재, 존재/ 무, 존재/ 본질의 이분법을 해체한다. 앞에서도 말했듯이 그가 강조하는 존재는 가깝고 동시에 멀고, 존재하며(현) 동시에 부재하고(은), 환한 영역이지만 숲 속의 환한 터이다. 물론 그는 후기에 오면 현존재라는 용어 대신 인간과 존재자라는 용어를 사용하고 이때 인간은 존재자에 포함된다. 전기 사유에서 현존재가 자신이 은폐한 존재를 개시한다면 후기 사유에서 현존재(인간)의 본질은 존재와 탈존의 관계이고 그가 탈–존이라고 표현하는 것은 이런 삶의 양식을 강조한다.

탈–존은 자신을 벗어나며 동시에 존재하는 것. 탈–존을 현존재에 대입하면 현–존재가 되고 이때 현존재는 자신이 은폐한 존재를 무(불안)를 통해 개시하는 게 아니라 이미 개시된, 현現Da한, 환한 영역인 존재와 함께, 그런 존재 가까이 있음을 뜻한다. 현–존재는 현존재가 존재 가까이서 존재의 말에 귀를 기우리며 존재를 수호하는 그런 존재자이다. 현–존재를 뜻하는 Da-sein의 Da는 저기/ 여기의 경계가 해체되는 존재의 빛을 뜻한다. 존재(있음)는 '내가 있다.'는 말이 암시하듯이 어떤 사물들보다 나 가까이 있고 한편 나는 존재에 대한 사유보다 존재자에 우선 관심을 둔다는 점에서 멀리 있다. 말하자면 존재는 존재적ontic으로 가깝고 존재론적ontological으로 멀다. 현–존재의 현, 밝음, Da-sein의 Da가 암시하는 것이 그렇다.

요컨대 탈-존은 내가 존재와 만나면서 존재 속에 있고 이때 나는 소멸하며 동시에 있다. 있음(존재) 없이는 내가 없다. 한편 내가 없다면 있음(존재)도 없다. 그러므로 진정한 나, 곧 탈-존은 존재자(현존재)와 존재 사이, 틈, 관계이다. 그러나 스태프니도 주장하듯이 선禪은 이런 사이, 틈, 관계를 모른다. 말하자면 선에는 존재자/ 존재, 있음/ 없음의 대립과 분리가 없다. 물론 하이데거는 3기에 오면 나/ 존재, 현존재/존재, 존재자/ 존재의 공속을 강조하고 이때 현존재는 바로 존재가 된다. 이 문제는 뒤에 다시 살피기로 한다.

하이데거가 추구하는 것은 존재이고 선이 추구하는 것은 마음이다. 내가 하이데거를 선의 시각에서 읽는 것은 그가 말하는 현존재(인간)와 선이 말하는 중생이 비슷하고 다르기 때문이다. 전기의 사유에 의하면 현존재는 존재를 은폐하고 무와 만나면서 존재를 개시한다는 점에서 현존재는 존재를 소유하는 현(존재)로 표현할 수 있고, 선에 의하면 모든 중생은 불성, 곧 마음을 소유하고 수행에 의해 마음을 깨닫는다는 점에서 중생(마음)으로 표현할 수 있다.

그렇다면 하이데거의 존재는 마음에 해당하는가? 다른 글에서도 밝혔듯이 전기 사유의 경우 존재는 마음, 불성이 아니고 그가 말하는 무(불안)은 마음을 찾기 전의 섬뜩한 고독, 단독자 의식과 통한다. 그러나 나는 참선하는 스님들을 휩싸는 것이 이런 끔찍한 고독이라는 생각이고 따라서 불안이 환기하는 무는 선에 접근한다는 입장이다. 천상천하 유아독존이 그렇고, 달마 대사의 면벽面壁 9년이 그렇고, 스승 위산과 헤어진 후의 향엄 선사의 유력遊歷이 그렇다.

그렇다면 후기 사유가 강조하는 존재는? 전기 사유가 무를 강조한다면 후기 사유는 존재를 강조한다. 현존재는 스스로 무화하고 존재는 현존재의 근거로 탈-존과 관계된다. 탈-존은 있음/ 없음, 유/ 무, 존재자/ 존재의 이분법을 벗어나고 그런 점에서 선이 강조하는 은현동시의 중도 사상에 접근한다. 그러나 선이 강조하는 불성(마음)은 있음/ 없음,

존재자/ 존재라는 이분법을 처음부터 부정하고 따라서 존재도 부정하고 존재자도 부정한다. 요컨대 선이 강조하는 것은 본무本無이고 이것이 일체 현상의 본질(法性)이고 그 본질은 공(性空)이고 이 공이 실상實相이다. 모두가 연기의 관계에 있기 때문에 결국 모두가 같다. 그러므로 하이데거의 존재는 선이 강조하는 불성(마음)에 접근하지만 그가 말하는 존재는 선이 강조하는 마음이 아니다.

전기 사유가 강조하는 것은 무(불안)이고 이 무가 존재를 개시한다. 그러나 선에서는 무/ 유, 있음/ 없음의 분별이 없고 따라서 하이데거가 말하는 무가 개시하는 존재는 선이 강조하는 참된 마음이 아니다. 사르트르는 하이데거의 『존재와 시간』에 영향을 받고 『존재와 무』를 쓴다. 그러나 사르트르가 강조하는 존재는 하이데거가 강조하는 존재보다 존재자, 현존재에 가깝고 따라서 하에데거는 그가 주장하는 실존주의의 명제 '실존은 본질에 선행한다.'를 비판한다. 하이데거에 의하면 무가 존재를 개시하지만 이때의 존재는 존재자, 현존재가 아니라 실존을 매개로 하는 참된 자아를 뜻하고, 사르트르에 의하면 무가 존재를 개시하지만 이때의 존재는 존재자, 현존재의 실존을 뜻하고 그러므로 실존이 본질에 앞선다는 주장은 앞에서도 말했듯이 플라톤 이래 서구 형이상학을 지탱해온 '본질이 현상에 앞선다.'는 명제의 주어와 술어를 뒤바꾼 것에 지나지 않는다.

5. 존재의 한계

후기 사유가 강조하는 것은 존재이고 존재는 현존재가 개시하는 게 아니라 이미 개시된 영역으로 존재자(현존재)의 근거가 된다. 이런 의미로서의 존재는 가깝고 동시에 멀리 있고, 자신을 은닉한 채 인간에게 도래한다. 따라서 존재는 있음/ 없음, 여기/ 저기, 존재/ 부재의 이분법을 초월한다는 점에서 선이 강조하는 은현동시 중도 사상에 접근한다. 그러나 하이데거가 강조하는 존재는 유/ 무, 있음/ 없음의 대립을 전제로 이런 대립을 초월하고, 선이 강조하는 참된 마음은 유/ 무, 있음/ 없음에 대한 분별을 모른다. 쉽게 말하면 '숲 속의 환한 터'와 초의 선사의 선시에 나오는 '창문'의 이미지는 구조적으로 유사하나 전자는 빛의 있음(숲 밖)→없음(숲으로 들어감)→다시 있음(환한 빈터)로 변증법적으로 발전한다. 그러나 초의 선사의 '창문'은 시냇물을 밟고 동시에 달을 머금고 있다. 창문은 있는 것도 아니고 없는 것도 아니다. 이른바 불이不二의 세계. 요컨대 선이 강조하는 것은 유/ 무의 대립에 대한 무분별이다. 다음은 작별 인사를 하러 온 한 스님과 나눈 조주 선사의 공안.

> 선사: 어디로 가려는가?
> 스님: 남방으로 가서 불법 공부를 좀 더 하고자 합니다.
> 선사: 부처가 있는 곳에는 머물지 말고 부처가 없는 곳은 빨리 지나가라.
> 스님: 그럼 갈 곳이 없는데 어디로 가라는 겁니까?
> 선사: 가는 것도 네 마음이고 안 가는 것도 네 마음이다. 그러니 마음대로 하라.

이 공안에서 조주 선사가 강조한 것은 유/ 무에 대한 무분별이고, 부처의 있고 없음에도 초월하라는 것. '부처가 있는 곳에는 머물지 말고 부처가 없는 곳은 빨리 지나가라.' 상식을 벗어나는 말이다. 상식적으로는 '부처가 있는 곳에는 머물고 부처가 없는 곳은 빨리 지나가라'고 해야 옳다. 그러므로 부처가 있는 곳/ 없는 곳에 대한 혼란이 온다. 그러나 선사가 강조한 것은 이런 혼란이 아니라 무분별이고 무심이고 이런 무분별이 참된 마음이고 자유이고 해탈이다. '가는 것도 네 마음 오는 것도 네 마음'이고 모두가 마음이 만든다. 일체유심조一切唯心造다. 그러므로 간다/ 온다의 경계로부터 벗어날 때 참된 마음, 불성을 본다. 이런 마음은 있다/ 없다, 간다/ 온다의 변증법을 모르고 처음부터 공空을 강조한다. 내친 김에 비슷한 공안 하나를 더 살펴보자. 다음은 서당지장 선사와 한 도사의 법거량.

도사: 극락과 지옥이라는 게 있습니까?
서당: 있다.
도사: 불, 법, 승 삼보는 있습니까?
서당: 있다.
도사: 화상께서는 잘못 알고 계시는 것 아닙니까?
서당: 그대는 어느 존숙(선지식)을 참문한 적이 있는가?
도사: 경산도흠 화상을 뵙고 왔습니다.
서당: 경산은 무어라 하던가?
도사: 모든 것이 없다고 하더군요.
서당: 그대는 마누라가 있지?
도사: 네. 있습니다.
서당: 경산화상도 마누라가 있는가?
도사: 없습니다.
서당: 경산이 없다고 한 것이 맞구나.

이 말을 듣고 도사는 크게 깨닫고 배례한 후 물러간다. 도대체 서당 선사의 '마누라 운운'하는 말은 무슨 말인가? 공안도 이 정도면 너무 웃기는 소리 같고 조금 실성한 소리 같다. 나는 이 공안을 처음 읽고 너무 기가 막혀 아무 생각도 할 수 없었다. 서당 선사에게 한 대 맞은 기분. 그렇지 않은가?

언젠가 무산 오현 스님이 사족을 단 『벽암록』을 읽다가 스님 말씀에 한 대 맞고 잠시 넋이 빠진 적이 있다. 제1칙 '달마불식'에서 양무제의 질문에 달마 대사는 시종일관 부정으로 대답한다. '무엇이 성스러운 진리냐?'고 물으면 '그런 건 없다'고 대답하고, 심지어 '그러면 도대체 당신은 누구냐?' 물어도 '나는 모른다'고 대답한다. 오현 스님 말씀은 '달마 대사가 잘 정돈된 꽃밭을 온통 뒤죽박죽으로 만들고 기존의 상식을 깡

그리 뒤엎는다'며 다음처럼 끝난다. '달마가 중국에 올 때 나이가 130세였다고 한다. 나이가 많으면 노망을 한다는데 아무래도 그게 사실인 것 같다.'

　서당 선사의 마누라 운운 하는 말씀이나 오현 스님이 달마 대사에 대해 노망 운운 하는 말씀이나 기가 막히긴 한가지다. 자유자재, 마음 대로다. 서당 선사는 모두 있다고 말하고 경산 화상은 모두 없다고 말한다. 웃기는 것은 경산 화상이 없다고 한 것은 그에게 마누라가 없기 때문이라는 말씀. 글쎄 이 정도면 유/ 무, 있음/ 없음에 대한 무분별의 극치이고 기존의 상식을 깡그리 뒤엎던 달마 대사 이상이다. 그렇지 않은가? 서당은 극락과 지옥이 있다고 하고 경산은 없다고 하지만 경산이 없다고 한 이유가 경산에겐 마누라가 없기 때문이라니?

　요컨대 이 공안이 강조하는 것도 유/ 무에 대한 무분별이고 초월이다. 유와 무는 절대적인 것이 아니라 상대적인 것이고 모두가 연기의 산물이고 공空이기 때문에 근본은 같은 것.(不二) 그러나 하이데거가 말하는 존재는 인연, 공, 불이를 모른다. 존재는 은현동시의 중도中道에 접근하지만 참된 마음(불성)을 모르고 그런 점에서 존재는 철학적 사유의 대상이고 선에는 이런 대상도 없다.

08
그것

1. 시간과 존재

하이데거의 전기 사유를 대표하는 저서는 『존재와 시간』이고 후기, 관점에 따라서는 3기에 해당하는 사유를 대표하는 논문은 「시간과 존재」이다. 앞에서 그의 전기 사유가 후기에 오면 완전히 방향을 바꾼다고 했거니와 이런 전향이 좀더 분명히 드러나는 것이 3기이다. 그의 사유는 '존재와 시간'에서 '시간과 존재'로 180도 전향한다. 그렇지 않은가? 전자의 경우 존재 개시가 우선이고 시간은 부수적이라면 후자의 경우엔 시간이 우선이고 존재는 부수적인 것이 된다. 물론 이렇게 읽는 것은 그의 사유를 지나치게 단순화하는 것.

'존재와 시간'에서 등위 접속사 '와'는 여러 의미를 암시하기 때문이다. 예컨대 '나와 너'의 경우 '나'와 '너'는 동일성의 관계, 대립성의 관계, 위계질서의 관계, 나아가 동일성 속에서의 대체, 동일성을 통한 대체도 암시하기 때문이다. 그런 점에서 등위 접속사가 암시하는 동일성은 금이 가고 균열이 생긴다. 내가 '존재와 시간'에서 존재가 우선이고 시간이 부수적이라고 한 것은 위계질서를 강조한 것. 대체로 두 사물이 병치될 때 앞의 사물이 중심이고 뒤의 사물은 부수적이기 때문이다.

하이데거가 『존재와 시간』에서 강조한 것은 현존재의 존재 개시성이고 이런 개시와 관련되는 시간성이다. 따라서 존재가 우선이고 시간은 부수적이다. 그러므로 전기 사유는 그의 고백처럼 존재의 시간성에 대해서는 아무 말도 하지 않고 현존재의 시간성, 특히 세계시간이 보여주는 과거, 현재, 미래의 상호의존성, 곧 현존재가 미래(죽음)로 다가가 미래를 선취해서 다시 그가 있어온 상태(과거)로 회귀하는 현재이다. 물론 이때 그는 시간의 개시성, 탈자성, 환한 밝힘을 목표로 한다. 그러나 목표로 끝나고 존재의 시간성을 밝힌 건 아니다.

「시간과 존재」는 전기 사유가 목표로 한 존재의 자리에 시간이 오고 시간의 자리에 존재가 온다. 따라서 후기 사유, 특히 3기의 사유는 시간을 목표로 하고 이때 시간은 존재가 된다. 말하자면 존재의 시간성 혹은 시간의 존재가 강조된다. 2기 사유가 존재 사유라면 3기 사유는 시간 사유이고 시간이 존재가 된다. 그렇다면 「시간과 존재」에서 말하는 존재는 부수적인 것인가? 그렇지 않다. 3기 사유가 강조하는 것은 시간과 존재의 동일성이고 이런 동일성을 통한 존재 사유이다. 따라서 3기의 사유는 동일성 속에서의 대체(존재의 자리에 오는 시간)과 동일성을 통한 대체(시간의 자리에 오는 존재)이고 그런 점에서 존재와 시간이라는 두 기표는 동일성에 금이 가고 균열이 생긴다.

그러므로 하이데거에 의하면 존재와 시간, 시간과 존재는 존재자처럼 있는 것이 아니라 두 사태들의 관계, 이른바 사태관계에 있다. 사태관계란 두 사태 (존재와 시간)를 서로 받쳐주고 그 둘의 관계를 지탱해주는 그런 관계이다. 존재와 시간은 존재자가 아니라 두 사태이고 이것이 진정한 사유의 사태이고 사태의 사유이다. 사태는 '그 안에 지나칠 수 없는 어떤 것이 숨겨져 있는 한 어떤 결정적인 의미에서 문제가 되는 바로 그것'이다. (하이데거, 「시간과 존재」, 『사유의 사태로』, 문동규, 신상희 옮김, 길, 2008, 29)

그렇다면 '그것'은 무엇인가? 「휴머니즘 서간」에서 하이데거는 '존재는 그것이고 그것은 그것 자체'라고 말한 바 있다. 그에 의하면 사유는 존재의 사유이고 존재가 존재를 사유한다. 나는 존재가 사유한다는 말은 나, 주체, 이성이 소멸한 상태의 사유이기 때문에 사유 이전의 사유이고 주체가 없기 때문에 '그것'이 사유하고 존재는 그것이고 그것은 그것 자체라고 해석한 바 있다. 과연 '그것'은 다시 무엇인가? 다음은 하이데거의 말.

> 우리는 존재자에 관해 '그것이 있다es ist'라고 말합니다. 그러나 존재라는 사태, 시간이라는 사태에 관해서는 조심스러워야 합니다. 우리는 '존재가 있다Sein ist', '시간이 있다Zeit ist'고 말하지 않고 '그것이 존재를 준다. 그래서 존재가 주어져 있다.Es gibt Sein', '그것이 시간을 준다, 그래서 시간이 주어져 있다.'고 말합니다. '그것이 있다es ist' 대신에 우리는 '그것이 준다. 그래서 그것이 주어져 있다.es gibt'고 말합니다.(하이데거, 앞의 글, 29-30)

이 세상엔 내가 있고 나무도 있다. 그러나 '나는 있다'의 경우 '있음', '존재'는 어떻게 있는가? 내가 있는 것처럼 있음이 있고 한 그루 나무가 있는 것처럼 '있음'이 있는가? 그런 점에서 존재(있음)는 존재자(나, 나무)처럼 있는 게 아니다. 존재자에 관해 '그것이 있다'고 말하지만 존재(있음)에 관해서는 그런 말을 할 수 없다. 따라서 존재에 대한 사유는 존재자 없는 사유이고 주체도 대상도 없는 존재(있음)에 대한 사유이고 존재는 '내가 있게 하는 것'이 아니라 '나를 있게 하는 것', '있음을 있게 하는 것', 그러니까 '그것'이고 '그것이 존재를 준다'

그렇다면 다시 '그것'은 무엇인가? 국어의 경우에도 독어 es와 영어 it에 해당하는 '그것'이라는 비인칭 대명사가 있다. 그러나 국어의 경우엔 독어와 영어와 달리 이 대명사가 어디까지나 명사를 대신하고 주어로 사용될 때도 그렇다. 예컨대 '그것은 우산이다'고 할 때 '그것'은 나로부터 조금 떨어진 우산을 지시하고 '그것'의 의미는 '이것'(가까움)/ '그것'(조금 떨어짐)/ '저것'(멀리 떨어짐)의 관계가 결정한다. 한편 '우산이 있다. 그것은 비가 올 때 사용하는 물건이다'고 할 때 '그것'은 앞에 나온 명서 '우산'을 대신한다. 그러나 독어나 영어의 경우 '그것'은 이런 용법 외에 예컨대 '비가 온다.It rains'처럼 주어 없는 문장에 사용된다. 이때 '그것it'는 문장 형식으로는 주어이지만 주어로서의 기능이 없다. 왜냐하면 이때 '그것'이 주어이고 '비'가 술어의 역할을 하는 게 아니기 때문이다. 쉽게 말하면 국어로는 '비가 온다'이고 영어로는 'It rains.'이다.

2. 그것과 존재

그렇다면 이때의 '그것it'은 무엇을 의미하는가? 모든 문장은 주어와 술어로 구성된다. 그러나 이때, 그러니까 'It rains.'의 경우처럼 문장의 주어가 주어(주체)일 필요는 없다는 게 하이데거의 주장이고, 따라서 문법과 논리학은 그것Es으로 시작되는 문장들을 비인칭 문장이나 주어 없는 문장으로 파악한다. 그에 의하면 문법적–논리적 해석에 따르면 진술의 대상은 주어로서 '이미 앞에 놓여 있는 것, 현존하는 것'으로 드러나고 술어는 '현존하는 주어와 더불어 이미 함께 현존하는 것, 속성'으로 드러난다. 예컨대 '해가 빛난다'는 진술의 경우 진술의 대상인 '해'는 주어로서 이미 현존하고 술어 '빛난다'는 이렇게 현존하는 주어(해)와 함께 이미 현존한다.

> 따라서 '그것이 존재를 준다.'는 문장의 경우에도 '그것'은 현존하는 그런 것의 어떤 현존이 말해지고 있으며, 따라서 확실히 어떤 존재가 말해지고 있습니다. 우리가 '그것'의 자리에 이런 '존재'를 대체한다면, '그것이 존재를 준다'는 문장은 '존재가 존재를 준다'는 식으로 말해지는 것입니다. 따라서 우리는 이 강연을 시작하면서 언급하였던 어려움, 즉 '존재가 존재한다'는 어려움에 다시 빠지게 됩니다.(하이데거, 위의 글, 61)

모든 주어가 이미 현존하는 것을 드러낸다면 '그것' 역시 이런 현존성,

존재를 드러내고 따라서 '그것이 존재를 준다'는 문장은 '존재가 존재를 준다'는 문장이 되고 마침내 '존재가 존재한다'는 딜레마에 빠진다. 과연 존재는 존재하는가? 앞에서도 말했듯이 존재는 존재자처럼 존재하지 않는다. 따라서 하이데거에 의하면 '그것'은 '부재의 어떤 현존'을 명명한다.

'해가 빛난다'의 경우 주어나 술어 모두 존재자로서의 현존을 드러낸다. 그러나 '그것이 존재를 준다' 혹은 '그것이 존재한다'의 경우엔 '그것'이 현존하나 '그것'은 존재자처럼 현존하는 게 아니다. 그러나 존재한다. 그러므로 '그것'은 존재자처럼 존재하지는 않지만(부재) 그러나 존재한다.(현존). 요컨대 부재로서 현존하고 부재의 현존이 된다.

한편 하이데거는 이런 부재의 현존을 다른 방향에서 검토한다. 예컨대 '그것이 존재를 준다.' 혹은 '그것이 시간을 준다.'의 경우 '그것'과 '준다'는 공속의 관계에 있다는 것. '그것이 준다'는 것은 이미 '그것' 속에 줌이 있고 동시에 '준다'에는 건네줌, 환히 밝히는 건네줌으로서의 줌이 있다. 그리고 이 두가지 줌은 공속의 관계에 있다. 이런 해석이 암시하는 것은 문장 구조에 대한 새로운 인식이고 그것은 주어와 서술어가 대립적인 관계, 예컨대 행위자(주어)/ 행위(술어)의 이항대립의 해체이다. 좀더 간단히 말하면 이런 '그것'이 강조하는 것은 명사(대명사)/ 동사의 해체이다. 왜냐하면 '그것'은 줌(주어)이며 동시에 주는 행위(술어)를 내포하기 때문이다.

요컨대 '그것이 존재를 준다'는 문장의 경우 '그것'은 부재로서의 현존을 드러내고, '그것'과 '존재'는 공속의 관계에 있고 이때 '그것'은 명사(줌)/ 동사(주다)의 경계를 해체한다. '그것'으로 시작되는 문장은 주어 없는 문장이고 이런 문장을 나는 '(   ) 있다'고 표현하는 입장이다. 주어가 없이 무엇인가 있다는 것은 화엄의 논리에 의하면 '있음'이 우선이기 때문에 본질보다 현상을 강조하고 동시에 이런 '있음'이 있음의 근거가 된다는 점에서 본질/ 현상의 이항 대립이 해체되고 이른바 이

理와 사事가 불이不二의 관계에 있다. 말하자면 理事不二의 세계를 지향한다.

부재의 현존은 부재하는 것이 현존하고 현존하는 것이 부재하는 그런 현존이고 이때 부재가 이理에 해당하고 현존이 사事에 해당한다. 이理는 공空, 존재, 근본, 체體를 뜻하고 사事는 현상, 사실, 존재자, 용用을 뜻한다. 그러나 '(   ) 있다'는 문장, 주어 없는 문장이 강조하는 것은 괄호(부재)가 있고(현존), 없는 주어가 있다. 따라서 하이데거가 강조하는 '그것'(존재)는 이사불이, 곧 존재자(사)와 존재(이)의 세계가 상호관통되는 상즉 상입의 세계를 암시한다. '반야심경'에 의하면 색즉시공이고 공즉시색이고, 화엄에 의면 이사무애이고 대정 스님의 선시에 의하면 은현동시 중도이다. 물론 앞에서도 밝혔듯이 은현동시 개념 역시 크게 보면 화엄 사상에 속하고 그런 점에서 나는 처음부터 화엄적 사유, 특히 징관澄觀의 「화엄현담」에 나오는 '은밀현료구성문隱密顯了俱成門'을 전제로 하이데거의 사유를 살핀 셈이고 앞으로도 은현동시 은현무애는 이런 시각에서 살필 것이다. (『존재』 참고)

부재로서의 현존은 부재하면서(은) 동시에 현존하는(현) 세계이고 그것(존재)은 '존재자와 관련해서 볼 때는 자기 스스로 나타내 보이지 않으면서(은) 나타나는 바로 그것을 보이게 한다(현)'는 점에서 은현동시성을 지향한다. 존재는 존재자에겐 나타나지 않으며 나타나는 것(존재자)을 보이게 한다. 도대체 하이데거는 무슨 말을 하는 것일까? '그것이 존재를 준다'는 문장에서 '그것'은 존재자처럼 존재하지는 않지만 존재하고(부재로서의 현존) '그것이 준다'를 강조하면 '그것'은 줌(주어)이면서 주는 행위(동사)이고 이때 '그것'은 존재자를 현존하게 한다.

따라서 '현존하게 함' 역시 이중적 의미를 지닌다. 그것이 현존하게 한다는 것은 과연 무엇을 말하는가? 그는 「시간과 존재—세미나」에서 '--하게 함Lassen'을 두 가지 항목으로 구별한다.

1. 현존하게 함 : '현존'하게 함(현존자)
2. 현존하게 함 : 현존하게 '함'(현존, 생기)

첫째 경우 '현존하게 함'은 '현존'을 강조하고 이때 현존은 현존자, 곧 현존하는 존재자와 관련된다. 말하자면 이때 현존하게 한다는 것은 존재가 존재자를 방출함, 떠나보냄, 떼어놓음, 떠나게 함, 곧 열린 장 안으로 자유롭게 풀어주는 것을 의미한다. 그러나 여기서 '열린 장'이 어디로부터 어떻게 주어지는 가는 아직 의문으로 남는다.

둘째 경우 '현존하게 함'은 '함'을 강조하고 이때 함에 관계되는 것은 더 이상 현존자가 아니라 현존 자체이다. 따라서 '현존-하게 함'이라고 쓸 수 있다. 이때 '하게 함'은 허용하다, 주다, 건네주다, 보내주다, 속하게 하는 것을 의미한다. 현존 자체는 이런 '하게 함' 속에서 이런 '하게 함'을 통해 자신이 속해 있는 곳으로 허용된다.(이상 '현존하게 함'에 대해서는 하이데거, 위의 글, 100-101 참고)

존재는 존재자처럼 존재하지 않지만 그러나 존재한다. 존재는 존재자의 근원, 존재자를 나타나게 하는 것, 현존하게 하는 것. 존재(현존하게 함)는 현존자와 관련될 때는 자신에게서 현존자를 방출하고 떼어놓는다는 점에서 자신은 현존자가 아니고 따라서 드러나지 않는다.(부재) 그러나 현존 자체(함)와 관련될 때 존재는 이렇게 현존하게 함, 곧 줌, 건네줌, 보내 줌 속에서 이런 함을 통해 드러난다.(현존)

3. 존재와 선

요컨대 존재(현존하게 함)는 부재로서 현존하고, 부재이며 동시에 현존이고 현존이며 동시에 부재이다. 따라서 부재/ 현존, 공/ 색, 은/ 현의 대립을 초월한다는 점에서 하이데거가 말하는 '그것', 곧 존재 사유는 선적禪的 시유와 유사하다. 다음은 조선 시대 환성지안喚醒志安 스님의 선시.

누더기 옷 입고 창 앞 대자리에 누웠나니	雲衣草簟臥前櫺
뜬 세상 헛된 이름 털처럼 가볍구나	浮世虛名一髮輕
산살구꽃 가득한 뜰에 사람 발길 없고	山杏滿庭人不到
숲 건너 우는 새 봄소리를 보낸다	隔林啼鳥送春聲

「봄날에-춘일우음春日偶吟 김달진 역」 전문이다. '춘일우음春日偶吟'은 봄날 문득 떠오른 생각을 읊는다는 뜻. 따라서 이 시는 무슨 의도가 있어서 쓴 시가 아니라 봄날 문득 떠오른 생각을 노래하고 그런 점에서 마음을 비운 무심無心의 경지를 노래한다. '운의雲衣'는 운수행각을 하는 스님들이 입는 옷으로 '누더기 옷(衲衣)'과 같은 의미.

지안 스님은 봄날 누더기 옷을 입고 창 앞 대껍질로 만든 자리에 누워 덧 없는 세상 헛된 이름이 한 오라기 털처럼 가볍다고 말한다. 아니 창 앞에 누워서 이런 생각을 하는 게 아니라 읽기에 따라서는 누더기 옷 입고 창 대자리에 누웠기 때문에 이런 무상감에 젖는지도 모른다. 한문은 국어와 다르게 통사 구조가 명확하게 드러나지 않고 한시의 경우엔 더욱 그렇기 때문이다. 따라서 1행과 2행은 전후의 관계, 시간적 연속으로 읽을 수도 있고, 인과因果 관계로 읽을 수도 있고, 병치 관계로 읽을 수도 있다.

전후의 관계로 읽으면 창 앞에 누운 다음 무상감에 젖고, 인과 관계로 읽으면 창 앞에 누웠기 때문에 무상감에 젖고, 병치 관계로 읽으면 창 앞에 눕는 행의와 무상감에 젖는 심정은 등가 관계, 곧 동일시된다. 그러므로 독법에 따라 두 행의 관계는 미세한 차이가 난다. 단순한 시간적 순서, 그러니까 창 앞에 눕고 무상감에 젖는다는 것이 선시로는 더욱 어울린다는 생각이다. 왜냐하면 이런 행위와 상념은 시간(전후)과 공간

(병치)에 대한 의식에서 벗어나고 따라서 무심의 경지에 접근하기 때문이다.

　나는 다른 글에서 이른바 '사유 없는 행위'를 선이 강조하는 무심, 평상심이라고 말한 바 이다. 환성 스님은 봄날 아무 생각 없이 누더기 옷 입고 창 대자리에 눕고 '뜬 세상 헛된 이름 털처럼 가볍구나'고 말한다. '덧 없는 세상'은 한시도 쉬지 않고 변하는 세상으로 이런 세계 인식은 영원히 멸하지 않는 존재나 실체는 없고 영원한 자아 또한 없다는 이른바 무아無我 사상을 반영한다. 따라서 '뜬 세상'은 단순한 허무주의가 아니라 선이 강조하는 무아 사상을 표현하고 '헛된 이름' 역시 이런 무아 사상을 동기로 한다. 모든 법이 공空이므로 이런 법, 세계, 현상의 이름 역시 허망하다는 것. 선종이 불립문자不立文字 언어도단言語道斷을 강조하는 것은 이런 까닭에서다. 다음은 백장 선사의 공안.

　　백장: (땅 바닥에 있는 정병淨瓶을 가리키며) 이것을 정병이라고 말할 수
　　　　없다면 무엇이라고 부르겠는가?
　　화림: 나무 궤짝이라고 부를 순 없겠지요.
　　위산: (아무 말 없이 일어서서 한 발을 들어 정병을 걷어차고 걸어갔다.)

　백장 선사가 위산의 주지를 선발할 때 나눈 법거량. 백장이 영우(위산)를 위산 주지로 내정하자 영우보다 선배인 수좌 화림이 이의를 제기한다. 영우는 전좌典座, 곧 음식을 장만하는 일을 맡고 있었다. 그러자 백장은 이런 선문답을 통해 주지를 뽑기로 한다. 정병은 스님들이 항상 몸에 차고 다니며 손을 씻는 깨끗한 물병. 정병이 땅바닥에 있으므로 이 병은 이미 정병이 아니다. 그렇다면 무엇이라고 부를 것인가? 이런 질문에 대하여 화림은 '나무 궤짝—목독木櫝'이라고 부를 수는 없다'고 대답한다. 물론 이런 대답도 틀린 건 아니다. 정병이 정병이 아니라면 비유비무의 논리에 따라 '정병이 아닌 것도 아니다.' 곧 '나무 궤짝이라고 부

를 순 없다.'가 된다. 이런 대답은 '정병이 아닌 것도 아니다'를 변형시킨 것. 곧 '정병이 아닌 것(나무 궤짝)도 아니다'라는 말. 이른바 긍정/ 부정, 이다/ 아니다의 이항 대립이 해체된다. 이 공안에 나오는 화림의 말은 '나무 궤짝'과 '말뚝'으로 번역되어 다소 혼란스럽다. 그러나 중요한 것은 '정병이 아닌 것도 아니다'는 불이不二의 논리다. 물론 비유비무는 엄격하게 말하면 불이의 논리가 아니다. 불이는 4구, 곧 유, 무, 유무, 비유비무 가운데 2구인 무를 토대로 발전시킨 공空 사상을 뜻한다.

그러나 백장 선사가 웃으며 '제1좌가 도리어 위산에게 졌구나.'라고 한 것은 위산의 행동이 선을 몸소 실천했기 때문이다. 곧 그의 행동은 정병같은 사물은 존재하지 않는다는 것. 곧 모든 법에 자성이 없다는 것을 강조하고 언어에 초월적 의미가 없다는 것. 정병은 세속적인 상相이고 이름일 뿐이라는 것. 선은 그런 명상名相이 허상이므로 깨부수어야 한다는 것을 몸으로 실천했기 때문이다. 화림은 언어에서 완전히 벗어나지 못했다. 위산이 강조한 것은 본래무일물, 본무, 공의 세계이다. 나는 이 공안을 기호학의 시각에서 분석한 적이 있으므로 좀더 자세한 것은 생략한다.(이승훈, 『선과 기호학』, 한양대 출판부, 2005, 34~37)

이야기가 본론에서 한참 벗어난 것 같다. 내가 의도한 것은 환성 스님의 선시와 하이데거의 '그것(존재)'의 관계이다. 이제까지 말한 것은 스님의 시 가운데 1, 2행에 대한 해석이고, 백장 선사 공안을 검토한 것은 재미 삼아 그런 것이 아니라 '뜬 세상 헛된 이름이 털처럼 가볍구나'가 강조하는 이른바 명상名相 의 허구, 허망, 허상을 선의 시각에서 살피기 위해서였다.

어제는 대학원 2학기 개강. 고운 해만 나던 늦은 여름 오후 세시부터 다섯시까지 인문관 2층 작은 강의실에서 첫 강의를 하고 오후 여섯시에 개장하는 조병완 화백의 먹그림 전시장에서 들려 그림을 보고 그림들이 너무 좋아 뒷풀이 장소에서 과음을 했다. '혼자 가는 길', '설레는 마음'도 좋고 제일 마음에 든 것은 '한가한 날'. 대학원 박사 과정에서 공부하는 이은규, 고현정 시인, 그리고 대만에서 유학온 임지호도 함께 간 전시장.

'설레는 마음'은 흰 눈에 덮인 시골 들길을 소년은 목에 털목도리를 하고 앞서 가고 젊은 어머니는 등에 잠든 동생을 업고 한 손에는 보따리를 들고 가는 장면. 조 화백 말에 의하면 어린 시절 외가댁 가던 풍경. 소년과 엄마가 하얗게 눈이 덮인 들판을 걸어간다. 인물은 작고 흰 들판이 전경화된 그림. '한가한 날'은 커다란 검은 나무가 가운데 서 있고 나무 왼쪽 상부에 빨간 해가 떠있고 나무 바른쪽 그늘 아래 작은 정자가 있다. 정자에는 한 남자가 책상 앞에 앉아 고개를 숙이고 책을 읽는다. 채색은 없고 먹으로 그린 나무와 정자와 남자의 이미지가 너무 단순하고 투명하다. 한편 먹빛이 죽음을 상징하고 빨간 태양이 생명을 상징하지만 죽음은 크고 생명은 작다. 그림이 너무 좋아 그림을 보다 말고 은규를 불렀다. "이 그림 좋지?" 내가 말하자 은규는 "네. 선생님. 선적禪的인 게 좋아요" 대답한다.

기분이 좋아 건강 생각도 잊고 뒷풀이를 2차까지 따라가고 마침내 노래방까지 따라갔다. 어제 마신 술로 오늘은 심신이 엉망이지만 어제는 오랫만에 기분이 좋았기 때문에 이 놈의 피로 정도는 아무 것도 아니다. 그러나 글 쓰기가 힘이 든다. 사실 어제 마신 술 때문에 오전 내내 방에 누워 앓고 오후 늦게 일어나 오후 세시에야 가까스로 정신을 차리고 이 글을 쓰지만 역시 힘이 든다. 환성 스님에겐 미안하지만 여기서 쉬자.

4. 하이데거와 선시

이 글은 어제 쓰다가 너무 피로해 쉬고 오늘 계속하는 글. 지금은 오후 세시 반이다. 어제의 피로가 완전히 가신 건 아니지만 쓰기로 한다. 환성 스님은 1, 2행에서 누더기 옷 입고 창 앞에 누워 '뜬 세상 헛된 이름 털처럼 가볍다'고 말씀하신다. 덧 없는 세상, 헛된 이름은 이른바 명상名相을 초월하는 무아 사상과 모든 법이 공하기 때문에 언어 역시 헛되다는 인식을 노래한다. 문제는 3행과 4행이다. 하이데거에 의하면 존재(현존하게 함)는 부재로서 현존하고 이런 현존은 부재/ 현존, 공/ 색, 은/ 현의 경계가 해체되는 이른바 은현동시 중도사상과 통한다. 3, 4행에서 읽을 수 있는 것이 그렇다.

　　산살구꽃 가득한 뜰에 사람 발길 없고
　　숲 건너 우는 새 봄소리를 보낸다

　3행에서 노래되는 것은 '산살구꽃 가득한 뜰'(현)이고 동시에 '사람 발길 없는 뜰'(은)이다. 이 뜰은 가득함/ 텅빔, 나타남/ 숨음, 현존/ 부재, 색/ 공의 동시성을 강조하고 따라서 은현동시 구조로 드러난다. 말하자면 색즉시공의 경지이다. 4행 역시 '숲 건너 우는 새'는 눈에 보이지 않고(은), 따라서 공의 세계. 그러나 이 새는 봄소리를 보낸다. 숲 건너 우는 새는 공이지만 이 새가 보내는 봄노래는 귀에 들리고(현), 따라서 색의 세계가 된다. 그러니까 4행은 공즉시색의 세계이다. 그런 점에서 3행은 색즉시공, 4행은 공즉시색으로 서로 대응한다. 은현동사성을 강조하면 3행은 현은, 4행은 은현의 구조이다.
　특히 4행은 하이데거가 말하는 현존하게 함의 이중성을 보여준다. 그에 의하면 존재(현존하게 함)는 현존자를 현존케 한다는 점에서는 부재하고, 이렇게 함, 곧 현존 자체를 강조할 때는 이런 함과 함께, 함을 통해 드러난다. 4행에서 숲 건너 우는 새는 봄소리를 현존케 하고, 곧 현존자(봄소리)를 방출하고 자신에게서 분리하고, 이때 '숲 건너 우는 새'는 부재한다. 그러나 이 새는 봄소리를 보내는 행위(함) 속에서, 이런 행위와 함께 드러난다. 따라서 이때 '숲 건너 우는 새'는 존재에 해당하고, '봄소리'는 현존자에 해당하고, 존재(봄소리를 보내는 새)는 부재하며 동시에 현존한다. 그런 점에서 하이데거가 말하는 존재는 은현동시 구조에 상응한다.

그러나 문제는 이런 동일시에도 불구하고 하이데거의 존재 사유는 선禪과 차이가 있다는 것. 그것은 존재, 곧 현존하게 함이 보여주는 이중성이 선이 강조하는 공空에 접근하나 그 뿌리는 공 사상, 말하자면 연기설에 토대를 두는 것은 아니라는 점이고, 이런 한계는 그후 생기生起 개념으로 발전하면서 곧 존재와 존재자의 동일시를 강조하면서 극복된다는 것이 내 입장이다. 지금 그의 사유가 강조하는 것은 존재와 현존자, 존재와 존재자의 이중적 관계이고 그후 존재와 존재자의 이중적 관계가 아니라 동일성이 강조되기 때문이다. 2기 사유의 한계는 '현존하게 함'의 이중성과 관계된다.

그에 의하면 존재는 현존하게 하는 것, 존재자의 근거이다. 선은 이런 근거를 부정한다. 말하자면 존재도 존재자도 부정하고 공空을 강조한다. 한편 하이데거에 의하면 존재는 현존자를 현존하게 할 때는 부재하고 동시에 이런 함 속에 현존한다. 환성 스님의 시에 나오는 '숲 건너 우는 새는 봄소리를 보낸다'는 시행 역시 비슷하나 이 시가 강조하는 것은 이런 은형동시성의 세계가 공, 이른바 인연, 상호의존성, 의타기성이다. 요컨대 숲 건너 우는 새가 봄소리를 보내는 것은 새의 독자성이 아니라 새와 자연, 새와 계절, 새와 산살구꽃이 상호의존의 관계에 있음을 보여준다. 이 시에서 새는 새의 소리를 보내는 게 아니라 봄의 소리를 보내고, 따라서 새와 봄은 상즉의 관계에 있다. 공즉시색이 강조하는 것은 이렇게 이 세계에 존재하는 만물은 상즉의 관계에 있다는 것.

그러나 존재가 현존재를 현존케 함 속에 있다는 말은 이와 다르다. 존재자, 혹은 현존자의 근거인 존재가 현존하게 함 속에 있다는 말은 예컨대 '비가 내린다'는 문장을 중심으로 다시 해석할 필요가 있다. 나가라주나(용수)는 행위와 행위자의 관계를 중도의 입장에서 해명한다. 행위에는 행위 작용과 행위 주체와 행위 내용이 있다. 예컨대 '나는 간다'의 경우 주체는 '나'이고 작용은 '간다'이고 내용은 '나는 간다'이다. 행위자(주체)와 행위(작용)는 존재한다. 그러나 어떻게 존재하는가?

용수에 의하면 행위자가 미리 결정되었다면 행위가 필요 없고, 한편 행위가 미리 결정된다면 행위자가 필요 없게 된다. 행위자가 미리 결정되었다면 '나'는 '가는 자'가 되고 따라서 '가는 자가 간다'는 모순이 생기고 한편 행위가 미리 결정되었다면 '간다'는 행위는 행위자를 필요로 하지 않기 때문에 모순이다. 그렇다고 행위자가 결정되어 있지 않다면 행위가 없게 되고 행위가 없다면 행위자도 없게 된다.

요컨대 행위자와 행위가 미리 존재한다면 행위 없이도 행위자가 존재하고 행위자 없이도 행위가 존재하게 되어 인연을 따르지 않고 존재하는 것이 된다. 미리 있어도 안 되고 없어도 안 된다. 결론은 '행위란 여러 가지 인연으로 생하여 그 실체가 없지만 거짓 이름으로 존재한다는 것이지 실재하는 것은 아니다'라는 것. 행위와 행위자는 서로 화합하여 인연의 관계에 있고 그 자성은 없다. 그러므로 공空하고 공하기 때문에 生할 것도 없다.(이상 행위와 행위자의 관계는 나가라주나(용수), 『중론』, 청목 역, 구마라즙 한역, 김성철 역주, 경서원, 1996, 「제8 觀作作者品」 참고)

그러나 하이데거가 말하는 존재(현존하게 함)는, '나는 간다'는 문장을 모델로 한다면, '나'는 가는 행위(현존자)를 방출하고 동시에 이런 방출(함) 속에 현존한다. 말하자면 '나'는 이미 결정되어 있고 따라서 '가는 내가 간다'가 되고 한편 행위 속에 현존하기 때문에 '나'가 없어도 가는 행위는 가능하게 되어 모순이 생긴다. '비가 내린다'는 문장을 모델로 하면 존재(비)가 비를 내리게 하고(현존하게 함) 동시에 이런 내림(현존하게 함) 속에 존재(비)가 드러나기 때문에 이런 내림은 비(존재)를 이미 내포하기 때문에 모순이 된다. 전자는 비가 비를 내리기 하기 때문에 내리는 비가 비를 내리는 것으로 비가 두번 내리고, 내리는 비 속에 비가 있기 때문에 비(존재)가 없이 비가 내리는(현존) 것이 된다.

김성철 교수는 이런 중론의 입장을 4구 비판, 특히 있다(1구), 없다(2구) 비판을 통해 연기적 관계를 해명한다. 내림을 갖는 비가 내리는 경우 비는 두 번 내리고, 한편 내림을 갖지 않는 비가 내리는 경우는 불가능하다. 요컨대 중요한 것은 비가 없으면 내림이 없고 내림이 없으면 비가 없다는 연기緣起이다.(김성철, 『중론, 논리로부터의 해탈 논리에 의한 해탈』, 불교시대사, 2004, 83)

그러나 환성 스님의 시 '숲 건너 우는 새는 봄소리를 보낸다'에서 '숲 건너 우는 새'와 '봄소리'는 연기의 관계에 있다.

5. 시간과 존재의 공속

이제까지 나는 하이데거가 말하는 '그것이 존재를 준다'는 명제에서 '그것'이 부재의 현존을 뜻하고, 이런 현존이 선종禪宗이 강조하는 은현 동시의 구조에 상응하지만 선적 사유로서는 한계가 있다는 것을 강조했다. 한편 '존재와 시간'이 아니라 '시간과 존재'라는 말로 하이데거가 강조하는 것은 시간과 존재가 사태관계에 있다는 것. 이때 사태관계란 두 사태에 해당하는 시간과 존재가 존재자처럼 있는 게 아니라 서로 받쳐주고 서로를 지탱하는 그런 관계이고 이런 관계를 공속共屬이라고 부른다. 따라서 존재와 시간은 동일한 게 아니라 공속한다. 그러므로 '그것이 존재를 준다'는 말은 '그것이 시간을 준다'는 말과 공속한다.

그런 점에서 존재도 시간도 존재자 없이 존재하고 이런 존재가 이른바 부재로서 현존하는 것. 『존재와 시간』에서 하이데거가 강조한 시간은 이른바 세계시간이다. 세계시간은 시계시간을 공공적인 것으로 만든 것으로 시점 기록가능성과 유의미성을 소유하고 그 탈자성에 의해 현존재의 존재 개시 가능성, 이른바 초월을 소유한다. 여기서 말하는 시간의 탈자성은 거칠게 말하면 과거, 미래가 자성을 벗어나면서 현재를 낳는 것. 곧 과거, 현재, 미래의 상호의존성을 말하며 좀더 구체적으로 말하면 현존재가 미래(죽음)로 다가가 미래를 선취해서 다시 그가 있어온 상태(과거)로 회귀하는 현재이다.

그러나 「사간과 존재」에서 그가 강조하는 것은 시간의 이런 탈자성에 의한 존재 개시의 가능성이 아니라 존재가 존재자를 현존케 하는 것, 곧 현존성이고 따라서 존재와 공속하는 시간도 현존성이 강조된다. 시간은 이제 현존하게 하는 것이다. 시간은 현존자(시간들)를 방출하며 이런 함속에 드러난다. 따라서 시간 역시 부재로서 현존한다. 따라서 시간은 현재를 중심으로 하되 이 현재는 동시에 현존성을 뜻한다.

그러나 현재는 존재하는가? 우리가 시계를 볼 때, 혹은 시점을 명명하는 순간에 그 시점들은 소멸한다. 따라서 시간은 언어를 초월하고 시계(존재자) 속엔 시간(존재)이 없다. 시간은 존재자처럼 존재하지 않는다. 그렇다면 시간은 어디 있는가? '시간이 있다'는 말 대신 '그것이 시간을 준다'고 말하는 것은 이런 까닭에서다. '해가 빛난다'는 진술의 경우 '해'와 '빛남'은 우리 앞에 존재자로 현존한다. 그러나 '그것이 준다'는 진술의 경우 '그것'은 존재자로 현존하는 게 아니고, 따라서 부재하고 동시에 현존한다. 존재나 시간이나 부재로서 현존한다. 하이데거는 이런 의미로서의 현존을 현-존An-wesen으로 표기한다. 이것은 현존의 사태적 의미, 곧 다가옴의 An-과 존속함으로서의 wesen이 사태적으로 결합된 것을 의미한다. 따라서 현-존은 '우리에게-다가와-머무르고-있는 현존'을 가리킨다.(하이데거, 「시간과 존재」, 『사유의 사태로』, 문동규, 신상희 옮김, 길, 2008, 46, 각주 참고)

존재(시간)는 현존하게 함을 뜻하고 현존은 현-존이다. 따라서 존재(시간)는 우리에게 다가와 머물고 있는 현존이다. 나는 다른 글에서 실존의 피투성(과거)과 기투성(미래)에 대해 말하면서 미래의 도래(다가옴)라는 말보다 미래에의 선취(다가감)라는 말이 더 정확한 번역인 것 같아 도래, 다가옴보다 선취, 다가감이라는 용어를 사용한 바 있다. 요컨대 하이데거에 의하면 현존이 우리에게 다가오고 부재도 우리에게 다가온다. 존재(시간)는 현존하게 함을 뜻하고 이런 현존은 부재로서 현존하는 그런 현존이다. 따라서 존재(시간)는 부재와 현존으로 우리에게 다가온다.

시간을 강조하면 이때 부재는 과거, 미래와 관계되고 현존은 현재와 관련된다. 물론 이런 해석은 너무 소박하고 한편 너무 거칠다. 시실 하이데거는 과거 대신 '있어옴'을, 미래 대신 '다가감'을, 현재 대신 '마주함'을 사용한다. 따라서 '다가와 –머무르고–있는 현존'은 '미래로 다가가–있어온 과거로 돌아와–현재 머물고 있는 현존'이고 따라서 미래, 있어옴, 현재의 관계는 그것들 안에서 건네주는 현–존으로 요약된다. 다음은 하이데거의 말.

> 시간–공간은 이제 도래, 있어옴, 현재가 서로에게 자신을 건네주는 가운데 환히 밝혀지는 열린 장das Offene을 뜻합니다. 이러한 열린 장이 비로소, 그리고 이러한 열린 장만이 우리에게 통상적으로 잘 알려진 공간에게 그 공간이 가질 수 있는 연장Ausbreitung을 제공합니다. 미래. 있어옴, 현재가 환히 밝히면서 서로에게 자신을 건네줌은 그 자체가 先–공간적인 것입니다. 단지 그렇기 때문에 그것(환히 밝혀지는 탈자적 통일성의 시간공간)은 공간을 제공할 수 있으며, 다시 말해 줄geben 수 있습니다.(하이데거, 앞의 글, 52)

시간은 존재처럼 '환히 밝혀지는 열린 장'이 되고 그가 말하는 '환한 터'는 '숲 속의 환한 터'에 비유된다. 이 터에서 빛은 은닉하면서 드러나고, 부재하면서 현존하고, '거부하면서 유보하는 가까움'이고 가깝지만 멀리 있다. 이런 터에 의해 구체적인 공간, 곧 연장된 공간이 태어나고, 따라서 선–공간적이다. 선–공간적 장소는 구체적 공간에 앞서 생기하는 공간, 곧 생기가 생기하는 공간이다. 시간(존재)가 구체적 공간(존재자)를 줄 수 있는 것은 결국 이런 환한 터로서의 시간, 곧 미래, 과거, 현재가 자성을 벗어나 탈자적인 통일성 속에서 서로를 건네주기 때문이다.

그것이 존재를 주고 그것이 시간을 준다. 따라서 존재와 시간은 '줌'을 공유한다. 존재의 경우 '그것'은 부재로서 현존이고 시간의 경우 '그것'은 환히 밝히는 건네줌이고 따라서 전자(존재)가 후자(시간)에 깃들어 있는 한 공속한다. 그리고 존재와 시간의 이런 공속을 생기生起das Ereignis라고 부른다. 생기는 '존재의 진리가 일어나는 사건'으로 두 사태(존재와 시간)가 서로를 받쳐주고 서로를 지탱하는 그런 관계이고, 이런 관계 속에서 존재와 시간이 규정되며 드러난다. 따라서 존재와 시간을 고유한 것으로 규정하면서 동시에 함께 속하게 하는 사태가 생기이다. 그러므로 '그것이 존재를 준다'와 '그것이 시간을 준다'는 말에서 주고 있는 '그것'은 생기로 드러난다. 하이데거는 다음처럼 말한다.

> 이 두 사태들을 서로에게 속하게 하는 '그것', 다시 말해 이 두 사태들을 저마다의 고유함 속으로 가져올 뿐만 아니라 서로 함께 속하도록 지켜주면서 이러한 공속에서 두 사태들을 지탱해주고 있는 '그것', 이런 점에서 이 두 사태들의 실상, 즉 사태-실상(사태-관계)이 생기生起입니다. 사태-실상은 존재와 시간에 증축된 관계로 나중에 덧붙여진 것이 아닙니다. 사태-실상은 비로소 존재와 시간을 그것들의 시원적인 관계로부터 그것들의 고유함 속으로 생기하는데 그것도 역운(존재)에서 그리고 환히 밝히는 건네줌(시간)에서 스스로를 은닉하고 있는 그런 생기함을 통해 그렇게 합니다. 그러므로 '그것이 존재를 준다', '그것이 시간을 준다'고 할 때 주고 있는 '그것'은 생기로서 입증된 셈입니다.(하이데거, 위의 글, 63-64)

존재와 시간은 존재자처럼 있는 게 아니라 이른바 사태로 있고 두 사태는 서로 받쳐주고 서로를 지탱해주는 관계, 곧 사태관계로 있다. 하이데거가 사태라는 용어를 사용하는 것은 존재와 시간이 존재자처럼 있는 것이 아니기 때문이다. 그러므로 사태는 '그것이 존재(시간)를 준다'는 말에서 '그것'과 관계된다. 존재의 경우 '그것'은 부재로서의 현존을 뜻하고, 시간의 경우 '그것'은 탈자적 통일성 속에서 환히 밝히는 건네줌을 뜻한다. 그리고 두 사태들의 실상이 이른바 생기生起이다. 생기는 존재와 시간에 덧붙여진 것, 예컨대 존재가 생기하고, 시간이 생기한다는 뜻으로서의 생기, 발생, 사건이 아니라 생기에 의해 존재와 시간이 나타나며, 따라서 생기에 의해 두 사태가 생기하고, 존재 사태(현존하게 함)가 시간 사태(환히 밝히는 건네줌)에 깃드는 방식으로 공속한다.

6. 존재와 화엄

요컨대 생기에 의해 두 사태가 공속하고 두 사태는 서로를 받쳐주고 서로를 지탱한다. 그러므로 '그것'(사태-실상, 생기)은 두 사태가 공유하며 생기에 의해 두 사태는 시원적 관계로부터 고유함 속으로 생기한다. 그런 점에서 생기가 생기하고, 따라서 생기는 탈생기이고 언어를 초월한다. 진정한 사유는 주체, 이성, 언어, 분별을 부정하는 사유이고 이런 사유는 사태가 된다. 생기가 언어를 초월하는 것도 같은 문맥을 거느린다.

하이데거는 위에 인용한 말 다음에 '이 진술은 올바르며 또한 올바르지 않다'고 말하는 바 이는 현존성을 그 자체로 사유(표상)할 수 없기 때문이고, 생기에 대한 사유 역시 불가능하기 때문이다. 그러므로 '생기란 무엇인가?'에 대한 대답은 언어로 대답하는 것이 아니라 '사태-실상인 생기에 응답하는 그런 말함das Sagen'이 된다. 앞에서 그는 '그것이 있다.' '그것이 준다'는 주어 없는 문장이라고 말하면서 그러나 '그것'은 현존한다고 말한 바 있다.

나는 이런 문장을 '(   )이 있다'고 표현하면서 이때는 '있음'이 우선이기 때문에 본질(理)보다 현상(事)이 강조되고, 한편 이런 '있음'이 있음의 근거가 되기 때문에 본질/ 현상의 이항 대립이 해체되고, 그런 점에서 '있음'(존재)은 이와 사가 불이의 관계에 있는 이사무애의 세계를 암시한다. 이사무애의 세계란 어떤 것인가? 화엄 철학, 특히 두순杜順의 '법계관문法界觀門'에 의하면 4법계는 다음과 같다.(까르마 C. C. 츠앙, 『화엄철학』, 이찬수 옮김, 2004, 경서원, 253-299, 353-378 참고)

첫째로 사법계事法界는 모든 사물이 고유성을 소유하는 대상이나 사건으로 드러나는 현상의 세계이다. 예컨대 '나는 있다.' '나는 글을 쓴다.' '새가 운다' 등이 그렇다. 이때 사물과 사건은 고유한 독립성을 유지한다.

둘째로 이법계理法界는 모든 현상의 기초를 이루는 추상적 원리를 떠받치는 내재의 실재가 드러나는 경계이다. 현상계의 사건들을 배후에서 지시하는 모든 원리와 법칙이 여기 속한다. 그러므로 이理는 모든 사건의 보이지 않는 통치자로 화엄 철학은 궁극적 이理를 우주적 일심一心, 혹은 공空으로 해석되는 진여眞如(如如)로 생각한다. 여기서의 이는 모든 것을 포용하는 원리. 따라서 사법계와 이법계는 따로 분리된 세계로 생각할 필요가 없다. 법장法藏은 '금사자장金獅子章'에서 금속을 미분화된 이理, 사자는 분화된 사事로 해석한다. 따라서 이와 사는 상즉相卽의 관계에 있다.

예컨대 '나는 있다.', '새가 있다.' '강이 있다.' '나무가 있다'는 문장에서 모든 현상은 '있다'를 공유하고, 따라서 '있음'은 여기서 모든 현상(사)을 배후에서 지시하는 추상적 원리(이)가 된다. 왜냐하면 '있음'은 눈에 보이지 않기 때문이다. 그러나 '있음'은 나, 새, 강, 나무 등과 분리되어 존재하는 것은 아니다. 하이데거의 존재 사유가 강조하는 것은 현상(존재자)의 근거로서의 존재(있음)이다. 그런 점에서 그의 사유는 이법계에서 출발하고 그의 경우에도 현존자 (존재자)와 존재는 분리되지 않고 상즉의 관계에 있다.

셋째로 이사무애법계理事無礙法界는 이와 사의 이런 상즉성을 좀더 강조한다. 이사무애법계는 이와 사가 불가분리의 단일체가 되는 경계이다. 이때 하나의 구체적인 사건(사)은 어떤 추상적 원리(이)를 표현하고 원리는 현현하는 사건의 증거가 된다. 요컨대 사가 이의 표현이 되고 그 역도 같다. 이와 사는 경계가 없이 넘나든다. 따라서 『반야심경』에서 말하는 색즉시공 공즉시색에 상응하는 법계이다. 두순에 이사무애의 원리로는 열 가지가 있다. 이 가운데 하이데거의 존재 사유와 관련되는 원리는 다음과 같다.

첫째로 하이데거에 의하면 존재는 존재자처럼 존재하지 않지만 부재하는 것은 아니다. '그것은 있다', '그것이 존재를 준다'는 말이 뜻하는 것이 그렇고 이런 문장은 주어 없는 문장으로 '그것'이 강조된다. '그것' 은 있는가, 없는가? 주어가 없다는 것은 주체 소멸을 암시하고 주체는 이성적 존재이고 언어는 이성, 분별의 세계이다. 따라서 주어 없는 문장이 암시하는 것은 주체, 이성, 언어를 부정하는 사유, 그러니까 주체 없는 사유를 지향한다.

요컨대 '그것'은 부재하며 동시에 현존한다. 왜냐하면 '그것은 있다' 는 말은 '해가 빛난다'처럼 존재자로 현전하는 건 아니지만 아무튼 우리 앞에 현전하기 때문이다. 그러나 존재자로 현전하지 않으면서(부재) 현전한다.(현존). 나는 하이데거의 이런 문장을 '( )이 있다'고 표현한 바 있다. 이때 괄호는 있는가, 없는가? 괄호 속에 아무 것도 없기 때문에 괄호는 무, 없음(부재)을 표상하지만 지금 이 글을 읽을 때 우리 눈 앞에 괄호가 현전하기 때문에 괄호는 있다.(현존) 하이데거는 '존재'라는 낱말에 빗금을 그어 표현하고 이런 빗금은 '존재'라는 낱말이 현존/ 부재의 경계를 초월하는 것, 언어와 분별을 초월한다는 것을 뜻한다.

'그것'이 존재를 주기 때문에 존재가 있다. 존재를 주는 그것은 체體이고 이理이고 원리이다. 그러나 존재에 의해 존재가 존재한다는 점에서 존재는 용用이고 사事이다. 그런 점에서 하이데거의 존재는 이사무애의 법계를 반영한다.

둘째로 '그것이 존재를 준다'의 경우 그것은 '현존하게 함'이며 존재가 현존자(존재자)를 현존하게 할 때는 존재가 현존자를 자신에서 분리해 방출하기 때문에 존재는 '부재'하고 동시에 현존케 하는 행위(함) 속에서 함과 함께 함을 통해 드러나기 때문에 '현존'한다. 그러므로 그것(존재) 은 부재로 현존한다. 앞에서 나는 존재의 이런 특성을 부재/ 현존, 공/ 색, 은/ 현의 대립을 초월하다는 점에서 선적 사유에 접근한다고 말한 바 있다. 다만 현존케 함 속에 존재가 있다는 주장은 중론의 시각에서 비판했다.

다시 생각하자. 여기서 존재와 현존자(존재자)는 이理와 사事에 해당하며 상호의존적 관계, 무애의 관계에 있지만 존재는 존재자를 포용하는 게 아니라 분리하고, 존재자는 존재를 포용한다는 점에서 선적 사유의 한계를 보여준다. 왜냐하면 이사무애법계에선 존재(이)가 존재자(사)를 포용하고 존재자(사)가 존재(이)를 포용하기 때문이다.

이런 원리에 대해 징관澄觀은 바다와 물결의 관계에 비유해 말한다. 그에 의하면 바다는 이理를 상징하고 물결은 사事를 상징한다. 물결(사) 속에 바다(이)가 담길 수 있는 것은 물결이 바다와 나뉘어질 수 없기 때문이다. 하나의 티끌(사)이 모든 이를 포용할 수 있는 것은 티끌(사)이 이理이기 때문이다. 물결 속에 바다가 들어 있고 거꾸로 바다 속에 물결이 들어 있다. 이러 이사무애법계가 가능한 것은 일체 사물에 자성이 없다는 선적 사고, 이른바 공, 연기 사상을 근거로 한다.

그러나 하이데거의 경우 존재(이)와 존재자(사)의 관계는 완벽한 이사무애의 법계를 보여주지 않는다. 현존케 '함'(사) 속에 존재(이)가 현존한다는 점에서 사事가 이理를 포용하지만 존재(이)가 현존자(사)를 자신으로부터 분리해서 방출한다는 점에서는 이理가 사事를 포용하지 않고 배제한다. 따라서 그는 선, 특히 화엄 사상에 접근하지만 화엄과 거리를 두고 그것은 그의 사유가 서구 형이상학적 사유, 곧 이항대립적 사유에서 완전히 벗어날 수 없었고 일체 현상에 자성이 없고 일체 현상이 연기의 산물이고 따라서 공空이라는 사유에 도달하지 못한 것을 반증한다.

7. 생기와 화엄

셋째로 그러나 하이데거의 생기生起 개념(?), 곧 '그것이 존재를 준다'와 '그것이 시간을 준다'는 명제에서 존재와 시간을 사태로 보며 '그것'이 두 사태들을 하나로 속하게 하면서 동시에 시원적 관계로부터 고유함을 부여하는 사태-관계가 생기라는 주장에 오면 앞에서 보여준 선적 사유의 한계를 극복하고 이사무애법계를 보여준다. 존재의 경우 '그것'은 부재로서의 현존을 뜻하고, 시간의 경우 '그것'은 시간의 탈자적 통일성 속에서 환히 밝히는 건네줌이고 이 두 사태는 생기에 의해 하나가 되면서 동시에 고유성을 유지한다. 이른바 공속한다.

생기에 의한 두 사태의 공속은 하나(이)이며 둘(사)인 세계이고 '그것'(이)은 존재-시간(사)를 포용하고 동시에 존재-시간(사)은 '그것'(이)을 포용한다. 따라서 이런 관계는 두 사태의 실상이고 여기서 사태-실상, 혹은 생기라는 말은 이런 관계가 언어를 초월하는 세계임을 뜻한다. 한편 생기에 의해 존재-사태가 시간-사태 속에 깃들고 거꾸로 시간-사태가 존재-사태 속에 깃든다. 그러므로 앞에서 말한 존재(부재로서의 현존)가 보여주던 이사무애의 한계가 극복된다. 왜냐하면 생기에 의해 존재(부재로서의 현존)는 시간(환히 밝히는 건네줌)과 공속하기 때문이다.

하이데거가 말하는 생기가 난해한 것은 이런 선적 인식을 지향하기 때문이다. 그의 존재 사유는 언어를 초월하는 세계를 언어로 말하려는 모험이고, 두 사태를 공속하게 하는 '그것'이 생기이다. 간단히 줄여 말하면 존재(사)와 시간(사)이 생기(이)에 속하고 거꾸로 생기(이)가 존재(사)와 시간(사)에 속하고 다시 이런 생기 속에서 존재(사)와 시간(사)이 공속의 관계에 있다. 그런 점에서 전자는 이사무애법계를, 후자는 사사무애법계를 암시한다. 따라서 생기는 우주 만물이 고유성을 유지하며 상즉 상입하는 화엄의 세계를 지향한다. 첫째로 생기(이)가 존재(사)와 시간(사)을 포용하고 거꾸로 존재(사)와 시간(사)이 생기(이)를 포용하는 것은 바다와 물결의 관계에 비유되는 이사무애법계를 암시한다. 당나라 때 방龐거사는 마조 선사를 찾아가 묻는다.

방거사: 만법과 더불어 짝하지 않는 존재는 무엇입니까?
마조: 한 입에 서강의 물을 모두 마신다.

이 말을 듣고 방거사는 크게 깨닫는다. 서강은 오늘날의 양자강, 이른바 '마조서강'으로 알려진 이 공안에서 '만법과 더불어 짝하지 않는 존재'는 모든 존재와 친구가 될 수 없는 사람, 우주 만물을 초월한 사람, 곧 절대자를 뜻한다. 우주 만물은 인간의 분별심이 만드는 것. 따라서 절대자는 분별을 초월한 불성, 진여, 본체 자성을 뜻한다. 요컨대 방거사는 불성에 대해 묻는다. 이 질문에 대한 마조 선사의 대답은 '한 입에 사강 물을 모두 마신다. 일구흡진서강一口吸盡西江'이다. 이 말에 대한 해석은 다양하다. 흔히 '한 입에 서강 물을 모두 마셔라', '한 입에 서강 물을 모두 마시면 가르쳐 주겠다', '한 입에 서강 물을 모두 마셔도 모른다' 등 여러 읽기가 있고 이런 읽기가 가능한 것은 한문 구조의 특수성 때문이지만 공안의 특수성도 이유가 된다.

있는 그대로 읽으면 '한 입에 서강 물을 모두 마신다'이다. 불성이란 무엇인가? 그것은 '한 입에 서강 물을 모두 마시는 것.' 그러나 이런 일은 불가능하기 때문에 불성에 대해 아는 것은 불가능하다는 뜻도 되지만 흔히 공안이나 게송이 강조하는 것은 불가능의 가능성이고 불가능, 무, 있을 수 없음이 바로 가능, 유, 있을 수 있음과 통한다는 역설이다. 따라서 마조의 대답 역시 이런 문맥에서 해석할 수 있고 이때 서강과 한 입의 관계는 이理와 물事, 바다와 물결, 다多와 일一의 관계로 한 입의 서강(일) 속에는 서강(다)이 있고 거꾸로 서강(다) 속에는 한 입의 서강(일)이 있다. 이른바 일즉다一卽多 다즉일多卽一 일중다一中多 다중일多中一의 세계다. 이런 읽기에 의하면 불성은 하나 속에 여럿이 있고 여럿 속에 하나가 있고 한 줌 티끌 속에 우주가 있고 우주 속에 한 점 티끌이 있다. 그러므로 깨달은 스님들은 우주 만물에 자성, 고유성이 없고 우주 만물의 본성이 공(법공)이기 유/ 무, 여기/ 저기의 경계에서 자유자재다. 다음은 일제 치하에서 법관을 하시다 엿판을 지고 3년을 다닌 끝에 입산하신 효봉 스님의 오도송.

바다 속 제비집에서 상어가 알을 품고
불 속 거미집에서 물고기가 차를 끓이네

처음 이 시를 읽는 순간 나는 말문이 막혔다. 도대체 어떻게 이런 상
상력이 가능하단 말인가? 지금도 이 시는 하나의 화두이다. 그러나 다
시 생각하면 이 시가 강조하는 것 역시 무/ 유, 여기/ 저기, 바다/ 지상,
제비/ 상어, 불/ 물, 물고기/ 인간의 분별이 없는 공의 세계이고 인연의
세계이고 민물이 서로를 받쳐주고 서로를 지탱한다는 화엄의 세계이다.

둘째로 하이데거의 생기가 암시하는 것은 이런 생기, 곧 생기와 존
재-시간이 이사무애법계를 암시하고 다시 이런 생기 속에서 존재(사)와
시간(사)이 공속한다는 점에서 이른바 사사무애법계를 암시한다. 우리
는 흔히 존재는 존재이고 시간은 시간이라고 생각한다. 아니 내가 있고
다음 시간이 있다고, 그러니까 내가 태어났기 때문에 나는 살고 병들고
죽는다고 생각한다. 생로병사는 삶의 흐름이고 이 흐름이 시간이다. 그
러므로 존재 다음에 시간이 있다.

그러나 하이데거에 의하면 생기 속에서 존재와 시간은 공속하고 이
런 공속은 서로 속에 깃드는 관계이고 이렇게 서로 속에 깃드는 관계가
사사무애법계와 통한다. 부재로서의 현존(존재 사태)은 환히 밝히는 건
네줌(시간 사태) 속에 있고 환히 밝히는 건네줌은 부재로서의 현존 속에
있다. 그렇다면 과연 무엇이 있는가? 존재가 있는가, 시간이 있는가?
고유한 있음은 없고 사태, 언어를 초월하는 공의 세계가 있고 화엄 사상
에 의하면 사물과 사물이 상입 상즉하는 법계가 있을 (?) 뿐이다.

사사무애법계事事無礙法界야 말로 주어 없는 문장의 세계이고 '술어 자
체로서의 사事'이고 그런 점에서 주체 없는 사유이고 주어/ 술어, 주체/
행위의 경계가 해체되고 사물(존재자)이 존재가 되는 세계이다. 따라
서 존재(이)와 존재자(사)의 경계가 소멸하고, 또한 존재자(사)와 존재자
(사)는 무애의 관계에 있고 완벽한 의미에서 다즉일 일즉다의 세계이다.

부처님의 법신(일)은 여러 응신(다)과 일치한다.

8. 장미가 피는 이유

하이데거에 의하면 '그것이 준다'는 주어 없는 문장이고 이 문장은 다시 '그것이 존재를 준다'와 '그것이 시간을 준다'를 내포하고 이때 두 문장은 '줌'을 공유하고 이런 공유가 생기 속에서 공속한다.(사사무애). 한편 그는 '그것이 준다'에 대해 다음처럼 말한다.

> 이미 그리고 여전히 '그것이 준다'가 통상적인 언어사용에서 나타나는 방식은 순전히 눈앞에 나타나 있음이라는 일반적으로 퇴색된 이론적 의미의 배후로 되돌아가 여태껏 말해지지 않은 연관들의 어떤 풍부함을 가리키고 있다. 예를 들어 '시냇물에 송어들이 있다'고 말한다면 이때는 송어들이 단순히 '있다'는 사실이 확인되고 있는 것은 아니다. 그에 앞서 이와 더불어 이 문장에서는 시냇물의 어떤 특징이 발언되고 있다. 즉 시냇물은 송어들이 노니는 시냇물로 특징지어 있는 것이며, 이로써 하나의 특정한 시냇물로서, 즉 사람들이 거기서 고기를 잡을 수 있는 그런 시냇물로서 특징지어지고 있는 것이다. 그러므로 '그것이 준다'는 말이 직적으로 사용될 겨우 이런 사용 속에는 인간에 대한 연관이 놓여 있다.(하이데거, 위의 글, 103)

여기서 하이데거가 강조하는 것은 '그것이 준다'의 통상적 언어사용, 곧 '눈앞에 나타나 있음'(그것이 현전케 함)이라는 의미의 배후에 있는 의미의 풍부함이다. 예컨대 '시냇물에 송어들이 있다'는 문장은 우리 눈앞에 단순히 송어들이 있다는, 곧 '있음'의 사실만 확인되는 게 아니라 시냇물은 '송어들이 노니는 시냇물'이 되고 따라서 사람들이 고기를 잡을 수 있는 그런 시냇물로 환인된다. 요컨대 이 시냇물은 '송어들이 있다'.(현전)을 초월해서 시냇물, 송어, 사람들이 서로 상즉상입하는 그런 시냇물로 드러난다. 그런 점에서 하이데거는 이 세상의 모든 현상이 자성을 소유하는 게 아니라 상호의존되는 혹은 서로를 받쳐주고 서로를 지탱하는 관계로 인식한다.

법장은 사사무애법계를 주석하면서 무애의 기본원리를 열 가지로 확장하고 또한 십현문十玄門으로 부른다. 십현문 가운데 셋째가 일다상용부동문一多相容不同門, 넷째가 제법상즉자재문諸法相卽自在門이고 하이데거가 말하는 시냇물이 이런 문에 속한다. 앞에서도 말한 바 있지만 사사무애법계는 사물의 원리(이)를 사유할 필요가 없는 '참으로 존재하는 궁극적이고 유일한 법계'이다. 다른 세 법계는 사사무애법계에 접근하기 위한 방편. 사사무애법계의 차원에서는 개별적 사물들(事)이 이理의 도움 없이 상즉하고 동시에 함께 일어나고(同時頓起), 서로를 꿰뚫고(同時互入)하고, 서로를 포섭한다(同時互攝).

법장이 말하는 일다상용부동문은 하나와 여럿이 서로 꿰뚫고 서로 포섭하는 법계로 하이데거가 말하는 시냇물의 세계가 그렇다. 여기서는 시냇물(사) 속에 단순히 송어들(사)이 있는 것이 아니라 시냇물 속에 송어들이 노닐고 이런 놀이는 시냇물(다)과 송어들이(일)이 서로를 용납하지만 같은 하나가 되는 것은 아니고, 시냇물(사)이 송어들(사)이 되고 송어들이 시냇물이 되어 자재하는 제법상즉자재의 법계에 있다. 앞에서 나는 '그것이 준다' 혹은 '그것이 있다'라는 문장을 '(   ) 있다'고 표현한 바 있고, 이 문장은 하이데거가 말하는 주어 없는 문장이고, 최경호가 말하는 '술어로서의 사事'에 해당한다고 말했다. 주어가 없다는 것은 있음, 존재의 원리나 근거(이)가 없다는 것이고 따라서 이런 있음은 각각의 술어 자체, 사 자체가 고유성을 유지하나 서로 불이의 관계에 있다는 것을 뜻한다. 예컨대 시냇물과 송어들은 주어가 아니라 술어 자체, 곧 시냇물의 흐름과 송어들의 놀이는 각자의 고유성을 유지하면서 동시에 불이의 관계에 있게 된다. 모든 현상은 이렇게 상즉하며 자재의 관계에 있다.

주어가 없기 때문에 이런 현상(사)에는 원리나 근거(이)가 없는 있음 자체이고 따라서 모든 현상은 이유, 원인, 근거 없이 발생하고 존재한다. 꽃은 그저 핀다. 하이데거는 '근거율'에서 괴테의 금언을 인용한다.

어떻게? 언제? 어디에? 신들은 침묵하고 있다.
그대는 때문에Weil에 의지하되 왜Warum 그런지 묻지 마라.(하이데거, 위의 글, 130, 재인용)

이 말은 이 세상에 존재하는 것은 모두 근거가 있다는 주장에 대한 비판이고 하이데거가 이 말을 인용한 것은 이런 원칙, 곧 근거 없이 존재하는 것은 없다는 원칙을 논리적 법칙으로 주장한 17세기 철학자 라이브니치의 견해를 비판하기 위해서다. 그렇다면 '때문에'는 무엇이고 '왜'는 무엇인가? 김형효 교수는 '때문에Weil'를 '왜냐하면'으로 번역하고 '왜Warum'를 '무엇 때문에의 이유'로 번역하면서 '무엇 때문에의 이유'는 이유를 객관적으로 찾는 물음이고 '왜냐하면'은 이미 이유를 동반하는 대답이라고 해석한다. 이런 번역이 오해의 여지가 적을 것 같다.

따라서 괴테가 강조한 것은 좀더 친절하게 말하면 '그대는 '왜냐하면'에 의지하되 '객관적 이유'를 묻지 마라'가 되고 하이데거는 17세기 시인 인겔루스 실레지우스의 시 한 구절을 인용하면서 이 말을 해석한다. 다음은 김형효 교수의 번역.(김형효, 「하이데거와 화엄의 사유」, 2004, 청계, 720)

장미는 이유 없이 존재한다.
장미는 핀다. 왜냐하면 그것이 피기 때문이다.
장미는 자신에 신경 쓰지 않고
사람들이 자신을 보는지 안 보는지 묻지 않는다.

요컨대 이 시가 강조하는 것은 모든 현상은 근거없이 발생하고 존재한다는 것. 하이데거의 사유가 선과 통하는 대목이다.

09
사물

1. 사물과 대상

하이데거의 후기 사유는 존재와 존재자, 존재와 인가, 존재와 사유, 존재와 언어의 공속(생기)을 통해 서양 형이상학의 이원론을 극복한다. 그러나 후우도 지적하듯이 그는 이런 생기 개념에도 불구하고 존재론적 차이, 곧 존재와 존재자를 염두에 두고 존재 찾기에 몰두하기 때문에 선불교적 인식과는 거리가 있다. 선이 강조하는 것은 존재와 존재자가 유기적으로 통일되는 일원론이기 때문이다.

『반야심경』에서 말하는 이른바 색즉시공色卽是空 공즉시색空卽是色의 세계. 색色이 존재자에 해당하고 공空이 존재에 해당한다면 선불교의 경우 존재자가 바로 존재이고 또한 이 존재가 존재자가 된다. 그러나 앞에 나오는 색(존재자)과 뒤에 나오는 색(존재자)은 같은 것이 아니다. 앞의 존재자는 일상적 존재자이고 이런 존재자는 고유한 본질이나 실체가 없고 모두 인연의 산물이기 때문에 공空에 지나지 않는다. 그러나 이런 공(존재)은 공 자체로 드러나지 않고 색으로 드러난다는 점에서 공즉시색이 된다. 신라 시대 의상義相 대사의 『법성게』에 나오는 법성원융무이상法性圓融無二相 제법부동본래적諸法不動本來寂도 비슷하다. 이 세계의 모든 현상

(사)과 그 현상의 근거인 본질(이)은 서로 원융하여 두 개의 상으로 분별되지 않는다. 혹은 현상(법)의 본질(성)은 원융에 있다. 그러므로 모든 현상은 움직임이 없어 본래 고요하다. 모든 현상이 움직이지 않는 것은 이 현상을 분별할 수 없기 때문이다. 반야 사상의 색과 공의 관계나 화엄 사상의 사와 이의 관계는 크게 보면 다르지 않다.

하이데거가 강조한 것은 '장미는 그저 핀다'는 것. 장미는 객관적 이유 없이 존재하고 장미는 피기 때문에 핀다. 그러나 하이데거는 이 시를 해석하면서 존재자(장미)가 이미 존재(피다)의 이유를 품고 있다고 주장하기 때문에 이른바 존재론적 의미를 강조한다. 그런 점에서 후우에 의하면 이런 존재론적 딜레마는 선적 자연주의로 극복될 수 있고 이런 극복 양상은 하이데거의 강연 「사물」(1950)에 드러난다.

그렇다면 하이데거가 말하는 사물이란 무엇인가? 사물은 우리 가까이 있다. 그러나 하이데거에 의하면 획득되지 않은 가까움이 있다. 말하자면 사물은 가까이 있지만 멀리 있다. 앞에서 하이데거는 존재는 존재자보다 가까이 있고 동시에 멀리 있다고 말한 바 있다.(6. 「전향」 참고) 나는 바위를 본다. 나(존재)는 바위(존재자)보다 멀리 있다. 그러나 나의 있음(존재)는 바위의 있음보다 가까이 있고, 이런 있음(존재)에 대한 이해(지평적 초월적 이해)를 통해 바위의 존재를 이해하기 때문에 존재(있음)는 존재자(바위)보다 가까이 있다. 그러나 지금 하이데거는 존재가 아니라 존재자(사물)가 가까이 있고 이런 가까움은 획득되지 않았다고 말한다. 존재가 사물보다 가까이 있는 게 아니라 이미 존재자(사물)가 가까이 있다. 존재자는 멀리 있는 것이 아니다. 이런 말이 암사하는 것은 존재자가 이미 존재이고 거꾸로 존재가 이미 존재자라는 것. 그러므로 우리는 사물의 존재를 찾는 것이 아니라 사물이 내포한 존재, 사물의 사물성을 찾아야 하고 그것은 나의 주관성을 배재하고 따라서 나의 의지의 표상으로서의 대상과는 다르다.

하이데거는 존재자, 사물의 보기로 단지(항아리)를 들고 있다. 단지는 하나의 사물이다. 단지란 무엇인가? 다음은 하이데거의 말.

우리는 일종의 그릇, 즉 다른 것을 담는 것이라고 말한다. 단지에서 담아 잡고 있는 것은 바닥과 옆면이다. 이러한 담아 잡고 있는 것을 다시 손잡이로 잡을 수 있다. 그릇(Gefass-fassen)으로서 단지는 자체 안에 서 있는 어떤 것이다. 이러한 자체-안에-서-있음이 단지를 자립적인 것으로 특징짓고 있다. 단지는 자립적인 것의 자립(Selbstand)으로서 대상(Gegenstand)과는 구별된다. 자립적인 것은 대상이 될 수도 있으며, 그것은 우리가 자립적인 것을 직접적인 지각을 통해서건, 상기하는 떠올림을 통해서건 우리 앞에 세울 때(표상할 때) 일어난다. 그렇지만 사물의 사물성은 그것이 표상된 대상이라는 사실에 의해 성립되는 것은 아니다. 그것은 도대체 대상의 대상성으로부터는 규정될 수 없다.(마르틴 하이데거, 「사물」, 『강연과 논문』, 이기상, 신상희, 박찬국 옮김, 이학사, 2008, 213-214. 이하 사물에 대한 논의는 이 글을 참고.)

단지는 다른 것을 담는 그릇. 그리고 이런 기능을 맡는 것은 바닥과 옆면이고 그러므로 단지는 자율적 자립적인 것으로 자체-안에-서-있을 뿐이다. 같은 사물이지만 단지와 의자는 다르다. 단지는 다른 것, 예컨대 술이나 물을 담고 이렇게 담을 수 있는 것은 단지 자체의 특성, 곧 단지의 바닥과 옆면 때문이다. 그러나 의자는 이렇게 스스로 서지 못하고 다만 내 앞에 하나의 대상으로 존재하거나 도구로 존재한다. 물론 단지도 물을 담는 도구이다. 그러나 단지의 도구성은 의자의 도구성을 초월한다. 나는 의자에 앉지만 의지가 나를 담는 것은 아니다. 좀 거칠게 말하면 의자에는 바닥과 옆면이 없고 네 다리와 앉기 위한 평면이 있을 뿐이다. 나는 의자가 필요하면 의자를 끌어온다. 그런 점에서 의자는 단지의 손잡이에 해당한다. 단지의 손잡이가 단지를 잡기 위해 존재하듯이 의자는 앉기 위해 존재할 뿐이다.

요컨대 의자에는 두구성만 존재하고 단지에는 자립성(바닥과 옆면)과 도구성(손잡이)이 존재하고 자립성이 도구성을 초월한다. 단지의 그릇으로서의 특성은 이런 도구성에 있는 것이 아니라 자립성에 있다. 그런 점에서 단지는 대상이나 도구와 구별된다. 위의 글에서 하이데가가 강조하는 것은 사물(단지)과 대상의 차이이다. 물론 단지도 대상이 될 수 있다. 단지를 볼 때(지각), 혹은 상기에 의해 우리 앞에 세울 때(표상)가 그렇다. 그러나 단지의 특성은 이런 지각의 대상, 표상의 대상으로 드러나는 게 아니다. 단지는 인식의 대상이나 표상의 대상으로 존재하는 것이 아니다. 그러므로 하이데거에 의하면 단지는 우리가 표상하든 하지 않든 그릇으로서 남아 있다. '그릇으로서 단지는 자체 안에 서 있다.'

그러나 단지가 존재할 수 있는 것은 단지를 이쪽에–세움(제작, 생산)에 의해 가능하다. 말하자면 도공이 흙으로 단지를 만들어야 단지는 스스로 자체–안에–서–있게 된다. 도공이 단지를 만드는 것은 단지의 자립성을 위해서이다. 그러므로 그가 만드는 단지는 표상은 아니지만 그의 제작(이쪽에–세움)은 단지를 우리 쪽에, 우리 맞은 편에, 우리와 마주하게 세운다는 점에서 대상이 된다. 이때 우리는 단지의 자립성을 대상성에서 사유하고 따라서 단지의 시물성, 사물의 사물성을 탐구하는 것은 아니다.

요컨대 이런 말로 하이데거가 강조하는 것은 사물(단지)의 사물성은 표상의 대상, 인식의 대상으로서의 대상성이 아니라는 것. 단지의 사물로서의 특성(자체–안에–서–있음)은 제작(이쪽에–세움)도 아니고 대상(마주–서–있음)도 아니다. 한자로 대상은 대상對象이고 독어로는 Gegenstand이다. 대상對象도 주체와 마주 서 있음, 대립을 뜻하고 독어 역시 같다. 마주한다는 것은 나와 대상, 주체와 객체의 대립을 강조하고 대립은 투쟁과 지배를 전제로 한다. 그런 점에서 대상을 지각하고 표상(앞에–세움)하는 것은 나의 의지의 산물이고 이때 모든 대상은 쇼펜하우어 식으로 말하면 나의 의지와 표상의 세계가 된다. 하이데거가 강조하는 사물의 사물성은 이런 대상성이 아니다.

2. 사물과 텅 빔

그렇다면 다시 사물의 사물성은 무엇인가? 하이데거에 의하면 그릇은 제작되었기 때문에 그릇이 아니라 오히려 그런 그릇이기 때문에 제작된다. 무슨 말인가? 도공이 단지를 만드는 것은 플라톤 식으로 말하면 그의 이데아(보임새)를 실현하는 것이지만 이런 이데아 역시 도공과 단지가 마주-서-있음의 관점을 전제로 한다. 쉽게 말하면 플라톤의 이데아는 이데아/ 현상, 관념/ 물질, 도공의 이데아/ 단지의 이항 대립을 전제로 하고 이런 대립성은 마주-서-있음, 곧 대상성을 내포한다. 따라서 하이데거는 이런 대상성을 벗어나는 현상, 곧 '단지의 사물적 차원은 그것이 그릇으로서 존재한다는 사실'에 기인한다고 말한다. 그러므로 도공이 그릇을 제작하는 게 아니라 그릇이 도공을 만든다. 너무 서두르지 말자! 그릇으로서 존재한다는 것은 무엇인가? 하이데거는 다음처럼 말한다.

> 포도주로 단지를 채울 때 우리는 포도주를 바닥과 옆면에 붓는 것인가? 바닥과 옆면은 분명 그릇에서 새지 않는 부분이다. 그렇지만 새지 않는 것이 곧 담아 잡는 것은 아니다. 우리가 단지에 가득하게 채워 부을 때 이런 부음이 빈 단지 안으로 흘러들면서 채워지는 것이다. 텅 빔이 그릇의 담아 잡는 힘이다. 텅 빔이, 즉 단지에서의 이러한 無가 단지가 담아 잡는 그릇으로서 존재하고 있는 바로 그것이다. (하이데거, 앞의 글, 216-217)

새지 않는 것과 담아 잡는 것은 다르다. 단지에 포도주를 부을 때 단지의 바닥과 옆면은 새지 않게 한다. 그러나 하이데거에 의하면 이렇게 새지 않게 하는 것은 그릇의 사물성이 아니다. 단지는 다른 것을 담아 잡는 것이고 담아 잡는 것은 새지 않는 것과는 다르다. 단지에 포도주를 부을 때 중요한 것은 포도주가 아니라 포도주를 붓는 행위가 중요하고, 따라서 단지에는 포도주가 아니라 이런 부음이 채워진다. 그러므로 단지의 바닥과 옆면이 아니라 단지의 텅 빔이 담아 잡는 힘이고 단지가 단지로 존재하는 것은 이런 텅 빔, 무 때문이다. 요컨대 단지가 그릇으로 존재하는 것은 바닥과 옆면(물질적 형상) 때문이 아니라 눈에 보이지 않는 단지의 텅 빔, 무 때문이다.

하이데거의 후기 사유가 강조한 것은 존재와 존재자의 공속이고 이제 그것은 존재(무, 텅빔)와 존재자(단지)의 공속, 아니 둘이 불이不二의 관계로 나타나고 이런 사유는 노자나 선불교적 사유와 통한다. 하이데거에 의하면 단지가 단지로 존재하는 것은 그 물질성 때문이 아니라 단지 안의 허공, 텅 빔, 무 때문이다. 이 무가 포도주를 담아 잡는 힘이다. 노자가 강조하는 것도 무용無用, 곧 무의 효용이다. 그는 다음과 같이 말한다.

> 서른 개의 바퀴살이 하나의 바퀴통에 다 같이 꽂혀 있으니 바퀴통의 한 복판 빈 곳에 바로 수레를 작용시키는 요인이 있다.
> 흙을 이겨 그릇을 만들지만 그릇의 텅 빈 곳에 그릇의 쓸모가 있다.
> 문이나 창을 뚫어 방을 만들지만 방의 텅 빈 곳에 방의 쓸모가 있다.
> 그러므로 有의 물건이 이롭게 쓰여지는 까닭은 공허한 無가 활용되기 때문이다.
> 三十輻 共一轂 當其無 有車之用
> 埏植以爲器 當其無 有器之用
> 鑿戶窓以爲室 當其無 有室之用
> 故有之以利 無之以爲用 (장기근, 이석호역, 삼성출판사, 1978, 63-64 참고)

수레의 바퀴가 돌아가는 것은 바퀴 때문이 아니라 바퀴통 한 복판에 있는 빈 곳이 있기 때문이다. 바퀴의 축과 바퀴 테 사이에 빈 공간을 만들어 이 빈 공간을 여러 개의 바퀴살로 받치기 때문에 바퀴가 굴러간다. 따라서 바퀴가 구르는 것은 바퀴 때문이 아니라 이 빈 공간 때문이고 그런 점에서 눈에 보이지 않는 무가 유의 근거가 된다.

그릇은 무엇을 담기 위한 것. 그러나 그릇의 텅 빔, 무가 무엇을 담지 그릇의 물질성이 무엇을 담는 것은 아니다. 문을 내고 창을 뚫어 방을 만들고 따라서 방이 방으로 존재하는 것은 창, 문처럼 뚫린 공간, 무, 텅 빔 때문이고 한편 사람들은 방의 빈 곳에 거주하기 때문에 방의 텅 빔이 방을 방으로 존재케 한다. 마치 단지의 텅 빔, 무가 그릇으로서 무엇을 담아 잡는 힘이듯이 방 역시 텅 빔이 인간과 사물들을 담아 잡는 힘이 된다. 요컨대 무, 텅빔, 공허가 사물들의 근거이다.

하이데거가 말하는 단지는 노자가 말하는 그릇에 해당되고 두 사람 모두 주장하는 것은 무의 쓸모, 효용이다. 노자의 무無 사상은 인도 불교와 결합되면서 선종禪宗의 공空 사상으로 발전한다. 그러나 하이데거가 말하는 텅 빔은 아직 공 사상과는 거리가 있다. 하이데거에 의하면 무, 텅 빔은 유의 근거이지만 선불교가 말하는 공은 이런 유/ 무의 경계를 초월하기 때문이다. 그러나 뒤에 다시 살피겠지만 하이데거는 텅 빔을 인연과 연결시키고 그런 점에서 서양 형이상학을 극복한다.

한편 하이데거에 의하면 우리가 단지에 포도주를 부을 때 이런 부음이 단지 안으로 흘러들면서 채워진다. 말하자면 그는 포도주가 아니라 부음을 강조하고, 이런 주장은 존재와 존재자의 관계를 새롭게 해명한다. 이런 부음이 강조하는 것은 쉽게 말하면 사물事物에서 물物이 사라지고 사事만 남는 경지, 곧 사事의 순수한 나타남이다. 하이데거에 의하면 이 세계에 안에 있는 것이 사물이고 존재자이다. 이 세계엔 나무도 있고, 꽃도 있고, 인간도 있고, 나무는 흔들리고, 꽃은 피고, 인간은 단지에 포도주를 붓는다. 존재자는 존재하고 이것은 주어(존재자)와 서술어(존재)의 관계이고 물物(존재자)과 사事(존재)의 관계이다.

과연 사물이란 무엇인가? 한자 사물事物은 事(일)와 物(물건)이 합친 자로 물건에 어떤 일이 생기는 것, 사건이 일어나는 것을 뜻한다. 물론 우리 국어에서는 사물을 일과 물건의 결합으로 정의하기보다는 일반적으로 물건의 뜻으로 사용한다. 그러나 지금 나는 하이데거를 해석하기 위해 사事와 물物의 결합, 곧 물건에 어떤 일이 생기는 것으로 정의한다.

그렇다면 하이데거가 말하는 이른바 세계내존재는 세계에 있는 존재이고 이렇게 '있음', '존재'가 어떤 사건이 일어남, 곧 사事에 해당하고 이렇게 있는 존재자가 물物에 해당한다. 그러므로 이 세계에 나무가 있고, 꽃이 있고, 인간도 있는 것이 사물事物이다. 요컨대 이 세계엔 무엇(物)이 있다.(事) 나무는 흔들리고, 꽃은 피고, 인간은 단지에 포도주를 붓는다. 이런 동작 역시 일어남(사)이고 동작의 주체는 물건(물)에 해당한다. 한편 이런 주체와 동작의 관계는 주어(物)와 서술어(事)의 관계로 나타낼수 있다.

하이데거가 강조하는 것은 우리가 단지에 포도주를 부을 때 이런 부음이 단지를 채우고 단지의 텅 빔이 단지의 담아 잡는 힘이라는 것. 이런 현상은 주어(인간)+목적어(포도주)+서술어(붓다)의 관계에서 주어와 목적어에 해당하는 물物이 생략되고 서술어에 해당하는 사事만 있는 세계이다. 이른바 주어가 생략된 술어 자체로서의 사事의 드러남이다.

최경호는 고요한 산 속에서 난데없이 들려오는 새 소리를 듣는다. 그러나 새라는 존재가 분별되기 전의 소리이고 따라서 주어가 없는 술어 자체로서 들려오는, 혹은 드러나는 울음소리가 된다. 주어가 없는 술어 자체로서의 사事는 새를 분별하기 전에 일어난 현상이기 때문에 주체(나)와 객체(새)의 분별 이전에 발생한 현상이고 따라서 나는 무화되고 만물이 하나가 되는 세계이다 이때는 사물이 지각되지 않은 상태에서 사물이 자신을 드러내 보이고 이때 만물은 무분별을 매개로 하나가 되고 요컨대 술어 자체로서의 사事들은 하나 되어 있음의 존재에 뿌리를 두고 서로 화쟁和爭하는 사事들로 주어져 있다.(최경호,『화엄의 세계. 그 원융무애의 존재론적 구조』, 경서원. 2006. 25~27)

부음이 단지의 텅 빈 공간을 채운다는 하이데거의 말에서 내가 읽는 것도 비슷하다. 이런 부음은 주어, 목적어가 생략된다는 점에서 주체(나)/ 객체(포도주)의 분별이 소멸한 이른바 무분별의 사事이고 이런 사事, 일어남이 스스로 드러나는 현상이다. 스스로 드러나는 사는 나의 무화를 보여주고, 한편 이런 부음은 동명사라는 점에서 주어이며 동시에 서술어가 되고 목적어이며 동시에 서술어가 된다. 요컨대 이런 부음은 주어, 목적어, 서술어의 경계가 해체되고 모두가 하나가 되는 만법귀일 萬法歸一, 나아가 사사무애事事無礙의 세계를 지향한다. 모든 현상, 모든 물物, 모든 존재자는 이유, 까닭, 원리(理) 없이 존재하고 따라서 하나, 불성, 잔여로 귀의하고 이理 없이 모든 사물들은 자유자재로 넘나든다.

3. 빈산에서 들리는 말소리

하이데거에 의하면 부음이 단지의 텅 빈 곳을 채우고 이런 텅 빔이 단지의 담아 잡는 힘이다. 텀 빔이 담아 잡는 힘이라는 말은 노자가 말하는 무용無用, 곧 그릇의 텅 빈 곳에 그릇의 쓰임이 있다는 무無 사상을 반영하고 부음이 단지를 채운다는 말은 술어 자체로서의 사事, 무분별의 분별, 만물이 조화를 이루며 다툰다는 화쟁, 혹은 다즉일多卽一의 화엄 사상을 반영한다. 물物이 사라진 사事의 세계는 사 자체가 많은 물(多)이며 동시에 하나(事)이고 역도 진리이기 때문이다.

대정 스님의 선어 은현동시隱現同時 여시묘각如是妙覺을 생각하자. 하이데거가 말하는 단지의 텅 빔은 은隱에 해당하고 채워지는 것은 현現에 해당한다. 텅 빔이 있기 때문에 그릇이 담아 잡을 수 있다는 것, 그릇의 텅 빔이 그릇의 쓸모라는 노자의 말은 은隱이 있어서 현現이 가능하다는 말과 같고 은현동시 구조는 법장의 십현문 가운데 다섯째에 해당하는 은밀현료구성문隱密顯了俱成門과 같다. 이른바 감춰짐과 드러남이 은밀히 세워지는 신비. 나는 앞의 글에서 왕유王維의 '녹채鹿柴─사슴 울타리'를 색즉시공 공즉시색의 세계로 해석하면서 색色(현)을 통해 공空(은)을 드러내고 색이 바로 공이라고 말하면서 이른바 유有와 무無의 공속을 해석했다.(「죽음」참고)

그러나 『반야심경』의 색즉시공 공즉시색 역시 화엄의 4법계에 의하면 이사무애 법계에 해당한다. 곧 색(事)즉공(理)이고 공(理)즉색(事)의 세계고 화엄 사상에서 이사무애법계와 사사무애법계의 경계는 모호하고 따라서 색즉시공 공즉시색의 법계는 은현동시 혹은 은밀려현료구성문으로 해석할 수 있다는 입장이다. 왕유의 선시는 색즉시공, 곧 색이 공의 세계이며 동시에 공즉시색, 곧 공에 의해 색이 드러나는 세계이다. 전자를 강조하면 색(현)에 의해 공(은)이 드러나고 후자에 의하면 공(은)에 의해 색(현)이 드러난다.

빈산에 사람은 안 보이고   空山不見人
사람의 말소리만 들릴 뿐   但聞人語響
석양빛이 깊은 숲 속에 들어와   返景入深林
다시 푸른 이끼 위를 비치네   復照青苔上

왕유는 사람의 말소리(색)와 석양빛(색)에 의해 빈산(공)과 숲속(공)의 세계를 드러낸다. 말하자면 말소리(청각)와 석양빛(시각)의 세계로 빈산과 숲 속의 고요, 적막, 공을 보여준다. 이른바 색즉시공이고 현現에 의한 은隱의 드러남이고 현은동시 구조다. 그러나 한편 이 시에서는 빈산(공)이기 때문에 사람의 말소리(색)가 두런두런 들리고 깊은 숲 속(공)이기 때문에 석양(색)이 들어가 푸른 이끼를 비친다. 빈산이 아니고 많은 사람들이 있다면 말소리는 소음이 되고, 깊은 숲 속이 아니라면 들이비치는 석양빛의 강도가 약해질 수 밖에 없다. 그런 점에서 이 시는 은(공)이 있으므로 색(현)의 세계가 드러나는 은현동시의 구조를 보여주고 이런 세계는 노자가 말하는 무용, 곧 그릇의 텅 빔이 그릇의 쓰임이고, 단지의 텅 빔이 담아 잡는 단지의 힘이라는 하이데거의 주장을 반증한다. 화정선사의 선시 '긴 낚시대 드리우니'의 후반부 역시 비슷하다.

고요한 밤 물이 차거워 고기는 물지 않고　　夜靜水寒魚不食
텅 빈 배에 달빛만 가득 싣고 돌아오네　　　滿船空載月明歸

　나는 이 시를 다른 글에서 선시가 지향하는 청한淸寒의 미학을 보여주
고, 이런 고요와 차거움이 선과 통한다고 말한 바 있고 이 시에서 '텅 빈
배'는 공空을 상징하고 '달빛'은 색色을 상징하고 따라서 '텅 빈 배에 가득
실은 배'는 공즉시색의 세계를 뜻한다고 말했다.(「존재」 참고)
　'텅 빈 배에 가득한 달빛'은 왕유의 시에 나오는 '빈 산에서 들려오는
말소리'와 비슷한 이미지이다. 배가 텅 비었기 때문에 달빛이 가득하고,
따라서 '텅 빈 배'는 노자가 말하는 텅 빈 그릇에 해당하고, 이렇게 텅
빈 곳이 그릇의 쓸모, 곧 그릇을 그릇이 되게 한다. 선禪의 시각에서는
이 텅 빔이 물질적 유용성이 아니라 공空을 뜻하고 이 공이 만물의 실상
이다. 따라서 텅 빈 배가 달빛을 가득 싣고 돌아오는 것은 공즉시색, 공
속에 만물이 존재한다는 뜻도 되고 이때 만물의 실상은 공이다. 은현동
시 구조에 의하면 은隱이 현現을 내포하는 세계이다. 물론 이런 내포는
두 세계의 대립이 아니라 화엄이 강조하는 상입 상즉의 관계에 있는 그
런 내포, 말하자면 은과 현이 서로 원융하는 세계, 곧 무이상無二相, 불이
不二의 세계이다.
　화정선사는 덕성德誠선사, 화정선자華亭船子라고도 하며 약산 3대 제자
가운데 한 사람으로 약산에서 사형제師兄弟 운암, 도오와 헤어져 수주 화
정(현재 상해 송강)으로 내려가 나룻배 뱃사공을 하며 지낸다. 도오는
협산을 화정선사에게 소개하고 협산은 화정선사를 찾아가 선문답을 나
눈다.

　화정: 어느 절에 있는가?
　협산: 절에 머물지 않습니다. 머물면 닮을 수 없습니다.
　화정: 닮지 않는다는 것은 무엇을 닮지 않는다는 것인가?
　협산: 눈 앞에 있는 물건은 닮은 게 없습니다.

화정: 어디서 배운 지식인가?
협산: 눈과 귀로는 얻을 수 있는 것이 아닙니다.
호정: 한마디 말에 말뚝에 묶인 당나귀 신세가 되었군.

　선문답은 계속되지만 일단 여기서 쉬고 문답의 내용을 살펴 보자. 협산이 '절에 머물지 않는다'는 대답은 조주와 한 행각승의 선문답을 떠올린다. 스님이 조주 선사와 이별을 고하며 길을 떠나 불법 공부를 한다고 말하자 조주 선사는 '부처가 있는 곳은 지나가고 부처가 없는 곳도 빨리 지나가라.'고 말한다. 그때 스님이 '그럼 어떻게 공부를 하라는 말입니까?' 묻고 선사는 '가는 것도 네 마음 오는 것도 네 마음이다. 그러니 마음대로 하라'고 말한다.
　부처가 있는 곳에도 머물지 말고 없는 곳에도 머물지 말라는 말은 이른바 부처도 상相이라는 것. 따라서 상에 집착하지 말라는 말. 또한 부처가 있는 곳도 없는 곳도 머물지 말라는 것은 있음/ 없음의 분별을 버리라는 말. 화정선사의 질문에 협산이 '절에 머물지 않습니다'라고 말하는 것은 절도 부처처럼 상相이고 따라서 절도 없다는 말. 그러나 '머물면 닮을 수 없다 주즉불사住卽不似'는 말이 문제이다. 화정선사가 묻는 것은 '무엇을 닮느냐'는 것. 곧 닮으려는 대상이 무엇이냐는 것. 무주無住, 곧 어디에도 머물지 않는 것은 혜능대사가 강조했듯이 무상無相이고 무념無念이기 때문에 협산의 대답은 다시 상에 집착하고 자아와 대상을 분별하는 분별심에 빠졌다는 질책이다.
　이에 협산은 '이런 지식은 눈과 귀로 얻을 수 없다'고 말한다. 불성佛性은 보고 들어서 배우는 게 아니라 이미 자신 속에 있다는, 말하자면 자신이 부처라는 것. 불성은 구체적 형상이 없고 마음이라는 것. 그러나 화정선사가 보기에 협산의 이런 대답은 비록 깨닫기는 했지만 아직도 관념적 지식에 지나지 않고, 공空을 깨달았지만 공에 머무는 이른바 낙공落空의 단계에 있기 때문에 '한마디 말에 말뚝에 묶인 당나귀 신세'라고 말한다. 네가 지금 한마디 하지만 이는 한마디 말에 묶여 있다는 질책. 선문답은 다음처럼 계속된다.

화정: 천자 되는 실을 드리우는 것은 깊은 못 속에 뜻이 있는데 세치 갈고리를 떠난 경지를 말해보라!
협산: (협산이 입을 열어 말하고자 하자 덕성은 갑자기 노를 들어 협산을 강물 속으로 밀어넣었다.)
화정: (협산이 물을 먹고 겨우 배 위로 기어 올라오자 말한다) 말해 보라! 말해 봐!
협산: (협산이 다시 말을 하려고 하자 덕성은 다시 노를 들어 협산을 강물 속에 밀어 넣었다. 협산은 비로서 크게 깨닫고 물 위로 떠 올라 머리를 세 번 끄덕였다.)

천자 되는 실을 드리우는 것은 깊은 못(불성)에 뜻이 있다. 곧 오랜 수행에 의해 불성을 깨닫는다는 것. 세치 갈고리를 떠난 경지는 천자 되는 낚시줄이 갈고리를 떠난 경지. 곧 불성을 깨달은 다음 이 깨달음도 버리는 경지. 이런 경지는 성속일여, 범성일여, 물아일체의 경지이고 상구보리에서 하화중생의 길로 들어서는 대승의 경지이다. 말하자면 유/무의 경계를 초월하는 무분별의 분별, 진공묘유, 중도, 불이의 경지이다. 6조 혜능대사가 말하는 무념無念, 곧 생각하면서 생각이 없는 경지, 곧 무념자無念者 어념이무념於念而無念의 경지와 통한다. 무상無相 역시 상에 머물며 상을 여의는 것, 곧 무상자無相著 어상이리상於相而離相의 경지이고 무주無住는 사람의 본성으로 일체 분별을 여의고 순간순간 일을 생각하지 않는 것, 곧 무주자無住著 인지본성人之本性 어제법상於諸法上 염념부주念念不住의 경지이다.

그러나 협산은 이렇게 언어를 초월하는 경지에 대해 무슨 말을 하려고 하기 때문에 덕성선사는 그를 물에 빠뜨리고 마침내 두 번째로 강물에 빠지자 크게 깨닫는다. 이른바 협산성오夾山省悟 화두. 물에 빠진 상태에서 그는 과연 무슨 생각을 했을까? 아무 생각도 말도 할 수 없었을 것이고 그가 만난 것은 적나라한 자아, 본성이고 이게 깨달음이다. 덕성선사는 협산을 깨닫게 하고 곧장 스스로 자신의 배를 뒤집어 물속으로 사라진다. 물아일체, 공의 실천이다.

4. 부음과 선사

빈산에서 들리는 말소리에 귀를 기울린 것은 말소리가 들려오기 때문이다. 그러므로 빈산은 텅 빔, 공의 세계이지만 실제로 텅 빈 세계가 아니다. 문제는 다시 하이데거. 노자는 그릇의 무, 공허가 쓸모 있다는 사실을 넘어 찰흙의 성질이 만드는 공허, 곧 찰흙의 자유자재한 변형까지 암시한다. 하이데거에 의하면 부음이 단지의 텅 빔을 채우고 이런 텅 빔이 단지의 담아 잡는 힘이다. 그러나 그는 이런 텅 빔에 대해 다시 사유한다. '그런데 과연 단지는 실제로 텅 비어 있는가?'

이런 질문은 단지의 텅 빔이 과학적 일상적 사유를 초월하는 그런 텅 빔이라는 것을 암시한다. 과학에 의하면 단지는 실제로 텅 비고, 이런 텅 빔은 단지 속에 공기가 가득 차 있는 것이고, 따라서 단지에 포도주를 붓는 것은 단지 속의 공기가 밀려가고 그것이 액체로 대치되는 현상에 지나지 않는다. 그러므로 단지를 채우는 것은 하나의 채움을 다른 채움으로 교체하는 것에 지나지 않는다. 이런 과학적 주장은 포도주 대신 추상적인 액체를 강조하고, 따라서 포도주로 가득찬 단지가 보여주는 특성, 이른바 단지의 단지다운 특성을 무시한다.

또한 과학적 주장은 단지의 텅 빔이 담아 잡는 특성을 무시한다. 그렇다면 단지의 텅 빔은 어떻게 담아 잡는가? 하이데거에 의하면 텅 빔은 이중의 방식으로 담아 잡는다. 곧 부어지는 것을 받아들이고, 받아들인 것을 간직함으로써 담아 잡는다. 그러나 받아들임과 간직함은 공속한다. 나는 이런 주장에서 다시 왕유의 선시를 떠올린다.

　　석양빛이 깊은 숲 속에 들어와
　　다시 푸른 이끼 위를 비치네

　　숲 속은 텅 빈 곳(공)이고 이 텅 빔(숲 속)은 부어지는 것(석양빛)을
받아들인다. 그리고 텅 빔(숲 속)은 이렇게 받아들인 것(석양빛)을 이끼
에 간직한다. 그러나 받아들임과 간직함은 서로 구별되는 게 아니라 공
속한다. 곧 숲은 석양빛을 받아들이며 동시에 푸른 이끼에 석양을 간직
한다. 나는 이런 공속을 공즉시색 색즉시공, 혹은 은현동시 구조로 해석
한 바 있다. 하이데거가 말하는 단지의 텅 빔은 숲 속에 해당하고 포도
주는 석양빛에 해당한다.

　　이런 담아 잡음의 이중성이 가능한 것은 하이데거에 의하면 부음, 부
어줌에 기인하고, 그는 이런 부음을 선사라고 명명한다. 왜냐하면 낫이
나 망치는 이런 부음을 모르기 때문이다. 포도주로 가득한 단지는 낫이
나 망치와 다르다. 그렇다면 부음의 선사, 곧 부음이 베푸는 선물은 무
엇인가?

　　　부음의 선사는 음료일 수 있다. 부음은 마실 물을 주며 마실 포도주를
　　준다. 선사된 물 속에는 샘이 머물고 있다. 샘에는 암석이 머물고, 암석에
　　는 하늘의 비와 이슬을 받는 대지의 어두운 선잠이 머물고 있다. 샘의 물에
　　는 하늘과 땅의 결혼식이 머물고 있다. 하늘과 땅의 결혼식은 땅의 자양분
　　과 하늘의 태양이 서로서로 믿어 열린 포도나무의 열매를 주고 있는 포도주
　　에도 머물고 있다. 이렇듯 물의 선사에는, 포도주의 선사에는 그때그때마다
　　하늘과 땅이 머문다. 그런데 부음의 선사가 단지의 단지스러움이다. 단지의
　　본질에 땅과 하늘이 머문다. (하이데거, 위의 글, 221-222)

　　이런 주장은 화엄 사상이 강조하는 상즉相卽과 상입相入의 원리를 보
여준다. 단지의 텅 빔(공)은 부음에 의해 만물(색)을 수용하고 간직한다.

이른바 상즉의 세계, 혹은 공즉시색 색즉시공의 세계가 전개된다. 한편 하나의 단지 속에 만물이 동시에 발생한다는 점에서 상입의 한 유형인 동시돈기同時頓起의 세계를 보여준다. 예컨대 단지 속에는 포도주가 있지만 이 포도주 속에는 샘, 암석, 하늘의 비와 이슬, 땅, 태양, 포도나무 열매가 동시에 일어나기 때문이다. 그런가하면 이런 만물은 동시에 서로를 꿰뚫고(同時互入) 동시에 서로를 섭취한다.(同時互攝). 예컨대 샘과 바위, 바위와 하늘과 비와 이슬과 땅, 하늘과 땅은 동시에 서로를 꿰뚫고 서로를 섭취한다.

하나의 단지 속에 만물이 있고 포도주 속에 만물이 있다는 점에서 이런 단지는 일즉다一卽多 다즉인多卽一의 세계이고 포도주는 하나이며 만물이고 만물이고 하나이다. 이런 세계는 인과 관계의 동시적 드러남, 곧 인연의 산물이고 인연 자체의 드러남, 그러니까 공의 드러남이고 이 공은 색을 매개로 한다. 의상 대사가 『법성게法性偈』에서 말하는 일중일체一中一切 다중일多中一의 세계요 일즉일체一卽一切 다즉일多卽一의 세계이고 일미진중함시방一微塵中含十方 일체진중역여시一切塵中亦如是의 세계이다. 영국 시인 엘리엇은 '커피 숟갈로 내 인생을 저어버렸다.'고 노래한 바 있다. 이때 찻잔 속의 커피는 그의 인생을 비유한다. 그런가하면 투자投子 선사는 한 잔의 차를 들고 말한다.

> 투자: 道者야, 삼라만상이 몽땅 이 안에 있느니라.
> 해산: (찻잔을 받아들고 재빨리 쏟아버리고 빈 잔을 들고) 삼라만상이 어디 있습니까?
> 투자: 한 잔의 차만 아깝게 되었구나.

이 선문답은 화엄 사상이 말하는 상입의 원리, 특히 하나 속에 만물이 있고 만물 속에 하나가 있고, 하나가 만물이요 만물이 하나라는 것을 반영한다. 그러나 해산이 찻잔 속의 차를 쏟아버린 것은 만물(색)도 없다

(공)는 것. 그러나 '한 잔의 차만 아깝게 되었구나'라는 투자의 말은 무엇을 뜻하는가? 이 법거량이 주는 화두이다. 문제는 하이데거가 말하는 부음의 선사가 화엄 사상을 반영한다는 것.

단지 속에는 삼라만상이 있고, 이런 있음은 선이 강조하는 인연, 특히 모든 현상이 중중무진한 연기緣起의 세계라는 이른바 제석망帝釋網, 인드라망의 세계와 통한다. 『화엄경』에 나오는 말이다. 하늘 위 높은 곳 인드라(제석) 신의 궁전 지붕에는 작은 수정 모양의 보석 형상을 한 무수한 장식이 달려있고 그것은 아주 복잡한 그물 모양을 이루면서 어려 형태로 섞여 짜여있다. 빛의 반사에 의해 이 보석들은 인간계와 우주를 반사한다. 이 그물은 일체 만물의 모양을 나타내 갖가지 상相을 보여주지만 실제로는 본체, 자성이 없다. 무산 오현 스님은 다음처럼 노래한다.

경주 불국사 참배를 하고 동해안을 찾았더니 천년고찰 불국사가 나를 따라와서 거기 망망한 바다에 떠 흐르고 있었습니다.

천년고찰 불국사가 흐르는 바다 속에는 떠 흐르는 불국사 그림자가 얼비치고 얼비치는 불국사 그림자 속에는 마니보장전摩尼寶藏殿 그림자가 얼비치고 얼비치는 마니보장전 그림자 속에는 법계 허공계 그림자가 얼비치고 얼비치는 법계 허공계 그림자 속에는 축생계 광명 그림자가 얼비치고 얼비치는 축생계 광명 그림자 속에는 천상계 암흑 그림자가 얼비치고 얼비치는 천상계 암흑 그림자 속에는 욕계 미진微塵 그림자가 얼비치고 얼비치는 욕계 미진 그림자 속에는 염부단금閻浮檀金 연잎이 얼비치고 얼비치는 염부단금 연잎 그림자 속에는 인다라망因陀羅網이 얼비치고 얼비치는 인다라망 그림자 속에는 천년 세월 그림자가 얼비치고 얼비치는 천년 세월 그림자 속에는 석가탑이 얼비치고

오현 스님의 「불국사가 나를 따라와서」 전반부이다. 경주 불국사 참배를 마치고 동해안을 찾을 때 불국사가 따라와 망망대해에 떠 흐른다는 것은 시간과 공간에 고정된 자성이 없다는 것을 보여준다. 왜냐하면 불

국사를 떠나면 불국사는 동해에 없지만 이 시에서는 불국사가 따라오고 동해 바다에 반사되기 때문이다. 그러므로 동해와 불국사는 서로를 반영하고 불국사가 흐르는 바다속에는 흐르는 불국사 그림자가 반사된다는 점에서 흐르는 불국사와 불국사의 그림자가 서로 반사된다. 이렇게 일체 만물이 여러 상相을 보여주지만 실제로는 본체, 자성이 없다. 불국사 그림자, 마니보장전 그림자, 법계 허공계, 축생계 광명, 천상계 암흑, 욕계 미진 등이 서로를 비치는 장엄한 빛의 세계가 드러날 뿐이다. 불국사는 어디 있고 미니보장전은 어디 있는가? 법계가 허공계이고 축생계가 광명이고 천상계가 암흑이고 욕계가 미진이다.

5. 멀고 가깝다

하이데거가 묘사하는 단지 속의 포도주가 그렇다. 일체 만물이 본체 없이 서로를 비치는 인다라망의 세계가 아닌가? 그러나 하이데거의 사유는 선禪이 강조하는 화엄에 접근하지만 공이 아니라 인간과 신의 관계를 도입한다. 왜냐하면 그에 의하면 부음이 선사하는 포도주는 인간(죽을 자들)을 위한 음료이고 인간의 갈증을 풀어주고, 나아가 축제의 신성과 관련되고. 따라서 부음은 영원한 신들에게 바쳐지는 헌주獻酒가 되기 때문이다. 신에게 바치는 포도주가 본래적인 선사가 된다. 그러므로 선술집에서 잔을 채우는 것은 본래적인 선사가 퇴화退化한 것에 지나지 않는다.

요컨대 부음의 선사에는 땅, 하늘, 신, 인간이 동시에 머문다. 이를 그는 넷이 하나로 포개진다고 말한다. 부음의 선사는 이 넷을 머물게 하고, 머물게 하는 한에서 선사가 된다. 머무르게 함은 지속이 아니라 일어남이다. 앞에서 생기生起에 대해 말한 바 있지만 부음의 선사에 의해 이 넷의 공속이 생기한다. 머무르게 함이 일어난다. 생기란 무엇인가?

하이데거가 『존재와 시간』이 아니라 「시간과 존재」에서 강조한 것은 '그 것이 존재를 준다'는 것과 '그것이 시간을 준다'는 것. 이때 존재와 시간 은 사태이며 '그것'이 두 사태를 하나로 속하게 하면서 동시에 시원적 관 계에서 고유함을 부여하는 사태-관계가 생기이다.(『생기』 참고)

　　나는 이런 생기를 이사무애법계와 관련시켜 해석한 바 있다. 존재의 경우 '그것'은 부재로서의 현존이고, 시간의 경우 '그것'은 시간의 탈자 적 통일성 속에서 환히 밝히는 건네줌이고, 이 두 사태는 생기에 의해 하 나가 되면서 동시에 자신들의 고유성을 유지한다. 이른바 공속한다. 하 이데거에 의하면 부음의 선사, 곧 머무르게 함은 그 넷을 그들의 고유함 의 빛 속으로 데려가고, 그 넷의 포개짐에 의해 넷은 서로서로를 믿고 있다. 따라서 머무르게 함이 일어난다는 말은 땅, 하늘, 신, 인간이 하나 로 포개지면서 동시에 자신들의 고유성을 유지한다는 말. 이런 세계는 사사무애법계와 통한다. 이 넷은 하나(一)이며 여럿(多)이고 여럿(多)이 며 하나(一)이고, 하나 속에 여럿이 있고 여럿 속에 하나가 있다. 서로를 꿰뚫고 서로를 흡수한다. 하이데거가 말하는 사물이 그렇다. 다음은 하 이데거의 말.

　　선사에 의해 모여진 것은 사방을 일어나면서 머물게 함에 자신을 모은다. 이러한 다중적이고 단순한 모음이 곧 단지에 본질적으로 존재하는 것(현성 하는 것das Wesende)이다. 독일어의 고어에서 모음이 무엇인지를 알 수 있다. 그것은 사물이라고 불린다. 단지의 본질은 하나로 포개진 사방을 하 나의 머묾으로 선사하면서 모으는 것이다. 단지는 사물로서 본질적으로 존 재한다. 단지는 하나의 사물로서의 단지이다. 그렇다면 사물은 어떻게 본질 적으로 존재하는가? 사물은 사물로-된다. 사물로-됨은 모은다. 사물로-됨 은 사방을 일어나게 하면서, 사방의 머묾을 그때그때마다의 머무는 것 안에 로, 즉 사물 안에로, 저 사물 안에로 모은다.(하이데거, 위의 글, 223-224)

일어남이 머묾이고 일어나며 머물고 머물며 일어난다. 이런 다중적

(多)이고 단순한(一) 모음이 사물이다. 따라서 사물은 무슨 고정된 실체가 있는 게 아니라 사물로-됨이고 사물로-됨이 모음, 곧 사방을 일어나게 하면서 머물게 함이다. 대정 스님의 선시를 회상하자. 은현동시隱現同時 여시묘각如是妙覺이다. 땅, 하늘, 신, 인간이 사물 속에서 하나로 포개지면서 넷은 서로를 믿는다. 이런 상호관계 속에서 넷은 하나가 되며 비은닉 곧 감추어져 있음에서 드러나 있다. 머물게 함(은)은 일어난다.(현) 이른바 은현동시 구조다. 선사에 의해 모여진 것은 사방을 일어나게 하면서 머물게 함(은현동시)에 자신들을 모은다.

요컨대 단지, 사물이 사물로-됨이란 이런 화엄 사상을 반영하고, 단지의 존재는 다즉일 일즉다의 세계이며 그가 말하는 사물은 사사무애事事無礙의 사事가 된다. 사事는 물物(머물며)이며 사事(일어남)이다. 사물事物의 나타남은 사事의 나타남이다. 사물에는 우주 사방이 은隱하며 현現한다. 단지가 사물이 되는 것은 사방을 모으며-일어나게 하는 머물게 함으로서의(은-현하는 은으로서의) 사물로-됨을 뜻한다.

사물은 사물로-되는 한에서 사물이다. 곧 현전하는 것의 현전이 일어난다.(생기) 한편 하이데거는 현전하는 것으로서의 사물은 가깝고 동시에 멀다고 말한다. 땅, 하늘, 신, 인간을 머물게 함은 멂(은) 안에서 가깝다.(현) 무슨 말인가? 단지는 가까이 존재한다. 그러나 이 단지는 사물로-되면서 땅, 하늘, 신적인 것, 죽을 자(인간)들을 머물게 하지만 이렇게 머물 때 그 넷은 멀면서(은) 동시에 가까워진다.(현) 따라서 가깝게 하는 것이 가까움의 본질이고 가까움은 먼 것으로서 가깝게 한다는 것. 은현동시 구조로 말하면 그 넷은 멀면서(은) 동시에 가깝고(현) 이것이 가깝게 함의 본질이고 사물의 본질이다. 멀면서 동시에 가까운 세계는 『법성게』에 나오는 일중일체一中一切 다중일多中一 일즉일체一卽一切 다즉일多卽一의 세계이고 숨음과 드러남이 은밀히 존재하는 세계이다.

나는 하이데거가 말하는 '숲 속의 빈터'를 해석하면서 고려 시대 태고보우太古普愚 선사의 「식목수息牧叟」를 분석한 바 있다.(『현존재』 참고) 이 시를

다시 인용하는 것은 이 시가 선禪이 지향하는 이른바 은현동시 사상을
보여주고 하이데거가 말하는 사물로-됨, 곧 멀면서 동시에 가깝게 함,
사방을 모으며-일어나게 함, 혹은 멂 안에서 가까운 세계의 특성을 보
여주기 때문이다. 다음은 「식목수」 2절 후반부이다.

　　　머리 돌리면 먼 산에 저녁해 붉은데　　　　回首遠山夕陽紅
　　　늦봄 산중에는 가는 곳마다 바람에 꽃이 지네　春盡山中處處落花風

　보우 선사는 머리를 돌려 먼 산을 바라보고 늦은 봄 산길을 간다. 선
사와 산의 관계는 멀고 동시에 가깝다. 스님은 먼 산(은) 밖에 있고 가까
운 산(현) 속에 있다. 스님은 과연 어디 있는가? 멀리 물러가는 세계 밖
은 어디고 가까이 나타나는 세계 안은 어디인가? 물러가는 세계(먼 산)
밖엔 나타나는 세계(산중)가 있고 나타나는 세계(산중) 안엔 물러가는
세계(먼 산)이 있다. 그러므로 멂(은) 속에 가까움(현)이 있고 가까움(현)
속에 멂(은)이 있다. 이 시에서 산은 멀면서 동시에 가깝다. 이른바 은현
동시 구조다.
　한편 먼 산(은)엔 생명을 상징하는 붉은 해(현)가 비치고 가까운 산
(현)엔 바람에 꽃이 진다.(은) 그러므로 다시 먼 산은 멀고 동시에 가깝
고, 가까운 산은 가깝고 동시에 멀다. 왜냐하면 먼 산(은)은 붉은 해(현)
와 관계되고 가까운 산(현)은 낙화(은)와 관계되기 때문이다. 붉은 해는
가까이 드러나고 지는 꽃은 멀리 숨기 때문이다.
　요컨대 이 시에서 화자는 산을 멀면서 동시에 가깝게 하고, 사방을 모
으며 일어나게 한다. 산은 멂 안에서 가까운 세계이다. 하이데거는 단지
속에서 땅, 하늘, 신, 인간이 멀면서 동시에 가깝다고 말하지만 이 시에
서는 지상의 산들이 멀면서 동시에 가깝다고 말한다. 그러므로 지상이
단지라면 산들은 단지 속의 땅, 하늘, 신, 인간에 비유된다. 이런 세계를
나는 사사무애법계로 해석한 바 있다. 산과 산 뿐만 아니라 삼라만상이

중중무진한 연기緣起의 관계로 드러난다. 조선 시대 묵암최눌黙庵最訥 선사는 다음처럼 노래한다.

물이 있으면 다 달을 머금고　　　　有水皆含月
산이란 모두 구름을 띤다　　　　　無山不帶雲
산과 물의 중중한 이 뜻을　　　　重重山水趣
그대 보내며 재삼 말한다　　　　　送爾再三云

「포혜 사미에게—증포혜사미贈布慧沙彌. 김달진 역」 전문이다. 물과 달, 산과 구름은 하나이며 동시에 여럿이고, 따라서 각각 멀리 있으며 동시에 가까이 있다. 이런 있음을 최눌 선사는 '산과 물의 중중한 뜻'이라고 말한다. 중중한 뜻은 산과 물, 나아가 삼라만상이 중중무진한 연기의 관계로 있다는 것을 말하고 이런 연기, 공空이 선禪과 통한다.

6. 거울 놀이

중중무진한 연기의 세계는 사물들이 서로를 비추는 인드라망의 세계이다. 하이데거에 의하면 사물, 곧 단지 속에서 땅, 하늘, 신, 인간은 하나로 포개지며 그 넷은 각각 나름의 방식으로 다른 셋의 본질을 다시 비춘다. 이때 넷은 각각 하나로 포개짐 속에서 자신의 고유함에로 되비추어진다. 이른바 일어나는 비춤은 넷을 각각 그 고유함에로 자유롭게 내주지만 그것들을 서로서로에로 향하면서 하나의 포개짐 속으로 결속한다.

법장法藏은 「십현문十玄門」에서 사사무애법계를 열 가지로 요약한다. 모두가 이유, 본질, 근거 없이 사물들이 서로를 꿰뚫고(상즉) 서로를 포섭한다(상입)는 점에서 비슷하지만 땅, 하늘, 신, 인간이 서로를 비치면서 자신을 되비친다는 하이데거의 말은 하나와 여럿은 같지 않으나 서로를 용납하고(一多相容不同), 특히 인드라망법계, 곧 거울이 서로를 반사하는 법계를 암시한다.

당 나라 측천무후則天武后는 불교의 절대적 후원자로 법장을 초청하여 화엄에 대해 묻고 특히 법계의 신비, 곧 일중다 다중일, 모든 법의 동시구기同時俱起, 모든법의 원융, 시공무애 등의 실례를 들어주기를 바란다. 이때 법장은 거울로 도배된 방으로 황후를 인도한다. 천장, 바닥, 사면, 네 귀퉁이가 모두 거대한 거울들로 고정된 방이다. 법장은 불상佛像 하나를 꺼내 그 옆에 횃불과 함께 방 한가운데 놓는다. 서로를 반사하는 장엄한 파노라마를 주시하며 다음처럼 말한다.

> 폐하, 이것이 총체성과 법계에 대한 설명입니다. 폐하께서는 이 방에 있는 모든 거울 속에서 다른 모든 거울들이 그 안에 불상을 반사하고 있음을 보실 것입니다. 그리고 어떤 거울이든지 거기서 반사하는 모든 것 속에서 다른 모든 거울들이 각각 물상 특유의 모습을 빠뜨리거나 비뚤어짐 없이 모두 반사하고 있음을 보실 것입니다. 융통 융섭의 원리가 이 모습 속에 분명히 드러나고 있습니다. 바로 여기서 우리는 일중다 다중일의 예(界가 界를 무한히 포용하는 신비)를 보고 있는 것입니다. 서로 다른 계들이 동시에 일어나는 원리는 명백하니 다른 설명이 필요 없을 것입니다. 다른 계들의 무한한 반사가 조금도 애쓸 것 없이 동시에 일어나고 있으며, 그들은 그저 자연스럽게 완전히 조화를 이루며 그렇게 존재하는 것입니다.(츠앙, 『화엄철학』, 이찬수 옮김, 경서원, 2004, 74. 재인용)

모든 거울(다) 속에서 다른 거울들이 그 안에 있는 불상(일)을 반사하고 어떤 거울이든지 거기서 반사하는 모든 것(일) 속에서 다른 모든 거울들은 각각 불상 특유의 모습(다)을 반사한다. 다중일 일중다의 보기다. 거울들의 무한한 반사가 동시에 일어나며 조화를 이룬다.

하이데거가 말하는 땅, 하늘, 신, 인간은 거울에 비유되고, 따라서 네 개의 거울(다)은 서로를 비추며 하나(일)로 포개지고, 이렇게 포개지면서(일) 각각 자신의 고유함(다)에로 되비쳐진다.(자기반사) 자유와 결속이 동시에 일어나는 이런 비춤 속에서 넷은 자신의 고유성을 주장하지 않고 각각의 고유화 안에서 하나의 고유함에로 탈고유화된다. 하이데거는 이렇게 탈고유화하는 고유화를 사방의 거울-놀이라고 부른다. 그리고 세계는 거울 놀이에 지나지 않는다. 다음은 하이데거의 말.

> 우리는 땅, 하늘, 신적인 것들, 죽을 자들(인간)의 하나로 포개짐이 일어나는 거울-놀이를 세계라고 이름한다. 세계는 세계화하면서 본질적으로 존재한다. 이는 세계의 세계로-됨이 어떤 다른 것에 의해 설명될 수도, 근거 지어질 수도 없음을 말한다. 이런 불가능성은 우리의 인간적 사유가 그러한 설명과 근거 제시의 능력이 없다는 사실에 놓여있지 않다. 오히려 세계의 세계로-됨이 설명될 수 없고 근거 제시될 수 없음은 원인과 근거와 같은 그런 것이 세계의 세계로-됨에 적합하지 않은 채 남아 있다는 사실에 기인한다.(하이데거, 위의 글, 232)

법장이 말하는 융통 융섭의 원리는 모든 거울 속에 하나의 불상이 있고 또한 이 불상을 반사하는 여러 거울이 있는 방에 비유된다. 이른바 다중일多中一 일중다一中多의 세계. 하이데거에 의하면 땅, 하늘, 신, 인간은 서로를 비친다는 점에서 고유성이 없고 하나로 포개진다는 점에서 고유성을 상실하지만 지신을 되비친다는 점에서 고유성을 유지한다. 그러므로 넷은 탈고유화하는 고유화의 세계이고 이런 세계를 사방의 거울-놀이라고 부른다. 법장의 거울로 된 방이나 하이데거의 거울 놀이나 화엄의 다중일 일중다의 세계이다. 삼라만상은 고유한 본질이 있는 게 아니라 이렇게 모두가 거울이 되어 서로를 비치면서 하나가 된다.

다음은 세존과 아난의 탑묘塔廟 공안. 세존께서 아난과 함께 길을 가시다가 한 탑묘를 만나자 절을 하셨다. 이에 아난이 말한다.

> 아난: 그것이 누구의 탑묘입니까?

세존: 과거 부처님들의 탑묘이니라.
아난: 그는 누구의 제자입니까?
세존: 나의 제자이니라.
아난: 의당 그럴 것입니다.

이에 대해 원명圓明은 '과거의 부처가 현재 부처의 제자라니 진실로 그럴 이치가 있을 법도 하다.'고 말하고 운문雲門은 상당하여 말한다. '세존이 '나의 제자이니라'고 말할 때 아난이 '저에게 세 번 절하셔야 합니다'고 말했어야 한다.'(혜심, 각운, 『선문염송 염송설화 1』, 김월운 옮김, 동국역경원, 2005, 113)

이 공안이 강조하는 것은 불교의 시간관이다. 과거의 부처가 현재 부처의 제자라는 말은 우리들의 상식에 어긋나는 발언이다. 그러나 원명은 그럴 이치가 있다고 말한다. 그 이치는 무엇인가?

『법성게』에는 '무량원겁無量遠劫이 즉일념卽一念이요 구세십세九世十世가 호상즉互相卽'이라는 말이 나온다. 아득한 영원이 순간의 한 생각이요 과거, 현재, 미래의 모든 시간들은 서로 융통하고 융섭한다. 따라서 과거, 현재, 미래의 구분이 있는 것이 아니고 모든 시간은 한 생각 속에 있고, 이 한 생각이 영원과 통한다.(좀더 자세한 것은 「시간」 참고 바람) 영원과 순간이 상즉 상입의 시간이고 과거, 현재, 미래가 그렇다. 이런 시간관은 불교의 공간관, 곧 『법성게』에 나오는 일미진중一微塵中이 함십방含十方이라는 것과 같은 이치이다. 하나의 작은 먼지 속에 시방 세계가 있다는 말 역시 크게 보면 다중일 일중다의 세계에 포섭된다.

그러므로 과거 부처는 현재 부처의 제자가 되고, 세존이 '나의 제자이니라'고 말할 때 세존의 제자인 아난이 세존에게 '저에게 세 번 절하셔야 합니다.'고 말해도 된다. 선불교에서는 공간과 시간이 모두 화엄, 인드라망, 거울 놀이의 세계에 지나지 않는다. 그러나 이 공안에 대한 각운覺雲 선사의 설화는 다음과 같다. '과거 부처님들의 탑묘이니라'까지 전반부에서는 과거가 주인이고 현재는 손이고, 후반부에서는 과거가 손이고 현재가 주인이니 주인과 손을 나눈 것이다. 그리고 다음처럼 말한다.

> 옛사람이 이르기를 '제자의 거울 속 화상(스승)이 화상의 거울 속 제자를 위하여 설법하면, 화상의 거울 속 제자가 제자의 거울 속 화상의 설법을 듣는다.'고 하였으니, 마치 하나의 거울을 스승과 제자가 함께 보고 있을 때 스승 쪽에서 보면 스승의 거울이요, 제자 쪽에서 보면 제자의 거울이란 뜻인가? 운문의 염에 비추어 본다면 그렇지 않다.(혜심, 각운, 위의 책, 113)

거울 놀이의 경우 스승이 있고 제자가 있는 것이 아니다. 말하자면 스승도 제자도 고유한 본질, 자성이 있는 게 아니라 서로가 성대의 거울 속에 있다. 그러므로 스승은 제자의 거울 속에 있고 제자는 스승의 거울 속에 있고, 둘은 서로를 비추고 동시에 하나의 거울 속에 있으므로 다중 일多中一 일중다一中多의 세계에 있고 스승과 제자는 이른바 불이不二의 관계에 있다. 제자가 스승의 설법을 듣는 게 아니고 스승의 거울 속 제자가 제자의 거울 속 스승의 설법을 듣는다. 과연 누가 설법을 하고 누가 설법을 듣는가? 그러므로 스승과 제자가 하나의 거울을 함께 볼 때 스승의 거울이 있는 것도 아니고 제자의 거울이 있는 것도 아니다.

세존이 탑묘의 부처를 '나의 제자니라'고 할 때 아난이 '저에게 세 번 절하셔야 합니다'고 한 운문의 말이 이치에 맞는 것은 이런 이유에서다. 그러나 각운 선사의 말은 그렇게 단순하지 않다.

10
예술

1. 사물과 작품

하이데거는 1935년 프라이부르크 대학 예술학회에서 「예술작품의 근원」을 주제로 강연하고 이 강연은 『숲길』에 수록된다. 이 글에서 그가 강조한 것은 사물과 작품의 차이, 작품과 진리의 관계, 진리와 예술의 관계이다.

그러나 사물이라는 용어는 앞에서 살핀 논문 「사물」에서 말하는 사물의 사물성, 곧 생기, 현전하게 하면서 현전하는 세계, 혹은 비은폐성을 뜻하지 않고 있는 그대로의 자연적 사물과 도구적 사물을 뜻하고 따라서 그의 목표는 이런 사물이 예술작품 속에서 진리를 개방하는 양식이다. 진리는 「철학의 종말과 사유의 과제」에서 말하듯이 사태 자체를 강조하는 사유, 이른바 생기가 암시하는 알레테이아, 비은폐성, 환한 터, 스스로를 은폐하는 환한 밝힘을 뜻한다. 그러나 이 글에서는 이런 진리가 작품으로 드러나는 상태, 예컨대 세계와 대지의 투쟁으로 작품은 이런 진리의 담지자가 된다.

먼저 그에 의하면 모든 예술작품은 사물적 성격을 넘어선다. 앞으로 나는 예술작품과 작품을 같은 의미로 사용할 것이다. 작품이 사물적 성격을 넘어서는 이유는 무엇인가? 그것은 작품이 단순한 사물과는 달리 어떤 것을 말하고 다른 것을 제시하고(알레고리, 비유), 제작된 사물에 다른 것이 결합되기(상징) 때문이다. 그리고 이런 특성이 이른바 예술적 성격을 보여준다. 그렇다면 이 글에서 그가 말하는 사물은 무엇이고 사물적 성격이란 무엇인가? 그에 의하면 이 세계에 존재하는 모든 존재자는 사물의 범주에 든다. 예컨대 길가의 돌, 단지 속의 물, 비행기, 라디오 등이 모두 사물이며 따라서 이때 사물은 무無가 아닌 유有 모두를 지칭하고 그것은 다시 자연물과 사용물로 나눌 수 있다. 작품이 사물적 성격을 넘어선다는 것은 사물의 이런 성격, 곧 사물성을 넘어선다는 뜻이다. 먼저 그는 사물의 사물성을 크게 세 가지로 요약한다.(마르틴 하이데거, 「예술작품의 근원」, 신상희 옮김, 『숲길』, 2008, 나남, 26-32. 이하 예술에 대한 논의는 이 글을 참고.)

첫째로 화강암은 하나의 단순한 사물이다. 이 돌이 사물이 되는 것은 단단하고 무겁고 부피를 지니고, 묵중하고 무형의 형태를 띠기 때문이다. 말하자면 돌 자체의 속성 때문이고 따라서 사물은 속성들의 결합에 지나지 않는다. 그러나 이런 사물 개념이 비판되는 것은 이런 개념에 의해서는 사물적 존재자와 비사물적 존재자의 차이가 드러나지 않기 때문이다. 예컨대 삼각형(비사물적 존재자)이 삼각형이 되는 것은 세 변으로 이루어진 닫힌 도형이라는 속성 때문이다. 그러나 우리는 삼각형을 사물이라고 부르지는 않는다. 이런 비판은 물론 그리스적 사고방식에 대한 하이데거의 비판을 전제로 한다. 그리스인들에 의하면 사물의 핵심을 구성하는 것은 본질과 속성이고 속성은 이미 본질에 수반된다.(내각의 합은 2직각) 한편 이런 주장은 문장 구조(주어와 서술어)와 사물 구조의 차이와도 관계된다. 예컨대 '돌은 단단하다'는 문장은 사물을 위한 척도가 되는 것도 아니고 사물은 문장 속에 단순히 반영되는 것도 아니기 때문이다. 이 문장은 돌의 속성 가운데 일부를 반영할 뿐 돌 전체의 사물성을 반영하지 않는다. 따라서 이런 사물 개념은 사물의 생기,

환히 트인 곳에 대해 말할 수 없다.

둘째로 사물은 우리 감각기관에 주어진 감각의 통합체로 정의할 수 있다. 그러나 이런 사물 개념 역시 비판된다. 왜냐하면 우리는 사물 앞에서 순수한 감각을 체험하는 것이 아니라 사물의 심연을 체험하기 때문이다. 말하자면 감각적 요소들보다 사물 자체가 우리에게 훨씬 가깝기 때문이다. 예컨대 달리는 오토바이를 볼 때 오토바이의 감각적 특성, 곧 순수한 색깔, 형태, 소리 들을 느끼기에 앞서 나를 휩싸는 것은 오토바이의 소음이고 시끄러운 경적 소리이다.

셋째로 사물은 사물 자체를 자기 안에 고요하게 머물게 하는 방식으로 정의 할 수 있다. 말하자면 사물을 사물 자체의 지속적 존립성을 강조하는 것. 이런 정의가 가능한 것은 앞의 두 정의가 모두 나의 신체와 관련되기 때문이다. 첫째 정의는 사물을 나와 분리시켜 너무 멀리 두고, 둘째 정의는 거꾸로 사물을 너무 가까이 나의 신체로 밀어붙이기 때문이다. 그러나 셋째 정의 역시 비판된다. 왜냐하면 사물의 지속적 특성, 예컨대 색채, 음향, 단단함 등은 사물의 질료에 해당하고 따라서 형상이 문제되기 때문이다. 사물은 형상화된 질료이다. 그렇다면 질료는 어떻게 형상화되는가? 하이데거에 의하면 사물은 보임새(에이도스)를 통해 우리에게 다가온다. 쉽게 말하면 플라톤이 말하는 이데아와 현상의 관계다. 현상은 이데아를 반영하고 거꾸로 이데아는 현상을 지배하고, 정신이 물질을 지배하고, 형상이 질료를 지배한다. 이런 사물 개념은 자연적 사물과 도구적 사물에도 적용되고 예술작품에도 적용된다. 이른바 내용과 형식의 이원론.

질료와 형상의 관계를 다시 생각하자. 화강암은 형상 가운데 질료가 존재하고 도끼나 신발의 경우도 비슷하다. 그러나 항아리는 이렇게 질료가 분배되어 형상이 생긴 것이 아니라 반대로 형상이 질료의 배치를 규정한다. 쉽게 말하면 항아리의 형상 속에 질료가 존재하지만 이때 질료는 화강암처럼 존재하는 것이 아니라 항아리의 형상을 따른다. 나아가 형상이 질료의 종류와 선택까지 규정한다. 그러므로 도구적 사물(신발, 단지)의 경우 질료와 형상의 관계는 자연적 사물(화강암)과 다르고 이런 차이는 사용 목적, 용도성에 의해 미리 정해진다.

그런 점에서 용도성은 사물의 부수적 현상이 아니라 존재자가 우리 시야에 들어와 현존하게 되는 특성, 곧 존재자로서 존재하게 만드는 특성이고, 용도성에 종속되는 존재자가 제작의 산물(제작된 생산물)이다. 따라서 질료와 형상은 사물의 사물성을 근원적으로 규정하는 게 아니라 도구의 본질 속에 그 고유한 자리를 갖는다. 예술작품 역시 제작되고 형상이 질료를 규정한다. 그렇다면 작품도 도구적 사물인가? 자연적 사물, 도구적 사물, 작품의 차이에 대해 하이데거는 다음처럼 말한다.

> 도구, 예를 들어 신발은 제작된 것으로서 마치 단순한 사물처럼 자기 안에 고요히 머물러 있지만, 그것은 화강암처럼 자생적인 것은 아니다. 한편 도구는 인간의 손에 의해 산출된 것이라는 점에서 예술작품과 유사성을 갖는다. 그렇지만 예술작품은 도구와 달리 자족적으로 현존한다는 점에서 자생적이며 무목적인 성격을 갖는 단순한 사물과 유사성을 갖기도 한다. 그럼에도 불구하고 우리는 예술작품을 단순한 사물로 간주하지 않는다. 일반적으로 우리 주변에 있는 도구들은 우리와 아주 가까운 본래적 사물들이다.(하이데거, 앞의 글, 35-36)

간단히 말하면 도구는 사물과 작품의 중간에 위치한다. 신발은 화강암과 작품 사이에 존재한다. 신발은 제작된 것이고 화강암은 자생적인 것이고 작품은 자족적인 것. 그러나 신발은 제작된 것이지만 우리와 가까운 본래적 사물의 성격을 띠고, 따라서 도구는 절반 정도의 사물이다. 무슨 말인가? 신발은 도구이며 동시에 사물이라니? 하이데거는 '본래적 사물'을 '단순한 사물'이라고 부른다. 단순하다는 것은 용도성과 제작성을 결여한 상태. 따라서 단순한 사물은 도구의 양식으로 존재하는 경우에도 도구의 특성인 용도성과 제작성을 결여한 그런 도구이고 이런 도구는 존재-성격 속에 머문다.

신발 말고 다른 도구, 예컨대 의자를 생각해 보자. 의자가 도구 성격을 결여하면서 도구로 존재한다는 것은 무엇인가? 나는 앞에서 하이데거가 말하는 배려, 둘러봄과 호기심의 관계에 대해 말한 바 있다. 호기심은 새로운 것에 끌리거나 새로운 것을 찾는 마음이고 이런 마음은 도구들의 존재 가능성에 대해서는 관심이 없다. 의자가 낡으면 새로운 의자로 바꾸고 의자가 낡지 않아도 새로운 의자가 나오면 새 것으로 바꾸는 게 평균적 일상인들의 삶의 방식이다. 그러나 새 의자를 들여놓는다고 나의 삶이 새로워지는 건 아니다. 낯설고 새로운 의자보다 차라리 오래 된 의자가 친근하고 나의 존재를 개시하는 경우가 많다. 이른바 존재-성격이 드러난다.

하이데거에 의하면 의자를 배려할 때, 둘러볼 때 의자의 존재-성격이 드러나고 의자는 나와 가까워진다. 그러므로 배려는 대상들을 가깝게 하는 행위이고, 이때 가까움, 친밀감, 친근감은 의자의 목적인 도구성, 용도성에 구속되면서 그런 도구성을 벗어나 나의 존재 가능성을 보여 준다. 의자는 바라보기 위해 있는 것이 아니라 앉기 위해 있고 내가 의자에 앉을 때 나와 의자의 거리는 가까워지고 소멸한다. 물론 사무를 보기 위해 앉는 것과 겨울 저녁 따뜻한 거실 창가에 앉는 것은 다르다. 사무실 의자는 단순히 도구일 뿐이다.

그러나 하루 일과를 마치고 편안한 마음으로 거실 의자에 앉을 때 이 의자는 앉는다는 점에서 도구성, 용도성에 구속되지만 나도 모르는 나의 존재와 만난다는 점에서 절반의 사물이 된다. 그것은 사물이 은폐한 진리, 존재자가 은폐한 존재, 그러니까 의자가 은폐한 존재가 개시되는 것을 뜻하고 이때 나의 존재 가능성도 개시된다. 쉽게 말하면 이제 의자는 호기심의 대상도, 바라보는 객체도 아니고 나와 하나가 되는 그런 의자가 된다. 이런 의자는 과연 어떤 의자인가?

나는 이런 둘러봄의 문제를 禪과 관련시켜 해석한 바 있다. 요약하면 이렇다. 어느 날 남원南圍 선사가 손수 목욕물을 데운다. 그때 한 스님이 왜 사미나 행자를 시키지 않느냐고 묻는다. 선사는 서너 번 손바닥을 비빈다. 이 공안에서 목욕물을 데우는 행위는 의자에 앉는 것처럼 일상적인 행위다. 따라서 이 공안이 암시하는 것은 선禪은 일상과 떨어진 무슨 신비한 정신세계가 아니라는 것, 일상 행위가 수행이고 깨침의 작용이라는 것. 그러나 내가 여기서 말하려는 것은 목욕물이 도구성을 벗어나 자아의 존재 가능성을 개시한다는 것. 목욕물을 데우기 전에는 물은 그저 멀리 바라보는 객체에 지나지 않는다. 말하자면 물과 나는 객체와 주체의 관계이다. 그러나 목욕물을 데우고 목욕을 할 때 물과 나는 이른바 물아일체物我一切가 된다. 나는 하이데거가 말하는 본래적 사물을 이런 시각으로 읽을 수 있다는 입장이다. 그러므로 의자, 목욕물이 도구성을 상실하고 본래적 사물이 되고, 절반의 사물이 되고, 단순한 사물이 되어 존재-성격을 드러낼 때 나와 도구의 대립성이 해체되고 나와 도구는 하나가 된다.

2. 고흐의 '한 켤레 구두'

다시 생각하자. 도구는 사물과 예술작품 사이에 존재한다. 그런 점에서 도구는 사물도 아니고 작품도 아니지만 절반의 사물이고 절반의 작품이다. 물론 의자는 우리가 생각하는 예술작품이 아니고 다만 제작되었다는 점에서 작품과 유사하다. 그러나 전위 예술의 경우, 예컨대 설치 예술, 오브제 예술의 경우엔 의자가 그대로 예술이 될 수 있다. 한편 하이데거에 의하면 사물, 예컨대 화강암은 제작되지 않았다는 점에서 의자와 다르고 예술작품과 다르다. 화강암은 자기 안에 고요히 머물러 있다. 쉽게 말하면 화강암은 화강암의 특성을 지속한다. 그러나 화강암 역시 전위 예술의 경우엔 그 자체로 작품이 될 수 있다. 전시장에 화강암을 전시하고 제목을 달면 작품이 되기 때문이다. 그런 점에서 하이데거 예술론은 근대 예술의 미적 가치를 중시하는 입장이다. 나는 사물, 도구, 예술 사이엔 무슨 본질적 차이가 없다는 입장이지만 이런 문제는 여기서 다룰 것이 못되기 때문에 생략한다.

도구가 도구성, 그러니까 용도성을 결여할 때 도구의 존재−성격이 드러나고 이런 존재, 진리는 예술작품에서 발견된다. 하이데거는 반 고흐의「한 켤레 구두」를 보기로 든다. 신발이 신발로 존재하는 것은 용도성, 곧 신기 때문이다. 신지 않고 바라보는 신발은 하나의 객체일 뿐이다. 그러므로 용도성, 곧 밭에서 일을 할 때 신는가? 춤을 출 때 신는가? 운동할 때 신는가? 하는 그 용도가 중요하다.

그러나 문제는 용도성이다. 과연 용도성이란 무엇인가? 하이데거의 질문이다. 나는 연필로 글을 쓰고 구두를 신고 거리를 걷는다. 그러나 글을 쓸 때, 그러니까 연필이 연필로 사용될 때 연필에 대해 생각하는 것은 아니고 무슨 정서적 체험을 하는 것도 아니다. 구두를 신고 거리를 걸을 때도 그렇다. 구두를 생각하면서 걷는 게 아니기 때문이다. 하이데거에 의하면 아낙네가 일을 할 때 그녀는 신고 있는 신발에 대해 생각하지도 않고 시선이 팔리지도 않고 신발을 느끼지도 않는다. 그리고 이때가 가장 참답다. 한편 신지 않고 놓여 있는 신발, 사용되지 않는 신발은 그저 하나의 객체일 뿐이다. 책상에 놓여 있는 연필은 무엇에 사용될지 알 수 없고, 따라서 무규정적인 객체이다. 연필은 글을 쓸 수도 있고, 그림을 그릴 수도 있고, 낙서를 할 수도 있고, 아무튼 사용될 때 연필로 존재한다.

그렇다면 연필의 존재−성격, 신발의 존재−성격, 도구의 존재−성격이란 무엇인가? 도구가 도구로 존재하는 것은 용도성 때문이다. 그러나 이런 용도성이 결여되면서 도구의 존재−성격이 드러난다. 하이데거가 고흐의「한 켤레 구두」에서 읽는 것은 다음과 같다.

너무 오래 신어서 가죽이 늘어나버린 신발이라는 이 도구의 안쪽 어두운 틈새로부터 밭일을 나선 고단한 발걸음이 엿보인다. 신발이라는 이 도구의 수수하고도 질긴 무게 속에는 거친 바람이 부는 드넓게 펼쳐진 평탄한 밭고랑 사이로 천천히 걸어가는 강인함이 배어 있고, 신발 가죽 위에는 기름진 땅의 습기와 풍요로움이 깃들어 있으며, 신발 바닥으로는 저물어가는 들길의 고독이 밀려온다. 이 도구 가운데는 대기의 말없는 부름이 외쳐오는 듯하고, 잘 익은 곡식을 조용히 선사해주는 대지의 베풀음이 느껴지기도 하고---이 도구는 대지에 속해 있으며 농촌 아낙네의 세계 속에 포근히 감싸인 채 존재한다. 이렇듯 감싸인 채 귀속함으로써 그 결과 도구 자체는 자기 안에 고요히 머무르게 된다.(하이데거, 위의 글, 42-43)

한 편의 시 같은 이런 진술이 강조하는 것은 신발이라는 도구가 도구성, 곧 용도성을 결여하며 드러내는 존재-성격이고 그것은 도구가 대지에 속하며 농촌 아낙네의 세계 속에 감싸인다는 말로 요약된다. 신발이라는 존재자는 이제 그 속에 은폐한 존재, 진리를 개시한다. 존재자가 작품 속에서 존재의 빛 가운데 들어선다. 그러므로 우리는 존재자(신발)를 존재에 입각해서 사유해야 하고 이런 사유가 사물의 본질에 대한 사유이고 그것은 사물을 자신의 본질 속에 고요히 머물게 하는 사유이다. 이제 신발은 자기 안에 고요히 머물며 대지가 된다. 그리고 농촌 아낙네의 세계가 대지-도구를 감싼다. 대지와 인간의 세계는 도구를 매개로 하나가 된다.

앞에서 나는 도구의 존재 가능성, 개시성을 물아일체物我一切라는 노장 사상과 연결시켰지만 하이데거는 대지와 세계의 하나 되기로 정의한다. 노장 사상은 만물이 같다는 이른바 제물론齊物論을 강조하지만 선종禪宗에선 만물은 마음이 만든다는 일체유심조一切唯心造 사상 혹은 귀심론歸心論을 강조한다. 그러나 마음은 어디 있는가? 마음 이전의 마음, 본래청정심이 있고 이런 있음은 유/무의 경계를 초월하는 있음, 모든 분별을 초월하는 있음, 그러니까 공空이다. 그런 점에서 하이데거가 말하는 대지와 세계의 하나 되기는 동양 사상, 특히 선불교 사상을 토대로 다시 검토할 필요가 있고 이 문제는 뒤에 가서 살필 것이다.

문제는 하이데거가 말하는 존재의 뜻이다. 존재자는 작품을 매개로 존재의 빛 속에 들어선다. 신발이라는 존재자는 고흐의 그림에 의해 존재의 빛 속에 들어간다. '존재의 빛'이라는 용어를 사용하는 것은 플라톤이 현존재와 현존, 존재자와 존재, 그러니까 이 세상에 있는 사물들과 사물들의 있음의 근거를 제작이 아니라 빛의 은유로 파악했기 때문이다. 쉽게 말하면 현상계는 만들어진 것이 빛에 의해 드러난다. 하이데거 역시 비슷하다. 빛은 드러나게 한다. 나무가 존재하는 것은 나무가 빛에 의해 드러난 것, 알레테이아. 그러므로 사물을 현존케 하는 것은 하이데거 식으로 말하면 '열린 장 안으로 가져옴'이고 이른바 비은폐성, 환히 트인 터, 숲 속의 빈 터와 관계된다.

3. 환히 트인 터

다시 회상하자. 하이데거가 말하는 존재, 곧 '숲 속의 빈터' 혹은 '환히 트인 터', '열린 장'은 무엇인가? 초기의 사유가 존재자에서 존재를 찾는다면 후기의 사유는 거꾸로 존재에서 존재자가 드러나는 방식을 강조한다. 그러므로 존재자의 현존성은 열린 장 안에 들어와 머물기 때문에 가능하다. 플라톤이 강조한 것은 에이도스, 곧 이데아이고 이데아는 존재자가 존재자로 그 안에서 스스로를 나타내 보여주는 보임새, 외관, 모습Aussehen이다. 쉽게 말해서 이데아는 현상계, 존재자들의 본질이고 존재자가 현존할 수 있는 것은 이데아 때문이다. 동사 aussehen은 '내다본다', '살핀다'는 뜻이 있고 따라서 이데아는 존재자 속에서 밖을 내다보고 살핀다. 그러나 앞에서 말했듯이 모든 외관은 빛 없이는 현존할 수 없다. 그러므로 플라톤은 '존재의 빛'이라는 은유를 사용한다. 그러나 하이데거에 의하면 이런 사유는 충분히 사유된 것이 아니다. 하이데거는 말한다.

> 그러나 환히 트인 터가 없다면 결코 그 어떤 빛도 있을 수 없고 그 어떤 밝음도 있을 수 없다. 심지어 어둠조차도 환히 트인 터를 필요로 한다. 그렇지 않다면 어떻게 우리가 어둠 속으로 빠져 들어가 어둠 속을 헤맬 수 있을 ? 그럼에도 불구하고 철학에서는, 비록 철학이 시작한 초창기에 환히 트인 터가 말해지고 있을지라도, 존재 안에, 즉 현존성 안에 편재하는 환히 트인 터가 그 자체로서 사유되지 않은 채로 남아 있다. 그런 것은 어디서 어떤 이름으로 발생했는가?(하이데거, 「철학의 종말과 사유의 과제」, 문동규, 신상희 옮김, 길, 『사유의 사태로』, 2008, 164)

플라톤에 의하면 모든 외관은 빛을 매개로 하지만 그는 이 빛의 문제를 충분히 사유하지 않았다는 것. 특히 빛은 환히 트인 터를 요구한다는 게 하이데거의 주장이다. 물론 환히 트인 터는 그리스 철학 초기에 언급되지만 그 자체로 사유되지 않았다는 것. 환히 트인 터는 최초로 파르미네데스에 의해 언급된다. 그는 자신의 시에서 '아주 둥글게 펼쳐진 비은폐성의/ 흔들리지 않는 핵심'을 노래한다. 하이데거에 의하면 이 비은폐성, 곧 알레테이아가 둥글게 펼쳐진 것은 이 비은폐성이 어디서나 처음과 끝이 동일한 둥근 영역의 순수한 원으로 맴돌기 때문이다. 그리고 환히 트인 터의 흔들리지 않는 핵심, 중요한 핵심은 정적의 장소이고 이 장소에서 존재와 사유, 현존성과 인지의 공속이 가능하다. 환히 트인 터의 고요한 핵심, 환한 밝힘의 고요한 핵심은 거기로부터 존재의 탈은폐성이 시원적으로 유래하는 존재의 자기은닉의 심연적 장소이다.(하이데거, 앞의 글, 168)

요컨대 존재의 비은폐성은 둥근 원으로 표상되고 이 원에서 최초의 사유와 존재가 공속하는 바 그 핵심은 고요이다. 존재가 암시하는 이런 원은 노자가 말하는 도道와 통하고, 선불교가 강조하는 공空과 통하고, 화엄 사상에서 말하는 은밀현료구성문隱密顯了俱成門과 통하고, 대정 스님의 계송에 나오는 은현동시隱現同時 여시묘각如是妙覺과 통한다는 게 나의 입장이다.

　노자는 '체도體道'에서 도에 대해 이렇게 말한다. 도를 도라고 할 수 있지만 본연의 도가 아니고 이름을 이름이라 할 수 있지만 참된 이름이 아니다.(道可道 非常道 名可名 非常名.) 무는 천지의 시초이고 유는 만물의 근원이다.(無名天地之始 有名萬物之母.) 그러므로 항상 무에서 그 오묘한 도를 보아야 하고 항상 유에서 도의 작용을 보아야 한다.(故無常欲以觀其妙 有常欲以觀其徼.) 무와 유는 한 근원에서 나오고 이름만 다르니 모두 유현하고 또 유현하니 모든 도리와 작용의 근본이 된다.(此兩者 同出異名 同謂之玄 玄之又玄 衆妙之門.)(『노자』, 장기근 역, 삼성출판사 1978, 39 참고)

　나는 다른 글에서 노자의 체도를 도와 언어의 관계로 해석한 바 있지만 이 글에서는 도 자체에 초점을 둔다. 물론 한문은 어디서 끊어 읽느냐에 따라 해석이 다르고 이런 해석의 유연성이 한문의 매력일 수도 있다.(이승훈, 『탈근대주체이론-과정으로서의 나』, 푸른 사상, 2003, 17-23) 그건 그렇고 노자가 말하는 도는 인간의 인식과 표상을 초월하는 실재이고 그가 말하는 무는 무/유의 대립을 초월하는 것으로 무와 유는 다만 이름에 지나지 않는다. 그러므로 그가 말하는 무는 없음, 영, 제로가 아니라 무와 유를 내포하는 잠재력이고, 무가 도의 본질이며 유는 도의 작용이고 따라서 무와 유는 체體와 용用의 관계에 있다.

　그가 말하는 무는 그런 점에서 선불교가 강조하는 공空과 유사하다. 그러나 노자의 도가 만물의 기원이고 법칙이기 때문에 현상계에 대한 회의와 부정이 없다면 불교의 공空은 현상계엔 자성, 근거, 본질이 없으며 다만 인연에 의해 잠시 존재한다는 사유를 강조하기 때문에 만물은 유도 아니고 무도 아니라는 중도, 불이不二 사상을 강조한다.

　한편 화엄 철학에 의하면 실재, 본질은 상즉相卽과 상입相入의 세계, 거대한 인드라망이고 징관은 「화엄현담」에서 숨겨짐과 드러남의 동시성과 공존을 강조한다. 이른바 은밀현료구성隱密顯了俱成. 내가 이 책을 쓰면서 이론적 모델로 삼은 대정 스님의 게송에 나오는 은현동시隱現同時 여시묘각如是妙覺도 같은 사유이다. 다만 징관이 화엄 사상을 강조한다면 대정 스님은 이런 화엄 사상을 선불교로 수용하고 그러므로 숨는 것과 드러나는 것이 동시에 있다는 것이 바로 묘한 깨달음이 된다. 이런 선적 사유는 무에서 유가 나오고 유에서 무가 나온다는 노자 사상과도 다르다. 유와 무는 동시에 있다.

그러므로 나는 하이데거가 말하는 존재의 비은폐성, 곧 존재자의 진리에 해당하는 존재가 뜻하는 비은폐성, 환히 트인 터, 숲 속의 빈터, 둥글게 펼쳐진 원을 선불교가 강조하는 공空, 특히 은현동시로 해석할 수 있다는 입장이다. 하이데거에 의하면 고흐의 「한 켤레의 구두」는 도구가 진실로 어떻게 존재하는지를 밝혀준다. 말하자면 존재자(구두)의 존재를 밝혀준다. 작품 속에서 신발이라는 존재자는 자신의 존재의 비은폐성 가운데 나타난다. 그러므로 예술 작품 속에는 진리, 곧 존재의 일어남이 있다.

4. 비은폐성

하이데거 예술론이 새로운 것은 전통적인 미학이 강조하던 미, 아름다움 대신 진리를 강조한 점이다. 이 진리는 도구의 도구성, 곧 용도성이 사라지면서 드러나는 비은폐성이고 그것은 도구와 대지와 삶이 하나의 원을 그리며 드러난다. 그러나 과연 분명하게 드러나는가? 비은폐성의 둥근 원에 대해 다시 생각하자. 이 원에서는 어디가 처음이고 어디가 끝인가? 무엇이 드러나고 무엇이 숨는가? 구두인가, 대지인가, 아낙네의 삶인가? 어디가 중심이고 어디가 주변인가? 비은폐성의 세계를 비유하는 '숲 속의 빈터'는 숨어 있으며 동시에 드러나고 둥글게 펼쳐지는 원도 그렇다. 따라서 작품은 현실이나 사물의 모사, 재현도 아니고 사물의 보편적 본질의 재현도 아니다. 하이데거는 보기로 로마의 분수를 노래한 마이어의 시 「로마의 분수」에 대해 말한다.

물줄기가 솟아오르다 떨어져
둥근 대리석 물받이 위로 흘러넘치고
그것은 다시 물보라를 일으키며
두 번째 물받이 위로 흘러넘친다.
그 물은 수량이 더욱 풍부해져
세 번째 물받이 위로 폭포처럼 흘러내린다.
어느 물받이나 한결같이 받은 만큼 내주면서
쏜살같이 흐르면서 고요히 쉬고 있다.

하이데거에 의하면 이 시는 현존하는 분수의 묘사도 아니고 로마 분수의 보편적 진리를 진술하지도 않는다. 그러나 진리는 작품 속에 정립되고 있다. 어떻게? 전통적인 미학은 도구와 예술, 사물과 예술, 일상과 예술을 대립적인 것으로 인식한다. 따라서 예술은 상부구조, 도구(현실)는 하부구조로 인식되고 그러므로 우리는 예술에서 현실을 읽거나 예술은 미학적 가치가 덤으로 첨가된 도구로 간주된다. 그러나 하이데거에 의하면 이런 읽기는 비판된다.

앞에서 말했듯이 도구는 사물과 예술작품의 중간에 존재한다. 따라서 도구의 도구성이 사라질 때 예술에 접근하지만 도구의 용도성이 사라진다고 그가 말하는 '단순한 사물', 곧 존재-성격을 소유하는 건 아니고 이런 존재-성격은 작품 속에 드러나기 때문이다. 이제 문제는 명확해진다. 삶과 예술, 일상과 예술, 도구와 예술을 대립적인 관계로 보는 전통적 미학이 비판되는 것은 예술을 도구의 도구성, 용도성이 결여된 것으로만 인식되기 때문이다. 현실적인 쓸모가 있으면 도구이고 쓸모가 없으면 예술이 된다. 따라서 이런 미학은 예술에 대해 질문하지 않고 절반은 사물(쓸모 없음)에 대해, 절반은 도구(쓸모 있음)에 대해 질문하는 게 된다.

중요한 것은 이런 유용성이 아니라, 이런 2항 대립 체계가 아니라 존재-성격, 그러니까 존재자(도구)가 은폐한 존재의 비은폐성이다. 따라서 도구와 예술은 다른 것도 아니고 같은 것도 아니다. 예술에 대한 질문은 사물, 자연에 대한 질문도 아니고 도구, 일상에 대한 질문도 아니다. 내가 하이데거의 예술론에 매혹되는 것은, 물론 진리라는 말에는 비판적인 입장이지만, 이런 해체적 사유 때문이다. 고흐는 존재자로서의 신발, 도구를 그렸지만 이 도구는 존재의 빛, 존재의 비은폐성을 보여주고, 마이어는 로마 분수를 노래했지만 이 분수는 진리, 비은폐성을 드러낸다. 어떻게 드러나는가? 비은폐성은 과연 드러나는 것인가? 존재의 비은폐성은 무은폐성이 아니다. 따라서 존재는 드러나면서 숨어 있다. 하이데거는 이 시를 꼼꼼히 해석하지 않았기 때문에 이런 시각에서 나 대로 해석을 시도한다.

하이데거에 의하면 마이어의 「로마의 분수」는 실제로 현존하는 분수를 묘사한 것도 아니고 로마 분수의 보편적 본질을 노래한 것도 아니다. 이 시에는 분수의 공간적 묘사가 없고 로마 분수만이 지니는 보편적 특성도 없다. 앞 부분에서 노래되는 것은 분수의 물줄기가 솟아오르다 떨어져 물받이 위로 흘러넘치는 이미지. 이른바 역동적 이미지로 솟아오름은 드러나는 현現의 세계이고 떨어짐은 물러가는 은隱의 세계이다. 그렇다면 흘러넘침은 무엇을 뜻하는가? 흘러넘치는 것은 흐름과 넘침, 수평과 수직의 역동성을 보여주고 따라서 흐르며 넘치는 것, 흐름과 넘침의 동시적 구조이다.

이런 흘러넘침이 세 번 반복되고 마침내 시의 후반에 오면 '어느 물받이나 한결같이 받은 만큼 내주면서/ 쏜살같이 흐르면서 고요히 쉬고 있다.'고 말한다. 흘러넘침의 세계는 받은 만큼 내주고 쏜살같이 흐르며 고요히 쉬는 세계이다. 받는 것은 물러남(은)의 세계이고, 내주는 것은 드러냄(현)의 세계이고 쏜살같이 흐름은 드러남, 운동, 현의 세계이고 고요히 쉬는 것은 숨음, 정지, 은의 세계이다. 문제는 이런 현과 은이 동시에 존재한다는 것. 쏜살같이 흐르며 동시에 고요히 쉬는 것이 그렇다. 이 시가 존재의 빛, 혹은 비은폐성을 개시하는 것은 이런 이미지 때문이다. 은현동시의 세계, 은폐되면서 드러나는 세계다. 그러므로 이 시에 의해 분수는 도구성을 결여하면서 존재자(분수)의 진리가 정립된다. 그러니까 이런 비은폐성이 존재자의 진리이고 예술작품은 이렇게 존재자의 진리를 개시한다.

그러므로 존재는 자신을 밝히며(현) 동시에 은닉하며(은) 오는 사건이고 언어로 현성하는 존재 역시 그렇다. 시인은 이렇게 다가오는 존재의 언어에 응답함으로써 존재의 언어와 만난다. 자신을 숨기며(은) 동시에 드러내는(현) 이런 존재의 특성은 많은 선시禪詩에 나타나며 그런 점에서 하이데거의 존재 사유는 선에 접근한다. 나는 이런 시각에서 예컨대 초의草衣 선사의 동다송東茶頌을 해석한 바 있다.(「존재」 참고 바람)

5. 작품과 대지

이상에서 말한 것은 작품과 사물, 특히 도구와의 관계이다. 다음으로 하이데거가 강조하는 것은 작품과 진리의 관계다. 한 마디로 예술작품은 존재자의 진리, 곧 존재를 드러내는 매체이다. 하이데거에 의하면 예술작품의 근원은 예술이다. 그렇다면 예술은 어디 어떻게 존재하는가? 나는 앞에서 예술과 예술작품을 같은 의미로 사용했지만 하이데거에 의하면 다르다. 예술은 먼저 사물처럼 존재한다. 그러나 예술의 이런 사물-성격은 단순한 사물 개념을 초월한다. 그것은 단순한 자생적 성격이 아니라 작품 자체가 자기 안에 고요히 머물게 하는 작업을 요구한다.

하이데거 예술론의 기본 구조는 사물-도구-예술작품이다. 앞에서 강조한 것은 도구와 작품의 관계로 둘은 같은 것도 아니고 다른 것도 아니라는 것. 이번엔 사물과 작품의 관계다. 예술은 형상화된다는 점에서 크게 보면 모두 사물적 성격을 소유한다. 그러나 단순한 사물, 예컨대 화강앙이 자연적이고 자생적이라면 작품은 구두처럼 제작되고 한편 작품으로서의 자족성, 자율성을 소유한다. 그렇다면 이런 자율성은 사물과 같은 것인가? 그렇지 않다. 무엇보다 일반적 사물 개념을 강조하면 작품의 사물성은 다시 작품은 상부구조, 사물은 하부구조로 오인되기 때문이다. 예컨대 화가는 바위를 그릴 수 있다. 전통적인 미학에서는 작품과 바위를 2항 대립 체계로 인식하고 따라서 바위를 어떻게 그렸느냐가 문제가 되어 작품의 진리 자체에 대한 질문은 사라진다.

그러므로 사물이 아니라 본래적 사물이 강조되고 본래적 사물은 단순한 사물이다. 단순한 사물은 용도성, 도구성이 사라진 순수한 사물이다. 하이데거는 사물을 크게 단순한 객체, 감각의 통합체, 지속성 세 가지로 정의하고 이 세 가지 범주를 비판한 바 있다. 작품의 사물적 성격에 대해 말할 때 그 사물은 세 번째 사물에 해당한다. 곧 사물은 사물 자체를 자기 안에 고요히 머물게 한다는 것.

다시 생각하자. 사물—도구—작품의 관계에서 도구가 절반의 사물이고 절반의 작품인 것처럼 예술 역시 절반의 도구이고 절반의 사물이다. 작품이 사물적 성격, 자족성, 자율성을 지닌다는 점에서 절반의 사물이고 앞에서 말했듯이 도구적 성격, 제작성을 지닌다는 점에서 절반의 도구이다. 그러나 절반이 중요하다. 절반은 전체가 아니다. 그러므로 작품이 단순한 사물, 곧 자기 안에 고요히 머무는 성격을 지닌다고 해도, 그러니까 단순한 사물과 유사성을 지닌다고 해도 작품은 단순한 사물이 아니다.

작품의 사물성은 사물의 존재—성격, 곧 진리의 일어남을 뜻한다. 사물의 이런 존재—성격은 작품 속에서 어떻게 드러나는가? 하이데거는 예술적 건축물인 그리스 신전을 보기로 든다. 그리스 신전은 아무 것도 모사하지 않는다. 그것은 험난한 바위 계곡 한가운데 우뚝 서 있을 뿐이다. 그러나 이 신전 속에 신이 현존하고 이런 신의 현존에 의해 성스러운 영역이 되고 이 영역은 확장되면서 동시에 자신의 경계를 규정한다. 신전은 자율적인 세계, 신성한 영역이지만 동시에 인간들의 삶의 행로와 다양한 삶의 연관들을 모아드리며 통일한다. 따라서 열려진 연관들이 편재하는 넓은 터전이고 이것이 역사적 민족의 세계이다. 여기서 말하는 역사적 민족은 단순한 게르만 민족의 역사가 아니라, 신상희 교수의 각주에 의하면, 존재의 부름에 귀를 기우리며 자신의 숙명을 자신의 삶의 터전에서 새롭게 회복하려는 역사적 인간 존재의 터-있음 (Da-sein)을 뜻한다.(하이데거, 「예술작품의 근원」, 54-55)

그러므로 이 신전에 의해 신이 현존하며 이 성스러운 영역은 폐쇄된 신의 영역이며 동시에 인간들의 삶에 대해 개방된다. 신전은 신의 영역이며 동시에 인간의 영역이고 이런 사정은 불교 사찰도 같다. 절은 부처님을 모신 신성한 장소이지만 중생들을 받아주고 중생들의 깨달음을 돕기 때문에 닫혀 있으며 동시에 열린 공간이다. 모든 인간은 여기서 자기 자신에게로 되돌아가고, 신전이 열어 보이는 것은 사물의 존재-성격이다. 다음은 하이데거의 말.

거기에 서 있는 채 그 건축작품은 암반 위에 고요히 머물러 있다. 이렇듯 고요한 머무름이 아무 목적 없이 그저 육중하게 떠받치는 그 암석의 드러나지 않은 어둠을 이끌어내고 있다. 그 건축작품은 자기 위로 몰아치는 세찬 바람에 저항함으로써 비로소 그 바람이 지닌 위력 자체를 내보여준다. 바위의 광택과 빛남은 한낮의 밝은 빛과 하늘의 넓음과 밤의 어두움을 비로소 나타나게 한다. 신전은 우뚝 치솟아 있음으로써 허공의 보이지 않는 공간을 보이게 한다. 결코 흔들리지 않는 확고부동함은 밀려드는 파도에 맞섬으로써 자신의 고요로부터 밀물의 광란을 드러나게 한다. 나무와 목초, 독수리와 황소, 뱀과 귀뚜라미가 비로소 그들 자신의 선명한 모습 속에 들어오게 됨으로써 본래 있는 그대로 나타나게 된다. (하이데거, 앞의 글, 55)

번역에 다소 손을 댄 것은 읽기의 편의를 위해서다. 신전, 건축작품이 보여주는 것은, 하이데거의 말에 의하면, '은닉된 영역으로부터 솟아나와 피어오르는 행위'이고 이런 행위 자체를 그리스인들은 퓌시스라고 부르고 이 퓌시스는 인간이 근본적으로 거주해야 할 바탕과 터전을 환히 밝혀준다. 이런 터전을 하이데거는 대지라고 부른다. 그러니까 대지는 단순한 지상이 아니라 인간적 삶의 거주지이다.

은닉된 영역에서 솟아나와 피어오르는 행위는 앞에서 말한 존재의 비은폐성. 환히 트인 터, 숲 속의 빈터와 통하고 따라서 나는 이런 행위를 선불교에서 말하는 은현동시隱現同時 개념으로 해석할 수 있다는 입장이다. 신전, 건축작품은 암반 위에 고요히 머물기 때문에 신전을 지탱하는 암석의 드러나지 않는 어둠을 드러낸다. 이 어둠은 보이는가? 보이면서 보이지 않는 어둠이 신전을 지탱하고, 그런 점에서 이런 세계는 고요(은)와 드러남(현)이 동시에 존재하고 나아가 드러남(현)은 드러나며 (현) 동시에 드러나지 않는다.(은) 그런가 하면 이 작품은 바람에 저항함으로써 바람의 위력을 드러낸다. 바람에 저항하지 않는다면 바람의 위력, 에너지, 힘을 알 수 없다. 고요히 머문다며 바람은 드러나지 않고 따라서 저항(현)이 고요한 바람(은)의 에너지(현)를 드러낸다. 은현의 구조를 강조하면 신전과 암석의 어둠은 고요(은)가 어둠을 드러내고(현), 저항(현)이 바람의 위력(현)을 드러내지만 이때 드러나는 것은 바람이 은닉한 영역(은)에서 솟아오르는 세계이다.

이런 사정은 신전과 바위의 관계에도 해당한다. 신전의 고요(은)가 드러내는 것은 바위가 은닉한 영역(은)에서 솟아오르는 세계이기 때문이다. 이런 세계는 숨어 있는 세계(은)도 아니고 드러난 세계(현)도 아니고 숨으며 동시에 드러나는 세계이고 거꾸로 드러나며 동시에 숨는 세계이다. 바위가 빛나기 때문에 한낮의 밝은 빛과 넓은 하늘과 밤의 어둠이 비로소 나타나는 것 역시 일상적 과학적 사유, 2항 대립적 사유를 해체한다. 바위가 빛나기 때문에 밤의 어둠이 드러난다는 것은 빛이 따로 없고 어둠이 따로 없다는, 이른바 빛과 어둠의 자성, 본질이 없고 서로 의존한다는 연기緣起의 원리, 공空 사상을 암시하고 바위가 빛나기 때문에 한낮의 밝은 빛과 넓은 하늘이 나타난다는 것 역시 모든 사물은 독자적인 존재, 곧 자성이 없다는, 서로 의존한다는 연기의 원리, 특히 상입相入의 원리를 암시한다. 바위의 빛과 한낮의 빛과 넓은 하늘은 동시에 서로를 꿰뚫고 서로를 흡수한다. 화엄 사상이 강조하는 동시호입과 동시호섭의 세계이다.

6. 비은폐성과 선禪

신전은 우뚝 솟아 있기 때문에 허공을 보이게 한다. 우뚝 솟은 신전이 없다면 어디가 허공인지 모르고 따라서 허공은 보이지 않는다. 그런 점에서 우뚝 솟은 신전(현)이 보이지 않는 허공(은)을 드러낸다.(현) 그러나 이런 허공은 무슨 사물처럼, 그러니까 신전처럼 눈에 보이는 건 아니다. 이런 허공은 숨어 있으며(은) 동시에 드러난다.(현) 이른바 색즉시공色即是空이고 공즉시색空即是色의 세계이고 신전과 허공의 관계도 그렇다. 고요한 신전(은)이 파도와 맞섬으로써 밀물의 광란(현)을 드러내고 나무, 목초, 독수리, 황소, 뱀, 귀뚜라미 등 일체 존재자가 본래 있는 그대로 나타난다. 본래 있는 그대로는 존재의 빛, 환히 트인 터, 대지에 머문다는 뜻이다. 숨으며 동시에 드러나고 거꾸로 드러나며 동시에 숨는 비은폐성이 탈은폐되는, 은현동시성이 현하는 그런 있음으로 있다. 이런 있음은 과연 있는 것인가?

이런 있음은 유/ 무의 경계를 해체하고, 언어적 표상을 거부하는 있음, 선불교 식으로 말하면 공空과 통한다. 은현동시는 명암쌍쌍의 세계다. 이런 세계를 공안에선 말후구末後句라고 부른다. 당나라 설봉 선사의 공안에 설두는 '말후구를/ 그대들에게 말하노니/ 명암이 쌍쌍으로 붙어 있는 시절이네', 곧 말후구末後句 위군설爲君說 명암쌍쌍저시절明暗雙雙底時節라고 송頌을 짓는다. 이 송을 짓게 만든 설봉 선사의 공안은 간단히 요약하면 이렇다.

　　설봉이 암자에 머물 때 두 스님이 찾아와 절을 한다. 설봉은 그들이 오는 걸 보고 암자 문을 열고 몸을 앞으로 내밀며 '이게 무엇인가 是什麼?'라고 묻는다. 그러자 스님들도 '이게 무엇인가?'라고 묻는다. 설봉은 고개를 떨군 채 암자로 돌아간다. 스님들은 후에 암두를 찾아가 이런 이야기를 한다. 그러자 암두가 하는 말. '아아 내가 애당초 설봉에게 말후구를 말해주지 않은 게 후회스럽구나.'

　이 공안의 핵심은 설봉이 고개를 떨군 채 돌아간 것. 이런 행위는 설봉의 스승 덕산 선사의 공안에도 나온다. 설봉은 그때 덕산의 제자로 반두飯頭(공양주)를 맡고 있었다. 하루는 밥이 늦자 덕산이 발우를 들고 법당 앞을 지나간다. 그때 설봉이 '저 어르신네가 밥시간을 알리는 종도 치지 않고 북도 치지 않았는데 발우를 들고 어디로 가시는가?' 말하자 덕산은 고개를 떨군 채 방장실로 돌아간다. 설봉은 이 사실을 암두에게 말하고 암두는 '별 볼일 없는 덕산이 말후구를 모르는구나.' 말한다. 덕산은 이 말을 전해 듣고 암두를 불러 '너는 나를 인정하지 않는가?' 묻고 암두는 덕산에게 무어라고 귀뜸한다. 다음날 덕산의 법문은 다른 날과 달랐다. 암두는 손뼉을 치며 크게 웃고 말한다. '어르신네가 말후구를 알았구나. 그러나 3년 뿐이로다.' 3년 후 덕산은 입멸한다.(원오극근 저,
『벽암록 3』 석지현 역주 해설, 민족사, 제51칙「설봉의 시십마」2007 참고)

　도대체 뭐가 뭔지 모르겠다. 베케트의 드라마 같은 이 공안에서 난해·한 점을 말하면 다음과 같다. 첫째 덕산이 설봉의 한 마디에 고개를 숙이고 돌아간 이유. 그는 대답할 능력이 없었는가, 아니면 또 다른 뜻이 있었는가? 둘째 덕산은 과연 말후구를 몰랐는가? 모르고 어떻게 대조사가 되었는가? 셋째 암두가 은밀히 전한 말은 무엇인가? 넷째 덕산은 암

두의 가르침을 받았는가? 그렇다면 제자가 스승보다 더 훌륭했다는 것인가? 나는 다른 글에서 이 문제를 들뢰즈가 말하는 기표작용 체제, 곧 모더니즘 원리에 대한 비판과 대안으로 해석한 바 있다.

요컨대 기표작용 체제는 중심이 있지만 이 공안에는 중심이 없고, 기표(말소리)와 기의(뜻)가 1대 1로 대응하지 않고, 기의를 부정하는 기표들의 세계이고, 무엇보다 절대 기표, 중심 기표가 없다. 그러므로 선불교의 공空 사상은 들뢰즈 식으로 해석하면 禪은 線이지만 끊임없는 도주선이라는 것. 禪은 한 점에 고정되는 게 아니라 線에 따라 선에 의해 선을 삼키며 무수히 도주한다. 그리고 이 도주는 도주가 아니다. 왜냐하면 無住는 무주가 아니고 머물면서 머물지 않기 때문이다. (좀더 자세한 것은 이승훈, 「선과 모더니즘」, 『현대시의 종말과 미학』, 집문당, 2007 참고 바람)

문제는 다시 말후구다. 과연 말후구란 무엇인가? 석두는 송에서 '말후구는 명암이 쌍쌍으로 붙어 있는 시절'이라고 노래한다. 원오에 의하면 이 말은 명과 암, 밝음과 어둠이 하나인 상태, 말하자면 밝으며 동시에 어두운 상태를 뜻한다. 그러나 부처도 달마도 이 말후구의 세계를 절반 밖에 감지하지 못했다는 것. 왜냐하면 그것은 모양도 없고 냄새도 맛도 없고 그 어떤 비유로도 설명할 수 없기 때문이다. 있다면 온몸과 가슴의 체험이 있을 뿐이다. 명암이 쌍쌍으로 있는 상태는 현과 은, 드러남과 숨음이 동시에 있는 은현동시의 세계이고 이런 세계는 언어를 초월하는 세계이고 결국 하이데거가 그리스 신전, 건축작품에서 읽는 것이 그렇다. 그런 점에서 그의 예술론은 선불교적 사유를 은폐하고 있다. 신전은 인간이 거주해야 할 터전을 환히 밝혀주고 이 터전이 대지이고 대지는 나타나면서 감싸주고, 솟아오르며 간직하고, 드러나면서 숨는다.

은닉된 영역으로부터 솟아나와 피어오르는 행위, 이른바 비은폐성, 은현동시성이 인간의 터를 밝혀주고 이런 거주지가 대지이다. 그러므로 대지는 선적 사유에 의하면 분별 이전의 세계이고 공空과 통한다. 다음

은 쌍계사 삼성각 주련.(월서 스님 역)

비록 산의 구름처럼 천만가지 법문을 설했지만	雖宣雲山千萬事
저 바다와 하늘 해와 달은 말이 없네	海天明月本無言
나무에 앉은 노란 꾀꼬리 한 송이 꽃이요	黃鶯上樹一枝花
밭에 내려앉은 백로는 천 송이 눈꽃 같네	白鷺下田千點雪

이 시가 노래하는 것은 자연의 말없음, 곧 은닉된 영역에서 꾀꼬리와 백로가 솟아나와 한 송이 꽃, 천 송이 눈으로 피어오르는 행위이다. 하이데거 식으로 말하면 퓌시스가 인간의 터를 환히 밝히는 대지에 해당한다. 그러나 나는 비은폐성을 은현동시성으로 해석할 수 있다는 입장이다. 이 시의 1행은 부처님 설법, 2행은 부처님의 설법에도 침묵하는 자연이고, 이렇게 말이 없는 자연은 은닉된 영역에 해당한다. 3행과 4행은 이렇게 은닉된 영역에서 꾀꼬리와 백로가 솟아나와 꽃과 눈으로 피어오르는 행위이다.

그러나 이런 행위는 비은폐성, 은현동시성의 세계로 드러난다. 3행에서 노란 꾀꼬리는 자연에서 솟아나와 한 송이 꽃으로 피어오른다. 꾀꼬리가 꽃이 되는 것은 일상의 논리를 벗어난다. 왜냐하면 꾀꼬리가 한 송이 꽃이 되는 것은 화엄 사상이 강조하는 상입, 특히 사사무애事事無碍의 세계이고 은(앉아 있는 꾀꼬리)과 현(피어오르는 꽃)의 동시성을 보여주기 때문이다. 이른바 비은폐성, 은현동시성의 세계이다. 4행 역시 같다. 여기선 밭에 내려앉은 백로(은)가 천 송이 눈으로 피어오른다.(현) 그러나 백로와 눈은 같은 것도 아니고 다른 것도 아닌 사사무애, 은현동시성의 세계이다.

말 없는 자연에서 존재자(꾀꼬리, 백로)가 태어나지만 이 존재자는 본연의 모습 그대로 돌아가 자연, 하이데거 식으로 말하면 대지에 거주한다.

7. 세계와 대지의 투쟁

　한편 하이데거에 의하면 신전, 예술작품은 세계를 건립한다. 세계란
무엇인가? 돌, 식물, 동물에겐 세계가 없고 다만 주위환경에 속박될 뿐
이다. 그러나 농촌 아낙네는 존재자로서 존재의 빛 속에 머물기 때문에
하나의 세계를 소유하고, 한 켤레의 구두가 이런 세계를 매개하고 수여
한다. 세계가 존재, 비은폐성과 관련된다는 점에서 세계는 스스로 드러
난다. 다음은 하이데거의 말.

　　세계가 스스로 열림으로써 모든 사물들은 자신의 한가로움과 바쁨을 부
　여받으며, 또 자신의 멂과 가까움, 그리고 넓음과 좁음을 부여받는다. 세계
　가 세계화하는 가운데 그곳으로부터 사물들을 참답게 간직해주는(보호해
　주는) 신들의 은총이 선사되기도 하고 거절되기도 하는 그런 전체적 공간
　이 모아진다. 신이 부재한다는 재앙도 또한 세계가 세계화하는 하나의 방식
　이다.(하에데거, 위의 글, 60-61)

　세계는 스스로 열리고 그러므로 세계는 세계화한다. 세계의 개방 속
에서 사물들에게 존재가 부여되고 이때 그들은 한가롭고 동시에 바쁘
고, 멀고 동시에 가깝고, 넓고 동시에 좁은 존재로 존재한다. 사물들이
세계 속에 머물 때는 한가롭고 쏜살같이 스쳐지나갈 때는 바쁘다. 그러
므로 세계는 머물며 동시에 사라지는 시간과 공간이고 이런 세계에선
신의 은총 역시 존재하고 부재한다. 요컨대 예술작품이 개방하는 것은
이런 세계이고 그러므로 작품은 세계를 건립한다. 신전이 그렇고 고흐
의「한 켤레 구두」가 그렇다.

　결국 세계의 건립(열어 세움)과 대지의 내세움(불러 세움)이 예술작
품의 사물성, 작품의 작품으로서 존재하는 두 가지 기본적 특성이다. 세
계는 스스로 열고 대지는 감싸준다. 그러나 세계는 대지에 근거하고 대
지는 세계를 솟아오르게 한다. 그런 점에서 세계와 대지의 투쟁은 교란

과 불화와 대립이 아니라 서로를 세우는 투쟁이고 이런 투쟁을 나는 화엄 사상이 강조하는 상즉相卽 상입相入의 원리로 해석하고 있다. 작품의 통일성이 투쟁의 격돌 속에서 생겨난다는 말 역시 그렇다. 아니 나보다 앞서 김형효 교수도 하이데거의 이런 주장을 화엄학의 시각에서 해석한 바 있다. 그는 세계를 세상으로 번역하면서 다음처럼 말한다.

> 세상은 마음의 空性인 理法을 상징하고 대지는 마음의 實相인 事象이나 사물을 말하는 것으로 해석된다. 예술작품은 이법과 사물이 서로 不一의 투쟁과 不二의 친밀, 불일의 벌어짐과 불이의 모음의 접합된 설계도의 이음새를 설치하는 것과 같으리라. 예술작품은 곧 화엄학적으로 理事無碍의 형태를 이루는 것과 유사하다고 보여진다. 무애는 화엄학적으로 相入相卽의 연관성을 말하는 것이므로 서로 다르기 때문에 상입하고 서로 떨어져서 별거할 수 없기에 상즉한다. 이/ 사가 차이의 벌어짐 속에서 또한 회통함으로 작품(事) 속으로 진리(理)가 스스로 착석하게 된다.(김형효,『하이데거와 화엄의 사유』, 청계, 2004, 694)

화엄 사상의 이사무애는 반야 사상이 강조하는 색즉시공 공즉시색과 유사하고 따라서 세계는 공空에, 대지는 색色에 해당하고 둘의 관계는 공이 색이고 색이 공인 그런 관계다. 하이데거가 말하는 진리, 작품 속에 진리가 정립된다는 말도 세계와 대지의 이런 투쟁(?) 속에 정립된다. 그런 점에서 그가 말하는 진리는 전통적 인식론의 범주를 벗어난다. 진리란 과연 무엇인가?

전통적인 시각에서 진리는 인식과 사태의 일치를 의미한다. 그러나 하이데거가 강조하는 것은 이렇게 인식과 사태가 일치하기 위해서는, 그러니까 인식행위와 그 인식을 형성하고 진술하는 명제가 사태에 적합하기 위해서는 사태 자체가 스스로를 내보여야 한다. 말하자면 사태 자체가 은폐된 것에서 벗어나 비은폐된 것 가운데 서야 한다. 사태의 비은폐성이 요구된다는 말.

예컨대 '나무가 서 있다'는 명제가 진리가 되기 위해서는 이 명제가 사태, 곧 '서 있는 나무'와 일치해야 한다. 그러나 나무가 서 있기 위해서는 나무 스스로 서 있어야 한다. 나무가 스스로 선다는 것은 무슨 뜻인가? 나는 '서 있는 나무'를 본다. 그러나 '서 있는 나무'는 은폐되어 있던 것이 드러나는 현상에 지나지 않는다. 쉽게 말하면 어둠 속에 숨어 있던 나무가 스스로 드러난다. 전경이 나무라면 배경은 어둠이고 드러난 나무가 표면이라면 심층에는 숨은 나무가 있다. 그러므로 서 있는 나무는 은닉된 곳에서 솟아오르는 현상이고 따라서 나무가 스스로 드러난다는 말은 은폐된 것에서 벗어나 비은폐된 곳에 서는 현상이다.

하이데거에 의하면 이 세계에는 나도 존재하고 사물도 존재하고, 동물, 식물, 도구, 작품, 나아가 희생도 존재한다. 그리고 이 모든 존재자는 존재 속에, 그러니까 비은폐성 속에, 환히 밝히는 터에 존재한다. 존재를 통해서 신적인 것과 반신적인 것 사이에 구속되는 어떤 감추어진 숙명이 진행된다. 이 숙명이 존재의 드러냄이고, 따라서 우리는 이 세계의 존재자들 전체를 인식하는 게 아니라 비은폐된 것만 인식하고 지배한다. 그러므로 존재자를 넘어서 존재자를 전제로 존재자에 앞서 어떤 다른 것이 일어나고 있다. 그리고 이런 발생이 이른바 생기이다. 존재자 한가운데에는 열린 장이 현성하고, 어떤 환한 밝힘, 환히 트인 터가 존재한다.(자세한 것은 「생기」 참고 바람)

8. 김수영의 시론

나는 오래 전에 하이데거의 예술론, 특히 세계와 대지의 개념을 중심으로 김수영의 시론 「시여, 침을 뱉어라」(1968)를 찬찬히 분석한 적이 있고, 그후에도 몇 편의 글을 쓴 바 있다.(이승훈, 「시여, 침을 뱉어라의 분석-김수영론」, 『한국시의 구조분석』, 종로서적, 1987. 「김수영의 시론」, 『한국현대시론사』, 고려원, 1993. 「김

수영, 김춘수의 시적 모험」, 『한국모더니즘시사』, 문예출판사, 2000, 222-233)

이 글들 가운데 처음 쓴 「시여, 침을 뱉어라」는 그후 「김수영의 시론」에서 다시 요약하면서 보충한 바 있다. 그러나 다시 생각하니까 그때 이 하이데거의 개념을 충분히 이해하지 못한 부분도 있고 논리 전개가 미흡한 부분도 있어서 언제 다시 손질을 해야지 하던 터에 김유중 교수의 역저 『김수영과 하이데거』(민음사, 2007)를 읽게 된다. 특히 내가 관심을 둔 부분은 「5장 존재 시론의 이론적 근거와 그 구체적인 발현 양상」이고 이 글에서 김 교수는 쑥스럽게도 내가 쓴 글, 특히 「김수영의 시론」에 대해 언급한다.

그의 주장에 의하면 김수영의 시론과 하이데거 예술론, 특히 대지의 은폐와 세계의 개진의 대립적 긴장 관계를 최초로 밝힌 건 김윤식이지만 그의 글은 세계와 대지에 대한 개념 정의가 모호한 점, 하이데거의 존재 사유와의 비교 검토가 없는 점, 김수영과 하이데거의 사상적 차이를 밝히지 못한 점이 한계로 지적된다. 한편 내가 쓴 글에 대해서는 김윤식의 미비점을 점검하면서 하이데거 예술론과의 본격적인 대비를 통해 김수영 시론에 나타나는 존재 사유의 특성을 살핀다는 점에 의의가 있다고 말하면서 크게 두 가지 문제점을 지적한다.

하나는 세계와 대지의 개념이 산만하고 양자 사이의 긴장 관계의 역동성을 간과한 채 이들의 관계가 갈등과 투쟁 속에서 동시적으로 벌어지는 사건이라는 식으로 모호하게 설명된 점이고, 다른 하나는 운명에 대한 강조가 필요 이상 과장되고, 특히 여기서의 운명이 인간성의 차원, 나아가 주체론적 시각을 염두에 둔 것이라면 이는 애초에 김수영이 강조했던 논지와는 상반된 결론을 유도할 수도 있기 때문이라는 지적이다.(김유중, 앞의 글, 148-149)

먼저 세계와 대지의 관계. 내가 세계와 대지의 관계에 대해 말한 것은 김수영이 주장하는 온몸의 이행과 자유의 이행을 하이데거가 말하는 진리, 곧 존재의 드러남으로 해석하기 위해서였다. 하이데거가 말하는 진리는 존재이고 존재는 세계의 개진과 은폐의 투쟁이고, 이 투쟁의 중앙이 무한대의 혼돈이다. 그러므로 김수영이 말하는 혼돈, 새로 시작하기, 누구도 하지 못한 말을 시작하기는 하이데거가 말하는 세계의 개진과 대지의 은폐가 동시에 이루어지는 것을 뜻한다. 그러나 김유중 교수는 세계와 대지의 투쟁은 이렇게 단순히 동시에 벌어지는 사건이 아니라 대립적인 긴장 속에 전개되는 동전의 양면과도 같은 사건이라고 주장한다.

과연 내가 세계와 대지의 투쟁을 단순한 동시성으로 해석했는지 다시 그때 쓴 「김수영의 시론」을 읽어본다. 나는 대지와 은폐의 관계에 대해 여러 부분에서 말한다. 보기를 들면 다음과 같다.

(1) 시의 본질이 무한대의 혼돈을 시작함에 있다는 김수영의 견해는 시의 본질이 세계의 개진과 대지의 은폐, 줄여 말하면 세계와 대지의 양극의 긴장 위에 서 있다는 형이상학을 전제로 한다.(앞의 글, 192)

(2) 하나의 통일성으로서의 세계와 사물의 관계란 그러나 세계와 사물의 관계가 단순히 서로를 재현하는 관계에 있음을 뜻하지 않고, 오히려 상호침투함으로써 사물로서의 세계, 혹은 세계로서의 사물이 됨을 뜻한다. 그럼에도 불구하고 세계와 사물이 스스로의 독자성을 유지하는 것은 어찌 된 까닭인가. 그것은 이러한 상호침투가 합체 혹은 연합이 아니라, 그 속에서 세계와 사물이 분리되고, 분리된 채로 머무는 내면성, 일종의 和而不同의 개념을 뜻하기 때문이다.(위의 글, 198)

(3) 이러한 혼돈, 새로 시작하는 것, 나아가 누구도 하지 못한 말을 시작한다는 것은 하이데거가 말하는 세계의 개진과 대지의 은폐가 동시에 이루어지는 것을 뜻한다. 그러나 이러한 성취는 앞에서 살펴본 것처럼, 이를테면 희랍신전이 세계를 개진하면서 동시에 하늘로서의 신이 신전을 통하여 대지로 내려온다는 모호성을 안고 있다.(위의 글, 200)

(4) 온몸의 이행은 시의 형식이자 동시에 시의 내용이고 자유의 이행 역시

그렇다. 온몸의 이행과 자유의 이행은 하이데거적인 의미에서 결국은 진리를 드러내는 노릇에 지나지 않는다. 진리는 진실이 드러난 것이며, 곧 세계가 개진된 것을 의미한다. 이러한 세계의 개진으로서의 진리는 그러나 대지의 은폐와의 싸움 속에서만 가능하다. 싸움의 중앙은 무한대의 혼돈인 것이다. 이것이 처음을 다시 시작한다는 말의 의미이며 모험을 발견한다는 말의 의미이다.(위의 글, 201)

김 교수 지적처럼 세계와 대지의 개념이 다소 산만한 건 이런 개념에 대한 이해가 부족했거나 이 글을 쓸 때 나의 사유가 산만했기 때문이다. 그러나 나는 위의 인용에서 알 수 있듯이 세계의 개진과 대지의 은폐가 단순히 동시에 일어난다고 말한 건 아니고 그 둘이 양극의 긴장 위에 서 있다고 말했다. 그리고 세계와 사물의 관계는 세계와 대지의 관계를 말한 게 아니라 세계의 개방 혹은 개진 속에서 사물들에게 존재가 부여되는 양상, 곧 사물의 사물성이 세계의 세계성 속에 정립하는 양상에 대한 언급이다. 중요한 건 세계와 사물의 관계 역시 같으며 다른 화이부동의 관계에 있고 따라서 대립적 긴장을 유자지하며 동시에 드러난다는 것.

그러므로 세계의 개진과 대지의 은폐는 동시에 이루어지지만 이런 동시성은 희랍 신전이 세계를 개진하면서 하늘을 매개로 대지로 내려온다는 모호성을 보여준다. 내가 모호성을 말한 것은 김수영의 시적 사유를 전제로 한 것이고 이 모호성은 세계의 개진과 대지의 은폐가 대립적 긴장을 유지하면서 동시에 일어나는 것을 암시한다. 요컨대 세계는 스스로 자신을 개방하고 대지는 감싸준다. 그러나 세계는 대지에 근거하고 대지는 세계를 솟아오르게 한다. 그때 염두에 둔 건 하이데거의 이런 사유이다. 진리는 이런 의미로서의 세계와 대지의 투쟁이고, 이 투쟁이 세계와 대지가 공즉시색, 색즉시공의 관계에 있는 그런 투쟁, 역동성, 긴장이라는 사유에 도달 한 건 최근이다. 나는 최근에 하이데거의 사유를 선禪불교의 시각에서 읽고 있다.

그건 그렇고 다음은 운명이 문제다. 김 교수의 지적처럼 그때 내가 쓴 글에는 운명에 대한 강조가 필요 이상으로 강조된 느낌도 든다. 그러나 찬찬히 읽어보면 나는 '운명과 존재'라는 작은 표제를 달았지만 운명 혹은 숙명에 대한 언급은 별로 없고 여기서 강조한 것은 존재의 사유와 시적 사유의 관계, 모험의 의미이다. 사실 하이데거 예술론에서도 운명 혹은 숙명의 문제는 희랍 신전의 존재 성격에 대해 말할 때 잠시 언급될 뿐이다.

앞에서도 말했듯이 하이데거에 의하며 희랍 신전, 예술작품은 자율적인 세계, 신성한 영역, 진리가 일어나는 영역이지만 동시에 인간들의 삶의 행로와 다양한 삶의 연관들을 모아드리며 통일한다. 따라서 작품은 열려진 연관들이 편재하는 넓은 터전이고 이것이 역사적 민족의 세계이다. 그러나 역사적 민족은 게르만 민족의 역사가 아니라 존재의 부름에 귀를 기우리며 자신의 숙명을 자신의 삶의 터전에서 새롭게 회복하려는 역사적 인간 존재의 터-있음Da-sein을 뜻한다.

문제는 하이데거가 말하는 운명과 역사적 민족의 관계에 대한 해석이다. 하이데거가 말하는 역사적 민족의 세계는 시간 공간적으로 특수한 구체적인 역사적 민족인가? 아니면 존재의 부름에 귀를 기우리며 자신의 숙명을 새롭게 회복하려는 인간 존재의 터-있음, 존재가 환히 열리는 영역인가? 말하자면 인간성, 주체성의 세계인가? 존재 개방의 세계인가? 김윤식 교수에 의하면 김수영의 시적 변증법은 세계의 개진과 대지의 은폐를 명제와 반명제로 하면서 제대로 종합하고 지양하지 못했다고 비판된다. 따라서 김수영 신화가 신화일 수 밖에 없는 까닭은 운명의 개념을 그가 제대로 천착하지 않은 점에 있다고 말한다. 그렇다면 운명이란 무엇인가?

여기서 운명이라는 개념은 자유나 사랑의 동의어로서의 혼란이나 용기라는 개념과 대립된다. 김수영의 경우 자유, 사랑, 용기는 모두가 논리적인 범주에 들고, 운명은 그러한 논리성을 벗어나는 것, 곧 현실을 이루는 우리의 인간적 삶, 인간성, 그 자체로 해석되고 있다.(김윤식, 「김수영 변증법의 표정」, 『세계의 문학』, 1982, 겨울호 참고)

김 교수에 의하면 김수영 변증법의 추상성, 혹은 그 한계는 김수영이 우리의 인간적 삶 혹은 인간성이 논리이기보다는 문명과 관련된다는 사실을 간과한 점에 있다. 나는 이 글을 인용하면서 김 교수의 견해에 전적으로 동의한 것은 아니다. 특히 김수영의 시적 변증법을 강조한 점, 세계의 개진을 명제로, 대지의 은폐를 반명제로 해석한 부분은 당시에는 지적하지 않았지만 하이데거를 너무 주관적으로 읽은 것 같다. 왜냐하면 하이데거가 말하는 세계의 개진과 대지의 은폐는 변증법의 논리가 아니기 때문이다. 그것은 존재의 사유, 곧 세계는 대지에 근거하고 대지는 세계를 솟아오르게 한다는 상즉 상입의 원리, 곧 화엄 사상으로 해석하면 이理(세계)와 사事(대지)가 무애의 관계에 있는 그런 관계이고, 반야 사상으로 해석하면 공空(세계)이 색色(대지)이고 색이 공인 그런 관계이다.

그러므로 하이데거에 의하면 세계는 스스로 열리고 인간은 존재의 빛 속에서 하나의 세계를 소유한다. 세계가 세계화한다는 말은 세계가 존재, 곧 비은폐성과 관련된다는 점을 전제로 한다. 동물, 식물은 주위 환경에 속박될 뿐 세계가 없고 오직 인간에게만 세계가 있다. 예컨대 농촌 아낙네는 존재자로서 존재의 빛 속에 머물기 때문에 하나의 세계를 소유하고, 이때 존재의 빛은 고흐의 그림이 현성하고, 따라서 한 켤레의 구두는 존재-성격을 지닌다. 그리고 이렇게 인간이 근본적으로 거주해야 할 터전이 대지이다. 세계는 대지에 근거하고 대지는 세계를 솟아오르게 한다.

따라서 세계의 개진은 명제이고 대지의 은폐는 반명제가 아니고, 그런 점에서 김수영 시론이 명제/ 반명제의 종합 지양에 실패했다는 주장은 다시 검토될 필요가 있다. 문제는 운명이다. 김 교수에 의하면 김수영이 말하는 자유, 사랑, 용기는 논리적인 범주에 있고 운명은 이런 논리성을 벗어나는 것, 곧 현실의 인간적 삶, 인간성 자체이다. 쉽게 말하면 운명은 철학적 사유나 논리를 거부하는 살아 있는 삶의 영역이고 그만큼 구체적이다. 그런 점에서 김 교수는 운명을 구체적인 역사적 민족 개념으로 해석하는 것 같다. 내가 운명에 대해 말한 것은 김 교수의 운명 개념을 다시 검토하기 위해서였다. 그 글에서 내가 한 말을 옮기면 다음과 같다.

> 운명이란 무엇일까? 이러한 질문은 김수영의 시론을 지탱하는 기본 개념인 모호성 혹은 무한대의 혼돈, 나아가 아무도 하지 못한 말이 과연 무엇을 의미하는가 라는 질문과 크게 다르지 않다. 우리가 새롭게 살펴야 할 부분은 그러니까 그의 경우 모호성이 무엇을 의미하는가? 이며, 그것이 어떻게 해서 무한대의 혼돈이며 동시에 아무도 하지 못한 말의 내용이 되는가에 대한 이해이며, 마침내 인간성으로 귀결되는 운명과의 상관성을 더듬는 일이다.(이승훈, 위의 글, 192)

그러니까 나는 여기서 김윤식 교수가 말하는 운명을 김수영 시론이 강조하는 모호성, 무한대의 혼돈과 관련시키면서 시의 형식과 내용, 예술성과 현실성과 관련시킨다. '운명과 존재'라는 표제로 된 부분에서 살핀 게 그렇다. 그러나 지금 다시 읽어보니까 운명에 대한 해석은 별로 없고 따라서 인간성으로 귀결되는 운명과의 상관성을 더듬는 일은 유보된다. 그런 점에서 김유중 교수가 한 말은 정당하지만 다소 오해의 소지가 있다. 정당하다는 것은 내가 말하는 운명이 인간성의 차원, 나아가 주체론적 시각을 염두에 둔 것이라면 애초에 김수영이 강조했던 논지와는 상반된 결론을 유도할 수도 있기 때문이다. 그러나 나는 결론을 보류했고 아마 거기까지 나가는 게 힘들었거나 거기까지 나갈 필요를 느끼지 않았기 때문인 것 같다. 지금도 모르겠다. 이 글에서 왜 운명과 인간성, 운명과 주체성에 대한 나의 주장이 빠졌는지. 그러므로 김 교수가

'여기서 운명이 ――주체론적 시각을 염두에 둔 것이라면―' 식의 가정법의 어조로 비판한 건 김 교수의 치밀하고 섬세한 사유를 반증하고 이 부분에 대해 나는 이러니 저러니 말할 것이 못된다.

다만 내가 혹시 운명을 인간성, 주체성, 그러니까 구체적 현실적 역사적 민족 개념, 그러니까 김윤식 교수의 견해에 동의한다고 오해할 소지가 있겠지만 나는 이 글에서 인간성을 김수영이 말하는 시와 사유, 예술성과 현실성의 관계로 살폈을 뿐이다. 아무튼 김유중 교수의 지적이 동기가 되어 김수영의 시론과 하이데거의 사유, 특히 세계와 대지의 관계, 운명, 존재에 대해 다시 생각할 수 있어서 고맙다.

9. 이중적 은닉

나는 하이데거의 전기 사유를 Da(sein)으로 표시하고 후기 사유를 Da-sein으로 표시한 바 있다. 전자는 존재자로서의 인간인 현존재Dasein의 삶의 의미가 자신 속에 은폐한 존재sein를 밖으로 드러냄에 있다는 것, 후자는 이와 다르게 현존재와 존재가 동시에 이미 드러나 있다는 것Da-sein을 강조한다. 존재가 이미 드러나 있다는 것은 존재자인 현존재가 속에 은폐한 존재를 이미 비은폐한다는 것, 환히 트인 터Da-sein가 존재하다는 것. 존재가 이미 존재자로서의 나를 환히 밝히는 것을 뜻한다. 그러므로 Da-sein은 존재가 현한다, 드러난다, 비은폐된다는 것을 강조한다. 전기의 현(존재)가 숨은 존재 찾기라면 후기의 현-존재는 존재가 현한다는 것. 은현동시 개념으로 말하면 전기는 현(은)이고 후기는 현-은, 은현동시성이고 이것이 이른바 비은폐성과 통한다. 존재는 숨으며 동시에 드러나고 드러나며 동시에 숨는다. 그리고 이런 존재가 진리이다.

존재자는 환한 밝힘에 의해 환히 밝혀진 곳으로 들어서고 이런 열리

장 속으로 나와-서-있을 때에만 존재자로 존재한다. 「형이상학이란 무엇인가」에서는 무 속으로 들어가 머물러 있다고 말한다. 무 속에 머문다는 것은 무엇인가? 무인가 유인가? 무와 유의 공속이고 색이 공이고 공이 색인 세계이고 현이 은이고 은이 현인 세계이다. 이러 세계는 언어 이전이고 사유 이전이고 분별 이전의 세계이다. 그러나 하이데거에 의하면 이런 환한 밝힘, 비은폐성, 존재 속에는 거부와 위장이라는 이중적 형태의 은닉이 배어있다. 그러므로 은닉은 존재자 가운데 두 가지 방식으로 편재한다.

먼저 거부로서의 은닉은 비은폐된 존재자, 환히 밝혀진 것이 환히 밝혀지기 시작하는 시원을 뜻한다. 무슨 말인가? 비은폐는 은폐된 것이 환히 밝혀지는 현상이고, 물론 환히 밝혀진다는 말은 '숲 속의 빈 터'가 암시하듯 명백한 드러남이 아니라, 숨음과 드러남이 동시에 있는 현상이다. 쉽게 말하면 비은폐성의 단계는 은→은현동시→지각→명제로 요약할 수 있다. 그러므로 은현의 시원, 환한 밝힘의 시원은 은으로 회귀한다는 뜻일 것이다. 아니 회귀가 아니다. 은현동시를 거부할 뿐이므로 비은폐성, 은현동시성은 드러나면서 은폐, 은과의 대립을 내포한다. 그러니까 다시 간단히 표시하면 은현(은/ 은현)의 구조라고 할 수 있다.

다음 존재자는 자신을 위장함으로써 은닉되고 숨고 은폐된다. 그 방식은 크게 세 가지이다. 첫째로 하나의 존재자가 다른 존재자에게 자신을 밀착시킴으로써 다른 존재자를 가리고 어둡게 하고, 둘째로 소수의 존재자가 다수의 존재자를 가로막고, 셋째로 개별적인 존재자가 전체 존재자를 부인한다. 물론 이런 위장은 자신과 다르게 자신을 내어주며 나타나는 양식이다. 요컨대 거부는 은현동시성에서 은이 물러서서 숨는 것이라면 위장은 존재자의 존재의 고유함을 은폐하고 숨기는 것.(이상 거부와 위장으로서의 은닉은 하이데거, 위의 글, 73-74 참고)

여기서 나는 거부와 위장으로서의 은닉, 비은폐성, 존재 속에 있는 두 가지 은닉을 다시 은현동시성 개념으로 해석할 수 있다는 입장이다. 은현隱現은 숨으며 동시에 드러남을 뜻하지만 한자 隱에는 다른 의미도 있다. 원래 隱은 '언덕(부ß)에 숨어 조심스럽게 산다'는 뜻으로 숨어 사는 것, 곧 '숨다'와 '숨기다'의 뜻을 내포한다. 그러므로 은현동시 속에서 은은 숨는다는 뜻과 숨긴다는 뜻이 있다. 전자는 은현이 동시에 존재하지만 은이 숨고, 은이 은현의 시원으로 회귀한다는 뜻이고, 후자는 은현이 동시에 존재하지만 이런 고유성을 숨긴다는 뜻이다. 그러니까 은현동시라는 말은 거부(숨다)와 위장(숨기다)의 뜻이 숨어 있다.

그러므로 거부는 비은폐된 존재자가 은폐되는 것, 은현동시성이 은을 지향하고 은닉된 영역, 시원으로 회귀하는 것이고, 위장은 존재자가 다른 존재자 속에 자신을 숨기는 것. 이때는 은으로의 회귀가 아니라 자신을 다른 존재자 속에 숨기는 것. 요컨대 거부는 숨고, 위장은 숨긴다. 따라서 환한 밝힘, 비은폐성, 은현동시성은 이중적으로 생기한다. 은현 속엔 이중적인 은이 존재한다. 다시 쌍계사 주련을 회상하자. 노란 꾀꼬리(은)는 한 송이 꽃으로 피어오른다.(현) 그러므로 이 새는 비은폐된 존재자, 은현동시적 존재자이다. 한편 이 새가 꽃이 되는 것은 두 가지 의미를 거느린다. 하나는 새가 스스로 숨는 것. 다른 하나는 꽃으로 위장하는 것. 거부와 위장. 따라서 은현동시성, 비은폐성, 존재, 지리, 환한 밝힘 속에는 이런 이중적 은폐가 존재한다.

신전, 건축작품이 보여주는 세계와 대지의 투쟁은 공과 색, 은과 현의 투쟁이고 이런 투쟁은 화엄 사상이 강조하는 상즉상입의 세계이다. 세계는 대지에 근거하고 대지는 세계를 솟아오르게 한다. 이런 화엄적 세계가 존재, 진리, 비은폐성, 은현동시성의 세계이지만 이 세계 속에는 다시 거부와 위장, 숨고 숨기는 이중적 은이 존재한다. 결국 작품 속에 진리가 작용한다는 말은 존재자의 존재가 환히 열리는 것, 존재의 개방, 비은폐성, 은현동시성의 세계가 현성하는 것이고, 이때 존재자 전체는 존재의 비은폐성 안에 이르지만 이런 비은폐성은 다시 이중적 은닉

을 포함한다. 요컨대 진리는 인식과 사태의 일치가 아니라 사태의 비은
폐성이다.

10. 예술작품의 근원

이제까지 말한 것은 예술작품의 사물성이고 그것은 세계와 대지의 투
쟁으로 요약된다. 그러나 이 투쟁은 격돌이 아니라 그 속에 고요를 내포
한다. 작품은 만들어진 것이지만 도구와 다른 점은 작품 속에는 진리가
생기한다는 것. 진리는 비은폐성이고 그 속에는 거부와 위장이라는 이
중적 은닉이 있고, 따라서 진리는 비-진리이고 비은폐성은 비-은폐성
이다. 요컨대 진리는 환한 밝힘과 이중적 은닉의 대립 속에 현성한다.
나는 이런 사유를 은현동시와 이중적 은의 대립으로 해석했다.

도구도 만들어지고 작품도 만들어진다. 그런 점에서 둘 모두 무엇이
가를 산출하고 한편 손을 사용하는 수공업적 태도를 보여준다. 그리스
인들은 수공업과 예술을 모두 기술, 테크네라고 불렀다. 그러나 하이데
거가 강조하는 것은 이 테크네 개념에 대한 새로운 인식이다. 다음은 하
이데거의 말.

> 왜냐하면 테크네는 수공업과 예술을 뜻하지도 않았으며, 더욱이 오늘날
> 의 의미에서의 기술적인 것을 의미하지도 않았고, 그것은 어디에서도 결코
> 실천적 행위의 한 방식을 의미하지 않았기 때문이다. 오히려 테크네라는 낱
> 말은 앎의 한 방식을 지칭하는 말이다. 여기서의 '앎'이란 '보았음', 즉 넓은
> 의미에서의 '봄'을 뜻하며, 이러한 봄은 현존하는 것을 그 자체로 받아들이
> 며 인지하는 행위를 가리킨다. 앎의 본질은 그리스적 사유에서는 알레테이
> 아, 즉 존재자의 탈은폐에 깃들어 있었다.(하이데거, 위의 글, 83)

테크네는 기술도 예술도 의미하지 않고 '봄'을 뜻하며 이때 본다는 것

은 현존하는 것을 그대로 받아들이고 아는 것, 알레테이아, 곧 비은폐성과 관계된다. 그것은 은닉된 것에서 비은폐성을 개방하는 산출행위이지 무엇을 만든다는 뜻이 아니다. 도구나 예술작품이나 모두 이런 산출 행위에 의해 산출된 것. 그러나 도구는 완성되고 작품은 창작된다. 무엇이 다른가? 도구는 소모되기 위해 질료를 형상화한 것이지만 작품은 진리의 일어남을 가능케 한다는 말, 곧 진리, 존재, 비은폐성이 창작으로부터 솟아오른다는 말이다. 그러므로 도구는 친숙하고 예술작품은 기이하고 신비하다.

하이데거의 전기 사유가 강조한 것은 앞에서 말했듯이 존재자로서의 현존재가 속에 숨기고 있는 존재를 개방하는 것이고 나는 이런 실존을 현(존재), Da(sein)으로 표현했다. 그러나 후기에 오면 실존하는 인간이 이미 있는 존재, 비은폐성에 자신을 탈자적으로 관여시킨다. 나는 이런 실존을 현-존재, Da-sein으로 표현했다. 그러니까 후기엔 실존의 본질이 존재자의 환한 밝힘, 비은폐성이 드러내는 본질적 투쟁(은현과 이중적 은의 투쟁) 가운데로 나와-서-있으며 그 안에-서-있다. 은현동시성에서 현은 현하며 은한다. 나타나며 숨는다. 하이데거에 의하면 진리는 스스로 내보이기도 하고 물러서기도 하는 열린 장 안에서 그때마다 쟁취되는 근원적 투쟁이고 예술작품이 보여주는 것이 그렇다. 앞에 인용한 게송에서 꾀꼬리는 스스로 내보이기도 하고(현) 물러서기도 하는(은) 열린 장 안에서 그때마다 쟁취되는 근원적 투쟁을 보여준다.

그러므로 진리는 작품 속에 자신을 세운다. 그리스 신전이 보여주는 것은 세계와 대지의 투쟁 속에서 환한 밝힘(세계)과 은닉(대지)의 투쟁이고 세계가 스스로를 밝힘으로써 대지가 솟아오른다. 그러나 세계와 대지의 투쟁은 분리나 대립이나 균열이 아니라 공속하는 긴밀한 관계를 뜻한다. 하이데거는 이런 긴밀성으로서의 균열의 보기로 초벌 그림, 혹은 설계도의 선Riss을 들고 있다. Riss에는 균열, 찢음이라는 의미가 있고, Grundriss에는 설계도, 밑그림, 근본 균열이라는 의미가 있다. 이 용어로 하이데거가 강조하는 것은 밑그림이나 설계도에 나타나는 선의 의미이다. 이런 그림에서 선은 서로 대립하는 것을 첨예하게 가르면서 동시에 합일적인 근본 바탕Grund에 의해 서로 대립하는 것들의 통일을 유도한다. 그리고 이런 균열이 근본 균열이고 이런 균열이 존재자의 존재, 곧 환한 밝힘, 비은폐성의 특성들을 보여준다.

쉽게 생각하자. 백지에 하나의 선을 그리면 두 세계가 대립되면서 동시에 이 두 세계는 근본 바탕에 의해 하나로 통일된다. 이런 비유는 선불교가 강조하는 동그라미, 원과 같다. 이 원은 안과 밖을 분리시키지만 동시에 안과 밖을 하나로 통일시킨다. 그리고 이런 원의 세계가 공空의 세계를 암시한다. 그러나 하이데거의 선은 이런 공의 세계, 그러니까 무분별, 불이不二 사상까지 암시하는 건 아니고 이른바 세계와 대지의 공속, 긴밀한 균열, 그리고 이런 균열과 대지의 관계, 작품과의 관계에 대해 말한다.

그에 의하면 진리는 균열이고 균열은 세계와 대지의 투쟁이고, 이 투쟁이 비은폐성, 환히 밝히는 터전이고 은현동시성의 영역이다. 그러나 하이데거는 다시 이런 균열이 대지로 돌아가야 한다고 말한다. 다음은 하이데거의 말.

> 균열은 돌의 매력적인 무거움, 나무의 말없는 단단함, 색조의 어두운 작열 속으로 되돌아가야만 한다. 대지가 이러한 균열을 자기 안에 다시 받아들임으로써 균열은 비로소 열린 장 안에 세워지며, 그리하여 이러한 균열은 자기를 닫아버리면서도 보호해주는 열린 장 안으로 솟아나는 대지 안에 세워지고 정립된다. 균열 속으로 데려와 대지(작품의 대지적 차원) 속으로 되돌려 세워짐으로써 확립된 투쟁이 형태Gestalt이다.(하이데거, 위의 글, 91)

그리스 신전을 다시 생각하자. 이 신전이 드러내는 것은 세계와 대지의 투쟁, 균열이다. 세계가 스스로를 밝힘으로써 대지가 솟아오르고, 이런 영역이 진리이고 균열이고 비은폐성이고 환히 밝히는 터전이고 열린 장이고 이른바 은현동시의 영역이다. 그러나 신전은 대지에 토대를 두고 대지를 구성하는 암반, 바위, 햇빛, 바람, 파도에 자신을 내맡긴다. 그러므로 신전은 대지를 솟아오르게 하지만 한편 대지에 세워진다. 그리고 우리가 보는 신전의 형태, 작품의 형태는 균열, 세계와 대지의 투쟁이 다시 대지 속에 세워지는 투쟁이다. 은현동시성의 영역이 다시 은의 세계로 회귀하는 투쟁이 작품의 형태가 된다.

그러므로 작품이 창작된다는 것은 진리가 형태 속에 확립되는 것을 말하고 균열이 작품의 대지적 요소와 투쟁하는 것을 말한다. 다시 밑그림을 생각하자. 먼저 나는 백지에 하나의 선을 긋는다. 이 선에 의해 긴밀한 균열, 열린 장, 진리의 빛, 비은폐성의 영역이 생기고 나는 계속 선을 긋고 그렇게 해서 균열이 안배되고 이런 안배는 진리의 빛남이 선으로 이어진 것. 그리고 이런 선들이 형태를 구성한다. 그렇다면 형태를 구성하는 선은 어디서 왔는가? 하이데거는 작품의 대지적 요소에 대해 다음처럼 말한다.

> 작품이 창작되는 과정 속에서 균열로서의 투쟁은 대지에로 되돌아가 세워지고, 대지 자체는 '자기를 닫아버리는 것'으로서 산출되며 사용된다. 그러나 이러한 사용은 대지를 질료(소재)로서 소모하거나 남용하는 것이 아니라 오히려 대지를 비로소 대지 자체로 해방시킨다. 이러한 대지의 사용은 대지를 가지고서 작품화하는 하나의 행위이며, 그것은 외관상으로는 마치 질료를 수공업적으로 이용하는 것처럼 보인다. 하지만 이것은 전혀 그런 것이 아니다. 진리를 형태 속으로 확립하는 가운데 대지는 언제나 사용되기 마련이다.(하이데거, 위의 글, 92)

작품을 창작하는 과정은 세계와 대지의 균열적 투쟁이 다시 대지로 되돌아가는 것. 여기서 도구 제작과 작품 창작의 차이가 드러난다. 책상은 이 세계에 없던 것이 산출된 것. 그러나 이때 대지(나무)는 소모되기 위한 질료이다. 말하자면 목공은 나무라는 질료를 사용하고 소모해서 책상을 만든다. 그러나 그리스 신전에 사용된 대지(바위, 돌, 흙, 나무 등)는 그렇지 않다. 왜냐하면 이때 대지는 단순한 소모의 질료가 아니라 대지를 대지 자체, 그러니까 대지의 대지성, 존재, 진리의 빛으로 해방시키기 때문이다. 이런 대지의 사용이 대지로 작품을 만드는 것이며 이때 진리는 형태 속에 확립된다.

오늘은 하루종일 겨울비가 오고 날씨가 흐리다. 진리는 어디 있고 형태는 어디 있는가? 흐린 날엔 형태가 없고 세계와 대지의 투쟁도 없고 있는 건 대지 뿐이다. 그것도 흐린, 비에 젖는 대지다. 나는 지금 이런 대지에 앉아 글을 쓰는지 모른다. 그러므로 이런 행위는 예술작품이 아니다. 그러나 아무 것도 만들지 않는 행위는 최근에 내가 생각하는 예술작품이고 이런 예술은 선禪이 강조하는 무아無我의 실천, 무아의 실천으로서의 시쓰기다. 나는 하이데거 예술론을 해석하면서 나의 예술론을 생각한다. 기회가 되면 글로 쓸 작정이다.

그건 그렇고 문제는 작품 속에 창작된 존재의 특성이다. 존재는 산출된 존재이지만 도구와 다르게 산출된 것, 창작된 것으로부터 솟아오른다. 따라서 예술가의 명성이 중요한 게 아니라 예술작품이 만들어졌다는 사실, 창작되었다는 사실만이 작품 속에서 열린 장 가운데 보존되어야 한다. 요컨대 작품의 진리, 존재, 비은폐성은 창작된 것에서 솟아오른다.

마지막으로 하이데거는 작품과 자연과의 연관성에 대해 말한다. 앞에서 나는 밑그림의 형태를 구성하는 선과 대지의 관계에 대해 질문한 바 있다. 선은 기하학적 추상의 세계이기 때문에 대지와는 무관한 것 같다. 그러나 하이데거에 의하면 작품이 사물적 성격을 열린 장 안으로 가져온다고 해도 작품은 창작되기에 앞서, 창작되기 위하여 대지에 속한 사물들, 곧 자연과의 연관 속으로 들어와 있어야 한다. '예술은 자연 속에 감추어져 있다.'(뒤러) 그렇다면 선 역시 대지에 속한 사물, 곧 자연과 관계를 맺는다. 아니 자연 속에 숨어 있다고 해야 한다. 어떻게 숨어 있는가?

밑그림을 그리기 위해 백지에 선을 그으면 균열이 생기고 이 균열은 세계와 대지의 화해적 투쟁, 비은폐성, 곧 진리의 생기를 뜻한다. 따라서 선은 이런 투쟁으로서의 열린 장 안에 들어가야 한다. 말하자면 선은 대지와 관계를 맺어야 하고 자연 속에 숨어 있어야 한다. 하이데거에 의하면 자연 속에는 균열(선), 척도, 한계와 함께 어떤 산출가능성, 곧 예술이 숨어 있다. 쉽게 말하면 선은 창작되기에 앞서 대지, 자연 속에 균열로 숨어 있다. 그러므로 자연 속에 숨은, 감추어진 예술은 작품을 통해 비로소 개시된다.

그러므로 예술의 본질은 작품-속으로의-진리의-정립으로 규정된다. 그러나 그에 의하면 이런 규정은 두 가지 의미를 함축한다. 하나는 형태화, 곧 존재자의 비은폐성, 균열, 진리, 존재를 정립한다는 것. 다른 하나는 작품의 존재를 일어남, 곧 생기의 과정 속으로 가져온다는 것. 그는 전자를 창작, 후자를 보존이라고 부르면서 결국 예술은 '작품 속에서 진리를 창작하며 보존하기'로 정의한다.

나는 하이데거가 말하는 일어남, 생기를 화엄 사상이 강조하는 이사무애법계로 해석한 바 있다. 하이데거의 생기 개념은 개념을 거부하는 개념으로 이른바 '그것이 준다'는 명제와 관련된다. 도대체 '그것'은 무엇인가? 하이데거는 '그것이 존재를 준다.' '그것이 시간을 준다.'고 말한다. 존재와 시간을 사태로 보면, '그것'은 두 사태를 하나가 되게 하는 시원적 관계를 부여하는 사태-관계이고 이것이 생기이다. 생기에 의한 두 사태의 공속은 하나(理)이며 동시에 둘(事)인 세계이고 따라서 그것(이)은 존재-시간(사)을 포용하고 동시에 존재-시간(사)은 그것(이)를 포용한다. (좀더 자세한 것은 「생기」 참고 바람)

결국 예술작품의 근원, 본질은 예술이고 예술은 형태화, 곧 존재의 정립과 존재를 생기의 과정 속으로 가져온다. 존재의 정립은 비은폐성의 정립이고 이런 존재는 생기 속에 보존된다. 은현동시성 개념으로 해석하면 예술은 존재자의 진리, 곧 은현동시성을 드러내며, 다시 이런 밝힘이 이중적 은닉과 투쟁하는 것이며, 이런 존재를 시원적 사태, 곧 이사무애의 관계, 말하자면 은현동시의 관계 속에 보존하는 행위이다. 좀더 간단히 말하면 예술가는 은현 동시성의 세계를 창작하고 이렇게 창작된 세계는 다시 은현동시성적 사태, 근원적 사태로 보존된다. 생기는 근원적 사태이고 화엄의 이사무애나 사사무애는 크게 보면 은현동시성 원리로 해석할 수 있다. 그런 점에서 하이데거의 예술론은 선시를 지향하고, 그의 사유는 선적 사유를 지향한다. 다음은 조선 시대 청허휴정淸虛休靜 선사의 선시 「불일암佛日庵」(김달진 역)

깊은 절의 지는 꽃은 붉은 비요　　　深院花紅雨
긴 숲의 대나무는 파란 연기다　　　長林竹翠烟
흰 구름은 산고개에 엉기어 자고　　白雲凝嶺宿
푸른 학은 중을 짝해 졸고 있다　　靑鶴伴僧眠

　1행은 화엄적 시각에 의하면 사사무애의 세계다. '깊은 절의 지는 꽃'과 '붉은 비'는 서로를 관통하고 서로를 포섭하고 '꽃'과 '비'의 경계가 해체되기 때문이다. 이런 무애의 세계가 가능한 것은 분별을 버린 공空 사상을 근거로 하고 따라서 '꽃'이 따로 있고 '비'가 따로 있는 게 아니라 둘이 연기緣起의 관계로 있음을 암시한다. 한편 은현동시성의 시각에 의하면 '지는 꽃'은 뒤로 숨는, 사라지는 은의 세계이고 이런 세계가 동시에 '붉은 비'가 된다.(현) 붉은 비의 '붉은'은 꽃을 매개로 하고 일반적으로 붉은 색은 태양이 그렇듯이 생명을 상징하고 '비'는 풍요, 살아 있는, 드러나는 현의 세계이다. 따라서 1행은 은현동시성, 비은폐의 세계를 드러낸다. 그러나 이런 드러냄, 그러니까 은현동시의 현은 다시 은의 세계로 회귀하고 은의 세계와 투쟁한다. 왜냐하면 '지는 꽃'은 자신을 '붉은 비'에 밀착함으로써 자신을 위장하기 때문이다.

2행 역시 비슷하다. '긴 숲의 대나무'는 숲 속에 숨어 있고(은) 동시에 '파란 연기'가 되어 하늘로 오른다.(현) 3행에서 '흰 구름'은 떠 흐르며(현) 동시에 '산고개에 엉겨 자고 있다.(은) 4행 역시 '푸른 학'(현)은 동시에 스님 친구가 되어 졸고 있다.(은)

한 마디로 우리가 이 시에서 읽는 것은 비은폐성, 은현동시성, 하이데거가 말하는 진리, 존재의 정립이고 이런 존재의 빛은 휴정 선사가 창작한 것이지만 지금, 그러니까 이 글을 쓰는 2010년 1월에도 작품 속에 드러나고, 그러므로 이런 드러남은 생기, 근원적 사태로 작품 속에 보존된다. 하이데거는 예술을 시쓰기와 관련시키며 모든 예술의 본질은 시쓰기라고 주장한다. 예술의 본질로서의 시쓰기는 별도의 장에서 살피기로 한다.

시(1)

1. 예술의 본질로서의 시쓰기

하이데거는 「예술작품의 근원」(1935)에서 시쓰기가 예술의 본질이라고 말한다. 앞에서 말한 것처럼 예술은 존재자의 진리, 곧 존재자를 환히 밝히며 은닉하는 이른바 비은폐성을 일어나게 하고, 진리가 스스로를-작품-속으로-정립하는 것이다. 여기서 그가 말하는 시쓰기Dichtung는 좁은 의미로서의 시Poesie를 의미하지 않는다. 협의의 시는 언어예술로서의 시, 그러니까 문학의 한 장르로서의 서정시를 뜻하고 시쓰기는 예술의 본질로서의 시쓰기, 시작, 시 짓기를 뜻한다.

그러나 이런 용어는 오해의 여지가 있다. 코울릿지에 의하면 시poetry는 시작품poem보다 광의의 개념으로 모든 예술가, 철학자, 과학자들과도 관계되는 인간의 전체 영혼의 활동을 뜻하고, 그런 점에서 광의의 시는 시정신, 예술정신을 뜻하고 협의의 시작품은 시정신, 예술정신이 언어로 구체화된 것이다. 불어로는 시poesie와 시작품poem에 해당하고, 이때 포에지는 시작법, 시상詩想 등을 뜻하고 협의의 시, 곧 포엠은 시작품, 산문시 등을 뜻한다. 그런 점에서 크게 보면 poetry와 poesie는 유사한 개념으로 모두 시정신, 예술정신을 뜻하며 상상력을 강조하고 산

문정신, 과학정신과 대립된다.(좀더 자세한 것은 이승훈, 『시론』 개정판, 태학사, 2005, 53-73 참고 바람)

그러나 하이데거의 경우 이런 광의의 시정신을 뜻하는 포에지가 협의의 시, 곧 문학의 한 장르로서의 서정시를 뜻하기 때문에 용어의 혼란이 생긴다. 그의 경우 광의의 시, 곧 시정신, 예술정신은 시쓰기Dichtung이고 협의의 시, 곧 시작품은 시Poesie이다. 그러므로 용어에 대한 차별적 이해가 필요하다. 하이데거에 의하면 예술정신, 예술의 본질로서의 시쓰기는 상상력을 강조하는 영혼, 아니마의 세계가 아니라 진리의 생기生起와 관련되는 바, 우리가 알고 있는 협의의 시, 곧 서정시는 비판된다. 다음은 하이데거의 말.

> 그러나 시짓기는 임의적인 것을 멋대로 생각해 냄이 아니며, 또 단순한 표상이나 상상을 비현실적인 것으로 마음껏 구상하는 짜엮기가 아니다. 환히 밝히는 기투로서의 시짓기는 비은폐성을 향해 기투하는 가운데 펼쳐보이면서 그것을 형태의 균열 속으로 앞서 내던지고 있는 열린 장이다. 시짓기는 이러한 열린 장을 일어나게 한다.(하이데거, 「예술작품의 근원」, 신상희 옮김, 나남, 2008, 105)

하이데거가 말하는 시짓기, 시쓰기는 근대 서정시, 그러니까 상상력을 매개로 하는 주관적 표현의 세계가 아니라 비은폐성의 열린 장을 일어나게 하는 것으로 그가 강조하는 예술의 본질을 실현하는 행위이다. 따라서 그가 말하는 시쓰기는 앞에서 말한 광의의 시, 곧 시정신, 예술정신과 다르고, 그는 이런 정신이 언어로 실현되는 문학의 한 장르로서의 서정시, 그의 용어에 의하면 포에지는 비판된다. 왜냐하면 포에지는 상상력에 의한 주관적 표현에 지나지 않기 때문이다. 나는 비은폐성 개념을 은현동시성으로 해석한 바 있고, 따라서 그가 말하는 시쓰기 역시 은현동시성 개념으로 해석할 수 있다는 입장이다. 존재는 은닉된 세계에서 비은폐성, 환한 터Da-sein, 현-존재, 숲 속의 빈터가 현성하는 것이고, 은현동시성 개념으로 말하면 존재는 숨음(은)에서 은현이 드러나는(현) 현상이고, 따라서 시쓰기는 은에서 은현을 현하는 기투로서 형태의 균열 속에 이런 은현동시성의 세계를 던지는 행위이다. 그러므로 이런 現, Da는 스스로 나타나고 이런 생기生起는 이제까지 알 수 없었던 존재자를 나타내고 밝힌다. 특히 시쓰기는 이런 은현을 언어로 구성해서 형태를 만들고 이 형태는 친밀한 균열로 드러나는 바, 그가 말하는 친밀한 균열은 대지와 세계가 상즉상입하는 화엄적 양식, 혹은 색즉시공 공즉시색의 반야적 세계에 해당한다.

그러나 일반적 서정시, 그가 말하는 포에지는 이런 존재의 드러남이 아니라 상상에 의한 주관적 표현이기 때문에 비판된다. 그러므로 서정시가 강조하는 상상력이나 구성 역시 비은폐성의 시각에서 사유되어야 한다. 근대 시론에서는 앞에 말한 것처럼 포에지는 시정신, 예술정신이고 따라서 시 뿐만 아니라 회화, 음악, 건축 등 모든 예술이 포에지의 산물이고 포에지로 환원된다. 그러나 하이데거는 이런 정의를 부정하면서 포에지(이때는 그가 말하는 협의의 시)의 특성을 새롭게 밝힌다.

> 모든 예술이 그 본질에 있어서 시짓기라고 한다면 건축예술과 회화예술 그리고 음악예술은 시(포에지)로 환원되어야 한다는 주장은 매우 자의적이다. 우리가 만일 시(포에지)를 좁은 의미에서의 언어예술이라는 예술의 한 장르로 특징짓고, 앞에서 언급한 예술들을 모두 언어예술의 한 변종이라고 생각하는 한, 그것은 분명히 자의적인 생각일 따름이다. 그러나 포에지로서의 시는 진리를 환히 밝히는 기투의 한 방식일 뿐이다. 다시 말해 넓은 의미에서의 시짓기Dichten의 한 방식일 뿐이다. 그럼에도 불구하고 언어예술작품(좁은 의미에서의 시짓기)는 모든 예술 가운데서 어떤 탁월한 위치를 차지한다.(하이데거, 앞의 글, 106)

하이데거에 의하면 시쓰기는 예술의 본질에 해당하고 협의의 시(포에지)는 예술의 본질, 곧 진리를 환히 밝히는 기투이다. 그렇다면 건축, 회화, 음악 등도 예술의 본질을 밝히는 기투라는 점에서 시(포에지)로 환원되는가? 그는 이런 환원을 부정하는 바 그것은 포에지를 예술의 한 장르로서의 언어예술로 간주하고 건축, 회화, 음악 등을 포에지(언어예술)의 한 변종으로 간주하기 때문이다. 포에지, 언어예술로서의 시는 진리를 밝히는 기투의 한 방식, 곧 넓은 의미의 시쓰기의 한 방식이지만 다른 예술과 동등한 게 아니라 모든 예술 가운데 탁월한 위치를 차지하기 때문이다.

요컨대 여기서 그가 강조하는 것은 좁은 의미의 시와 건축, 회화, 음악 등은 동등한 게 아니고, 비록 시가 예술의 본질로서의 시쓰기의 한 방식이긴 해도 다른 예술과 다른 탁월한 위치를 차지한다는 점이다. 그러니까 그가 생각하는 시는 단순한 예술 가운데 하나가 아니라 모든 예술 가운데 탁월한 위치를 차지하고, 이 탁월한 위치가 예술의 본질, 시쓰기와 통한다. 그런 점에서 그는 근대 서정시, 주관적 표현을 강조하는 언어예술로서의 시를 비판하고 진리를 드러내는 예술로서의 시쓰기를 주장한다. 그리고 근대시 비판은 근대 미학 비판과 통한다.

2. 근대 미학 비판

근대는 중세를 지배한 신의 구속에서 인간이 해방된 시기이다. 따라서 주관주의와 개인주의가 도래하고 예술 역시 주관적 표현을 중시한다. 인간이 주체가 됨으로써 존재자, 세계, 사물들은 객체로 표상되고 하이데거는 이런 세계를 세계상像이라고 부른다. 세계는 세계 자체가 아니라 하나의 표상이 되고 이런 표상은 쇼펜하우어의 용어에 의하면 의지의 산물이다. 그러므로 근대에 우리가 세계를 상像으로 수용하는 것은 의지의 산물이다.

이미지를 뜻하는 한자 상像은 인간과 코끼리가 결합된 형상이다. 여러 가지 해석이 있지만 이 한자에는 인간과 코끼리, 그러니까 인간과 사물이 대립되고 다시 인간이 개입하여 사물을 지배한다는 뜻도 있다. 그러므로 사물은 사물 자체가 아니라 인간이 중심이 되어, 인간의 관념을 매개로, 인간이 해석하는 사물에 지나지 않는다. 나는 이런 문제를 시론 「누가 코끼리를 보았는가」(이승훈 시집 『이것은 시가 아니다』 세계사. 2007)에서 해명한 바 있다. 우리는 코끼리 자체를 본 적이 없고 우리가 아는 코끼리는 상상계(사진, 그림, 이미지)나 상징계(언어)의 산물이고 사진, 그림, 이미지, 언어는 모두 인간이 주체로 개입한 현상이다. 그러므로 像이고 인간 주체가 부재하는 코끼리, 코끼리 자체, 象(실재계)을 본 사람은 없다.

결국 근대는 인간이 주체가 되어 존재자, 사물, 세계를 객체로 간주하는 주체/ 객체의 대립을 기본으로 하고 따라서 주체는 세계 자체를 지각하고 인식하는 게 아니라 세계를 자신의 의지의 표상으로 간주한다. 세계는 이미지, 표상, 상이 된다. 그러므로 하이데거에 의하면 근대의 본질은 '세계라는 것 자체가 像으로 되었다는 사실'이다. 그리고 이런 인식은 그리스 정신에서 읽을 수 있는 사유와 존재의 동일시, 곧 '현존하는 것으로서의 존재자를 받아들이고 인지(청취)하는 가운데 현존하는 것에게 자신을 열어놓는 것'에서 멀리 벗어난다. 이런 문화 속에서는 세계가 상이 될 수 없었다.

이와 같이 '받아들이며 인지하는' 그리스적 행위와는 달리 근대적 표상 행위는 전혀 다른 의미를 지니고 있는데, 이러한 표상 행위의 의미는 재현 representation이라는 낱말 속에서 가장 일찍이 표현되었다. 여기서 '앞에-세운다(표상한다)는 것'은 '눈 앞에 현존하는 것'을 '바라보는 자기와 마주해-서-있는-것'으로서 자기 앞으로 가져온다. 즉 표상하는 자로서의 그러한 자기에게로 이끌어와 그것을 자기와 관련시키며, 또 이렇게 '척도를 부여하는 영역'으로서의 '자기와의 관련' 속으로 그것을 강제로 끌고 들어온다는 것을 뜻한다.(하이데거, 「세계상의 시대」, 『숲길』, 신상희 옮김, 나남, 2008, 154)

근대가 되면서 세계는 재현될 뿐이고, 재현한다는 것은 세계, 혹은 존재자, 사물을 표상하는 행위이고, 표상은 사물을 '자기와 마주해-서-있는 것'으로 자기 앞으로 끌고 와 자기와 관련시키고 척도를 부여하는 행위이다. 요컨대 근대는 주체와 객체의 대립, 객체의 주관화, 객체의 체계화를 뜻한다. 그리고 이런 세계가 이른바 휴머니즘의 세계다. 사물이 '자기와의 관련' 속에 있게 된다는 말은 사물, 존재자가 주체의 삶 속으로 이끌려 들어와 다시 주체의 삶과 관련되는, 곧 체험되는 한에서만, 그리고 그런 체험이 이루어지는 범위 안에서만, 비로소 존재자는 존재하는 것으로 간주된다는 사실을 뜻한다. 그러므로 하이데거에 의하면 '근대의 근본과정은 세계를 상像으로 정복하는 과정'이다. 결국 표상한다는 것은 계산하는 행위이다.

그런 점에서 근대 예술 역시 이런 근대적 특성에서 자유로운 건 아니다. 근대 미학이 강조하는 건 주관적 표현이고 이런 행위는 세계, 사물, 존재자의 존재를 읽는 게 아니라 권력과 의지의 표상을 강조한다. 도대체 사물을 재현한다는 것이나 사물을 정서나 상상력을 매개로 표현하는 것이나 모두 궁극적으로는 인간 중심, 주체 중심의 표상에 자나지 않기 때문이다.

나는 다른 글에서 이런 시각에서 우리 근대시, 서정시를 비판한 바 있다. 그때 강조한 것은 한 마디로 서정시는 주관적 표상이라는 근대 사상에 동조할 뿐이고 이런 표상이 허구이고 착각이고 환상이라는 것을 모른다는 것. 이우환은 근대 미술을 표상작용에 의한 이미지의 대상화 작업이라는 점에서 비판 한 바 있다. 근대 시인 역시 세계를 있는 그대로 보는 것이 아니라 세계의 이미지를 개조하고 이런 이미지는 착각에 지나지 않는다. 왜냐하면 이미지는 있는 그대로의 세계가 아니라 시인이 의식과 정서와 상상력에 의해 왜곡되고 변형된 세계이고 따라서 시인은 세계의 중심이 되어 세계를 마음대로 규정하고 통제하고 지배하는 근대 문명을 반영하기 때문이다. 이미지, 곧 상像은 조작된 대상

이다.(이승훈, 「평범한 언어가 시다」, 『유심』, 2009. 1~2월)

그렇다면 대안은 무엇인가? 나는 이 글에서 주체의 소멸을 지향하고, 주체를 구성하는 의식의 소멸을 지향하고, 관념의 소멸을 지향하는 '존재의 가난'을 주장했다. 이때 존재는 하이데거가 말하는 존재가 아니라 존재자로서의 인간을 뜻한다. 그리고 이런 존재의 가난이 선禪과 통한다고 말하면서 마조馬祖 선사의 '평상심이 도'라는 말을 인용했다. 쉽게 말하면 무엇을 의지하고 표상하는 게 아니라 '있는 그대로의 삶', 어떤 조작도 없고 분별도 없는 평상심을 회복하고, 이런 평상심이 도와 통하고 근대 이후의 시는 이런 평상심의 세계를 보여줘야 한다는 것.

근대 예술에 대한 하이데거의 대안은 예술작품의 근원, 곧 존재자의 진리를 드러내는 시, 그러니까 광의의 시쓰기이다. 그는 그동안 모든 미학은 예술작품을 하나의 대상, 감각적 지각 대상으로 수용하고, 이런 지각을 체험이라고 부르고, 이 체험이 예술을 죽이는 근본요소일 수도 있다고 주장한다. 넓은 의미에서 작품을 감각적 지각 대상으로 수용한다는 말은 작품의 형식, 그의 용어로는 형태를 강조한다는 뜻이지만, 미학이 강조하는 형태는 그가 말하는 형태가 아니라 단순히 구성된 세계, 혹은 지각되는 세계이다. 예컨대 시에서는 언어 질서를, 회화에선 색과 선을, 음악에선 소리의 조화, 조각에선 물질적 형태를 뜻하고 이런 대상에 대한 지각이 미적 체험이 된다. 이런 체험이 예술을 죽이는 것은 이런 대상은 그가 말하는 형태, 곧 진리의 생기가 아니고, 한편 작품을 대상으로 지각하는 행위는 이미 대상을 객체로 간주하고 나를 주체로 간주하기 때문이다. 이런 태도 역시 크게 보면 근대 사상을 반영한다.

작품의 이런 수용은 이른바 사유, 곧 존재 사유를 모른다. 하이데거가기 헤겔의 미학을 비판하는 이유이다. 그는 헤겔의 『미학강의』에서 다음과 같은 명제들을 인용한다.

'우리에게 예술은 더 이상 그 안에서 진리가 스스로 실재하게 되는 최고의 방식으로 간주되지 않는다.' '사람들은 아마도 예술이 점점 더 상승하여 자신을 완성하게 되리라고 희망할 것이다. 그러나 예술의 형식은 정신의 최고 욕구로 존재하기를 이미 포기해버렸다.' '이 모든 관계들 속에서 예술은 그 최고규정의 측면에서 보았을 때 우리에게 지나가버린 것으로 존재하며, 또 그렇게 지나가버린 것으로 남아 있다.(하이데거, 「예술작품의 근원」, 앞의 책, 117 재인용)

이 명제들이 강조하는 것은 한 마디로 근대에 예술이 끝났다는 예술의 종말 선언이다. 헤겔에 의하면 예술은 이제 진리가 실재하는 최고의 방식이 아니다. 이때 진리는 하이데거가 말하는 진리, 곧 존재 혹은 비은폐성이 아니라 절대자의 확실성으로서의 진리, 곧 절대 진리를 뜻하고, 이런 진리는 신에 비유되고, 인간의 역사는 이런 절대자가 점차로 자신을 실현하는 과정이다. 그러므로 그에 의하면 역사를 무시한 채 이성의 실현을 강조한 계몽사상이 비판되고, 현실은 이성에 의해 멋대로 바뀌는 게 아니라 내적 필연으로서의 역사 과정이고, 이때 절대자는 이성이고 이성의 본질은 자유이다. 고대부터 근대까지의 역사는 이런 자유의 실현 과정이다. 그의 변증법에 의하면 정신이 절대자이며 따라서 자연은 정신의 외화外化에 불과하다.

그러므로 근대에 예술의 역사가 끝났다는 것은 예술적 자유가 실현되고, 예술가가 추구하던 진리가 더 이상 존재하지 않게 된 것을 뜻한다. 이제 예술은 더 상승할 수 없고, 더 이상 자신을 완성할 수 없고, 예술의 형식은 정신의 최고 욕구로 존재하지 않는다. 따라서 예술은 지나가버린 것으로 존재하고, 그런 상태로 남아 있다. 물론 헤겔의 역사철학은 관념론적이고 형이상학적인 색채가 강하다.

3. 하이데거와 단토

그럼에도 불구하고 그가 주장하는 예술의 역사가 종말을 고했다는 주장은 설득력이 있다는 생각이다. 이른바 이성, 정신의 실현으로서의 역사는 이 시대에 끝났기 때문이다. 20세기 초에 나타난 초현실주의 예술에서 내가 읽는 것은 현실과 꿈, 물질과 정신의 변증법적 종합, 그러니까 헤겔이 말하는 절대의 추구이고 그 미적 실현이다. 이런 시각에서 나는 우리 근대시 혹은 현대시도 종말에 이르렀다는 입장이고, 물론 여기서 말하는 현대시의 종말은 시의 종말이 아니다. 그동안 우리가 믿어온 시, 진리 찾기의 시, 본질 찾기의 시가 끝났다는 말이다. 그러므로 근대 이후의 시는 다른 시이고 다른 시가 되어야 하고 이런 시들은 다른 패러다임으로 접근해야 한다는 입장이다. 우리는 이른바 후기근대, 포스트모던 시대를 살고 있기 때문이다.

그러나 하이데거는 헤겔의 주장을 비판한다. 하이데거의 질문은 두 가지다. 아직도 예술이 진리가 일어나는 본질적이고 필연적인 방식인가? 아니면 예술은 더 이상 그런 것이 아닌가? 헤겔은 후자를 강조한다. 그렇다면 이유는 무엇인가? 하이데거에 의하면 헤겔의 선언 배후에는 그리스 이래의 서구적 사유가 놓여 있고, 따라서 그가 말하는 진리가 문제가 된다. 이 진리는 정신, 이성, 곧 주체와 객체가 분리되면서 주체를 중심으로 하는 진리, 그러니까 과학적 합리적 이성으로서의 진리이고, 궁극적으로는 근대적 표상 행위에 포함된다. 그러나 하이데거가 말하는 진리는 사유와 존재가 하나이며 하나가 아닌 진리, 아른바 생기로서의 진리, 비은폐성, 존재의 진리이다. 미는 이런 진리에 부수적으로 나타나는 것이 아니라 진리가 작품 속으로 스스로 정립할 때 나타나고 미는 진리의 생기함 속에 있다. 요컨대 진리는 '있는 것이 있는 그대로 드러나 있음'이고 중요한 것은 진리에 대한 새로운 성찰이다. (이상 하이데거, 위의 글, 116-120 참고)

한편 미국 미술 이론가 단토는 헤겔이 말하는 예술의 종말 이론을 수
용하면서 종말 이후의 예술을 새롭게 해석한다. 그런 점에서 그는 자신
을 자칭 '거듭 태어난 헤겔주의자'라고 부른다. 그에 의하면 1960년대가
헤겔이 예언한 예술의 역사 개념이 붕괴하는 시기이다. 따라서 헤겔이
말한 시기와는 차이가 있지만 크게 보면 그는 헤겔의 미학을 수용하면
서 새롭게 해석하고 발전시키는 입장에 있다.

그의 해석에 따르면 헤겔이 말하는 예술의 개념은 진보적 역사적인
것으로 이런 진보는 미국의 경우 1960년대에 종말을 고한다. 그러나 이
런 종말에 의해 예술은 역사로부터 해방되고 자유롭게 된다는 게 그의
주장이다. 그러니까 헤겔의 역사는 그동안 예술을 억압했다는 것. 따라
서 예술의 종말 혹은 미술사의 종말에 의해 종말 이후의 예술가들은 내
적 필연적 역사 과정에서 해방되어 자유로운 창조, 개방적인 창조 활동
을 전개한다. 이런 자유는 예술의 목적, 헤겔이 강조한 절대 정신의 추
구가 아니라 그런 목적에서 벗어난 개방적인 영역을 강조한다. 요컨대
예술의 종말은 그동안 우리가 믿어왔던 예술의 본질 개념이 해체되고
붕괴되면서 새로운 예술이 시작된다는 것을 암시한다. 따라서 예술을
보는 시각 역시 변해야 한다.

단토는 이런 미술을 포스트모더니즘 미술 대신 탈역사적 미술이라
고 부른다. 가장 대표적인 것이 앤디 워홀의 「브릴로 상자」와 개념 미술
이다. 다음은 단토의 말.

1960년대는 양식들의 발작기였으며 이 시기가 진행되던 중에 예술작품
이 내가 '한갓된 실재 사물'이라고 부르는 것과 대조되게 특별나게 보여야
하는 특별한 방식은 없다는 사실이 처음에는 신사실주의자들과 팝아트를
통해 점차적으로 분명해지게 되었다. 그리고 이것이 우선적으로 내가 '예술
의 종말'을 말할 수 있었던 토대가 되었다. 내가 즐겨 드는 예를 하나 들자
면 앤디 워홀의 '브릴로 상자'와 슈퍼마켓에 있는 브릴로 상자 사이에는 외
적으로는 어떤 차이도 없다. 또한 개념미술은 어떤 것이 시각예술작품이 되

기 위해서는 손으로 만질 수 있는 시각적 대상이 될 필요조차 없다는 것을 증명하였다. 이것이 의미하는 바는 이제는 더 이상 실례를 들어서 예술의 의미를 가르칠 수 없게 되었다는 것이다. 그것은 외관에 관한 한 어떤 것도 예술작품이 될 수 있다는 것을 의미했다. 또한 그것은 당신이 예술이 무엇인지를 알아내고자 한다면 감각 경험으로부터 사고로 전환해야 하는 것을 의미했다. 간단히 말해서 당신은 철학으로 향해야 한다.(아서 단토, 「모던, 포스트모던, 그리고 컨템퍼러리」, 『예술의 종말 이후』, 이성훈, 김광우 옮김, 미술문화, 2004, 58-59)

앤디 워홀의 '브릴로 상자'와 슈퍼마켓에 있는 브릴로 상자는 외적으로는 차이가 없다. 워홀의 작품은 이른바 창조한 게 아니다. 그렇다면 워홀의 '브릴로 상자'는 어떻게 예술이 되는 것인가? 한편 개념미술은 어떤 시각적 대상도 만들지 않는다. 그런 점에서 미술에 대한 전통적 인식, 곧 예술작품은 하나의 감각적 대상이라는 정의는 효력을 상실한다. 그러나 개념미술은 새로운 미술로 인식된다. 그러므로 이제는 무엇이나 예술이 된다, 그렇다면 이제 문제가 되는 것은 예술작품이라는 감각적 대상, 혹은 이런 대상에 대한 지각과 체험, 한 마디로 미적 체험으로부터 '이것이 어떻게 예술이 되는가?'라는 철학적 질문, 곧 사고이다. 헤겔에 의하면 예술은 우리를 지적 고찰로 인도하고, 그것은 창조하기 위해서가 아니라 예술이 무엇인지를 철학적으로 인식하기 위해서다. 단토가 강조하는 것은 이런 의미로서의 철학적 인식이고 그 보기로 개념 미술가 조셉 코수스를 든다. 코수스는 '예술가의 유일한 역할은 예술 자체의 본성을 탐구하는 것'이라고 말한다. 그러니까 이제 예술가는 창조하는 게 아니라 예술 자체의 본성을 탐구하고 그런 점에서 철학가가 된다.
헤겔은 예술의 본질을 탐구하면서 한편 예술의 본질을 강조했다. 그러나 이 시대, 구체적으로는 1960년대 이후 미국 예술가들은 이런 본질을 부정하고 무엇이 예술인가를 탐구한다. 워홀의 '브릴로 상자'는 어떻게 예술이 되는가? 워홀이 강조한 것은 근대 예술에 대한, 미학에 대한 비판이고 예술의 본질에 대한 탐구이다.

4. 선禪의 예술

'예술의 종말'이라는 헤겔의 주장을 하이데거는 비판하고 단토는 수용하면서 새롭게 발전시킨다. 하이데거냐? 단토냐? 나는 이 시대 예술을 포스트모던 예술로 정의하면서 이 시대 예술은 근대 미학, 곧 모더니즘 미학이 부정되고, 그런 점에서 근대 예술은 종말을 고한다는 입장에서 많은 글을 썼고, 우리시의 경우 포스트모던 시학을 선과 결합시켜 주체적 이론을 정립할 수 있다는 입장이다. 한편 단토가 말하는 탈역사적 미술을 선의 시각에서 해석한 책을 쓴 바 있다.(이승훈, 『아방가르드는 없다』, 태학사, 2009)

그러나 이런 시도는 아직도 순혈주의만 고집하는 우리 학계나 예술계나 문단에선 고독한 시도로 머문다. 지금 쓰고 있는 책, 『선과 하이데거』역시 고독한 시도로 끝날 가능성이 많다. 그러나 고독은 내 팔자이고 난 순혈주의, 지적 폐쇄성, 경직된 사유가 싫고 이종교배, 지적 개방성, 유연한 사유가 좋다. 이것도 팔자라면 팔자다. 그동안 쓴 시도 그렇고 지금 쓰고 있는 글도 그렇고 무슨 고정된 형식, 틀이 싫고 그런 형식, 틀을 깨는 게 사유이고 시쓰기이고 예술이라는 입장이고 이런 입장이 선禪의 정신, 특히 조사선의 정신과 통한다.

문제는 다시 하이데거와 단토. 하이데거는 예술의 진리를 주장하고 그 진리는 이른바 존재, 비은폐성, 현-존재이고 따라서 헤겔이 말하는 진리와 다르다. 그런 점에서 그는 헤겔 미학을 비판한다. 헤겔이 말하는 예술의 종언은 근대 예술에 오면서 그동안 예술이 추구했던 진리가 종언을 고한다는 것. 그리고 이때 진리는 인간의 정신을 절대적인 것으로 간주하는 그런 진리이고 하이데거가 비판하는 것이 이런 진리이다. 따라서 하이데거에 의하면 예술은 종말을 고한 게 아니라 이제까지 믿어 온 진리의 허구를 깨닫고 그가 말하는 존재자의 존재로서의 진리를 새롭게 추구해야 한다.

한편 단토는 헤겔이 말하는 예술의 종말을 수용하면서 이 시대에 오면 예술이 종말을 고하는 게 아니라 헤겔이 말하는 진리가 종말을 고하고, 따라서 이제는 예술가들이 이런 진리, 본질에 구속되지 않고 개방적인 태도로, 탈역사적인 태도로 창작에 임한다는 것. 나는 단토의 입장을 수용하면서 이런 개방성, 탈역사성을 선종禪宗과 결합해 새롭게 해석하고 후기근대 미학의 방향을 선禪에서 찾을 수 있다는 입장이고 그런 시각에서 이 시대 미술을 해석한 바 있다.(이승훈, 『아방가르드는 없다』, 앞의 책)

하이데거에 의하면 예술의 본질로서의 시쓰기가 노리는 것은 예술의 본질, 곧 진리를 환히 밝히는 기투, 이른바 존재, 비은폐성, 현-존재의 드러냄이다. 그동안 이 책을 쓰면서 내가 강조한 것은 그가 말하는 비은폐성이 선이 말하는 은현동시성과 통한다는 것. 그러므로 근대 이후의 예술, 시쓰기는 절대 진리의 추구가 아니라 존재 진리의 드러냄이 되고 그런 점에서 단토와 하이데거를 결합하는 새로운 시학이 가능하고, 하이데거의 시쓰기를 선의 시쓰기, 깨달음의 시쓰기로 해석할 수 있다는 입장이다.

하이데거가 말하는 진리는 존재자의 존재를 밝히는 그런 진리이다. 그러나 '진리는 존재자의 스스로를 환히 밝히는 존재'라는 말이 암시하듯 '존재자의 진리'는 존재자의 진리이면서 동시에 존재자를 세우는 진리이고, 따라서 소유격 '-의'는 목적어적 소유격으로 하이데거는 이런 어법을 즐겨 사용한다. 요컨대 그가 말하는 진리, 비은폐성은 존재자를 세우면서 동시에 존재자의 진리이다. 아니 '존재자의 존재'라는 말은 존재(진리)가 존재자를 드러나게 하며 동시에 존재자가 소유하는 존재이다. 비은폐성에 의해 존재자가 드러나며 동시에 존재자의 진리가 드러난다. 존재자는 드러나며 숨고 숨으며 드러난다. 이런 세계는 주체/

객체, 존재/ 사유, 존재자/ 존재의 대립이 없는 세계이고 화엄 사상에 의하면 법성法性이 원융한 무이상無二相의 세계이고 은현동시, 상즉상입, 사사무애의 세계이다.

그러므로 진리, 곧 존재자의 존재는 분별 이전의 세계이고 진리는 있는 것을 있는 그대로 드러내는 진리이다. 이렇게 드러난 진리가 존재자의 진리이고 이런 존재자의 진리를 있는 그대로 여실히 여여하게 드러내는 진리가 존재의 진리이다. 있는 그대로, 여여如如, 평상심이 진리다. 산은 산이고 물은 물이다. 존재자의 진리(밥 먹기, 소변보기)가 존재(비은폐성, 은현동시)의 진리이다. 하이데거에 의하면 '진리는 존재자로서의 존재자의 비은폐성이다. 진리는 존재의 진리이다.' 신상희 교수의 각주에 의하면 전자는 '진리란 있는 그대로 드러나 있음'을 뜻한다. 그러므로 있는 그대로의 진리는 존재자의 진리인 동시에 존재의 진리이다. 그리고 후자는 '진리란 있는 것을 있는 그대로 드러내는 것'을 뜻한다. 그러므로 있는 것이 있는 그대로 드러날 때 이렇게 드러난 진리를 존재자의 진리라 하며, 이러한 존재자의 진리를 있는 그대로 여실히 드러내는 것을 존재의 진리라고 한다.'(하이데거, 앞의 글, 119)

무슨 말장난 같지만 하이데거가 강조하는 진리는 첫째로 있는 그대로 드러나 있음이고, 둘째로 있는 그대로 드러내는 것이다. 그러니까 진리는 있는 그대로 드러나 있고 있는 그대로 드러내는 것이다. 그리고 있는 그대로 드러나 있는 것이 존재자의 진리이고 존재자의 진리를 있는 그대로 드러내는 것이 존재의 진리이다. 인간은 배 고프면 밥을 먹고 잠이 오면 잔다. 이런 세계에선 존재자의 진리가 있는 그대로 드러나 있고 이런 존재자의 진리를 드러내는 것이 존재(비은폐성, 은현동시)의 진리이다.

배가 고파 밥을 먹는 행위는 지극히 일상적인 행위이다. 이때 무슨 분별, 사념, 망상이 있는가? 사념은 이성의 작용이고 이성은 분별을 낳고 분별이 망상이고 번뇌이다. 이런 분별이 없는 세계가 마조馬祖 선사가 말하는 이른바 평상심의 세계다. 그리고 이런 평상심의 세계를 드러내는 것이 비은폐성이고 은현동시성이다. 진리는 존재자의 진리를 드러내니까 주체이고 동시에 존재의 진리니까 객체이다. 요컨대 하이데거가 말하는 진리는 주체/ 객체의 경계가 해체되는 그런 진리이다. 그가 말하는 '작품-속으로의-진리의-정립' 역시 이런 시각에서 해명되어야한다. 요컨대 나의 진리, 사물의 진리는 분별 이전의, 있는 그대로 드러나 있음이고 비은폐성, 은현동시성은 이런 드러나 있음, 여여, 평상심을 드러낸다. 다음은 조선 시대 백운경한白雲景閑 스님의 선시 「산에 살다-산거山居」의 앞 부분.(김달진 역)

몽환같은 세월이라 벌써 육십 넘었구나 　　夢幻年光過耳順
이 마을 고산암이 내게 가장 어울린다 　　　孤山村塢也相宜
시장하면 밥 먹고 피곤하면 잠 자니 　　　　飢來喫食困來眠
이사인지 장삼인지 아무도 나를 모른다 　　李四張三都不知

한 생각도 아니 일면 전체가 나타나네 　　　一念不生全體現
이 본체를 어떻게 비유로 말할 수 있겠는가 　此體如何得喻齊
물을 뚫는 달빛은 비어도 볼 수 있는데 　　　透水月華虛可見
무심이란 거울은 비쳐도 항상 공이네 　　　　無心鑑象照常空

1연에서 강조하는 것은 '시장하면 밥 먹고 피곤하면 잔다'는 지극히 일상적인 삶이고 이런 삶은 분별을 여읜 삶이고 마침내 자아가 없는 삶이다. '이사장삼'은 이씨 성 네 사람과 장씨 성 네 사람. 흔히 장삼이사라고도 하고 성명이나 신분이 뚜렷치 못한 평범한 사람을 가리킨다. 그러니까 김 아무개 하는 식의 표현이다. 요컨대 산에 사는 스님을 아는 사람이 없다는 것. 왜냐하면 스님이 산에 살기 때문이고 이때 산에 산다는 것은 세속을 떠난 삶, 분별을 여읜 선禪의 세계에 있다는 뜻이고, 이런 경지에서 스님이 깨달은 것은 '시장하면 밥 먹고 피곤하면 잔다'는 있는 그대로 드러나 있는 삶, 무심의 삶이다. 이른바 존재자의 진리이고 이런 진리를 드러내는 것이 비은폐성이고 은현동시성이다. 스님을 아는 사람들은 없지만(은) 스님은 산에 산다.(현) 스님은 숨으며 드러나고 드러나며 숨는다.

2연은 1연을 부연한다. '배 고프면 밥 먹고 피곤하면 자는 삶'은 있는 그대로 드러난 삶이고 이런 삶은 자아가 소멸한, 관념이 소멸한 무심의 삶이다. 2연에서 강조하는 것은 이런 무심의 세계이다. '한 생각도 아니 일면 전체가 나타난다.' 무심의 경지에선 전체, 곧 우주 만물이 드러난다. 왜냐하면 자아가 없기 때문에 우주가 자아가 된다. 그러나 이 우주의 본체는 언어를 초월한다. 주체로서의 내가 객체로서의 우주를 아는 것은 주체와 객체 사이에 거리가 유지될 때 가능하고 언어를 매개로 할 때 가능하다. 언어는 주체가 객체를 명명하는 것이고 이때 주체와 객체는 분리된다.

그러나 무심의 경지에서 드러나는 우주와 나는 하나이고 따라서 주체/ 객체의 분별이 없고 언어를 초월한다. '물을 뚫은 달빛'은 달 자체가 아니고 그러므로 헛된 세계, 실체가 없는 허虛의 세계이다. 그러나 이런 허의 세계는 볼 수 있다. '무심이라는 거울' 역시 실체, 자성, 본질이 없는 공空의 세계이다. 그러나 이 거울, 무심이라는 거울은 마음이 없기 때문에 온갖 사물을 비쳐도 언제나 비치는 게 없고 그러므로 언제나 공이고 눈에 보이지 않는다. 그러나 이 거울은 사물을 비친다. 과연 이 거울은 사물을 비치는가? 비치지 않는가? 이 거울은 있는가? 없는가? 무심이라는 거울은 사물을 비치며, 드러나게 하지만(현) 무심이기 때문에 공이고 어디에도 없다.(은) 그러므로 이런 은현동시성, 비은폐성이 존재의 진리이고 이런 진리가 존재자의 진리, 곧 배 고프면 밥 먹고 피곤하면 자는 존재자의 진리를 있는 그대로 드러낸다.

5. 무엇을 위한 시인인가?

하이데거는 이상에서 검토한 예술의 본질로서의 시쓰기를 「무엇을 위한 시인인가?」(1946)에서 궁핍한 시대의 시쓰기로 발전시킨다. 이 논문은 '--그리고 궁핍한 시대에 무엇을 위한 시인인가?'라는 횔덜린의 비가 「빵과 포도주」에 나오는 시행을 인용하며 시작된다. 횔덜린이 말하는 궁핍한 시대는 신이 떠난 후 세계의 저녁이 밤으로 기울어지고, 세계의 밤이 자신을 확장하는 시대, 요컨대 신이 사라진 시대이다. 세계의 밤의 시대는 궁핍한 시대이다.

그런 의미에서 이 세계에는 신의 부재와 함께 세계를 근거 짓는 근거로서의 근거가 사라지고 심연에 매달린 시대이다. 따라서 자신의 궁핍을 더 이상 경험할 수 없는 무능력이 이 시대의 궁핍이다. 현존은 이미 부재이고 이런 부재, 심연이 모든 것을 간직하고 인지한다. 궁핍한 시대에 시인은 사라져버린 신들의 흔적을 노래하고, 따라서 세계의 밤의 시대에 성스러움을 노래한다. 그러므로 세계의 밤은 횔덜린의 경우 성스러운 밤이다. 이런 세계의 밤, 궁핍한 시대의 시인의 본질에 대해 하이데거는 다음처럼 말한다.

　　이러한 세계의 시대에 참으로 시인으로 존재하는 그런 시인의 본질에는 다음의 사실이 속해 있다. 즉 그런 시인에게는 이 시대의 궁핍으로부터 우선 시인의 시인다움과 시인의 소명이 시적인 물음이 된다는 사실이 속해 있다. 그러므로 궁핍한 시대의 시인은 시쓰기Dichtung의 본질을 고유하게 시작詩作해야 한다. 이러한 것이 일어나는 바로 그곳에 아마도 시대의 역사적 운명 속으로 스스로를 보내는 시인다움이 존재하리라는 추측도 가능할 수 있다. 그들과 다른 사람인 우리는 이러한 시인들의 말함das Sagen에 귀 기울이는 것을 배워야 한다. 만일 우리가 존재를 숨기는 이 시대를-왜냐하면 시대는 존재를 감싸고 있기 때문이다-스쳐지나가고 있다는 착각에 빠지지 않는다고 가정한다면 말이다. 그런데 이러한 착각은 우리가 존재자를 분해하여 이 시대를 오로지 존재자로부터 철저히 추산할 때 생겨난다.(하이데거, 「무엇을 위한 시인인가?」, 『숲길』, 신상희 옮김, 나남, 2008, 399-400, 시인의 본질에 대한 논의는 이 글을 참고했음)

하이데거에 의하면 궁핍한 시대, 신이 사라진 시대, 세계의 근거의 근거가 사라진 시대의 시인은 시의 본질에 대해 시를 써야 하며, 이때 시의 본질은 앞에서 말한 예술의 본질로서의 시쓰기Dichtung를 뜻한다. 이런 시쓰기는 문학의 한 장르로서의 시, 이른바 서정시Poesie를 부정하고 극복하는 시쓰기로 사유하는 시이다. 그러나 하이데거가 말하는 사유하는 시는 존재자, 사물들에 대한 사유가 아니라 존재에 대한 사유이고, 존재는 존재자를 드러내는 비은폐성, 환한 밝힘의 터이고, 따라서 사유가 존재이고 존재가 사유인 그런 영역을 암시한다. 요컨대 시쓰기는 존재를 열어 밝혀 거기서 사물을 사물로 존재케 하는 시쓰기이다.

그러므로 궁핍한 시대는 존재를 숨기고 있는 시대이고 이 시대는 존재를 감싸고 있다. 우리는 이런 시대를 스쳐지나간다고 착각해선 안 된다. 스쳐 지나가는 게 아니라 시인들은 숨어 있는 존재를 밝혀야 하고 그건 예술의 본질로서의 시쓰기에 대한 사유를 요구한다. 우리가 이런 시대를 스쳐지나간다는 착각에 빠지는 것은 우리가 이 시대를 존재가 아니라 존재자의 시각에서 바라보기 때문이다. 그런 점에서 이 시대는 존재 망각의 밤이다. 존재자는 합리적 이성, 근대적 표상의 산물로 주체와 객체의 거리를 유지한다. 모든 존재자는 주관적 표상에 지나지 않고 자아 역시 객체로 인식된다. 따라서 존재자가 아니라 존재자의 근거로서의 존재에 대한 사유가 중요하고, 이런 시쓰기는 선불교의 시각에선 깨달음을 지향한다.

그렇다면 다시 존재, 환히 열린 터가 문제이다. 하이데거는 릴케의 시를 보기로 들면서 묻는다. 릴케는 궁핍한 시대의 시인인가? 그에 의하면 릴케는 존재자의 비은폐성을 자기 방식으로 시적으로 경험하고 견딘 시인이다. 그는 릴케의 「즉흥시」를 인용하면서 특히 릴케가 말하는 '열

린 장'과 존재자의 비은폐성의 관계를 새롭게 해석한다. 릴케에 의하면
'자연은 뭇 생명들을/ 그들의 몽롱한 욕망의 모험에 맡기고' 특별히 보
호하지 않고 인간들 또한 사랑하지 않는다. '자연은 우리를 모험에 빠뜨
린다.'

릴케가 말하는 자연은 존재자의 근원을 뜻하고 자연이 뭇 생명들을
보호하지 않는다는 말은 노자가 말하는 천지불인天地不仁과 유사하다. 다
음은 노자의 「허용虛用」(장기근 역)에 나오는 말.

> 천지는 무정하다. 모든 만물을 추구芻拘, 짚으로 만든 개처럼 쓰고 버
> 린다. 성인도 무정하다. 백성들을 추구로 여긴다.
> 하늘과 땅 사이는 마치 탁약(풀무) 같다. 텅 비었지만 끝없이 만물이 움직
> 이고 만물이 나온다. 말이 많으면 이내 막히다. 虛의 도를 지키는 것이 가장
> 좋다.
> 天地不仁 以萬物爲芻拘 聖人不仁 以百姓爲芻拘 天地之間 其猶橐籥乎
> 虛而不屈 動而愈出 多言數窮 不如守中

릴케에 의하면 자연은 생명들을 보호하지 않고 생명들을 욕망의 모험
에 맡기고, 노자에 의하면 자연은 무정하고 생명들을 추구처럼 여긴다.
그러나 이렇게 무심한 자연, 텅 빈 풀무, 바람통 같은 자연이 만물을 낳
고, 따라서 인간은 자연이 가르치는 무심, 무위, 무정, 허虛의 도를 배워
야 한다. 릴케와 노자가 다른 점은 릴케가 모험을 강조하고 노자는 무위
를 강조한다는 점이다.

릴케가 말하는 자연은 존재의 근원으로서의 자연이고 이런 자연이 인
간을 모험에 빠트린다는 것은 상대적으로 인간이 모험에 의해 존재의
근원을 탐구하는 일이고, 이것이 궁핍한 시대의 시인의 사명이다. 그러
므로 릴케는 '우리는 모험과 함께 나아가고――생명보다 더 모험적으로
존재한다.'고 노래한다. 그리고 모험은 '순수한 힘들의 중력이 있는 곳'
이다. 이 힘들의 중력은 모든 존재자들을 끌어들이는 힘이고 따라서 모

험은 모험되는 것을 내던지면서 끌어당기는 '전체적 연관'이고 '순수한 연관'이다. 이런 공간을 릴케는 '가장 넓은 권역'이라고 부르고 이런 영역 속에서 보호받지 못한 존재는 '열린 장' 속으로 이동한다. 그러니까 릴케의 경우 전체적 연관이 '열린 장'이다.

그러나 '열린 장'은 하이데거가 말하는 존재자의 비은폐성, 개방성과 다르다. 왜냐하면 열린 장은 폐쇄되지 않고 제한이 없지만 열린 장의 전체 속으로 스스로 소환되기 때문이다. 그런 점에서 이런 영역은 존재가 아니라 존재자의 세계이다. 왜냐하면 실제로는 닫혀져 있고 제한이 있기 때문이다.

> 무제약의 내부에 있는 제한은 인간의 표상작용에서 생긴다. 마주해 서 있는 대립은 인간을 직접적으로 열린 장 안에 있게 하지 못한다. 그것은 어떤 방식으로는 확실히 인간을 세계로부터 몰아내어 세계 앞에 세우는데, 이 경우 세계란 존재자 전체를 의미한다. 이에 반해 세계적인 것은 열린 장 자체, 즉 비대상적인 것의 전체이다.(하이데거, 앞의 글, 418)

모험은 순수한 중력, 열린 장을 지향한다. 그러나 하이데거에 의하면 이런 영역, 곧 존재자들을 끌어들이는 중심은 제약이 없지만 이런 중심 개념은 인간의 표상작용의 결과이다. 중심과 주변, 안과 밖이 그렇다. 이런 대립의 세계에 의해서는 직접 열린 장 안에 설 수 없다. 왜냐하면 비은폐성, 존재-개시, 현-존재, Da-sein은 이런 대립을 초월하기 때문이다. 그러나 이런 대립도 어떤 방식으로는 인간을 세계로부터 몰아내어 세계 앞에 세우지만 이때 세계는 존재자 전체를 의미할 뿐이다. 모험에 의해 인간은 존재자 전체를 떠나 순수한 중력, 열린 장 앞에 서지만 이 순수 연관의 세계도 결국은 존재자 전체라는 말.

6. 열린 장

하이데거가 강조하는 것은 존재자 전체로서의 세계, 대상적인 세계가 아니라 열린 장 자체, 비대상적인 것의 전체, 이른바 세계적인 것이다. 그러니까 세계와 세계적인 것은 다르다. 세계가 존재자와 관련된다면 세계적인 것은 존재와 관련된다. 과연 릴케는 '열린 장'으로 무엇을 말하려고 했는가? 다음은 하이데거가 인용하는 릴케의 편지.

> 당신은 내가 이 비가에서 제안하고자 하는 '열린 장'의 개념을 이렇게 이해해야 합니다. 즉 동물은 우리가 행하듯이 세계를 매 순간마다 자기 자신에게 대립시키지 않으므로, 동물의 의식 수준은 열린 장을 세계 속에 몰입시킨다는 것입니다. 동물은 세계 안에 존재합니다. 우리는 우리의 의식이 받아드리는 독특한 방향과 상승을 통해 세계 앞에 서 있게 됩니다.──따라서 열린 장을 하늘과 대기 그리고 공간이라고 생각해서는 안 됩니다. 이런 것도 관찰하는 자와 판단하는 자에게는 대상이 되고, 따라서 불투명하고 닫힌 것입니다.(하이데거, 앞의 글, 419)

동물은 세계 안에 존재하고 인간은 세계 앞에 서 있다. 동물은 인간처럼 세계를 자신과 대립시키지 않기 때문에 세계, 곧 존재자 전체를 열린 장 속에 몰입시킨다. 쉽게 말하면 동물이 세계 안에 있다는 것은 동물이 열린 장 안에서, 그러니까 순수한 연관 속에서 존재자 전체와 관계를 맺는다는 것. 그러나 인간은 대립, 분별을 강조하기 때문에 세계 속에 들수 없고 세계 앞에 서 있다. 인간은 열린 장 속에 들 수 없다. 그러므로 열린 장은 관찰과 판단의 대상이 아니고 그런 점에서 이성을 초월하는 영역이다. 릴케에 의하면 동물이나 꽃은 자신에게 변명할 필요가 없고 따라서 열린 자유를 소유하고 이런 자유는 인간의 경우에는 최초로 사랑하는 순간, 곧 '애인에게서 자신의 고유한 넓이를 보는 순간'에만 가능하고 혹은 신에게 헌신하는 순간에만 가능하다.

요컨대 릴케가 강조하는 열린 장은 동물이나 꽃처럼 자신의 존재에 대해, 존재 이유에 대해, 목적에 대해, 그러니까 존재자로서의 근거에 대해 변명하지 않는 세계이고, 나는 다른 글에서 이 문제를 17세기 독일 신비주의 시인 안겔루스 실레시우스의 시에 대한 하이데거의 해석을 살피면서 언급한 바 있다.(「생기」 참고) 릴케는 '동물이나 꽃은 자신에게 변명할 필요가 없다.'고 말하고 실레시우스는 다음처럼 노래한다.

> 장미는 이유 없이 존재한다.
> 장미는 핀다. 왜냐하면 그것이 피기 때문이다.
> 장미는 자신에 신경 쓰지 않고
> 사람들이 자신을 보는지 안 보는지 묻지 않는다.

장미는 이유 없이, 근거 없이 존재하고 장미는 피기 때문에 핀다. 그러니까 이 시가 강조 하는 것은 본질(근거)과 현상(피다), 원인과 결과, 목적과 수행이라는 2원론적 세계관의 해체이고, 이런 해체가 禪과 통한다. 장미는 자신에 신경 쓰지 않고 타자에게도 신경 쓰지 않는다. 이 말은 '동물이나 꽃은 자신에게 변명할 필요가 없다'는 릴케의 말과 거의 일치한다. 찰스 웨이 쉰 후우[傳偉勳]는 이 시를 동양적 자연주의, 특히 노장 사상과 결합된 선종禪宗의 입장에서 해석한다. 장미가 이유 없이 존재하는 건 묘유妙有, 피기 때문에 피는 건 여여如如, 자신에 신경 쓰지 않는 건 무심無心, 사람들에 신경 쓰지 않는 건 무념無念의 세계이다. 자신에 신경 쓰지 않는 건 자아의 실체, 자성自性이 없기 때문이고, 이유 없이 존재하는 건 모든 현상이 본질, 실체, 자성이 없고 모두가 인연의 산물이기 때문이다.

한편 우에다 시즈데루는 이 시를 「십우도十牛圖」와 관련시켜 해석한다. 먼저 독일 신비주의 전통에 의하면 '장미가 이유 없이 존재한다'에서 '이유 없음'은 신의 있음을 뜻한다. 왜냐하면 이유 없이 존재하는 것은 없고 존재하는 모든 것은 근거가 있기 때문이고, 따라서 '이유 없음'은 절대적 근거로서의 신이 있음을 암시한다. 그러므로 이 시에서 장미가 피는 것은 신이 피어 있는 것이고, 신이 장미로 육화incarnation된 것을 뜻한다. 요컨대 피기 때문에 피는 것은 신 안의 사건이고 시인은 자연을 통해 신을 보고 있다.

그러나 우에다는 이 시를 「제9 십우도」와 유사하다고 해석한다. 제9 십우도는 '근원으로 돌아가다', 곧 반본환원返本還元의 세계, 이른바 자연의 세계로 곽암의 게송에는 '물은 절로 아득하고 꽃은 절로 붉구나'라는 시행이 있다. 우에다에 의하면 '장미는 이유 없이 피고 피기 때문에 핀다'는 시행은 이 게송과 유사하지만 미세한 차이가 있다. 실레시우스의 경우엔 장미가 '이유 없이' 존재하고 제9 십우도에선 꽃이 '절로' 붉다. '꽃이 절로 붉다'는 '이유 없음'도 없는 절대무의 텅 빈 원상'이다. 한편 전자는 '피기 때문에 피고', 후자는 '절로 붉다'. 물론 전자는 꽃이 피는 근거가 없다는 무근거성을 말하지만 이런 진술의 이면에는 근거에 대한 사유, 인간적 사유가 숨어 있다. 그러나 '꽃이 절로 붉다'는 꽃이 피고 있는 사실을 있는 그대로 보여주고 그런 점에서 인간적 사유가 소멸한다.

그러므로 우에다는 하이데거의 해석을 비판한다. 다른 글에서도 말했듯이 하이데거에 의하면 '이유'는 객관적 물음이고 '왜냐하면'은 이유를 동반하는 대답이다. 따라서 이 시는 장미가 피는 객관적 이유를 부정하고 이유를 동반하는 대답이 강조된다. 장미가 핀다는 사실 자체가 피는 이유이고 그러므로 이유는 존재에 귀속된다. 그러므로 피는 것이 피고, 장미는 피는 것의 핌 속으로 완전히 몰두해서 피어난다. 이유 없이 핀다.

그러나 우에다에 의하면 이런 단순한 피어남은 '이유' 뿐만 아니라 하이데거가 말하는 '왜냐하면'도 부정한다. 왜냐하면 장미가 피어나는 현전에 즉卽할 때는 이유도, 이유를 동반하는 물음도 없기 때문이다. 그런 점에서 하이데거가 말하는 피는 것의 핌은 '꽃은 절로 붉다'에 가깝다. '꽃이 절로 붉구나'는 꽃이 피는 사실 외에 다른 근거가 없고, '단순한 일'로서의 핌이 단순한 그대로 나타날 뿐이고 인간적 사유의 흔적이 없다. '산은 산이요 물은 물이다.' 요컨대 무심의 일이다.(이상 우에다의 견해 는 우에다 시즈데루, 「니체, 에크하르트와 禪의 친근성」, 『십우도』, 장순용 엮음, 세계사, 1991, 353- 357 참고)

그러나 나는 후우와 우에다의 해석을 수용하면서 조금 다른 시각에서 이 시를 해석할 수 있다는 입장이다. 장미가 피기 때문에 핀다는 것은 단순한 핌, 단순한 사건 자체를 강조한다. 따라서 주어가 중요한 게 아니라 주어 없는 서술어가 강조된다. 말하자면 '(   )은 핀다'의 형식이고 따라서 이런 핌은 순수 현상이고 화엄 사상에 의하면 이사理事무애의 현상이다. 목적, 원인, 이유, 근거(理)와 피는 현상(事)은 상즉상입의 관계에 있다. 像이 아니라 象이 스스로 나타나는 세계, 인간이 보는 코끼리가 아니라 코끼리가 스스로 나타나는, 인간적 사유(人)를 매개로 하지 않는 코끼리 자체(象)가 나타나는, 그러니까 주체와 객체의 분별도 없고 본질과 현상의 분별도 없는 자유자재의 세계이다. 하이데거가 말하는 진리, 곧 있는 그대로 드러나 있고 있는 그대로 드러내는 진리, 그러니까 존재자의 진리와 이런 진리를 드러내는 존재의 진리가 이런 세계를 지향한다. 그러나 지향한다는 것은 그의 사유가 아직은 이런 반본환원, '꽃은 절로 붉구나', 주어 없는 서술어, 이사무애의 경지에 도달한 건 아니고 이런 세계에 접근한다는 뜻이다.

7. 인간의 모험

그러나 릴케가 말하는 '열린 장'은, 그러니까 자신의 존재에 대해 변명하지 않는, 인간적 사유를 모르는 동물과 꽃들이 연관을 맺는 순수한 중력의 세계는 이런 선적 사유가 아니고 인간과 동물, 인간과 꽃의 차이를 강조할 뿐이다. 말하자면 인간에겐 의식이 있고 동물과 꽃에겐 없고, 열린 장은 인간의 의식 세계를 초월한다는 것. 그렇다면 하이데거의 해석은? 식물과 동물은 열린 장 안에 있고 인간은 열린 장 앞에 서 있다. 그런 점에서 인간은 세계와 대립한다. 그러므로 동물의 모험과 인간의 모험은 다르다.

릴케는 우리는 '식물이나 동물보다 그 이상으로/ 이런 모험과 함께 나간다'고 노래하고 하이데거에 의하면 '모험과 함께 나가는 것'은 인간의 경우 자연, 존재자 전체, 곧 세계는 있는 그대로 존재하지 않고 인간의 의도에 의해 앞에-세워진다. 세계를 앞에 세우는 것이 이른바 인간의 표상 행위이다. 이런 표상 행위에 의해 인간은 세계를 가까이 세우고, 이런 세움이 이른바 제작이다. 인간은 세계를 대상화하고 그러므로 열린 장은 대상이 된다. 하이데거에 의하면 어떤 것을 이렇게 자기 앞에 가져오는 것, 세계를 대상으로 간주하며 대상을 제작하는 것이 의욕이다. 식물과 동물은 욕망에 휘감기지만 의욕을 모른다. 한 마디로 의욕은 자기관철이고 이런 자기 관철은 세계를 의지와 표상으로 간주하는 근대적 인간의 본질이다.

> 이러한 의욕에서는 모든 것이 처음부터 그리고 앞으로도 부단히 스스로를 관철하며 가까이에 세워 놓는 그런 행위의 재료가 된다. 대지와 대기는 원료가 된다. 인간은 계획된 목표에 꿰매어 덧붙여지는 재료적 인간이 된다. 아무런 조건도 없이 세계를 의도적으로 가까이에 세워놓는 이런 자기관철을 인간적인 명령의 상태로 무조건적으로 설정하는 것은 실은 기술의 숨겨진 본질로부터 생긴 진행과정인 것이다.(하이데거, 앞의 책, 424-425)

세계는 인간의 의욕을 매개로 하는 자기관철의 재료가 된다. 대지와 대기는 인간의 자기관철의 원료가 되고 인간 역시 계획된 목표, 기술에 첨가되는 재료적 인간이 된다. 인간이 재료가 된다는 것은 인간이 기술의 주인이 아니라 '기술의 하수인'이 된다는 뜻이다. 말하자면 근대 인간은 의욕, 제작, 기술의 본질에 이끌려 움직이는 '기술의 기능공'이 된다.

나는 근대 시인 역시 그렇다는 입장이다. 서정시는 자연을 원료로 한다. 서정 시인은 상상력, 정서를 매개로 자연을 주관적으로 자신의 목표에 맞게 꿰매고 첨가한다. 한편 한 편의 서정시는 유기적 질서를 요구하고 시인은 이런 질서에 따르는 기술자, 그러니까 기술의 기능공이다. 무슨 자유가 있고 초월이 있는가? 크게 보면 서정시도 자연, 존재자 전체, 세계를 대상화하고 이 대상을 자기 앞에 세우는 자이다. 근대 서정시는 '받아드리며 인지하는' 그리스적 테크네가 아니라 근대적 의미의 기술로 전락하고 모든 기술은 폭력이다. 서정시 역시 근대적 의미의 표상 행위에 지나지 않고, 따라서 이렇게 '갇힌 시'가 아니라 '열린 시', 깨달음의 시가 요구된다.

그러므로 보호받지 못한 존재인 인간은 열리 장 속으로 전향해야 하고 이런 전향은 '가장 넓은 권역' 속에서 보호받지 못한 존재를 긍정하는 일이다. 릴케에 의하면 보호받지 못한 존재가 인간을 감싸고 있기 때문에 인간의 모험이 필요하고, 이런 모험은 하이데거에 의하면 존재자의 존재가 시원적으로 주위를 둘러싸고 있다는 시각에서 해석된다. 그러므로 '가장 넓은 권역' 속에서 인간을 긍정하는 일은 이런 존재 개념을 전제로 한다. 쉽게 말하면 '가장 넓은 권역'은 존재에 해당하고, 존재는 인간, 곧 존재자를 시원적으로 둘러싸고 있다. 그런 점에서 시원적 존재는 둥글고, 이 원상은 존재자 전체를 통일하는 일자 一者를 뜻한다. 그렇다면 존재의 특징인 이렇게 둥글게 둘러싸고 있는 일자, 곧 존재란 무엇인가?

존재한다는 것은 현존한다는 것을, 그것도 비은폐된 것 가운데서 현존한다는 것을 의미한다. 그러나 현존한다는 말 속에는 현존하는 것을 그 자체로서 현성하게 하는 그런 비은폐성의 비밀스러운 알림이 은닉되어 있다.

그러나 본래적으로 현존하는 것은, 어디에서나 동일한 것으로서 자신의 고유한 중심에 있으면서 이러한 중심으로서 둥근 것으로 존재하는 그런 현존 자체일 뿐이다. 이 둥근 것은 어떤 다른 것을 포괄해 나가는 회전에 존립하는 것이 아니라, 현존하는 것을 환히 밝히면서 간직해 나가는 그런 탈은폐의 중심에 존립하고 있다.(하이데거, 위의 글, 442)

존재자를 감싸고 있는 존재는 비은폐성의 드러남이고 이런 드러남이 현존이다. 그러므로 현존이라는 말 속에는 현존을 가능케 하는 비은폐성의 알림이 은닉되어 있다. 이런 의미로서의 존재가 표상하는 원상은 어떤 다른 것을 포괄하면서 회전하는 것이 아니라 현존하는 것을 환히 밝히는, 따라서 탈은폐의 중심에 있는 그런 원이다.

주위를 둘러싸며 통일하는 일자는 존재이며 현존이고 현존이며 존재이다. 말하자면 존재와 현존의 경계가 모호한 그런 존재이고 따라서 이런 존재가 표상하는 원은 텅 비었으며 동시에 가득 찬 공空에 해당한다는 게 나의 생각이다. 비은폐성을 드러낸다는 말은 앞에서도 강조했지만 은현동시성 개념에 의하면 은현이 현하는 세계이고 선이 강조하는 空이 그렇다. 이 원은 사물을 포괄하면서 회전하는 게 아니라 원 속에는 텅빔과 가득참이 동시에 있고 따라서 이 원은 은현동시의 세계를 드러낸다.(현) 뿐만 아니라 원 내부와 외부의 경계가 다시 은현의 세계를 드러낸다.(현)

화엄 사상에 의하며 이런 공은 다즉일多卽— 일즉다—卽多의 세계이고 안과 밖의 경계가 해체되는 상즉상입의 세계이다. 예컨대 보자기를 보기로 들 수 있다. 보자기는 사물들을 감싼다. 보자기로 감싸기 전에 존재자들, 예를 들면 연필, 필통, 노트, 책, 시계 등은 개별적인 다자多者로 존재한다. 그러나 보자기로 감쌀 때 이 사물들은 개별성(多)을 유지하면서 동시에 보편성(—)을 드러내는 이른바 여럿이며 동시에 하나인 일즉다 다즉일의 세계에 있다. 그러므로 주위를 둘러싸며 통일하는 일자—者는 보자기이고 공이다. 그런 점에서 보자기, 혹은 공은 존재이며 동시에 현존하고 존재와 현존의 경계가 모호하고 이런 모호성, 비은폐성을 보여준다. 이런 보자기 혹은 공은 주위를 에워싸는 게 아니라 스스로 환히 밝히면서, 곧 비은폐성의 세계를 드러내면서 현존 속으로 해방된다.

하이데거에 의하면 존재는 '완전한 둥근 공'으로 탈은폐하면서도 환히 밝히는 일자이고 '환히 밝히는 둥근 쟁반'에 비유된다. 이런 쟁반은 탈은폐하면서 주위를 에워싸지 않고 환히 밝히면서 현존 속으로 해방된다. 그렇다면 다시 릴케가 문제다. 그가 말하는 '넓은 권역'은 이런 둥근 공, 둥근 쟁반에 해당하는가? 하이데거에 의하면 비록 릴케가 '존재의 공'에 대해 말하고 '달'에 대해 말하면서 이 달은 인간을 외면하는 게 아니라 인간의 삶을 보충한다고 말하지만 릴케의 경우 둥근 것은 '환히 밝히면서 통일하는' 존재의 관점이 아니라 '오히려 자신의 모든 측면을 갖추고 있는 것'이라는 의미로서의 존재자의 측면에서 사유된다.

존재자의 시각은 대상의 영역이고 이런 영역은 인간의 의식 내부에 존재한다. 그러나 존재의 시각은 비대상의 영역이고 인간의 의식의 내재성과 관련된다. 그러므로 하이데거에 의하면 보호받지 못한 존재가 열린 장 속으로 방향을 전환하는 것은 의식의 전환을 요구하고, 그것은 의식의 영역 내부에서 일어나는 전환이다. 근대 형이상학의 경우 비가시적인 내면의 영역은 데카르트의 경우 사유하는 자아의 의식으로 규정된다. 그러나 파스칼은 이렇게 계산하는 이성의 논리에 대립해서 이른바 마음의 논리를 강조한다. 이성이 계산하는 표상 행위를 강조한다면 마음은 우리가 사랑해야 할 것, 즉 조상, 죽은 이, 어린이, 그리고 태어날 자들에게 마음을 기울인다.

1. 세계내면공간

그러므로 열린 장에 대한 새로운 인식은 마음과 관련되고 하이데거는
릴케가 말하는 마음의 내면공간, 이른바 세계내면공간Weltinnenraum을
새롭게 해석한다. 세계내면공간은 나의 밖에 있는 세계, 곧 존재자 전체
의 내면공간을 뜻하는 게 아니라 나의 마음 속에 있는 세계, 곧 존재자
전체의 공간을 뜻하고 따라서 신상희 교수의 말처럼 내면세계공간으로
번역해도 좋다는 생각이다. 하이데거는 릴케가 1924년 8월 11일 뮈조트
에서 쓴 편지를 인용한다. 그 편지에서 그가 말하는 내면공간은 우주의
공간을 필요로 하지도 않으며, 자기 안에서 거의 무한한 공간이고, 일상
적 의식이 피리미드의 꼭대기에 거주함에 반해 이 공간은 의식의 기반
으로 우리 안에, 밑에 넓게 퍼져 있다. 그리고 이 공간으로 내려갈수록
지상의 현존재, 세계적 현존재는 시공에 의지하지 않게 된다.(하이데거, 위
의 글, 449-450)

의식의 전환은 외부(표상작용)에서 내부(마음의 내면공간)으로 시선
을 바꾸는 것이고 이런 전환을 하이데거는 '내면을 열어 밝히는 상-기
Er-innerung'라고 부른다. 이런 상-기에 의해 사물들은 대상성, 의식,

표상행위에서 구출되고 아무 제약 없이 서로 의지하는 상즉상입의 세계가 전개되고, 여기서는 모든 것이 내면적이라는 말은 모든 것이 마음이라는 뜻이고, 그런 점에서 이런 상-기의 세계는 선종禪宗에서 말하는 이른바 일체가 마음이 만든다는 일체유심조一切唯心造와 통한다. 물론 선이 강조하는 마음은 내면성마저 부정하는 空이기 때문에 내면공간과 선의 관계는 여기서 문제만 제기하고 뒤에 다시 살펴볼 예정이다.

하이데거에 의하면 시인은 이런 의식의 전환에 의해 보호받지 못한 존재를 열린 장 속으로 들게 하는 자이다. 시인은 마음의 내면을 환히 열어 밝혀 더욱 참답게 존재의 진리에 대해 말하는 자이다. 그는 시인에 대해 다음처럼 말한다.

> 더욱더 모험적인 자들은 노래하는 자들의 삶의 양식을 가진 더욱더 참답게 말하는 자들이다. 그들의 노래하는 방식은 모든 계획적인 자기관철에서 벗어나 있다. 그것은 욕망Begehren이라는 의미에서의 의욕이 아니다. 그들의 노래는 가까이에 세워놓아야 할 제작될 어떤 것을 얻으려고 애쓰지 않는다. 이 노래 속에서는 내면세계공간 자체가 스스로 마련되고 있다. 이렇게 노래하는 자들의 노래는 무엇인가를 얻으려는 것도 아니고 또 그러한 직업적 용무도 아니다.(하이데거, 위의 글, 463)

인간의 모험은 존재자의 존재, 곧 비은폐성을 드러내는 행위이고 더욱더 모험적인 인간은 시인이다. '더욱더 참답게 말한다'는 것은 단순히 말하는 게 아니라 존재의 진리에 대해 말한다는 것. 따라서 이런 시인들은 의욕, 곧 자기관철, 말하자면 세계를 의지의 표상으로 보고 세계를 재료로 이용하지 않는다. 표상행위는 세계를 가까이 세워 놓는 것, 제작하는 것, 세계를 재료로 이용하는 것. 시인들은 이런 표상행위를 거부하고 세계내면공간을 노래한다. 이런 내면공간은 의욕, 표상, 이성을 초월하는 존재의 세계이기 때문에 무엇을 얻으려는 행위가 아니다.

그러므로 더욱더 참답게 말하는 것이 노래이고 시이다. 하이데거는 릴케의 「오르페우스에게 바치는 소네트 제1부 제3 소네트」를 인용한다.

> 노래는 그대가 가르쳐주듯 욕망이 아니요
> 얻게 되는 것을 위한 구애도 아니다.
> 노래는 현존재. 신에게는 쉬운 일
> 그러나 우리는 언제 존재하려는가?

「제3 소네트 2연」이다.(『릴케 시집』, 안문영 옮김, 문학과 지성사, 1991 참고) 노래가 욕망이 아니라는 말은 하이데거 식으로 해석하면 의욕이 아니라는 뜻. 따라서 노래는 무엇을 얻으려는 게 아니다. 노래는 현존재Dasein이다. 이런 현존재로 존재하는 것은 신에겐 쉬운 일이지만 인간에게는 어렵다. 그러므로 릴케는 '우리는 언제 존재하려는가?'고 묻는다. 그리고 ' 신은 언제나 대지와 별들을 우리의 존재로 돌려놓으려나?'고 묻는다. 대지와 별들은 인간의 표상 작용에 지배되는 세계이고 인간의 밖에 있는 세계이기 때문에 릴케가 생각하는 세계내면공간이 아니다. 대지와 별들이 존재가 되기 위해서는 신의 힘이 필요하다. 그러나 릴케는 '그러나 아니다'고 노래한다. 이런 일은 '진실 속에서 노래할 때' 가능하기 때문이다.

문제는 '노래는 현존재'라는 표현이다. 하이데거에 의하면 릴케가 말하는 현존재는 세계-내-존재로서의 인간이 아니라 현존Anwesen이라는 의미로서의 존재를 뜻한다. 그러므로 '노래는 현존재'라는 말은 '노래한다는 것은 현존한다는 것'을 의미한다. 좀더 부연하자. 노래한다는 것은 세계적 현존재를 노래하는 것이고, 그것은 순수한 연관 전체, 열린 장으로 말하는 것이고 이 영역은 존재 자체가 된다. 따라서 노래한다는 것은 '현존하는 것 자체 속에 현존하는 것으로서의 현존재'가 된다. 하이데거가 강조하는 것은 '노래는 현존이다'라는 명제이다. 그리고 현존은 존재이다. 노래, 시는 비은폐성(존재)의 드러남(현존)이고, 은현의 현이다.

이런 세계를 노래하는 것이 릴케가 말하는 '참으로 노래하는 것'이고 이런 노래는 '다른 숨결'이고 '아무 것도 에워싸지 않는 숨결, 하느님 속에 불고 있는 것. 하나의 바람'이다. 참으로 노래한다는 것은 열린 장, 곧 존재의 진리 속으로 들어가 현존하는 것이고, 이때 노래는 '다른 숨결'이고, 이런 숨결은 '아무 것도 바라지 않는 숨결'이므로 '바람'이 된다.

나는 앞에서 릴케가 말하는 세계내면공간, 곧 '마음 속에 있는 존재자 전체의 공간' 혹은 '내면을 열어 밝히는 상-기'에 의해 사물들이 대상성, 의식, 표상성에서 해방되고, 이런 존재의 세계는 사물들이 아무 제약 없이 상즉상입하는 화엄 사상을 함축하고 그런 사상을 지향한다고 말한 바 있다. 그런 점에서 '모든 것이 내면적'이라는 말은 '모든 것이 마음'이라는 일체유심조一切唯心造와 통한다.

다시 회상하자. 우에다 시즈데루는 '장미는 이유 없이 피고 피기 때문에 핀다'는 실레시우스의 시행에 대한 하이데거의 해석을 「제9 십우도」의 게송 '꽃이 절로 붉구나'와 비교하면서 선종禪宗의 시각으로 다시 해석한 바 있다. 하이데거에 의하면 장미는 객관적 이유 없이 피지만 대답을 내포하는 물음인 '왜냐하면'은 존재한다. 그러므로 이유는 존재가 되고 따라서 피기 때문에 핀다. 피는 것이 핀다. 피는 사태, 사건만 있다. 그러나 우에다는 이 시행을 '꽃이 절로 붉구나'와 비교하면서 작은 차이는 있지만 이 시행이 「제9 십우도」가 강조하는 반본환원, 있는 그대로의 자연에 접근한다고 말한다. 따라서 하이데거가 말하는 '이유'와 '때문에'의 연관이 이미 역동적인 사유에 의해 클로즈업 된 것으로 다시 해석한다. 이런 해석을 보충하기 위해 우에다는 릴케의 시에 나오는 세계내면공간에 대해 말한다. 먼저 그가 인용한 시를 그대로 옮긴다.

모든 사물 속을 단지 하나의 공간이 확장하고 있다.
세계내면공간. 새들은 고요히

우리들 속을 가로질러 날아간다.
아 나는 성장하고픈 욕구를 느껴
밖을 바라본다. 그러면 내 안에 나무가 자라난다.

새들은 하늘이 아니라 '우리들 속'을 가로질러 날아간다. 새들은 외부에 있는 게 아니라 내부, 우리들의 내면공간에 있다. 세계내면공간은 세계의 내면공간, 곧 존재자 전체의 내면 공간이 아니라 내면의 세계공간을 뜻한다. 말하자면 세계 속에 내가 있는 게 아니라 내 속에 세계가 있다.

우에다가 강조하는 것은 이런 세계내면공간이 내부와 외부를 해체한다는 것. 안과 밖의 경계가 해체되기 때문에 새들은 우리들을 꿰뚫고 나무는 내 안에서 자란다. 안과 밖을 동시에 관통하는 개방성, 열림이 이른바 하이데거가 말하는 존재에 해당한다. 왜냐하면 이런 개방성은 안과 밖, 숨음과 드러남이 동시에 있고, 그런 점에서 비은폐성의 현존이고 은현동시성의 세계이기 때문이다. 그에 의하면 릴케는 카프리 섬의 뜰에서 새 소리를 들을 때 이런 세계를 경험한다. 그때 새 소리는 외부세계와 자신의 내면에 동시에 존재하고, 따라서 그는 두 세계가 가장 순수한 하나의 공간임을 경험한다. 이 경험에 의해 릴케는 무한한 열림으로 활짝 열리고 동시에 이 열림이 한없는 충만, 곧 우주 전체가 새 소리로 가득 차는 것을 느낀다.

우에다의 해석을 간단히 요약하면 다음과 같다. 첫째로 세계내면공간은 안과 밖의 경계를 관통하는 하나의 열림이고 이때 열림 자체가 진정한 자기 자신이다. 둘째로 이런 열림은 주체도 객체도 없는 순수경험의 세계로 자기 버리기를 성취하고, 우주적 연관에 자기를 맡긴다. 새가 나는 것은 자아가 없는 일, 무아의 일(事)이다. 새가 나를 관통할 때 나는 사라지고, 따라서 여기 현전하는 것은 '새가 나는 일' 자체이고, 따라서 「제9 십우도」의 게송 '꽃이 절로 붉구나'라는 경지와 만난다. 그러므로 세계내면공간은 절대 무의 공간이 된다. 절대 무의 공가에선 안도 없고 밖도 없기 때문에 '새가 나는 것'은 안에서도 안 보이고 밖에서도 안 보이는, '새의 남' 자체만 있는 최고의 현실로 여시如是의 세계다.(이상 우에다 시즈에루, 앞의 글, 358-360 참고)

나는 앞에서 '모든 것이 내면적'이라는 세계내면공간이 '모든 것이 마음'이라는 일체유심조와 통한다고 말한 바 있다. 새가 나를 관통하고 나무가 내 안에서 자라는 것은 모든 사물들이 대상성, 표상성, 의식에서 해방되어 아무 제약 없이 상즉상입하는 화엄의 세계와 통하고, 이런 세계가 우에다에 의하면 무아의 세계이고, 나는 주어 없는 서술어의 세계, 곧 사사무애의 세계로 읽는다. 한편 이런 세계에는 주체가 없기 때문에 객체도 없고, 따라서 이런 세계는 있는 그대로의 세계, 자연, 여여의 세계이고 이렇게 비어 있기 때문에 충만한 공간이다. 대상은 주체와 객체의 대립을 전제로 하지만 이런 세계엔 그런 대립이 없기 때문에 하이데거 식으로 말하면 이런 세계는 대상이 아니라 비대상의 세계이고 주체/객체의 대립이 없기 때문에 '아무 것도 바라지 않는 숨결'의 세계이다.

2. 인간은 시적으로 거주한다

이제까지 나는 하이데거가 말하는 예술의 본질로서의 시쓰기, 그러니까 전통적인 근대 서정시를 비판하면서 그가 강조하는 존재 밝히기의 시쓰기를 선불교적 시각에서 살펴보았다. 텍스트로 한 것은 그의 시론 「예술작품의 근원」(1935)과 「무엇을 위한 시인인가?」(1946)이다. 전자는 서정시를 비판하면서 비은폐성을 향해 기투하는, 환히 밝히는 기투로서의 시쓰기를 강조하고, 후자는 궁핍한 시대의 시인의 사명으로 그것은 릴케가 노래하는 열린 장과 세계내면공간에 대한 해석으로 전개된다.

하이데거는 시론 「인간은 시적으로 거주한다」(1951)에서 다시 문학의 한 장르로서의 서정시를 비판하면서 예술의 본질로서의 시쓰기를 삶의 거주와 관련시킨다. 그가 말하는 광의의 시쓰기가 노리는 것은 앞에서 살핀 것처럼 주관적 표상이 아니고 사물의 재현도 아니고 정서, 상상력, 유기적 질서의 세계도 아니다. 한 마디로 근대적 표상이 숨기고 있는 의지, 욕망을 부정하고 초월하는 세계, 그러니까 나쁜 의미로서의 휴머니즘을 비판하고, 세계의 중심으로서의 인간 주체를 비판하는 반인간주의, 반이성을 지향하고 이런 태도는 선종禪宗이 말하는 무아, 무심, 무념, 무상, 무주과 통한다는 게 나의 입장이다.

그러므로 이런 시쓰기는 하이데거가 의식했든 의식하지 못했든 깨달음을 지향한다. 그러나 나는 지금까지 내놓고 깨달음이라는 용어를 사용하지 않고 그저 선, 선적 인식이라는 용어를 사용했다. 이제 내가 쓰는 이 책『선과 하이데거』도 거의 끝 부분에 와 있다. 그리고 마지막에 다루는 내용이 시쓰기이고, 최근에 내가 관심을 두는 시쓰기는 선의 시쓰기, 무아의 시쓰기, 자아도 없고 대상도 없고 언어도 없는 상태에서 그저 '쓰는 행위'만 있는 시쓰기, 이른바 영도의 시쓰기이다. 이런 시쓰기 역시 궁극적으로는 나를 버리는 시쓰기라는 점에서 수행과 통한다는 입장이고 깨달음을 지향한다는 생각이다. 최근에 준비하고 있는 시집『화두』에서 내가 시도한 것이 그렇다.

그러나 내가 생각하는 선은 일체의 격식과 틀과 형식을 부정하고 파괴하는 그런 자유를 지향한다. 그런 점에서 아직도 나는 미학, 형식, 언어의 시각에서 선을 생각하는지 모르고 따라서 깨달음이라는 용어는 그만큼 부담이 되고 나는 선종禪宗이 아니라 선학禪學의 입장인지 모른다. 요컨대 나에겐 아직도 자아가 많고 집착이 많다. 이런 심정으로 이제까지 이 책을 쓰면서 많은 분들의 글을 읽고 도움을 받았다. 특히 하이데거의 사유를 화엄 사상으로 해석한 김형효 교수의 글이 도움이 되었지만 내가 워낙 화엄 사상에 대해 아는 게 없고, 김 교수의 글이 모두 그런 건 아니지만 다소 어려워서 이 글을 쓰면서 참고하지 못한 부분이 많다. 그러나 하이데거가 말하는 시쓰기를 '깨달음의 시'로 번역하고 이런 시가 선시禪詩가 지향하는 마음의 해맑음, 자성청정심自性淸淨心을 노래한다는 김 교수의 주장은 설득력이 있다. 하이데거가 말하는 예술의 본질로서의 시쓰기는 깨달음의 시쓰기, 깨달음의 시라고 불러도 된다는 생각이다. 과연 하이데거는 이 시론에서 무슨 말을 하는가?

시론의 표제인 '인간은 시적으로 거주한다'는 말은 휠덜린의 말년의 시 '공적은 많다, 그러나 인간은 이 땅 위에서/ 시적으로 거주한다'에 나오는 말이다. 인간이 한 일, 하고 있는 일, 할 일은 많지만 인간은 지상에서 시적으로 거주한다. 도대체 시적으로 거주한다는 말은 무슨 뜻인가? 그에 의하면 오늘 날 인간의 거주는 노동에 휘말리고 이익과 성공을 추구하고 오락과 휴양 산업에 매료되고 시적인 거주, 시적인 삶은 눈에 보이지 않는다. 기껏해야 서정시가 시적인 거주의 영역으로 남아 있지만 하이데거는 이런 서정시에 대해 비판적이다. 다음은 하이데거의 말.

> 그러나 만약 오늘날의 거주 안에 아직도 시적인 것과 아껴놓은 시간을 위한 공간이 남아 있다면—그것이 저술 활동이건 방송 활동이건 간에—기껏해야 탐미적인 문예 애호가와 관련된 작업만이 실현되고 있다. 문학 장르로서의 시문학Poesie은 놀이에 빠져 기력이 다한 경박한 것이라는 미명하에 비현실적인 것으로 낙인찍혔거나 목가적인 생활에로의 도피라는 이유로 거부되고 있다. 아니면 차라리 사람들은 시짓기Dichtung을 문학 안에 집어넣어 버린다. 시의 가치는 그때그때 현실적인 척도에 따라 평가된다. 현실적인 척도는 대중문화 조정 기관을 통해 만들어지고 조정된다. 그 기관의 담당자들 중 한 명은 감독 겸 직원으로서 문학 산업 종사자다.(마르틴 하이데거, 「인간은 시적으로 거주한다」, 『강연과 논문』, 이기상, 신상희, 박찬국 옮김, 이학사, 2008, 244, 앞으로의 논의는 이 번역본을 참고함)

인용한 글에서 하이데거가 강조하는 것은 이 시대의 시적인 거주를 상징하는 서정시, 곧 문학의 한 장르로서의 서정시가 문예 산업의 한 분야가 되었다는 것. 따라서 시인은 문예 산업 종사자에 지나지 않는다. 김형효 교수의 해석에 의하면 서정시의 이해와 대접은 첫째로 놀면서 시간 보내기의 일환으로서 정서적인 그리움을 불러일으키는 것으로 취급되든지, 둘째로 비현실적인 것 속으로 날기를 꿈꾸는 자들의 공상의 만족을 채워주는 것으로 대접을 받든지, 셋째로 전원으로의 도피를 조장하면서 낭만적 양념의 의미를 띠는 것으로 평가되는 그런 종류의 수준이다.(김형효, 「깨달음의 시와 횔덜린의 시세계」, 『하이데거와 화엄의 사유』, 청계, 2004, 557-558)

요컨대 이 시대의 시인은 문인이라는 직업으로 문예산업에 종사하고, 따라서 시의 가치는 현실적 척도에 의존하고, 문학 장르로서의 서정시를 고집한다. 쉽게 말하면 이 시대 문화는 산업이고 시인들은 이런 문화산업에 종사하는 탐미적인 문예 애호가에 지나지 않는다는 것. 그러므로 서정시는 한가하게 놀면서 시간 보내기, 정서적 그리움의 환기, 비현실적인 세계로의 비상, 공상의 만족, 전원으로의 도피, 낭만적 양념에 지나지 않는다. 말하자면 이 시대의 서정시는 예술의 본질로서의 시쓰기가 아니라 산업 사회에 기생하는 고급의 오락에 지나지 않는다.

하이데거의 이런 주장은 매우 설득력이 있다. 사실 최근의 우리시가 그렇지 않은가? 최근에 더욱 많은 시집, 문예지, 시지가 나오는 건, 모두 그런 건 아니지만, 이 시대 문화산업에 봉사하는 일에 지나지 않고, 문화 산업이 추구하는 것은 현실적 가치, 경제적 가치이다. 그러나 산업적 가치를 획득하는, 이른바 대중적으로 성공하는 시들은 극히 소수이고, 이런 시들의 내용 역시 하이데거가 지적한 그런 내용에 지나지 않는다. 그러나 문제는 이런 내용의 시들이 이 시대 우리시의 주류를 형성한다는 점이다. 신인, 중진, 원로 모두 전원주의, 정서적 그리움, 비현실적인 환상, 낭만적 양념 일색이다.

한 마디로 이런 시대는 참된 시적인 거주를 모른다. 인간이 시적으로 거주한다는 말은, 하이데거에 의하면, 자신의 인생을 제대로 살지 못했던 한 시인 횔덜린으로부터 비롯된다. 그렇다면 인간이 시적으로 거주한다는 것은 무슨 말인가? 이때의 거주는 가옥 소유도 아니고 시적 상상력의 산물(만들기)도 아니고 일체의 습관적 표상을 거부하는 개념 이다. 횔덜린의 경우 거주는 '인간적인 터-있음', 곧 현-존재, 존재의 드러남이고, 따라서 거주는 그런 영역에 사는 것을 뜻한다. 횔덜린에 의 하면 시적인 것은 이런 본질적인 의미로서의 거주와 관련된다. 다음은 하이데거의 말.

　　그렇다고 해서 물로 시적인 것이 단지 거주함을 위한 장식품이나 부가물 에 불과하다는 것은 아니다. 또한 거주함의 시적인 것은 단순히 시적인 것 이 거주할 때마다 어떤 방식으로 출현한다는 것을 의미하지도 않는다. '인 간은 시적으로 거주한다'는 말은 시지음이 거주함을 비로소 하나의 거주함 으로 존재하게 한다는 것을 말한다. 시지음이란 본래적으로 거주하게 함 이다. 그러나 무엇을 통해 우리는 거주함에 이르는가? 건축함das Bauen을 통해서다. 시지음은 거주하게 함으로서, 일종의 건축함이다.(하이데거, 앞 의 글, 246)

　번역자의 해석에 의하면 Bauen은 일반적으로는 건축함을 뜻하나, 하 이데거가 생각하는 원초적인 의미는 이러한 일반적인 의미를 포함하되 더욱 근원적인 의미로서의 짓기, 지음에 가깝다. 즉 농사를 짓고, 집을 짓고, 밥을 짓고, 이름을 짓고, 짝을 짓고, 글을 짓듯이, 이런 맥락에서 인간이 참답게 거주할 삶의 자리 혹은 시원적인 삶의 성스러운 터전을 짓는 그런 '지음'을 가리킨다. 그러므로 시지음, 곧 예술의 본질로서의 시쓰기, 깨달음의 시쓰기는 문학장르로서의 시와 다르게 근원적인 의미 로서의 건축을 통해 본래적으로 거주함이고 이때 짓는다, 건축한다는 말은 농사짓기가 그렇듯이 '키우다, 재배하다, 보호하다, 돌보다'의 의미 가 되고, 본래적 거주는 이런 짓기를 매개로 인간이 참답게 거주할 삶의 자리를 짓는 것을 뜻한다.

　인간이 농사를 짓고 집을 짓는 것처럼 시인은 시를 짓는다. 그러므로 시짓기, 시쓰기는 놀이나 휴식이나 정서, 상상, 몽상, 환상으로의 도피가 아니라 근원적인 거주, 곧 터-있음, 현-존재, 비은폐성의 세계를 짓는 일이다. 요컨대 시쓰기와 삶은 이런 거주를 매개로 공속하고 시쓰기에 의해 거주가 비로소 거주로 존재한다. 농사를 짓고 집을 짓고 사물에 이름을 지을 때 비로소 인간이 거주하듯이 시를 지을 때 비로소 인간은 거주한다.

3. 언어가 말한다

그렇다면 이런 거주로서의 시쓰기, 혹은 시쓰기와 거주의 공속은 어떻게 가능한가? 하이데거는 '언어가 건네는 말'에 귀를 기우릴 때 가능하다고 말한다. 그런 점에서 인간은 언어의 형성자도 지배자도 아니고 거꾸로 언어가 인간의 주인이다. 왜냐하면 인간은 언어가 건네는 말을 듣고 언어에 응답하는 한에서만 비로소 말을 하기 때문이다. 이런 응답이 시쓰기의 근본 요소로서의 말함Sage이고 이런 말함에 의해 시인은 추측될 수 없었던 것에 대해 더욱 개방적이고 자유롭게 된다.

그러나 이런 하이데거의 주장은 난해하다. 과연 '언어가 말한다.' 혹은 '우리는 언어의 말을 듣고 응답한다.'는 말은 무슨 뜻인가? 나는 다른 글에서 하이데거가 말하는 존재와 언어의 관계를 살핀 바 있다. 그에 의하면 존재는 언어로 현성한다. 이 말은 존재가 인간의 말을 통해 드러나는 게 아니라 존재가 말을 걸어 올 때 현성한다는 것. 그런 점에서 존재가 말한다. 일상인들의 언어는 이른바 '공허한 말'로, 근대를 지배하는 공허한 말은 존재를 망각하고 존재자를 지배하는 도구가 되고, 언어가 소유하는 존재의 개시성을 은폐한다.(『존재』 참고 바람)

이런 견해는 후기 논문 「언어에 관한 대화」에서는 '언어는 존재의 집이다, 인간은 그 집에 거주한다. ──언어 속에서 존재의 드러남이 일어난다.--인간은 존재의 증인이고 존재의 파수꾼이다.'같은 말로 부연된다. 존재를 드러내는 것은 인간이 아니고 언어이고, 인간은 단지 언어 속에 드러나는 존재를 증명하고 지키는 자일 뿐이다. 그런 점에서 하이데거는 인간의 언어에 대해 비판적이다. 이유는 인간의 언어가 오래 사용되어 최초의 의미와 힘을 상실했기 때문이다. 사실 그렇다. 우리가 사용하는 단어들만 해도 너무 상투화되어 신비한 힘과 느낌을 상실했다. 예컨대 '사랑'이라는 말이 그렇고 '고맙다'는 말이 그렇다. 하이데거에 의하면 고대 그리스인들은 그리스어를 들을 때 단어-기호와 만나는 것이 아니라 사물 자체를 직접 대면한다.

그는 『존재와 시간』에서 언어의 기반은 논리나 문법이 아니라 말이라고 주장한다. 말은 말하는 행위이고, 말은 살아 있다. 언어는 말의 수단에 지나지 않고 그런 점에서 언어는 죽어 있다. 언어의 본질이 말이므로 화자와 청자 사이엔 침묵하기와 듣기가 중요하다. 전기 사유에서 언어는 의사 교통의 수단에 지나지 않지만 후기 사유에 오면 '언어가 말한다'는 명제가 나온다. 이때 언어는 존재의 집이고 그러므로 언어가 말하는 것은 존재가 말하는 것이고 인간은 언어의 말, 존재의 말을 듣는 자이다.

그러나 언어의 말, 존재의 말이라는 하이데거의 말은 역시 난해하다. 마이클 와츠의 해석을 참고하면 여기서 말하는 '언어'는 인간의 말에 선행하는 원초적인 언어다. 말하자면 언어 이전, 명명 이전의 언어이다. 예컨대 우리는 낚시같은 특정한 기술에 대한 지식을 말이나 그로부터 파생한 언어 없이 습득하고 이해할 수 있다. 이런 사실은 언어 이전에 우리 세계에 내재하는 의미가 있음을 알려준다. 하이데거는 이런 의미 전달 과정을 '세계가 우리에게 무언가를 말한다.'고 표현한다. 이 경우엔 지각할 수 있는 소통 행위가 없기 때문에 '세계의 말'은 '침묵'이고, 따라서 세계의 의미는 침묵의 말로 나타나고 이런 말에 대한 인간의 태도가 '듣기'이다.

하이데거의 후기 사유에서는 '듣기'가 중요하고 인간의 말은 듣기 다음에 수행된다. 이 듣기는 세계의 말을 듣는 것이며 이런 듣기 속에 이른바 현전presence이 실현된다. 현전은 존재의 현전이고 이런 언어가 존재의 집이기 때문에 '언어가 말한다'는 표현이 가능하고 우리는 언어의 말을 듣는다. 이렇게 인간적인 소통의 언어에 앞서는 언어가 세계에 뿌리를 둔 언어이고 세계가 건네는 말이다. 따라서 존재는 이런 언어의 목소리가 된다. 존재의 본질은 확실하게 말할 수 없기 때문에 시인은 언어의 침묵의 말을 듣고 그것을 시로 만들어 존재의 진리를 경험케 한다. 시의 언어는 이렇게 존재자의 존재를 드러내며, 그런 점에서 시의 언어는 있는 것을 최초로 있는 그대로 열림open으로 불러온다. (이상 와츠의 견해는 마이클 와츠, 『마르틴 하이데거』, 전대호 옮김, 랜덤하우스, 2006, 130-135 참고)

이제까지 하이데거의 언어 이론을 살핀 것은 그가 거주로서의 시쓰기는 '언어가 건네는 말'에 귀를 기우릴 때 가능하다, 혹은 '언어가 말한다', '우리는 언어의 말을 듣고 응답한다'는 말을 제대로 이해하기 위해서다. 요컨대 시적으로 거주하기는 거주로서의 시쓰기이고, 이런 시쓰기는 인간의 언어, 곧 표상행위나 교통의 수단으로서의 언어를 초월하는 언어(존재)에 귀를 기우리고 그것을 시로 짓는다는 뜻이다. 그러니까 이런 시쓰기에 의해 존재, 터-있음, 현-존재, 비은폐성의 영역이 드러나고 우리는 그런 영역에 거주하게 된다. 그가 말하는 존재는 인간의 언어를 초월하기 때문에 언어 이전의 언어이고 불교 식으로 말하면 불립문자, 교외별전, 이심전심, 견성성불의 세계, 곧 깨달음의 세계를 지향한다.

존재에 대한 사유는 표상행위, 언어를 초월한다는 점에서 사유 이전이고 그런 점에서 존재가 사유이고 사유가 존재이다. 그러므로 시쓰기는 이런 의미로서의 사유이다. 물론 횔덜린은 시짓기가 농사짓기와 유사하다는 뜻에서의 짓기, 곧 '돌보고 보호하고 건립한다'는 의미로서의 Bauen에 대해 언급하지 않고, 시적인 거주와 사유(존재)의 동일성에 대해 말하지 않는다. 그럼에도 불구하고 하이데거는 횔덜린이 그런 생각을 한다고 주장한다. 이때의 동일성은 꼭 같은 것, 곧 동형으로서의 일자一者가 아니라 '차이를 통한 공속'이고 차이를 매개로 하는 동일성이다. 요컨대 횔덜린의 경우 시쓰기와 사유는 차이를 매개로 하는 동일성의 관계에 있다. 하이데거가 횔덜린의 다음과 같은 시행에서 읽는 것이 그렇다.

> 오직 고된 수고뿐인 삶이라도
> 인간은 우러러보며 이렇게 말해도 되는가?
> 나도 존재하기를 원하는가? 그렇다. 아직 자애로움이
> 수수한 자애로움이 마음에 지속하는 한

하이데거의 해석은 이렇다. 인간은 '오직 고된 수고뿐인 삶의 영역'에서 공적을 이루려고 노력하고 많은 공적을 이룬다. 그러나 인간에겐 이런 영역(지상)을 관통하여 '우러러보는 것(하늘)'이 동시에 허용된다. 그러므로 인간은 하늘과 지상 사이에 존재하며 하늘을 우러러봄으로써 하늘과 지상 사이를 측정하고 가늠하고, 이런 가늠이 인간의 본질에 대한 가늠이고, 이런 가늠이 거주로서의 시쓰기가 맡은 역할이다. 그런 점에서 시쓰기에 의해 가늠, 척도의 획득이 생기한다. 한편 이 시에서는 이런 척도의 획득, '존재하기'는 '자애로움'과 '미지의 신'을 요구한다. 그렇다면 인간의 척도는 무엇이고, 미지의 신이란 무엇인가? 하이데거는 다음처럼 말한다.

'인간의 척도란 그런 것'. 인간을 가늠하기 위한 척도는 무엇인가? 신인가? 아니다! 하늘인가? 아니다! 하늘의 드러나 있음인가? 아니다! 척도는 미지로 남아 있는 신이 하늘을 통해 이러한 신으로서 드러나는 그 방식 안에 존립한다. 하늘을 통해 신이 현상함은 스스로를 은닉하고 있는 것을 보이게 하는 드러냄Enthullen 안에 존립한다. 그러나 이러한 드러냄은 은닉된

것을 그것의 은닉으로부터 억지로 밖으로 끌어내려고 시도함으로써가 아니라, 오히려 은닉된 것을 그것의 자기 은닉 안에 보호함으로써 스스로를 은닉하고 있는 것을 보이게 한다. 이렇게 미지의 신은 미지의 존재자로서 하늘의 개방 가능성을 통해서 현상한다. 이러한 현상함이 인간이 스스로를 가늠하는 척도이다.(하이데거, 위의 글, 258)

시쓰기는 인간이 스스로를 가늠하는 척도이고, 이런 척도는 '미지의 신'과 관련된다. 미지의 신은 신도 아니고, 하늘도 아니고, 드러난 하늘도 아니고, 드러나는 방식으로 존립하는 그런 신이다. 하늘을 통해 미지의 신이 드러난다는 것은 '스스로를 은닉하고 있는 것을 보이게 하는 드러냄'이다. 이런 드러냄은 은닉된 것을 억지로 밖으로 끌어내는 게 아니라 '은닉된 것을 보호함으로써 보이게 하는 것'이다. 그리고 이것이 미지의 신이 현상하는 하늘의 개방 가능성이다. 도대체 하이데거는 지금 무슨 말을 하고 있는가? 미지의 신이 드러나는 것은 은닉된 것을 보호하면서 보이게 하는 것. 은현동시성 개념에 의하면 지금 하이데거가 하는 말은 은현隱現의 현現을 뜻한다.

은현의 현은 은을 보호하면서 은을 드러나게 함이고, 이때 은은 숨으며 동시에 드러난다. 요컨대 미지의 신의 드러남은 신이 은현을 현하는 것이고, 비은폐성의 드러남이고, 터-있음의 현존이고, 현-존재의 개방을 뜻한다. 그러므로 하늘은 이런 세계를 개방하는 가능성이고, 이런 가능성에 의한 존재의 현존, 혹은 현상함이 인간의 척도가 된다. '공적'은 많지만 인간이 지상에서 '시적으로 거주한다는 것'은 인간이 하늘과 땅 사이에 존재하고, 이 사이에서 하늘을 우러러보는 것은 미지의 신의 현존, 비은폐성, 곧 존재와 만나는 일이다. 그런 점에서 하이데거에 의하면 휠덜린의 경우 거주로서의 시쓰기와 존재(사유)는 다르며 같다. 시쓰기는 미지의 신, 존재, 사유, 언어에 귀를 기우리는 일이다.

4. 움직여도 한 물건 없다

다시 회상하자. 인간이 지상에 거주하는 것은 공적은 많지만 하늘을 우러러 보면서 하늘과 땅 사이를 측정하고 가늠하는 일이고 이 사이가 하늘과 땅을 가져온다. 시쓰기는 가늠하기이고 이 가늠은 존재, 비은폐성, 현-존재 읽기이다. 그러므로 시적으로 거주한다는 말을 선禪불교, 혹은 화엄 사상을 흡수한 선종禪宗의 시각에서 해석하면 은현동시의 드러남을 체험하는 것이고 이런 체험이 깨달음의 세계와 통한다. 다음은 고려 말 태고보우太古普愚 선사의 선시 「무제」(김달진 역)

고요하여도 천 가지로 나타나고	靜也千般現
움직여도 한 물건 없다	動也一物無
없다, 없다는 것은 무엇인가	無無是什麽
서리 온 뒤에 국화가 무성하다	霜後菊花稠

1, 2행에서 노래하는 것은 고요와 움직임의 관계이다. 고요(은) 속에 천 가지가 나타나는 건(현) 은현동시성의 세계이고, 움직여도(현) 한 물건이 없다는 건(은) 현은동시성의 세계이다. 1행은 고요(은)의 나타남(현)이지만 은닉된 건 은닉된 채 드러난다. 하이데거에 의하면 하늘을 통해 신이 현상함은 스스로를 은닉하고 있는 것을 보이게 하는 드러냄 안에 존립한다. 고요 속에 천가지가 나타나는 현상이 그렇다. 고요해도 천 가지가 나타나는 것은 고요가 스스로를 은닉하고 있는 것을 보이게 하는 드러냄이다. 이런 은현동시성의 세계는 은닉된 것을 그것의 자기 은닉 안에 보호함으로써 스스로를 은닉하고 있는 것을 보이게 한다. 이런 세계는 인간의 언어, 분별, 이성을 초월하는 이른바 비은폐성의 드러남이고 현-존재의 세계이다.

2행 역시 비슷하다. 여기서는 고요 대신 움직임이 강조되고 움직임

(현) 속엔 한 물건도 없다.(은) 물론 '한 물건도 없다'는 것을 강조하면 물건들이 움직이지만 한 물건도 움직이지 않는다는 것. 이 세계는 흐르고 변하고 움직이고 잠시도 쉬지 않는다. 그러나 선사는 이렇게 움직여도 한 물건도 움직이지 않는다고 말한다. 이런 무, 없음은 일상적으로 사유하는 유/무의 관계가 아니라 이런 유/무의 대립을 초월하는 무, 절대적 무를 뜻한다. 왜냐하면 움직이는 세계는 유/ 무의 대립을 전제로 하고, 유/ 무, 시작/ 끝, 과거/ 현재의 변화가 움직임이기 때문이다.

그런 점에서 '움직여도 한 물건도 없다'는 말은 이 세계는 흐르고 변하지만 그런 흐름과 변화는 없다는 것. 왜냐하면 선종에선 모든 현상이 허망한 환幻의 세계, 이른바 『금강경』에서 말하는 범소유상凡所有相 개시허망皆是虛妄이기 때문이다. 모두가 마음의 산물이고 마음은 없기 때문에 만물도 없고, 일체 만상이 연기로 생기기 때문에 만상엔 자성自性, 실체가 없고 공空이기 때문이다. 그러나 이 공 역시 색이고 거꾸로 색이 공이다. 6조 혜능 선사도 게송에서 '본래무일물本來無一物'이라고 노래한 바 있다.

그러므로 3, 4행에서 스님은 '없다, 없다는 것은 무엇인가'라고 묻고 스스로 대답한다. 없다는 것, 무는 무엇인가? 대답은 '서리 온 뒤에 극화가 무성하다'는 것. 선시가 난해한 것은 이런 어법 때문이다. 동문서답 같고 선문답 같은 이런 표현은 여러 해석을 낳지만 여기서는 두 가지 측면에서 해석을 시도한다. 첫째로 앞에서 말한 무, 곧 공空 사상을 전제로 하면 '서리 온 뒤에 국화가 무성한 것'이 무라는 말은 이 국화는 색의 세계이지만 여러 인연이 모여 생긴 것이기 때문에 자성自性, 본질이 없는 공의 세계가 된다. 곧 색즉시공이고 공즉시색이라는 것. 그러므로 국화는 있지만 동시에 없다. 둘째로 이 세계의 움직임 속엔 한 물건도 움직이지 않는다는 것을 깨달은 경지에선 '서리 온 뒤엔 국화가 무성할 뿐'이다. 이런 경지는 앞에서 살핀 「제9 십우도」의 근원으로 돌아간 경지, 반본환원返本還源의 경지, '물은 절로 아득하고 꽃은 절로 붉은' 경지다. 중국 당나라 선사 청원유신靑原惟信은 다음처럼 말한다.

> 노승이 삼십년 전 참선하기 전에는
> '산은 산이었고 물은 물이었다.'
> 내가 훌륭한 선사를 만나 선의 진리를 깨달았을 때는
> '산은 산이 아니고 물은 물이 아니었다.'
> 그러나 마지막 깨달음을 얻고 보니
> '산은 산이고 물은 물이다.'

태고보우 선사가 말하는 '서리 온 뒤에 국화가 무성하다'는 말은 청원
유신이 마지막 깨달음을 얻고 하는 '산은 산이고 물은 물이다.'는 말과
같고, 「제9 십우도」에 나오는 '꽃은 절로 붉구나'라는 말과 같다. 청원의
경우 선을 모를 때는 분별의 세계, 선의 진리를 처음 알 때는 무분별의
세계에 있었지만, 최후로 깨달았을 때는 다시 분별의 세계로 돌아온다.
그러나 다시 돌아온 분별의 세계는 앞에 있던 분별/ 무분별의 대립마저
초월한 자연의 경지이다. 그러므로 태고보우 선사는 선시 「염정당 홍방
에게」(김달진 역)에서 무, 없음에 대한 참구를 부탁한다.

조주가 말한 무의 뜻을	趙州道無意
부디 간절히 참구하라	正好切參看
참구하여 아무 것도 모르는 경지에 이르면	參到百不會
그것은 곧 분명히 드러나리라	便是露團團

그러나 하이데거는 이런 경지에 대해 말한 건 아니고 다만 그가 말하
는 '거주로서의 시쓰기'는 미지의 신이 스스로를 은닉하며 스스로를 드
러낸다는 점에서 은현동시성의 세계와 통한다. 그런 점에서 '대지는 움
직이나 하늘은 늘 머무른다'는 횔덜린의 시행 역시 은현동시성 개념으로
해석할 수 있다. 횔덜린이 말하는 신은 하이데거가 말하는 존재에 해당
하고, 존재는 비은폐성, 터-있음, 현-존재, 숲 속의 빈터이고, 이런 빈

터가 선종禪宗이 강조하는 은현동시성과 통한다.

5. 깨달음의 시

그런 점에서 하이데거가 말하는 시쓰기는 선시를 지향하고, 깨달음의
시를 지향한다. 김형효 교수는 횔덜린의 장시 「귀향」에 대한 하이데거의
해석을 화엄 사상으로 다시 해석하면서 이른바 깨달음의 시에 대해 말
한다. 「귀향」(소광희 역)은 다음처럼 시작된다.

> 여기 알프스 산중엔 아직도 밝은 밤인데
> 구름은 즐거움을 노래하면서
> 그 속엔 하품하는 계곡을 덮는다.
> 유쾌한 山頂의 대기는 즐거이 춤추며 뛰놀고, 잣나무 사이로
> 한 줄기 빛이 강파르게 내려비치곤 사라진다.

하이데거에 의하면 이 시의 주제는 즐거움이고 이 즐거움은 구름이
노래한다. 그러니까 구름이 즐거움의 시를 짓는다. 이 시는 인간이 아니
라 구름이 쓰는 시이고, 선불교의 시각에선 무아의 시, 인간의 분별, 이
성, 사유가 소멸한 상태의 시이다. 그렇다면 이런 시를 쓰는 구름은 어
떻게 존재하는가? 다음은 하이데거의 말.

> '알프스 산중'의 구름은 '은빛의 준령'을 향하여 그 위에 머물러 있다. 구
> 름은 '하품하는 계곡'을 덮고 있으면서 다른 한편으로는 동시에 치솟은 하늘
> 의 밝음 앞에 자기를 노출시키고 있다. 구름은 훤히 열린 밝음 가운데 제 모
> 습을 온통 드러내 보이고 있다. 구름은 시로 노래 부른다. 구름은 자기를 드
> 러내 보이는 것을 들여다보기 때문에 그 노래는 단순한 허구나 가공이 아
> 니다. 노래 부르는 것은 발견하는 것이다. 그때 물론 구름은 자기 자신을 넘
> 어서 자기가 아닌 타자로 나가지 않으면 안 된다. 노래는 구름이 지어서 생

긴 것은 아니다. 즉 노래는 구름으로부터 발생하지 않는다. 노래는 구름이
마주 대해 서서 머무르는 것으로 구름 위에 나타난다. 구름이 머무는 곳인
바 開明의 밝음은 이 구름의 체류를 淸明케 한다. 구름은 청명해져서 청명
한 것이 된다. 구름이 노해하는 것, 즉 '즐거움'은 곧 청명한 것이다. 이 청
명을 우리는 '광활한 것'이라고도 한다.(하이데거, 「귀향/ 근친자에게」, 『시
와 철학』, 소광희 역, 박영사, 1972, 20)

알프스 산은 은빛으로 빛나고 산 속의 구름은 이쪽 준령 위에서 저쪽
준령을 바라보며 계곡을 덮고 있다. 구름은 수평으로 떠 있고 동시에 수
직으로 계곡을 덮는다. 그리고 밝은 하늘 가운데 드러난다. 요컨대 알
프스 산 속은 밝은 밤이고 그 위에 떠 있는 구름은 밝은 하늘 속에 드러
난다. 밝은 밤은 어두운 밤이 아니다. 밝은 밤은 밤인가? 낮인가? 알프
스 산 속은 밝으며 동시에 어둡고, 그 위에 떠 있는 구름은 따라서 밝
음-어둠의 세계가 밝은 하늘 속에 개방되는 이미지다. 그런 점에서 나
는 이런 구름의 이미지를 비은폐성의 드러남, 은현동시성의 드러남으로
해석하고, 이런 이미지는 '숲 속의 빈터'와 비슷한 이미지다. '잣나무 사
이로/ 한 줄기 빛이 강파르게 내려비치곤 사라지는' 이미지도 비슷하다.
요컨대 구름은 존재, 터-있음, 현-존재의 영역을 암시한다.

계곡을 덮으며 하늘의 밝음 앞에 자신을 노출시키는 구름 역시 비슷
한 이미지다. 하이데거는 이런 이미지를 '자기를 드러내 보이는 것을 들
여다보는 것'으로 해석한다. 내가 하이데거의 사유에 놀라는 것은 이런
해석 때문이다. 그렇지 않은가? 도대체 자기를 드러내 보이는 것을 들
여다본다니? 누가 드러내보이고 누가 이런 드러냄을 보는 것인가? 인식
론의 차원에선 주체/ 객체의 대립이 해체되고, 그 경계가 모호하고, 언
어학의 차원에선 드러내다/ 들여다보다, 곧 능동/ 수동의 경계가 해체
된다. 그러므로 이런 구름의 행위는 주체/ 객체, 능동/ 수동의 대립, 분
별, 그러니까 존재자로서의 주체를 초월하는 영역이고, 이런 영역이 이
른바 존재의 영역이다. 구름은 하늘의 밝음 앞에 자신을 드러내고, 동시

에 계곡을 덮을 때 이렇게 드러내보이는 것을 들여다본다.

그리고 구름은 즐거움을 노래한다. 즐거움에 대해 시를 쓴다. 그러므로 이런 노래, 시는 인간이 만든 허구나 가공의 세계가 아니고 발견이다. 무엇을 발견하는가? 존재자들 속에 숨어 있는 존재의 발견, 아니 이미 있는 존재의 발견이다. 구름이 자신을 넘어 타자로 나가야 하는 것은 구름은 주체가 아니기 때문이다. 그러므로 구름의 시는 구름이 주체가 되어 지은 것이 아니다. 곧 이 시는 구름으로부터 나온 것이 아니다. 이 시는 구름이 마주 대하면서 머물고 있는 것(청명)에서 오기 때문에 구름 너머에서 온다. 구름이 머무는 밝음이 구름의 머묾을 청명케 하고, 그러므로 구름이 노래하는 '즐거움'은 '청명한 것'이고 이런 청명이 '광활한 것'이고 '쾌활한 것'이다.

요컨대 구름의 시는 즐겁고 청명하고 광활하고 쾌활한 세계다. 하이데거에 의하며 광활한 것은 개방된 것, 밝게 비쳐진 것, 짜임새 있는 것이다. 광활하게 하는 것은 청명이 일체를 밝게 비치기 때문에 사물들에게 제 모습으로 있을 터전, 곧 본질 공간을 허락한다. 모든 사물은 자신의 방식대로 이런 본질 공간 속에서 청명의 빛을 받아, 마치 고요한 빛과 같이, 제 고유한 본질로서 자족自足한다.

김형효 교수는 이런 청명을 '해맑음'으로 번역하면서 구름의 시는 구름이 마주 대하면서 머물고 있는 청명이 주는 선물이고, 이 선물이 기쁨(즐거움)이고 해맑음(청명)이라고 말한다. 이런 기쁨과 해맑음은 깨끗이 치워진 공간으로 이 공간이 본질 공간이다. 요컨대 구름이 만드는 시는 모든 사물들에게 기쁨과 해맑음을 허락하는 공간을 만들어 준다. 말하자면 무애의 청명, 해맑음은 무애의 해방 공간으로, 이 트인 공간을 통해 이사무애로서의 유有의 나타남이 가능하고, 동시에 모든 사사무애의 접목과 접합이 이루어지는 곳이다. (김형효, 「깨달음의 시와 휠더린의 시세계」, 『하이데거와 화엄의 사유』, 청계, 2004, 573-574)

한편 김 교수는 선시를 인용하면서 선시는 마음의 청명함에 비친 사실들을 있는 그대로 비쳐주는 기쁨과 상쾌함의 의미라고 말한다. 그러니까 구름이 쓰는 시는 선시와 같다는 주장이고, 나도 이런 주장에 동의하는 입장이다. 왜냐하면 하이데거가 휠덜린의 시에서 읽는 청명은 선禪이 강조하는 공空과 통하고, 화엄 사상이 강조하는 상즉상입, 혹은 은현동시의 세계와 통하기 때문이다. 구름이 마주 대하면서 머물고 있는 청명은 색즉시공의 세계이고 은현동시의 세계이다. 청명은 구름이 마주 대할 때는 드러나고(색) 머물 때는 사라진다.(공) 한편 구름이 마주 대할 때는 고요하고(은) 구름이 머물 때는 움직인다.(현) 대체로 선시에선 청명, 곧 푸름과 맑음이 불도의 깨달음을 상징하는 바, 예컨대 만해 한용운의 「님의 침묵」에도

님은 갔습니다. 아아 사랑하는 나의 님은 갔습니다.
푸른 산빛을 깨치고 단풍나무 숲을 향하여 난 작은 길을 걸어서 차마 떨치고 갔습니다.

같은 시행들이 나온다. '푸른 산빛'을 깨치고 떠난다는 것은 부처님의 진리를 깨닫고 떠난다는 것. 그리고 이런 깨달음의 마음은 맑고 고요한 마음, 이른바 자성청정심自性淸靜心이다. 또한 이런 마음은 일체의 분별을 떠난 마음이기 때문에 텅빈 마음, 일체의 정념과 사유를 떠난 마음이기 때문에 죽음, 재빛, 차거움, 싸늘함의 이미지로 노래된다. 예컨대 당나라 거사 한산寒山은 이름이 한산(차거운 산)이고 그는 불교에 귀의한 이후 중국 절강성 천태산 국청사 남쪽 한산에 있는 한암寒岩이라는 바위 동굴에 산 것으로 알려진다. 이런 이름이 암시하는 것은 '차거움'을 뜻하는 한寒이 냉정, 청정, 깨달음을 상징한다는 것.

그런 점에 서 푸름(靑), 차거움(寒), 싸늘함(冷)은 모두 깨달음, 공空의 세계를 상징한다. '청명'은 맑은 세계로 공을 암시하고, 구름이 마주 대하고 머무는 청명의 세계는 종소리가 마주 대하고 머무는 고요의 세계

와 비슷하다. 다음은 당나라 시인 장계張繼의 선시 「풍교에 하룻밤 묵다 楓橋夜泊」

달 지고 까마귀 우는 하늘엔 서리 가득하고	月落烏啼霜滿天
강가 단풍나무 어선 불빛 바라보는 근심 많은 잠자리	江楓漁火對愁眠
고소성 밖 한산사	古蘇城外寒山寺
야반의 종소리가 객선에 닿는다	夜半鐘聲到客船

하늘엔 달이 지고 까마귀가 울고 서리가 가득한 추운 밤 시인은 강가 단풍나무에 비치는 불빛을 바라본다. 이 시는 단풍, 어선의 불빛, 객선에 머물고 있는 나그네(시인)를 기본 구조로 한다. 그러니까 추운 밤 시인은 나그네가 되어 객선에 머물며 강가 단풍나무에 비치는 어선의 불빛을 보고 있다. 그때 고소성 밖에 있는 한산사에서 울리는 종소리가 나그네 뱃전에 닿는다. 야반에 울리는 종소리, 그것도 고소성 밖에 있는 먼 절에서 울리는 종소리가 뱃전에 닿는다.

이 시를 해석하면서 이은윤은 이 시의 선경禪境이 3, 4구라고 말한다. 고소성 밖을 뜻하는 '外'자는 언어가 도달할 수 없는 심원함과 시간적 유연함, 끝없는 광활함을 상징하는 선적 의경을 나타내고 특히 종소리는 심령과 일체가 된 신비한 정신세계를 나타낸다. 그에 의하면 한밤의 고요 속에서 일어나 고요 속으로 사라지는 고사古寺의 종소리는 영원한 정靜, 본체로서의 靜을 상징한다.(이은윤, 『선시』, 2008, 동아시아, 130-131)

깊은 밤 먼 곳에서 울려오는 종소리는 고요 속에서 일어나 고요 속으로 사라진다. 그렇다면 지금 객선의 뱃전에 닿는 종소리는 고요 속에서 일어난 종소리가 고요 속으로 사라지는 순간을 암시한다. 그러니까 일어남/ 사라짐의 경계가 해체되는 종소리이고, 특히 종소리(청각)와 뱃전(촉각)이 만나는 영역이 된다. 뱃전에 닿는 종소리는 있는가? 없는가? 있는 것도 아니고 없는 것도 아니다. 이른바 비유비무의 영역이고, 이런 영역이 선이 강조하는 공空의 세계이다.

한편 고소성 밖에 울리는 종소리는 언어를 초월하는 광활하고 심원하고 유연한 영역이고 그런 점에서 개방된 세계이다. 요컨대 종소리는 고요 속에서 일어나고, 구름은 청명 속에서 일어나고, 종소리는 고요 속에 머물고, 구름은 청명 속에 머물고, 종소리는 고요 속으로 사라지고, 구름은 청명 속으로 사라진다. 종소리가 구름이고 고요가 청명이다. 종소리가 공의 세계라면 구름(청명)도 공의 세계이다.

그러므로 구름이 쓰는 시는 청명이 쓰는 시이고 종소리가 쓰는 시이고 공의 시, 깨달음의 시가 된다. 화엄 사상을 강조하면 구름과 청명, 종소리와 고요는 상즉상입, 은현동시의 세계다.

6. 은현동시와 하이데거

이제는 이 글을 마칠 때가 되었다. 아니 이 책을 마칠 때가 되었다. 나는 이 책, 그러니까 『선과 하이데거』를 쓰면서 우연히 읽은 대정 스님의 게송을 이론적 모델로 제시했다. 2008년 여름으로 기억된다. 나는 우연히 『현대불교신문』에 연재되는 「선지식을 찾아서—대정 스님」을 읽고 스님의 게송이 그동안 산만하게 전개되던 선불교 공부의 핵심을 알려준 것 같아 메모를 했지만, 인터뷰 내용은 스크랩을 하지 않아 지금도 스님에 대해서는 아는 바가 없다. 모르면 어떤가? 중요한 건 스님의 게송이고, 이 게송이 인연이 되어 선에 대한 나의 사유가 발전한 게 고맙고, 내가 처음 선불교에 들어선 것도 우연히 『금강경』과 만났기 때문이고, 그후 무산 오현 큰스님을 만난 것도 우연이고 이 우연이 인연이고 법연이다. 어찌 고맙지 않으랴. 대정 스님의 게송을 다시 회상하자.

도는 어디 있는가 보고 듣는 것이 그대로 도이다   道在何處 見聞是道

알고 보니 그대로 이미 갖추어져 있다 어디서 다시   了然卽成 何處更求
도를 구하랴
숨음과 나타남이 때가 같아 이것이 묘한 깨달음   隱現同時 如是妙覺
누가 나에게 도를 묻는다면 한번 웃음으로 답하리라   誰人我問 咠答一笑

　이 게송에서 특히 내가 강조한 것은 은현동시 여시묘각이다. 다시 회
상하자. 나는 하이데거의 전기 사유를 현(존재)로 표현하고, 후기 사유
를 현-존재로 표현했다. 현(존재)는 세계-내-존재로서의 현존재가 속
에 은폐한 존재를 개방한다는 뜻이고, 나는 이것을 『열반경』에 나오는
일체중생실유불성一切衆生悉有佛性, 곧 모든 중생은 불성을 갖고 있고, 따
라서 마음을 닦아 깨달으면 누구나 부처님의 진리를 실현한다는 시각에
서 해석했다. 그러니까 현(존재)는 중생(불성)과 같은 구조이다. 현존재
가 속에 있는 존재를 실현하는 길은 죽음을 앞질러 선취하는, 이른바 선
구적 결단, 끔직한 실존을 매개로 하고, 중생이 불성을 깨닫는 것도 고
통스런 수행을 통해서이다. 그런 점에서 전기 사유는 거칠게 요약하면
점수漸修를 강조하는 여래선의 범주에 든다.
　그러나 후기 사유를 대표하는 현-존재는 이렇게 속에 숨어 있는 존
재를 실존 체험에 의해 드러내는 것이 아니라 이미 존재가 드러나 있음
을 발견한다는 뜻이고, 하이데거에 의하면 존재는 비은폐성, 터-있음,
현-존재, 숲 속의 빈터로 정의된다. 존재는 이른바 비은폐성의 드러남
이다. 나는 비은폐성의 드러남을 은현동시의 현, 곧 은현-현으로 표현
했고 이런 표현은 현-존재에 대입하면 현-은현이 된다. 은현동시성 개
념은 화엄 사상에 속하지만 선종은 화엄 사상을 흡수하고 발전시킨다는
점에서 선종에 포섭할 수 있고, 한편 반야 사상을 강조하면 은현동시는
색즉시공 공즉시색과 유사한 개념이 된다.
　선사들이 깨달은 것이 그렇다. 이 세계에 존재하는 일체 사물은 자성,
본질이 없고 인연에 의해 발생하기 때문에 공이라는 것. 그리고 이 공이

바로 색이라는 중도, 불이에 대한 깨달음이고, 이런 깨달음은 순간에 갑자기 깨닫는 돈오頓悟의 세계이다. 내가 선시에서 읽는 것이 그렇다. 선시는 무아에 의한 자아 해방을 노래하고, 자아가 없기 때문에 물아일체의 경지가 드러난다. 요컨대 내가 사물을 보는 게 아니라 사물이 사물을 보는 이물관물以物觀物, 사사무애의 경지이다.

하이데거의 후기 사유가 강조하는 현-존재도 비슷하다. 그가 말하는 존재는 존재자 이전의 사유, 그러니까 인간의 이성, 개념, 추리, 논리를 거부하는 사유, 곧 사유가 바로 존재이고 존재가 바로 사유인 그런 사유에 속하고, 따라서 비이성적 직각으로 가능하고, 이런 존재의 발견은 순간적 돈오와 통한다. 어느 순간 자아가 소멸하면서 무념 무상의 찰라를 체험하는 이런 깨달음은 선시의 경우 순간적 직관에 의존한다. 그러므로 하이데거의 후기 사유는 일체중생이 불성을 소유하지만 수행의 과정 없이 바로 깨닫는 돈오를 강조하고, 수행을 통해 차츰 깨닫는 여래선이 아니라 순간적인 깨달음, 돈오를 강조하는 조사선의 범주에 든다. 곧 마음이 바로 부처고 중생이 바로 부처라는 즉심즉불即心即佛 중생즉불衆生即佛 혹은 화엄 사상이 강조하는 은현동시隱現同時의 세계이고 그가 말하는 존재는 은현동시의 세계가 드러나는 세계이다.

그러나 하이데거의 후기 사유는 이런 조사선의 세계를 지향하지만 깨달음을 강조한 것은 아니고 조사선이 강조하는 일상성, 평상심의 세계는 드러나지 않는다. 조사선에선 중생의 마음 자체가 부처이고, 따라서 현실의 마음 작용을 그대로 불성의 작용으로 본다. 물론 여래선과 조사선의 구분은 그렇게 단순하지 않다.

동췬[董群]에 의하면 광의의 여래선은 인도 불교 중의 선법 및 인도 불교가 중국에 전래되어 선종을 창립하기 전, 그러니까 6조 혜능에 의해 남종이 창립되기 전까지를 말하고, 광의의 조사선은 6조 혜능이 세운 선법으로 그 후의 5가 7종, 이른바 분등선分燈禪을 포함한다. 그러나 협의의 여래선은 신수의 북종으로 점수漸修를 강조하고, 협의의 조사선은 혜능의 남종으로 돈오頓悟를 강조한다. 초조 달마로부터 5조 홍인까지의 선법은 조사선의 전사前史에 해당하고, 조사선은 혜능 이후 남악회양과 청원행사를 중심으로 남악계와 청원계로 발전하며 다시 오가선문五家禪門에서 5가7종으로 분화하는 바 이를 분등선分燈禪이라고 한다. 분등 이전이 초불超佛조사선, 이후가 월조越祖분등선이다.

여래선의 최고 이상은 불경계佛境界이며 수행의 최고 목적은 불과佛果이다. 그러나 조사선은 초불월조超佛越祖를 강조하고 구체적인 인간의 성취를 목표로 한다. 그러므로 여래선이 추구하는 부처는 중생의 마음을 초월하는, 밖에 있는 우상이며 피안을 강조하고, 조사선이 말하는 부처는 중생의 자심 속에 있다. 둘 다 일체 중생은 성불할 수 있다고 주장하지만 여래선은 외재적인 부처를 지향하고 조사선은 외재적인 부처를 중생의 자심 속으로 끌어들이므로 성불도 하나의 현실적인 인간을 이루는 것으로 본다.(이상 董群, 「祖師禪」, 김진무, 노선환 역, 운주사, 2000, 20-30 참고)

그런 점에서 하이데거의 사유는 선불교를 지향하지만 한계가 있고 우리는, 그러니까 당신들과 나는 이 한계를 세심하게 읽고, 하이데거의 사유를 넘어 가야 한다. 대정 스님의 게송에 의하면 이제 우리는 은현동시가 바로 묘한 깨달음이라는 경지, 보고 듣는 것이 도라는 경지, 평상심이 도라는 경지, 마침내 누가 도를 묻는다면 한번 웃음으로 대답하는 그런 경지로 나가야 하리라. 이것이 앞으로의 과제이다.

ㅎ

■ 찾아보기(작품, 논문, 저서)

ㅎ